*

L'île de tous les dangers

CARIDAD PIÑEIRO

Enquête au cœur de la nuit

Traduction française de
CHARLOTTE DEMANIE

BLACK ROSE

Collection : BLACK ROSE

Titre original :
LOST IN LITTLE HAVANA

HARPERCOLLINS FRANCE
83-85, boulevard Vincent-Auriol, 75646 PARIS CEDEX 13
Service Clients — https://www.harlequin.fr/contenu/contactez-nous
ISBN 978-2-2805-1867-3 — ISSN 1950-2753

Édité par HarperCollins France.
Composition et mise en pages Nord Compo.
Imprimé en juin 2025 par CPI Black Print (Barcelone)
en utilisant 100% d'électricité renouvelable.
Dépôt légal : juillet 2025.

1

D'immenses enceintes diffusaient de la musique électronique alors qu'un DJ, perché sur une scène qui surplombait une piste de danse bondée, jouait avec les rythmes comme un chef d'orchestre exalté.

Éclairée par des stroboscopes et des jeux de lumière, une foule de touristes s'agitait dans cet univers fluo à côté d'aspirants mannequins et d'une faune locale indifférente.

Le club de South Beach resplendissait de mille feux, mais le danger se dissimulait partout sous les strass et le glamour.

Trey Gonzales, inspecteur de police à Miami Beach, se tenait dans un coin de la boîte de nuit, espérant retrouver rapidement son informateur, qui l'avait appelé pour lui transmettre des renseignements potentiellement intéressants. Son partenaire, Doug Adams, était parti de son côté rencontrer son propre indic et n'était pas encore revenu.

En balayant les environs du regard, Trey aperçut sa sœur Mia et leur cousine, Carolina, qui tentaient d'accéder au bar. Les deux jeunes femmes, nées le même jour et inséparables, étaient surnommées « les jumelles ». Comme elles faisaient partie des influenceuses les plus célèbres de Miami, Trey n'était pas surpris de les voir ici ce soir-là. Elles avaient l'habitude de couvrir les événements nocturnes de la ville dans leur blog *lifestyle* très populaire. Malgré cela, il ne pouvait s'empêcher de s'inquiéter à l'idée qu'elles puissent être entraînées dans les aspects les plus troubles de cet univers décadent.

Alors qu'il envisageait de leur suggérer d'être prudentes, son téléphone vibra dans sa poche. En regardant l'écran, il vit qu'il s'agissait de son indic.

— ¿ *Dónde está, Eddie* ? lui demanda Trey.

— *Hermano*, je ne peux pas venir ce soir, lui expliqua Eddie d'une voix si faible que Trey eut du mal à l'entendre avec la musique assourdissante.

Pour échapper au vacarme, il se précipita hors du club. L'air nocturne de Miami était si étouffant et humide qu'il eut l'impression d'entrer dans un sauna.

— ¿ *Que pasa* ?

— Beaucoup de choses, lui répondit nerveusement son informateur qui semblait essoufflé.

Trey se demanda s'il s'agissait de problèmes personnels ou de quelque chose de plus grave qui les concernait tous.

— Eddie, que se passe-t-il ? insista Trey qui regrettait d'avoir quitté le club.

Il avait l'impression qu'il risquait de manquer quelque chose de crucial dans l'enquête qu'il menait sur un trafic de drogue. Et son coéquipier devait sûrement le chercher.

— On me poursuit. Je sais que des femmes sont dans un conteneur à Terminal Island. C'est un réseau de prostitution, elles vont être envoyées à l'étranger. Bientôt.

En règle générale, Trey confiait ce genre d'affaires à d'autres inspecteurs de son commissariat. Cependant, cette fois-ci, il préférait vérifier lui-même les informations fournies par Eddie avant de les transmettre. Car il trouvait le comportement d'Eddie suspect, et si ce qu'il disait était vrai, ces femmes n'avaient plus beaucoup de temps avant d'être vendues comme esclaves sexuelles.

— Tu es certain de ce que tu dis, Eddie ?

— J'en suis sûr, Trey, ça ne sent pas bon, *hermano*.

Eddie parlait d'une voix saccadée, comme s'il était en train de courir. Une seconde plus tard, il raccrocha.

Trey regarda son téléphone d'un air perplexe. Il tenta de rappeler Eddie, mais celui-ci ne répondit pas.

Envahi par un mélange d'irritation et d'inquiétude, Trey se hâta de retourner dans le club pour retrouver son partenaire.

Avec une démarche aussi gracieuse et assurée que celle du plus élégant des mannequins, Veronica Lopez, inspectrice de police de Miami Beach, se fraya un chemin parmi la foule du club. Elle était venue ce soir-là pour tenter d'attirer l'attention de l'individu qu'elle soupçonnait d'avoir enlevé plusieurs femmes dans le quartier de South Beach. Si elle n'avait pas beaucoup d'informations à son sujet, elle possédait en revanche un portrait-robot réalisé par une des jeunes femmes qu'il avait cherché à kidnapper, mais qui avait miraculeusement réussi à lui échapper.

Deux jours plus tôt, deux étudiantes avaient disparu, et tout portait à croire que cet homme était également impliqué dans cette nouvelle affaire.

Alors qu'elle se dirigeait vers le bar, elle aperçut ses deux meilleures amies, Mia et Carolina. Vêtues de robes de grands couturiers et chaussées de Louboutin, elles étaient toutes les deux impeccablement apprêtées.

Les cheveux de Mia, presque noirs, étaient coupés court en un élégant carré, tandis que ceux de Carolina étaient délicatement ondulés et lui tombaient sur les épaules. De nombreux hommes se pressaient autour d'elles, désireux de leur proposer quelque chose à boire, mais les deux jeunes femmes refusaient poliment leurs offres.

Roni se dirigea vers elles pour les saluer et les mettre en garde. Même si les jumelles n'étaient pas des cibles idéales – l'enlèvement de deux influenceuses attirerait bien trop l'attention –, le club pourrait servir de terrain de chasse au ravisseur. Il semblait plus facile d'enlever des femmes dont on mettrait plus de temps à remarquer l'absence ; comme des prostituées. Roni avait d'ailleurs été surprise en apprenant que les deux étudiantes avaient disparu lors d'un voyage scolaire.

Roni enlaça ses amies et les embrassa rapidement. Elle essuya ensuite la trace de rouge à lèvres qu'elle avait laissée sur la joue de Mia.

— ¡ *Hola, mi amiga* ! s'exclama Mia avec un sourire. Qu'est-ce qui t'amène ici ce soir ?

— Le travail, hélas ! leur chuchota Roni à l'oreille.

— Tu viens de manquer Trey…, lui dit Carolina, désignant l'autre extrémité du club d'un mouvement de tête.

Roni jeta un coup d'œil dans cette direction, mais ne vit aucune trace de Trey.

— Tu es déçue ? plaisanta Mia.

Roni sourit et ne répondit pas.

Son amie savait qu'elle avait éprouvé des sentiments pour Trey dans le passé. Et même si ceux-ci s'étaient atténués avec le temps, les battements de son cœur s'accéléreraient toujours quand elle entendait son prénom.

Cependant, le fait que Trey soit à la fois le frère aîné de Mia et son collègue dans la police le rendait totalement inaccessible.

— Rien de neuf, répondit-elle sans pouvoir s'empêcher de continuer à scruter la foule pour essayer de repérer le séduisant inspecteur.

Trey restait introuvable, mais elle aperçut Doug Adams, son partenaire. Il discutait avec quelqu'un qui ressemblait étrangement au portrait-robot de son suspect potentiel. Alors qu'elle allait les aborder, son regard croisa celui de Doug. Visiblement surpris de la voir, il se pencha vers son interlocuteur pour lui glisser quelques mots à l'oreille.

L'homme posa un regard d'un bleu glacial sur Roni, semblable à celui d'un requin, et elle sentit un frisson lui parcourir l'échine. Quelque chose de menaçant brillait dans ses yeux.

Elle fit un pas vers eux, mais les deux hommes se séparèrent rapidement et s'éloignèrent chacun de leur côté.

Roni étouffa un juron et salua ses amies.

— Je dois filer, soyez prudentes, d'accord ?

— Toi aussi ! lui répondirent-elles en chœur tandis qu'elle se lançait à la poursuite de l'homme au regard froid comme la mort.

Trey était toujours à la recherche de son coéquipier. Si les informations d'Eddie étaient exactes, la vie de plusieurs femmes était en jeu à cet instant même, et il devait enquêter au plus vite sur ce qui se passait sur Terminal Island.

Une seconde plus tard, il vit Doug sortir précipitamment de l'arrière-salle, la tête baissée, comme s'il voulait éviter d'être vu. Visiblement mal à l'aise, il jetait des regards inquiets autour de lui. Trey avança, et Doug lui indiqua discrètement la sortie.

Une fois dehors, Doug continua de scruter nerveusement les environs. Il ne sembla se détendre que lorsque Trey et lui se fondirent dans la foule de piétons qui arpentait Ocean Drive. Son partenaire, avec lequel il faisait équipe depuis cinq ans, était connu pour son calme et son sang-froid, même dans les situations les plus tendues. Aussi son étrange comportement alertait Trey.

— Que se passe-t-il, *hermano* ? lui demanda-t-il.

— Rien, mon vieux, lui répondit Doug.

— Tu as l'air agité.

— Non, tout va bien, Trey, répéta Doug en changeant de sujet. Alors, as-tu vu Eddie ?

Plus ils s'éloignaient du club, plus Doug semblait se détendre. Trey décida alors de ne pas insister et lui raconta ce que son informateur lui avait révélé.

— Eddie pense qu'il se passe quelque chose sur Terminal Island. Il s'agirait d'un trafic de femmes : elles seraient retenues prisonnières là-bas en attendant d'être expédiées à l'étranger.

À ces mots, Trey sentit que Doug se raidissait de nouveau, comme s'il lui cachait quelque chose.

— Tu le crois vraiment ? lui demanda Doug en lui jetant un regard inquiet.

— Ce n'est pas pour rien que tout le monde l'appelle « Eddie la balance », répondit Trey.

Cependant, il avait remarqué une tonalité inhabituelle dans la voix de son informateur, ce qui l'avait convaincu de la crédibilité de son histoire.

— Peu importe que ce soit vrai ou pas, je suppose que tu lui fileras quand même un billet, n'est-ce pas ?

— Les infos doivent bien circuler, dit Trey en haussant les épaules. Puisque la nuit est calme, pourquoi ne pas aller vérifier ?

— Tu as raison..., approuva Doug.

Trey eut cependant l'impression que son coéquipier n'avait pas la moindre envie d'explorer cette piste. Il se demanda encore s'il ne lui cachait pas quelque chose.

Lorsqu'ils atteignirent l'endroit où ils avaient garé la Camaro SS restaurée de Trey, ils entrèrent tous les deux dans le véhicule et partirent sur Ocean Drive. Tandis qu'il conduisait, Trey scrutait attentivement la foule qui se pressait devant les hôtels et les restaurants. Il jeta un coup d'œil vers Lummus Park et repéra quelques habitants du coin qu'il savait dangereux. Il observa discrètement son partenaire qui semblait regarder lui aussi l'agitation nocturne qui animait la rue.

Lorsque Trey roula vers le pont MacArthur en direction de Terminal Island, Doug garda le silence. L'endroit abritait un grand nombre de cargos et de yachts, une station de gardes-côtes, le ferry qui menait à Fisher Island, ainsi que, selon les dires d'Eddie, le conteneur où se trouvaient des femmes sur le point d'être vendues comme esclaves.

Étant donné le passage constant des ferrys et l'activité commerciale sur l'île, Trey avait quelques réserves quant à la véracité de l'histoire d'Eddie. S'il avait raison, il devait s'agir d'une opération à petite échelle pour éviter d'attirer l'attention et de révéler ce trafic d'êtres humains. Cependant, même si une seule femme était en danger, cette affaire nécessitait leur intervention pour l'empêcher de subir un sort terrible.

— S'il y a la moindre once de vérité dans cette histoire, nous devons avertir nos amis de Miami-Dade, dit-il à son coéquipier.

Terminal Island était sous la juridiction de la police de Miami-Dade et non de celle de Miami Beach.

— Espérons que nous ne sommes pas en train de compromettre une de leurs enquêtes..., déclara Doug en tapotant sur le bord de sa vitre.

— Raison de plus pour les prévenir de notre présence sur les lieux.

Trey eut à nouveau l'impression que Doug n'avait pas envie de se rendre sur Terminal Island pour vérifier ce qui s'y passait. Il ne comptait toutefois pas se laisser dissuader d'y aller, car l'enjeu était trop important.

Il appela donc l'un de leurs contacts là-bas pour le mettre au courant.

— Je crois que tu fais fausse route, *chico*, lui répondit immédiatement le policier.

— Peut-être, mais je préfère vous prévenir pour ne pas empiéter sur vos plates-bandes. Nous vous tiendrons informés si nous découvrons quelque chose, conclut Trey avant de raccrocher.

Il lui avait également demandé d'appeler leur centre de répartition pour indiquer leur localisation.

Quand ils arrivèrent sur Terminal Island, Trey ralentit et éteignit ses phares. Puis il ouvrit les vitres et tendit l'oreille à la recherche de bruits inhabituels. L'humidité de la nuit de Miami remplit l'habitacle, mêlée aux effluves d'essence et de poissons en décomposition. Au loin, le ronronnement des voitures sur le pont se mélangeait au son des vagues qui venaient s'écraser contre les coques des bateaux amarrés dans une marina attenante.

Trey manœuvra lentement pour contourner la route d'accès et passer devant la centrale électrique d'une entreprise de services publics voisine. Un certain nombre de conteneurs d'expédition se trouvaient à proximité, dans une zone plutôt sombre et peu fréquentée.

Trey se gara. Doug et lui sortirent pour aller voir les premiers conteneurs. Leurs chaussures craquèrent sur le gravier, et les faisceaux lumineux de leurs lampes-torches fendirent l'obscurité autour des formes imposantes.

Trey observait avec attention ce qui l'entourait, scrutait les moindres recoins à la recherche de quelque chose d'inhabituel. Mais il n'y avait rien. *Nada*. L'histoire d'Eddie sentait plus mauvais encore que les eaux environnantes. Le silence régnait jusqu'à ce qu'ils arrivent à un endroit situé entre l'entrée d'un dépôt de marchandises et une zone de stockage pour le port de plaisance voisin. Trey aperçut alors trois conteneurs isolés dans un coin. Des sons mêlés de voix et de grincements métalliques, comme des clous traînés sur un tableau noir, s'élevaient dans la nuit depuis l'intérieur de ces conteneurs.

Bien que l'air nocturne soit étouffant, Trey sentit un frisson glacial lui parcourir l'échine alors que son cœur s'emballait. Tout cela n'augurait rien de bon.

Sentant l'inquiétude l'envahir, il jeta un coup d'œil à Doug et lui fit signe de reculer. Ils risquaient d'être en infériorité numérique et manquaient d'armes. Il valait mieux attendre des renforts. Trey et son partenaire se réfugièrent dans un hangar de stockage voisin.

— On dirait qu'Eddie n'a pas menti, déclara Doug en sortant la tête de leur cachette pour regarder dans la direction des conteneurs.

Le grincement résonnait toujours plus fort dans le calme nocturne.

Trey osa également jeter un œil. La porte d'un des conteneurs s'ouvrit, et un faisceau de lumière lui permit de voir un homme à l'extérieur, tandis qu'un autre était assis à l'intérieur.

— Nous devons appeler Miami-Dade en renfort, dit Trey à Doug, qui acquiesça.

Soudain, le cri strident d'une femme retentit, suivi d'un bruit de gifle. Avant que l'individu ait pu refermer la porte, Doug se précipita vers le conteneur. Éclairé par la lueur de la lune, il fut repéré par l'homme qui sortit son arme et tira. Des rafales de balles jaillirent de sa mitraillette, alors que Doug cherchait un abri.

Trey ouvrit aussitôt le feu et tenta d'attirer l'attention du tireur sur lui. Quand les balles frappèrent le hangar, il recula tout en continuant à surveiller ce qui se passait à l'extérieur.

Deux autres hommes surgirent du conteneur, armes au poing. Ils tirèrent sur Doug, qui perdit l'équilibre et tomba sur le sol.

Trey jura et sortit son téléphone pour demander du renfort.

— Officier à terre ! Je répète : officier à terre ! dit-il avant de donner leur position au répartiteur.

Des silhouettes furtives se précipitaient autour du conteneur, des individus armés se dirigeaient vers Doug. Leurs assaillants étaient trop nombreux. Trey sentit une sueur glacée lui parcourir l'échine. Il resserra sa prise sur la crosse de son arme et prit une profonde inspiration. S'il voulait sauver Doug, il ne pouvait pas attendre les renforts.

— Police ! Lâchez vos armes ! cria-t-il, même s'il savait que personne n'allait lui obéir.

Alors que d'autres détonations résonnaient, il se précipita vers Doug en tirant dans la mêlée. Son cœur battait fort dans sa poitrine, et il sentait la peur et l'adrénaline se bousculer dans ses veines.

Une première balle le toucha à la cuisse. Ignorant la douleur, il continua à avancer vers son partenaire. Chaque fois qu'il tirait, son Glock bondissait de sa main, et l'éclair qui sortait de son canon illuminait la nuit. Les odeurs de son propre sang et de la poudre venaient chatouiller ses narines tandis que l'écho de ses tirs résonnait dans ses oreilles.

Il toucha deux hommes, mais une autre balle l'atteignit à l'épaule. L'un des hommes courut vers l'endroit où Trey avait vu Doug s'effondrer, et trois coups de feu retentirent. Le son se répercuta contre le métal des conteneurs.

Trey poussa un cri d'effroi et rechargea son arme, mais l'homme s'élança vers ses acolytes en leur criant de quitter les lieux le plus rapidement possible. Sans hésiter, Trey se précipita vers Doug. Derrière les conteneurs, un mouvement attira son attention. Il pointa son arme, mais l'homme fut plus rapide et lui tira dans les côtes. Trey riposta et abattit le tireur avant de tomber à genoux. Sa vision se troubla, il s'effondra en avant, puis trouva la force de ramper jusqu'à son coéquipier, qui était assis contre la paroi d'un des conteneurs, les yeux grands ouverts, comme si son regard fixait le ciel nocturne. De grandes fleurs rouges ornaient sa poitrine.

Trey prit Doug dans ses bras. Ses larmes se mélangèrent au sang de Doug, puis au sien. Ne percevant plus rien de ce qui se passait autour de lui, il pria pour la vie de son partenaire. Puis, sentant un frisson glacé le parcourir, il pria également pour la sienne.

¡ *Dios, por favor !* pensa-t-il en levant les yeux vers la Lune et en luttant pour ne pas s'évanouir. Il entendit alors les sirènes de la police dans le silence de la nuit.

Dans un dernier effort pour survivre, il prit une profonde inspiration. Les secours étaient en route. Peut-être n'était-il pas trop tard. Il devait s'accrocher. Pour pouvoir demander à son coéquipier pourquoi il s'était ainsi jeté dans la gueule du loup. Était-ce à cause du cri de cette femme, ou y avait-il une autre raison ?

Sentant le froid l'envahir, il serra Doug plus fort contre lui, comme s'il pouvait le retenir dans ce monde.

2

Trey se réveilla dans un monde de souffrance.

Pour tenter d'échapper à la douleur qui l'assaillait de toutes parts, il se concentra sur d'autres choses. La pression et le tiraillement de la perfusion sur son bras. Le contact rugueux des draps d'hôpital sur sa peau. Le toucher délicat et réconfortant d'une main. Celle de sa mère, qu'il reconnut instantanément malgré ses paupières closes et serra fort dans la sienne.

— *Mi hijo*, murmura-t-elle, d'une voix douce et empreinte d'une autre forme de souffrance.

Trey ouvrit légèrement les yeux et vit l'inquiétude dans le regard de sa mère. Et la peur.

— Comment va Doug ?

— Je suis désolée, mon fils.

Trey prit une grande inspiration pour tenter de contenir ses larmes, mais il grimaça en sentant une puissante vague de douleur le parcourir de la tête aux pieds.

— Doucement, Trey, entendit-il derrière lui.

En se retournant, il vit que son père se tenait près de la porte. Des rides profondes marquaient son visage, et des cernes aussi sombres que du charbon accentuaient sa pâleur extrême.

Son père s'approcha de sa mère et posa une main sur son épaule. En les regardant, Trey eut l'impression qu'ils avaient terriblement vieilli, comme si dix ans s'étaient écoulés depuis la dernière fois qu'il les avait vus. Il se demanda depuis combien de temps il était ici.

— Quel jour sommes-nous ? interrogea-t-il d'une voix rauque, probablement due aux tubes qu'on devait lui avoir insérés dans la gorge.

— Dimanche, lui répondit sa mère.

Doug et lui s'étaient rendus à Terminal Island pour enquêter sur les renseignements de son informateur le vendredi soir. Avant de se retrouver au cœur de cette fusillade... Ce qui signifiait que son collègue était mort depuis deux jours.

— Il n'aurait pas dû y aller... J'aurais dû l'en dissuader, ou l'accompagner, soupira-t-il.

En pensant à la jeune femme de Doug et à ses deux enfants qui avaient perdu leur père, Trey sentit la culpabilité l'envahir.

— Mais alors tu serais probablement mort, toi aussi, à l'heure qu'il est, lui répondit son père.

Le ton de celui-ci n'était pas aussi doux que celui de sa mère, mais il était empli d'amour et d'inquiétude. Trey y reconnaissait également l'espoir persistant de son père de le voir un jour quitter la police pour rejoindre l'entreprise familiale.

— S'il te plaît, papa, pas maintenant, lui dit-il en refermant les yeux.

Épuisé par ce flot d'émotions et la douleur due à ses blessures, il sentait ses forces diminuer rapidement. Lorsque la main de sa mère se posa de nouveau sur la sienne, il se concentra sur cette caresse affectueuse et se laissa glisser dans un sommeil réparateur. Plus vite il guérirait, plus vite il pourrait découvrir les raisons de l'étrange comportement de son partenaire et comprendre pourquoi celui-ci n'avait pas attendu les renforts pour intervenir. Et identifier celui qui l'avait assassiné.

Alors que les jumelles couvraient Trey de câlins et de bisous, Roni resta en retrait.

— *Hermanito*, tu nous as fait tellement peur, dit Mia en serrant son frère aîné dans ses bras.

Malicieuse, Carolina poussa Mia d'un coup de coude pour déposer un baiser sur la joue de son cousin.

— On était mortes de peur ! s'exclama-t-elle.

Trey la regarda et sourit faiblement. Il se redressa avec peine et réussit à s'asseoir sans aide sur son lit.

— Merci d'être venues, je vais mieux maintenant, leur dit-il d'une voix toujours rauque.

Il avait été blessé à trois endroits différents et avait subi deux opérations deux jours plus tôt, et pourtant il semblait déjà presque remis.

Après avoir perdu de vue son principal suspect à sa sortie du club, Roni s'était rendue dans un autre bar dans l'espoir de le retrouver. Malheureusement, elle n'avait pas eu cette chance. Elle avait donc décidé de retourner au club pour vérifier que ses amies allaient bien. C'est à ce moment-là que les parents de Trey avaient appelé Mia pour lui annoncer ce qui s'était passé.

Roni avait alors senti son cœur manquer un battement, et une seule pensée lui était venue à l'esprit : « Pourvu qu'il ne soit rien arrivé à Trey ! »

— Tu as intérêt à te remettre sur pied rapidement, Gonzales, lui dit-elle en essayant de garder un ton optimiste.

Deux nuits plus tôt, lorsqu'elle avait conduit les jumelles à l'hôpital, elle avait été effrayée de le voir dans un tel état.

— Compte sur moi, lui répondit-il en acquiesçant.

Connaissant la détermination de Trey, elle savait qu'il ferait tout pour identifier l'assassin de son coéquipier.

De son côté, elle n'avait qu'une seule idée en tête : retrouver le suspect qu'elle avait surpris en train de parler à Doug cette nuit-là et découvrir quelle était leur relation. Elle ne pouvait s'empêcher d'être inquiète à ce sujet, car une petite voix en elle lui disait qu'elle avait mis le doigt sur quelque chose de louche.

— Je ferais mieux d'y aller, dit-elle en regardant sa montre. Mon coéquipier doit probablement se demander où je suis passée.

— Merci d'être venue, lui dit Trey en inclinant légèrement la tête.

Voyant qu'il ne semblait pas attendre la moindre démonstration d'affection de sa part, elle sentit la déception l'envahir.

— À bientôt ! lui répondit-elle en hésitant à l'étreindre quand même.

Mais la crainte de révéler ses sentiments et la présence des jumelles l'en dissuadèrent. Impatiente de retourner au commissariat pour mettre au courant son collègue de ce qu'elle avait vu au club le soir de la fusillade, elle quitta rapidement l'hôpital. Ce soir-là, son partenaire s'était rendu sous couverture dans un autre club où il suivait d'autres pistes. Trop occupés à gérer les conséquences de cette fusillade sur Terminal Island et à coordonner leur travail avec les équipes de Miami-Dade, ils n'avaient pas encore eu l'occasion de débriefer les événements.

La circulation était fluide, et elle arriva vite au commissariat de Miami Beach. Son coéquipier s'y trouvait déjà, mais son capitaine l'interpella avant même qu'elle ait le temps de le saluer.

— Inspecteur Lopez, je dois vous parler immédiatement ! s'exclama-t-il depuis son bureau.

Elle jeta un coup d'œil à son partenaire, assis à son poste, mais celui-ci se contenta de hausser les épaules pour lui montrer qu'il ignorait les raisons de cette demande.

En entrant dans le bureau de Rogers, elle vit qu'il y avait déjà deux enquêteurs du département des Affaires internes, l'IAD.

— Bonjour, inspecteur Lopez, lui dit l'un d'eux, Ramirez.

Ancien joueur de football professionnel, il était le plus âgé des deux et avait toujours une carrure imposante, bien que des kilos superflus aient modifié récemment sa silhouette.

Son partenaire, l'inspecteur Anderson, ressemblait à un jeune surfeur avec ses cheveux blonds et son corps mince et musclé. Il la salua d'un signe du menton tandis qu'elle s'installait sur la chaise qui se trouvait en face du bureau de son capitaine.

— Que puis-je faire pour vous, capitaine Rogers ? lui demanda Roni dès que ce dernier eut refermé la porte et soit revenu s'asseoir.

Son visage à la mâchoire saillante et à la peau brune avait une expression sévère.

Ses yeux marron étincelaient de colère.

— Il me semble avoir entendu dire que vous et l'inspecteur Gonzales êtes de bons amis ? déclara finalement Ramirez, avec une pointe d'ironie dans la voix.

— Sa sœur et sa cousine sont mes meilleures amies, nos deux familles sont proches, et nous avons grandi ensemble, répondit-elle pour clarifier la nature de leur relation.

Le regard échangé entre Ramirez et Anderson lui glaça le sang, et l'inquiétude l'envahit.

— Quel est votre degré d'intimité ? demanda Anderson.

— Comme je viens de vous le dire, nous avons grandi ensemble, répéta-t-elle en risquant un coup d'œil vers son supérieur, dont le comportement nerveux ne faisait que renforcer son appréhension. De quoi s'agit-il exactement ?

Les deux agents échangèrent un autre regard avant que Ramirez lui réponde :

— Nous avons de bonnes raisons de croire que l'inspecteur Doug Adams était impliqué dans les événements qui se sont produits.

L'image de Doug, engagé dans une conversation animée avec l'individu qu'elle surveillait, refit surface dans sa mémoire.

— Inspecteur ? demanda Anderson, voyant bien qu'elle était troublée.

— Je ne pense pas qu'il ait été lié à une quelconque activité criminelle, réagit-elle, même si le doute se mêlait maintenant à son inquiétude.

En l'entendant, Ramirez ouvrit le dossier qu'il tenait et lui tendit quelques documents.

— Vous comprenez quand même que lorsqu'un agent meurt dans de telles circonstances, nous devons analyser en profondeur tous les éléments de l'enquête sur laquelle il travaillait, et parfois même faire une incursion dans sa vie privée.

Roni examina ce qui semblait être des copies des relevés

bancaires de Doug. Deux dépôts importants avaient été effectués sur son compte deux jours avant la fusillade. La coïncidence était étrange et la preuve bien trop accablante.

— Il doit y avoir une explication, leur dit-elle en hochant la tête. Il n'a pas pu être acheté, c'est sûrement une erreur.

— Il n'y a pas d'erreur, Lopez. Adams a été payé pour accomplir une tâche spécifique. Nous ignorons ce dont il s'agit, mais nous avons bien l'intention de le découvrir. C'est pour cette raison que nous avons besoin de votre aide.

Étaient-ils en train de lui demander de les aider à prouver que le coéquipier de Trey était un flic corrompu ? Qu'il était responsable de la fusillade qui lui avait coûté la vie ? Croyaient-ils également que Trey était un pourri ?

— Inspecteur ? insista Ramirez en se penchant vers elle, comme s'il lui lançait un défi.

Malgré les documents qu'elle avait sous les yeux, Roni n'arrivait pas à envisager que le coéquipier de Trey ait pu faire quoi que ce soit d'illégal. L'apparition de ces sommes d'argent sur son compte bancaire devait avoir une autre explication. Comme cette fusillade, et les raisons pour lesquelles Doug parlait à l'homme qui était peut-être responsable de la disparition des deux jeunes femmes.

— Pensez-vous que l'inspecteur Gonzales savait ce qui se passait ? demanda-t-elle en rendant les documents à Ramirez.

— Pour l'instant, nous n'avons aucune preuve qui le suggère, lui répondit-il en rangeant les relevés bancaires dans son dossier.

— S'il n'y a aucune preuve, c'est parce que Trey est irréprochable. Et je suis convaincue que Doug l'était aussi, affirma-t-elle avec loyauté.

Trey était presque un membre de sa famille, et elle tenait à lui bien plus qu'elle n'aurait dû.

— Prouvez-le, Lopez, répliqua Anderson avec un air sceptique. Prouvez-nous notre erreur. Cependant, si nous avons raison...

Elle refusait d'envisager la possibilité que Doug ait été acheté.

Quel serait l'impact d'une telle révélation sur Trey, et sur la femme de Doug et ses jeunes enfants ?

Cependant, elle sentait le doute s'insinuer en elle. Si tout cela était lié à l'affaire des enlèvements, c'était une raison suffisante pour aider le département des Affaires internes. Même si cette idée la mettait mal à l'aise. Même si Trey risquait de le percevoir comme une trahison.

— Capitaine, déclara-t-elle finalement.

Celui-ci pivota sur sa chaise et posa sur elle un regard sombre où semblaient briller des émotions contradictoires.

— Êtes-vous d'accord pour que je participe à cette enquête ?

— Oui, lui répondit-il, les mains toujours entrelacées. Nous devons découvrir ce qui s'est réellement passé cette nuit-là. De plus, je suis convaincu que nous devons également rétablir la réputation de notre agent, car je ne crois pas que Doug Adams ait eu quelque implication que ce soit dans des activités illégales.

Roni approuva d'un signe de tête, puis reporta son attention sur les deux agents des Affaires internes.

— Que devrai-je faire ? Qu'attendez-vous de moi ?

— Tu es fou, *hermanito*. Tu n'es pas en état de te rendre aux obsèques aujourd'hui, dit Mia à Trey qui venait de se redresser pour s'asseoir au bord du lit.

— Elle a raison, Trey, renchérit Carolina en jetant un regard inquiet à Mia.

Ce jour-là, les jumelles portaient des robes noires toutes simples, ce qui contrastait avec leurs tenues habituellement colorées et audacieuses.

— Je vais bien, les filles, leur répondit Trey, même s'il sentait sa tête tourner au moindre mouvement et que des gouttes de sueur perlaient au-dessus de sa lèvre supérieure.

Mia le contempla en soupirant.

— *Loco, completamente loco.*

— Ça suffit, dit-il. Aide-moi plutôt à me changer, Ricky.

Son frère, Mia et Carolina échangèrent un regard inquiet.

— On ne peut pas arrêter un fou, finit par déclarer Ricky. Je vais l'aider. On se voit plus tard.

Les jumelles déposèrent de rapides baisers sur les joues de Trey, puis elles quittèrent la pièce.

Même si son frère l'aidait à s'habiller avec la même attention qu'une mère, chaque geste ne faisait que raviver la souffrance de Trey. Quand ils eurent terminé, il était en nage et tremblant.

Malgré sa détermination, il n'était pas sûr de pouvoir rester debout...

Son père et son grand-père entrèrent alors dans sa chambre, eux aussi vêtus de leurs anciens uniformes. Il vit avec surprise que Roni Lopez se tenait derrière eux. Il pensa que les jumelles avaient dû la prévenir qu'il comptait assister aux funérailles de Doug. Elle portait également son uniforme, tenait son chapeau sous le bras et poussait un fauteuil roulant devant elle. À l'idée de se faire traiter comme un bébé, Trey sentit l'irritation l'envahir.

Il allait protester quand elle lui dit :

— Réserve ton énergie pour l'enterrement, Gonzales. Ce serait regrettable de s'effondrer avant d'y arriver.

Il fixa son regard noisette et fut frappé par sa beauté. Elle était très élégante, même habillée en policier. Et elle possédait une sacrée autorité, se dit-il, lorsqu'elle lui désigna le fauteuil du menton avant d'ajouter :

— Allons-y, on n'a pas toute la journée.

Trey regarda son père et son grand-père, qui haussèrent simplement les épaules. Ils semblaient impassibles, mais quand il se leva et vacilla, l'inquiétude se lut sur leur visage. Ricky vint l'aider et Trey s'effondra finalement dans son fauteuil roulant.

— En route, conclut Roni en posant une main sur son épaule avant de le faire sortir de la pièce.

Réconforté par ce contact, Trey mit la main sur la sienne. La journée s'annonçait difficile, mais il était reconnaissant du soutien de sa famille et de celui de Roni.

Roni. Elle l'avait toujours intrigué, même lorsqu'il était un adolescent timide et maladroit. Depuis leur enfance, elle était proche des jumelles, et il les avait souvent taquinées en suggérant qu'on les appelle « les triplées ». Mais elle était plus discrète que sa pétillante sœur et sa cousine.

Au fil des années, il avait eu de plus en plus de mal à ne pas remarquer les courbes troublantes qui s'étaient formées sur son corps musclé. Et son visage... magnifiquement différent. Ses yeux, de la couleur des noisettes avec des reflets d'or, brillaient d'intelligence et de bonté.

En croisant son regard, il se sentit aussi réconforté qu'au moment où elle avait posé la main sur son épaule. Elle semblait lui dire : « Tu peux le faire. »

Il allait devoir dire adieu à son coéquipier, à celui qu'il n'avait pas pu sauver, et essayer de consoler la famille qu'il laissait derrière lui. Une fois cette tâche accomplie, il s'engagerait à découvrir qui avait tué Doug et à le faire payer pour son crime.

3

Des policiers, des membres de la famille, des politiciens et des citoyens ordinaires s'étaient rassemblés devant la cathédrale dédiée au saint patron de Cuba, située au bord de la mer, pour rendre hommage à Doug Adams, héros mort en service. La foule s'étendait jusque dans les jardins environnants. Les uniformes des policiers, venus de tout l'État et même de régions plus lointaines, formaient un océan de nuances de bleu et de noir.

En entrant dans l'église, Trey s'appuya lourdement sur la canne que son grand-père lui avait recommandé de prendre quand il avait refusé de se servir du fauteuil roulant. Il n'avait pas cherché à discuter, car il n'avait jamais réussi à avoir le dernier mot avec lui. Le fondateur de South Beach Security avait beau avoir quatre-vingt-sept ans, il avait toujours autant de caractère.

Trey lui était reconnaissant de cette recommandation, car chacun de ses pas le faisait terriblement souffrir. Sa blessure à la jambe le brûlait atrocement, et les points de suture le long de sa cage thoracique et de son épaule ravivaient la douleur à chaque mouvement. Malgré son désir d'aller présenter ses condoléances à la famille de Doug, il devait éviter de faire trop d'efforts.

Lorsqu'il perdit l'équilibre, Roni fut là pour le rattraper, et Trey lui adressa un regard rempli de gratitude.

Elle l'abandonna cependant pour se joindre à ses collègues du commissariat, et Trey avança seul jusqu'au banc où se tenait la femme de Doug, leurs enfants et les membres de leur famille.

À sa vue, elle se redressa et se pencha par-dessus le dossier du banc en bois devant elle.

— Trey, murmura-t-elle en enfouissant la tête contre sa poitrine.

Il l'enlaça et lui répondit doucement :

— Je suis profondément désolé, Linda.

Elle acquiesça et leva vers lui ses yeux rougis par les larmes.

— Promets-moi que tu trouveras qui a fait ça.

— Je te le promets, jura-t-il en resserrant son étreinte.

Il sentit qu'on lui touchait le bras et, en se retournant, croisa le regard troublé de son père.

— C'est l'heure, *mi hijo*, lui dit-il.

À l'entrée de l'église, un groupe de policiers en uniforme attendait près du cercueil, drapé dans un drapeau américain. Derrière eux, des centaines d'agents faisaient la queue, espérant pouvoir entrer pour rendre un dernier hommage au disparu.

Avec l'aide de son père, Trey tituba jusqu'au banc où se trouvait sa famille et s'assit. Le corps tremblant sous l'effet de ses efforts, bouleversé par l'émotion, il regarda le cortège funèbre s'avancer vers l'autel.

Comment un tel drame avait-il pu survenir ? Pourquoi, cette nuit-là, Doug et lui n'avaient-ils pas perçu le danger ?

Assis dans l'église pour les funérailles de son coéquipier, son esprit le ramena une nouvelle fois à la fusillade pour tenter de comprendre ce qui s'était passé. Pourquoi Doug s'était-il comporté de façon si étrange ce soir-là ? Pourquoi s'était-il élancé de la sorte vers le conteneur ? Il se remémora l'appel téléphonique de son informateur, qui avait tout déclenché.

Eddie ne répondait plus à son téléphone depuis deux jours. Depuis qu'il avait repris conscience, Trey n'avait cessé de tenter de le contacter, mais en vain... Lui était-il également arrivé quelque chose ?

Perdu dans ses pensées, Trey comprit en voyant toute l'assemblée se lever que la messe était terminée. Aidé de sa canne et du dossier du banc, il se redressa lentement. Transpirant et tremblant, il parvint malgré tout à se tenir droit jusqu'à ce que le cercueil et la famille de Doug quittent l'église.

Alors seulement, il se rassit et s'épongea le front. Puis il tenta de rassembler ses forces pendant que la foule sortait. Il était sur le point de se lever quand deux hommes apparurent devant lui. Ils portaient tous les deux des costumes sombres et froissés. En levant les yeux, il les reconnut immédiatement. Une vague de colère l'envahit aussitôt, mais il se maîtrisa et se persuada que ces deux inspecteurs des Affaires internes n'étaient là que pour rendre un dernier hommage à Doug.

— Bonjour, inspecteur Gonzales, nous vous présentons nos condoléances pour la perte de votre coéquipier, lui dit le plus âgé des deux hommes.

Il avait les mains jointes devant lui en signe de respect, mais Trey remarqua quelque chose dans son regard qui lui déplut.

— *Gracias*, inspecteur Ramirez, lui répondit Trey en fronçant les sourcils. Est-ce que vous n'avez fait le déplacement jusqu'ici que pour me présenter vos condoléances ?

Le père de Trey posa une main sur son épaule, comme pour lui signifier de rester calme.

— Nous savons que le moment n'est pas idéal, ajouta l'autre agent.

— C'est un euphémisme, inspecteur Anderson, rétorqua Trey, sans réussir à cacher le dégoût que lui inspirait l'attitude des deux hommes.

— Quand vous vous sentirez prêt, appelez-nous, conclut Ramirez en lui tendant une carte de visite.

Trey la prit sans hésiter, car il n'avait rien à se reprocher.

— Mais il serait préférable que je ne tarde pas, n'est-ce pas ? demanda-t-il avec une pointe de provocation.

— En effet, le plus tôt sera le mieux, Gonzales, lui répondit Ramirez. Nous souhaitons autant que vous découvrir ce qui est arrivé à votre partenaire.

Sur ces mots, les deux agents quittèrent l'église, et le son mélancolique d'une cornemuse se fit entendre.

Alors que Trey essayait de se redresser, Roni apparut devant lui. En croisant son regard, il comprit immédiatement.

— Tu étais au courant, n'est-ce pas ?

Roni releva le menton avec un air de défi.

— Des rumeurs circulaient au commissariat à propos d'une enquête des Affaires internes, mais personne ne pense que tu es corrompu.

Trey remarqua tout de suite ce qu'elle ne disait pas.

— Mais en ce qui concerne Doug...

— Je ne sais pas, lui répondit-elle, mais si tu as besoin d'aide, tu sais que je suis là.

Quand il croisa ses yeux une nouvelle fois, Trey vit que, malgré son calme apparent, elle était émue.

— Pourquoi, Roni ?

— Parce que tu es comme un membre de ma famille, Trey, lui répondit-elle en haussant les épaules. Et c'est comme ça qu'on fonctionne dans une famille.

Sans attendre sa réponse, elle fit volte-face et se dirigea vers la porte. Alors qu'il la regardait s'éloigner, son père approcha et se pencha vers lui.

— Tout va bien se passer, *mi hijo*, lui dit-il, nous allons t'aider à te sortir de là.

D'ordinaire, Trey était toujours sur la défensive quand son père lui donnait des conseils, mais cette fois-ci il n'avait pas la moindre envie de se disputer avec lui ni de refuser son aide. Il était prêt à tout pour découvrir qui était responsable de la mort de son coéquipier.

— Merci, papa.

Trey remonta l'allée en s'appuyant lourdement sur sa canne, puis se dirigea vers les voitures qui devaient les emmener au cimetière. Son esprit vagabondait d'un sujet à l'autre. Il repensait à la visite des agents des Affaires internes, au comportement douteux que Doug avait eu cette nuit-là, et à Roni... Il y avait tant d'inconnues qu'il espérait être à la hauteur du défi. Sur le plan physique et sur le plan émotionnel.

Quelques jours plus tard, Roni était plongée dans son travail à son bureau lorsqu'un flot de conversations envahit le poste de police, comme un tsunami. En levant les yeux vers le hall d'entrée, elle aperçut Trey qui avançait lentement. Il avait repris des couleurs depuis les obsèques de Doug. Cependant, la manière dont il serrait les dents et l'agacement avec lequel il remit en place une mèche de ses cheveux bruns démontraient qu'il devait encore beaucoup souffrir. En croisant son regard, elle sentit les battements de son cœur s'accélérer et son ventre se serrer. Il se dirigea vers l'une des salles d'interrogatoire, et quelques secondes plus tard les deux inspecteurs en charge de l'enquête interne l'y rejoignirent.

Quand elle les avait rencontrés la première fois, elle avait eu du mal à croire ce qu'ils lui avaient dit sur le partenaire de Trey. L'idée que ce dernier n'ait pas eu vent de ce que faisait Doug l'inquiétait. Il travaillait dans la police depuis trop longtemps pour ne pas remarquer une telle chose.

En tant que troisième membre de sa famille à servir dans la police de Miami Beach, il était considéré comme une des personnes les plus importantes de ce commissariat. Au sein de la communauté cubano-américaine, les membres de la famille Gonzales et l'agence de sécurité et d'enquêtes privées, South Beach Security, qu'ils avaient fondée et qu'ils dirigeaient, étaient des figures locales légendaires.

Dans les jours qui avaient suivi ce premier entretien avec Ramirez et Anderson, Roni n'avait rien découvert de plus sur les activités de Doug Adams. Elle l'avait rapporté aux deux inspecteurs, mais s'était sentie obligée de leur dire qu'elle avait trouvé son attitude étrange lorsqu'elle l'avait surpris dans le club ce soir-là. Il avait semblé effrayé de la voir.

Elle comptait d'ailleurs en parler avec Trey. Elle avait d'abord envisagé de le faire au plus tôt, mais les funérailles et son état physique l'avaient retenue. Elle avait finalement pensé qu'il valait mieux attendre un moment plus opportun.

Elle reporta son attention sur l'affaire sur laquelle elle travaillait et commença à passer en revue les informations sur l'endroit où les deux jeunes étudiantes avaient disparu. Elle décida ensuite de les comparer avec les témoignages des femmes qui avaient été retenues prisonnières dans les conteneurs que Trey et Doug avaient découverts une semaine auparavant. Elle se replongea également dans l'interrogatoire de leur seul témoin.

Même si certains points divergeaient, tous les témoignages présentaient des similitudes. Les deux femmes retrouvées sur Terminal Island étaient des prostituées qui avaient l'habitude de travailler dans le quartier d'Ocean Drive. Un soir, elles s'étaient rendues dans un des nombreux clubs locaux où elles avaient rencontré un homme qui les avait invitées à une fête privée dans un des hôtels de luxe de South Beach. La soirée avait plutôt bien commencé, mais aucune des deux femmes n'était capable de se rappeler la manière dont elle s'était terminée, avant de se réveiller, ligotées et les yeux bandés.

Les souvenirs des deux femmes concernant l'homme qui les avait invitées étaient flous, mais il pouvait correspondre à celui qu'elle surveillait et qui avait discuté avec Doug.

Leur autre témoin avait elle aussi été invitée à une fête privée, et le portrait-robot qu'elle avait dressé de l'homme qui lui en avait parlé coïncidait avec la description faite par les deux prostituées.

Dans son cas, la soirée se déroulait dans une luxueuse villa. Après quelques verres, elle avait eu le sentiment d'avoir été droguée, et elle avait réussi à sortir de la maison et à se cacher pour appeler un ami qui était venu la chercher au petit matin. Malheureusement, ni elle ni son ami n'avaient pu localiser cet endroit avec précision.

Si l'homme que Roni suspectait était bien celui qui avait invité ces femmes aux soirées, elle se demandait quel genre de lien il pouvait avoir avec Doug Adams.

Le claquement brutal d'une porte lui fit lever les yeux de ses dossiers. Trey venait de quitter la salle d'interrogatoire et se dirigeait vers la sortie du commissariat. Il avait l'air furieux et très tendu.

Quelques secondes plus tard, les deux agents du département des Affaires internes apparurent, l'air tout aussi contrariés.

Ramirez agitait nerveusement un dossier contre sa cuisse, tandis qu'Anderson fixait Trey qui s'éloignait.

Lorsque Ramirez se rendit compte qu'elle les observait, il lui lança :

— Qu'est-ce que tu regardes, Lopez ?

Elle envisagea de lui répondre : « Deux idiots ! » mais se contenta de garder le silence, qu'elle espérait éloquent. Il avait été convenu que personne ne saurait rien de sa participation à l'enquête interne ; il valait donc mieux faire profil bas.

Elle reporta son attention sur son enquête, mais avant d'avoir pu approfondir son analyse, son téléphone lui indiqua qu'elle venait de recevoir un message. C'était Trey.

Ton offre d'aide tient toujours ?

Elle jeta un coup d'œil autour d'elle pour voir si on l'observait. Comme le champ était libre, elle lui répondit.

Je suis à ta disposition.

Puis, elle grimaça en réalisant ce que cela pouvait signifier. Cependant, il y avait tellement d'événements à ce moment-là qu'elle n'avait pas le temps de penser à lui ainsi. Elle devait se concentrer sur l'affaire et découvrir, au plus vite, ce qui était arrivé à Doug Adams et aux étudiantes disparues.

Malgré tout, il lui était difficile de contrôler son attirance pour cet inspecteur si séduisant. Après quelques secondes, Trey répondit enfin.

RDV chez Barnacle Bill. Au fond, derrière les tables de billard.

Le bar de Barnacle Bill était le lieu de rencontre favori des forces de l'ordre locales. Selon la légende, il existait depuis l'apogée de la Magic City, lorsque Julia Tuttle avait convaincu Flagler de faire venir son chemin de fer Florida East Coast jusqu'ici.

Après avoir jeté un autre regard autour d'elle, elle écrivit.

J'arrive.

Puis elle déverrouilla son tiroir, prit son arme de service et la glissa dans son holster d'épaule.

Enfilant sa veste, elle lança enfin à son partenaire :

— Je prends une pause, Heath. Si on me cherche, je suis chez Barnacle Bill.

— C'est noté, Roni, lui répondit son coéquipier en imitant un salut militaire.

Elle sortit rapidement du commissariat, traversa la petite place qui se trouvait devant le bâtiment puis remonta la rue qui menait au bar.

Avant d'entrer, elle passa la main sur le ventre usé du pélican en bois accroché à côté de la porte. Ce rituel, qui s'était développé au fil des années, était censé porter chance. À force d'avoir été constamment caressée, cette partie de l'oiseau avait pris une teinte dorée. Puis, saisissant avec force la poignée en laiton en forme de corde, Roni tira d'un coup sec la lourde porte en bois et pénétra dans l'intérieur sombre du bar.

Les meubles en bois et la décoration des lieux cadraient bien avec l'allure kitsch de la façade. Des cordages, des coquillages, des peintures marines et des collections de trophées de pêche et d'autres sports étaient accrochés aux murs. Dans l'air flottait une odeur de moisissure, due au taux élevé d'humidité de Miami, mêlée à l'odeur de la bière et des oignons frits.

D'un geste de la tête, Roni salua le serveur qui nettoyait le bar, puis traversa la salle réservée à la restauration et les premières tables de billard pour se rendre aux tables les plus isolées, au fond. Elle repéra immédiatement Trey. Il se leva pour l'accueillir et, après avoir posé un baiser rapide et fraternel sur sa joue, fit signe à la serveuse.

— Qu'est-ce que je vous sers, ma belle ? lui demanda la femme plutôt âgée, en sortant son bloc-notes et son stylo de sa poche de tablier.

Ses cheveux blancs étincelants encadraient son visage sans rides, ce qui était surprenant compte tenu de son âge.

— Une eau gazeuse avec du citron, s'il vous plaît, lui répondit Roni avant de s'asseoir en face de Trey.

— Merci d'être venue, lui dit-il en déplaçant son verre sur la table.

— Comme je te l'ai déjà dit, c'est normal, c'est la *familia*.

Menteuse ! lui cria une petite voix intérieure, mais elle s'empressa de la faire taire.

Trey fronça les sourcils et l'observa pendant un instant, comme s'il lisait en elle.

— *Gracias*. J'aimerais que ces deux idiots des Affaires internes traitent leurs collègues ainsi, comme s'ils étaient des membres de la même famille et non des criminels. Ils croient que Doug était un flic pourri. Et qu'il voulait avertir les types qui surveillaient les conteneurs quand il a été abattu.

— C'est ce que tu penses, toi aussi ? lui demanda-t-elle en étudiant son visage pour discerner d'éventuels signes révélateurs.

Trey hésita un instant, et la serveuse arriva avant qu'il puisse lui répondre.

— Merci, dit Roni avant de répéter sa question : Alors, c'est ce que tu penses, toi aussi ?

Il secoua la tête en continuant de faire glisser son verre sur la table.

— Je n'arrête pas de me repasser les événements de cette nuit-là dans mon esprit. Je ne comprends pas pourquoi Doug s'est précipité ainsi. Nous venions d'entendre un cri de femme et un bruit qui semblait être une claque, comme si elle avait été frappée. Peut-être que c'est ce qui l'a poussé à agir de la sorte... Peut-être qu'il a cru qu'elle était en danger et qu'il devait intervenir immédiatement...

Roni leva les yeux de son verre pour le regarder.

— Mais peut-être est-ce pour une autre raison..., finit-elle par dire.

De nouveau, Trey hésita avant de répondre.

— Je préfère croire que non. Cet homme était mon ami, et il m'a sauvé la mise plus d'une fois. Roni, ses enfants m'appellent « oncle Trey ».

Elle comprenait sa colère, car suspecter Doug de corruption sous-entendait que Trey n'avait rien vu venir.

— Pour quelle raison les Affaires internes pensent-elles que

Doug était corrompu ? demanda-t-elle, même si elle connaissait déjà la réponse.

Elle devait feindre de ne rien savoir pour éviter qu'il se doute qu'elle travaillait pour eux. Qu'elle le trahissait.

Il prit un moment avant de lui répondre. Soudain, elle eut peur qu'il ne lui fasse pas confiance.

— Ils ont des copies des relevés bancaires de Doug, lui dit-il enfin. Il a reçu des versements importants.

Le fait qu'il lui parle si vite de cet argent la rassura immédiatement.

— Mais si tu ne penses pas qu'il était...

— Je ne le pense pas, la coupa-t-il en haussant la voix.

Une mèche de cheveux lui tomba sur les yeux, et il la remit en arrière avec irritation avant d'ajouter :

— Et je sais qui peut nous aider à le prouver.

— Sophie et Rob, lui dit-elle en hochant la tête.

Les cousins de Trey, Sophie et Rob Whitaker, étaient des experts en informatique. Ils étaient des sortes de hackers éthiques qui travaillaient régulièrement avec l'entreprise familiale des Gonzales, South Beach Security. Le fait que Trey pense à utiliser ces ressources prouvait qu'il prenait au sérieux les allégations du département des Affaires internes.

Elle savait que Trey avait toujours tout mis en œuvre pour s'éloigner le plus possible de South Beach Security, et il avait jusqu'à présent réussi à résister à la pression de sa famille pour rejoindre l'agence.

— Oui, Sophie et Rob, confirma-t-il avant de prendre une gorgée de son verre.

Même si Roni n'avait pas la moindre envie de renforcer son inquiétude, elle savait que c'était le moment de lui parler de ce qu'elle avait vu.

— Doug a retrouvé quelqu'un au club, cette nuit-là.

— Je sais, il devait rencontrer son indic, lui répondit Trey en acquiesçant.

— Non, Doug avait l'air bizarre, il semblait très nerveux,

33

surtout quand il s'est rendu compte que je l'avais vu. Il a clos la conversation sur-le-champ et s'est éloigné rapidement. Son interlocuteur a fait pareil.

Trey prit une profonde inspiration et se laissa aller en arrière dans son siège.

— Tu sais qui est cet homme ?

— Peut-être, lui répondit-elle en haussant les épaules. Je travaille en ce moment sur une affaire de disparitions. Deux étudiantes ne sont jamais rentrées à leur hôtel. Un témoin qui a été elle aussi enlevée, mais qui par miracle a réussi à s'enfuir, a dressé le portrait-robot de son agresseur. L'homme avec qui Doug discutait au club lui ressemble beaucoup.

Roni tendit la main sur la table pour la poser sur celle de Trey avant de poursuivre :

— Les deux femmes que vous avez découvertes sur Terminal Island étaient des prostituées, mais elles ont vécu des expériences similaires. Elles sont à peu près certaines que l'homme qui les a invitées aux soirées privées où elles ont été droguées est celui que je suspecte. Il y a trop de coïncidences, je pense que ces affaires sont liées.

— Je suis d'accord avec toi, reconnut Trey avec un soupçon d'inquiétude dans la voix. D'autant que mon informateur, Eddie, a disparu lui aussi. Voilà une semaine que je n'ai pas de ses nouvelles.

— Puisque tu es en congé, tu veux que je lance un avis de recherche ? lui proposa-t-elle avant de prendre une nouvelle gorgée de son eau gazeuse.

— Es-tu bien certaine de ce que tu as vu, Roni ? lui demanda Trey en plissant les yeux.

— Absolument. Je travaillais sous couverture ce soir-là, car ce club est l'un des endroits où mon témoin s'est rendu avant sa tentative d'enlèvement. Et puis toutes ces femmes ont eu la même impression en rencontrant ce type.

— J'accepte ton offre pour l'avis de recherche, et tout ce que tu peux faire pour m'aider, lui dit Trey avant de jeter quelques billets sur la table.

Puis il se leva et lui tendit la main. Elle hésita un instant avant de glisser la main dans la sienne et essaya d'ignorer la chaleur qui l'envahissait et qui devait certainement lui colorer les joues.

— Quand tu veux Trey, lui dit-elle avant de retirer la main.

Il lui adressa un sourire chargé de sous-entendus, comme s'il était conscient de l'effet qu'il lui faisait.

Ils sortirent ensemble du bar puis se séparèrent sur le trottoir. La Camaro SS de Trey était garée un peu plus loin, et Roni devait rentrer au commissariat. Tandis qu'elle remontait la rue, elle entendit soudain des crissements de pneus. Le bruit attira son attention et, en se retournant, elle vit qu'une voiture fonçait droit sur elle. Elle aperçut le visage du conducteur et resta pétrifiée : c'était l'homme du club.

Elle sentit alors des mains la tirer avec force en arrière. Elle se retrouva blottie contre un torse robuste tandis que la voiture passait en trombe et s'engageait dans la circulation, évitant de justesse une collision avec deux autres véhicules avant de s'éloigner à toute vitesse.

Trey l'enlaça de ses bras puissants et la maintint un instant serrée contre lui. Parcourue par un flot d'adrénaline, Roni tremblait de la tête aux pieds.

— Ça va ? lui demanda Trey dans un murmure.

Son souffle et son étreinte lui apportèrent un réconfort immédiat.

— Oui, lui répondit-elle en se tournant vers lui pour le regarder dans les yeux. Merci.

— Ces satanés gamins qui jouent à faire la course, soupira-t-il en secouant la tête d'un air désapprobateur.

— Non, Trey, lui dit-elle, c'était délibéré. J'ai reconnu le conducteur ; c'était l'homme qui discutait avec Doug au club.

— Tu en es certaine ? lui demanda-t-il en fronçant les sourcils.

Elle comprenait son inquiétude. S'il s'agissait bien de lui, alors les Affaires internes avaient peut-être raison concernant Doug…

— Tout s'est passé très vite, mais... oui j'en suis presque certaine.

Et elle était sûre de quelque chose d'autre. Si l'homme qui venait de manquer de la renverser était bien celui qu'elle croyait, alors il risquait fort de vouloir recommencer.

— Comment ça, tu l'as « manquée » ? Je t'avais indiqué précisément l'endroit où elle se trouverait, lui dit-il en se dirigeant vers la porte de son bureau pour aller la claquer.

— Vous ne m'aviez pas dit qu'elle serait accompagnée, rétorqua l'homme à l'autre bout du fil. Le type l'a écartée de la route, et j'allais bien trop vite pour pouvoir tirer.

— Crétin ! Elle n'a pas vu ton visage au moins ? demanda-t-il inquiet de voir surgir un nouveau problème alors qu'ils ne parvenaient déjà pas à maîtriser la situation.

— Non, lui répondit son interlocuteur après une brève hésitation.

Mais il savait que Lopez l'avait vu au club. Si elle arrivait à identifier cet idiot, elle n'aurait pas de mal à remonter jusqu'à lui.

— Maintenant tu fais profil bas, plus de filles jusqu'à ce que je le décide, déclara-t-il.

— Le chef ne va pas être très content.

— Eh bien, dis au chef que s'il veut continuer à faire son trafic, il ferait mieux de m'écouter, conclut-il avant de raccrocher.

Il savait cependant que Trey et Lopez n'étaient pas du genre à laisser tomber. Lopez avait déjà contacté les Affaires internes pour signaler ce qui lui était arrivé et pour confirmer ses soupçons quant à l'identité du conducteur. Gonzales, lui, semblait déterminé à découvrir qui avait tué son coéquipier.

Ce business était bien trop lucratif. Il était hors de question que ces deux policiers viennent y fourrer leur nez.

Si ses partenaires ne s'en occupaient pas rapidement, il allait devoir intervenir et s'en charger lui-même.

Trop bouleversée pour se rendre au commissariat, Roni était retournée au Barnacle Bill avec Trey. Ce dernier pensait lui aussi qu'elle y serait plus en sécurité. Une fois à l'intérieur, elle s'éclipsa aux toilettes pour appeler Ramirez et Anderson, et leur raconter que son principal suspect dans l'affaire des enlèvements venait de tenter de la tuer.

De retour à la table, elle serra sa tasse de café entre ses mains et savoura la chaleur réconfortante qui l'enveloppa.

— Est-ce que quelqu'un savait que tu allais me rejoindre ici ? lui demanda Trey en buvant une gorgée de café.

— Oui, je l'ai dit à Heath.

— Heath Williams ? lui demanda Trey en haussant les sourcils. C'est ton nouveau partenaire ?

— Bill Shea a pris sa retraite il y a quelques mois, lui répondit-elle en hochant la tête. On m'a alors mis en contact avec Heath. Il est arrivé de la brigade des mœurs il y a environ deux semaines. Pourquoi ?

Trey soupira avant de répondre :

— Personne ne m'a rien dit de mal sur lui, mais... Doug et moi avons dû travailler avec lui une fois, et... je ne l'ai pas vraiment apprécié.

— Doug et Heath se connaissaient ? demanda Roni, préoccupée par la signification de cette révélation.

Elle avait partagé certaines informations avec son coéquipier sur ce qui s'était passé la nuit où Doug était mort. Se connaissaient-ils mieux que ce qu'il avait laissé entendre ?

— Oui, mais je ne sais pas jusqu'à quel point. Nous n'avons pas travaillé ensemble très longtemps, lui répondit Trey.

Elle voyait pourtant qu'il était troublé lui aussi. Mais avant qu'elle ait eu le temps de dire quoi que ce soit, il ajouta :

— Je pense qu'il serait préférable de ne pas en dire trop à Heath au sujet de nos activités...

— Je suis d'accord, lui répondit-elle en hochant la tête lentement. Mais il risque de se demander pourquoi je ne travaille pas avec lui sur notre enquête.

— Peut-être est-ce justement à cause de cette enquête que Doug est mort et que quelqu'un a essayé de te tuer, lui fit remarquer Trey en fronçant les sourcils.

— Je crois qu'il ne sait pas grand-chose sur la disparition des étudiantes, cela fait seulement deux semaines qu'il est arrivé.

Malgré cela, elle savait qu'elle ne pouvait pas ignorer ces trop nombreuses coïncidences.

Trey hésita un instant, puis il ajouta :

— Je comprends à quel point il peut être difficile d'imaginer que Heath soit un flic pourri... C'est exactement ce que je ressens à propos de Doug ; je suis tout simplement incapable de croire que cela puisse être vrai.

Les mains encore tremblantes, Roni porta sa tasse à ses lèvres pour en boire une gorgée avant de lui répondre.

— Je vais faire attention à ce que je lui dis et je ne vais pas partager toutes les informations et les preuves avec lui. Mais je ne sais pas combien de temps je pourrai agir de la sorte avant qu'il commence à se douter de quelque chose.

Trey eut envie de dire à Roni qu'ils manquaient de temps. Un agent avait déjà été tué, et même si elle venait de s'en tirer, il était certain que celui qui avait tenté de l'éliminer recommencerait jusqu'à arriver à ses fins.

— Compte tenu de ce qui vient de se passer, pourquoi prendrais-tu quelques jours de congés ? demanda-t-il. Nous pourrions en profiter pour travailler ensemble sur cette affaire...

« Et je pourrais te protéger », eut-il envie d'ajouter, mais il garda cette idée pour lui.

Cependant, même s'il n'avait pas révélé le fond de sa pensée, il sentait que Roni l'avait deviné. Il avait aussi l'impression qu'elle était contrariée par quelque chose d'autre.

— Y a-t-il autre chose que je devrais savoir ? lui demanda-t-il.

Le rouge lui monta aux joues, et elle se mit à jouer nerveusement avec sa tasse de café.

— Non..., lui répondit-elle.

Mais il la connaissait depuis si longtemps qu'il comprit immédiatement qu'elle lui cachait quelque chose.

Il tendit les mains sur la table et les posa sur les siennes qui tremblaient.

— Tu sais que tu peux tout me dire.

J'aimerais tant, songea Roni. Mais même si Trey n'était pas au cœur de l'enquête des Affaires internes pour le moment, elle pensait qu'ils n'allaient pas tarder à s'intéresser à lui plus en détail. Et si elle ne souhaitait pas lui nuire, elle ne désirait pas non plus abandonner Doug et sa famille. Elle n'avait encore presque rien révélé à Ramirez et Anderson, mais elle savait que si Trey apprenait qu'elle avait accepté de les aider, il ne lui ferait plus jamais confiance.

— Nous devons nous mettre au travail dès que possible, lui répondit-elle en retirant les mains de sous les siennes pour compter sur ses doigts. Tout d'abord, nous devons découvrir l'origine de l'argent déposé sur le compte de Doug. Ensuite, nous devons retrouver la trace de l'individu que j'ai aperçu en sa compagnie au club le soir de la fusillade...

— Et qui, d'après ce que tu as vu, vient d'essayer de te renverser. Ajoute aussi à la liste la recherche de mon indic, Eddie...

— Je vais retourner au commissariat et demander au capitaine Rogers si je peux prendre quelques jours de congés. Puis je vais rassembler toutes les informations qui pourraient nous être utiles et les emporter pour que nous puissions les examiner.

Trey acquiesça d'un signe de tête.

— La première chose que nous allons faire est de nous arrêter chez Sophie et Rob. Si quelqu'un peut nous aider à découvrir d'où vient l'argent que Doug a reçu, c'est bien eux.

Même si Roni savait que Trey avait raison au sujet de ses cousins pirates informatiques, elle ne put s'empêcher d'être une fois de plus surprise par le fait qu'il demande de l'aide à des gens qui avaient l'habitude de travailler pour South Beach Security, l'entreprise de sa famille. Le fait qu'il fasse appel à eux révélait à quel point cette affaire l'inquiétait.

— Je te retrouve là-bas, lui dit-elle en se levant de table.

Mais il la retint en posant une main sur son bras.

— Je ne vais pas te quitter d'une semelle, Roni.

Malgré le contexte, ces mots la troublèrent, et elle sentit son corps et son esprit s'emballer. Voilà l'effet que lui faisait Trey... À son contact, la responsable et raisonnable Roni en venait à désirer follement des choses qu'elle savait pourtant impossibles.

— Je peux m'en sortir toute seule, lui répondit-elle en s'éloignant.

Mais il se leva immédiatement et posa une main dans le bas de son dos.

Puis il se pencha vers elle et lui murmura à l'oreille :

— Je serai comme ton ombre, répéta-t-il avec un sourire.

Elle ne répondit pas. Elle ne voulait pas perdre de temps à se disputer avec lui, alors qu'ils avaient tant de choses à régler. Les étudiantes disparues. La mort étrange de Doug et les questions que cela posait quant à son intégrité. Et à celle de Trey également... Sans oublier sa propre sécurité.

Il ne leur fallut que quelques minutes pour arriver au poste de police. Ils décidèrent que Trey l'attendrait sur l'esplanade devant le bâtiment, il valait mieux rester discret au sujet de leur collaboration.

Elle se dirigea vers le bureau du capitaine Rogers. Il était en train de téléphoner lorsqu'elle arriva sur le pas de sa porte. Il sembla un peu surpris, mais lui fit signe d'attendre. Moins d'une minute plus tard, il raccrocha et l'invita à entrer.

Elle referma la porte derrière elle et, gênée par ce qu'elle s'apprêtait à demander, se posta nerveusement devant son bureau.

— Inspecteur Lopez, que puis-je faire pour vous ?

— Je comprends que ce n'est pas le moment idéal pour demander cela, surtout après l'arrivée récente de mon collègue, et compte tenu de l'enquête en cours et de tout le reste, répondit-elle en se balançant d'avant en arrière. Cependant, j'ai besoin de prendre quelques jours de congés.

Rogers fronça les sourcils et la regarda attentivement.

— Vous avez raison de dire que le moment est mal choisi, inspecteur. Pourriez-vous me dire pourquoi vous faites une telle demande ?

— Je... Je préfère ne pas en parler, monsieur, lui répondit-elle, incapable de mentir à son supérieur.

Rogers se laissa aller en arrière contre le dossier de son fauteuil, appuya les coudes sur les accoudoirs et croisa les doigts devant lui. Il l'examina attentivement avant de laisser échapper un profond soupir et de se redresser.

— D'accord, je vais m'arranger, Roni. Est-ce que trois jours suffiraient ?

Trois jours et tant de choses à faire... Cependant, s'absenter plus longtemps risquerait d'attirer l'attention. Et vu l'état actuel des choses, elle savait que son absence allait faire jaser.

— Je l'espère, monsieur.

Sans attendre de confirmation, elle se retourna et allait quitter le bureau quand Rogers ajouta :

— Soyez vigilants, Trey et vous.

Elle lui lança un regard par-dessus son épaule et acquiesça.

— Bien sûr, chef.

Elle quitta ensuite rapidement la pièce pour se rendre à son poste de travail. Heath Williams était assis à un petit bureau à quelques mètres seulement du sien et parlait au téléphone. Lorsqu'elle passa devant lui, il la salua d'un hochement de tête avant de la regarder avec étonnement ranger ses affaires dans son sac à dos.

Il mit fin à sa conversation et s'approcha d'elle.

— Quoi de neuf, Lopez ?

— Je suis désolée de t'annoncer ça à la dernière minute, lui répondit-elle en finissant de ranger ses notes dans son sac, mais je prends quelques jours de congés.

Heath secoua la tête, l'air interloqué, et passa une main dans ses longs cheveux blonds.

— Maintenant ? lui demanda-t-il sans masquer son agacement. Au beau milieu de notre enquête ?

— Je suis désolée, c'est personnel, lui dit-elle en mettant son sac sur son dos.

— Et qu'est-ce que je suis censé faire pendant ton absence ? Tu es l'inspectrice principale de cette affaire, dit-il en haussant le ton.

Quelques têtes se tournèrent alors qu'il la suivait hors de la pièce. Elle se retourna vers lui et lui jeta un regard glacial.

— Nous étions convenus d'interroger à nouveau notre témoin pour voir si de nouveaux souvenirs ne lui étaient pas revenus en mémoire depuis la dernière fois.

— Et ensuite ? lui demanda Heath en posant les mains sur ses hanches.

Roni sortit son téléphone de sa poche et l'agita devant lui pour lui rappeler qu'elle restait joignable.

— Rédige le compte rendu de l'interrogatoire et envoie-le-moi. Essaye d'obtenir tous les noms des employés du club et de l'hôtel qui travaillaient le soir où les jeunes femmes ont été enlevées. Après cela, appelle-moi pour que nous puissions réfléchir aux prochaines étapes.

Son collègue serra les dents en écoutant ses directives. Ils travaillaient ensemble depuis peu, mais Roni avait découvert qu'il n'aimait pas devoir rendre des comptes, surtout à une femme. C'était pourtant le prix à payer pour monter en grade et quitter la brigade des mœurs.

Devant son silence, elle fit quelque chose qui n'était pas dans ses habitudes. Elle fit valoir son autorité.

— Autre chose, inspecteur Williams ?

Une expression de colère apparut sur le visage de son collègue.

— Non, rien d'autre, inspecteur Lopez. Profitez bien de vos vacances, conclut-il en appuyant sur ses derniers mots comme s'il s'agissait d'une malédiction.

Elle ne prêta pas attention à son commentaire et quitta rapidement la vaste salle, non sans remarquer que certaines de ses collègues lui adressaient un pouce en l'air en guise d'encouragement.

Alors qu'elle quittait le bâtiment climatisé, la chaleur et l'humidité de l'après-midi à Miami l'accablèrent. Mais ce n'était rien en comparaison de la vague de désir qui la submergea à la vue de Trey, qui était nonchalamment assis sur une des bornes devant le commissariat. Il l'attendait. Mais pas pour les raisons dont elle rêvait...

Elle se dirigea vers lui en espérant qu'il enlèverait ses lunettes de soleil pour qu'elle puisse admirer ses yeux. Ses yeux incroyables, dont la couleur rappelait celle des eaux des Caraïbes.

— Tout va bien ? lui demanda-t-il en se redressant lentement.

Il devait mesurer plus d'un mètre quatre-vingt-dix. En dépliant son corps puissant, il grimaça, et elle comprit qu'il souffrait encore de ses blessures.

— Très bien, répondit-elle en se dirigeant vers sa Camaro SS. Nous avons trois jours.

— Trois jours ? répéta-t-il, l'air surpris.

Mais il haussa les épaules et la suivit jusqu'à la voiture.

— C'est tout ce que ça te fait ? s'étonna-t-elle en remarquant son calme. Rien ne te perturbe donc jamais ?

Il déverrouilla le véhicule, mais avant d'y monter baissa ses lunettes de soleil d'un doigt et posa sur elle son regard bleu si serein.

— Il y a bien une chose qui le pourrait...

Quel sombre idiot ! Pourquoi lui as-tu dit ça ? se reprocha Trey en se hâtant de monter dans la voiture.

Roni garda le silence tandis qu'elle s'asseyait sur le siège passager, mais une tension palpable s'installa entre eux.

— Sophie et Rob nous attendent, lui dit-il pour tenter de dissiper le malaise. Nous avons rendez-vous dans les locaux de South Beach Security.

— Tu es prêt à travailler avec SBS ? lui demanda-t-elle en lui jetant un regard en coin.

— Plus que jamais, lui répondit-il. Même si c'est dur pour moi de le reconnaître, nous avons besoin de leur aide sur cette affaire.

— Parce que nous ne savons pas en qui nous pouvons avoir confiance, dit-elle d'un ton qui lui parut une nouvelle fois étrange.

— C'est ça... Enfin à part en nous deux, n'est-ce pas ?

Il tourna rapidement la tête pour observer sa réaction.

— Oui, nous deux et les membres de famille. Mais nous ne disposons que de trois jours, Trey. Est-ce que ce sera suffisant ?

Elle se mordillait la lèvre inférieure et pressait ses mains l'une contre l'autre sur ses genoux. Il posa sa main libre sur les siennes et les serra doucement pour la réconforter.

— Nous ferons en sorte que ce le soit, conclut-il en conduisant vers le centre de Miami.

Quand un des bâtiments classés de style Art déco du centre-ville avait été gravement endommagé par un ouragan et qu'il avait dû être démoli, la famille Gonzales avait saisi l'opportunité et avait acheté le terrain. Elle y avait fait construire un immeuble plus grand et plus moderne, mais avait conservé le style Art déco pour respecter une harmonie esthétique dans le quartier historique.

Grâce à son laissez-passer, Trey put entrer dans le parking souterrain sous les locaux et se garer sur la place réservée par sa famille qui espérait toujours le voir accepter un jour de rejoindre l'entreprise familiale.

— Prête ? demanda-t-il à Roni en se tournant vers elle après avoir éteint le moteur.

Pour Roni, la question était surtout de savoir si Trey allait réussir à collaborer avec les siens.

Depuis des années, les Gonzales attendaient qu'il quitte la police pour venir travailler avec eux. Et lorsque Trey avait failli mourir lors de la fusillade, leur envie s'était encore renforcée.

Ce n'était pas la première fois que Trey frôlait la mort. Au fil des ans, l'inquiétude des membres de sa famille avait grandi. Il avait fait partie des marines déployés en Irak, puis avait rejoint les forces de l'ordre où il avait travaillé sous couverture dans certaines opérations des plus dangereuses.

Bien qu'elle soit elle-même inspectrice de police, et qu'elle soit actuellement en danger, Roni souhaitait aussi que Trey change de profession pour un métier moins risqué.

— Tout va bien ? lui demanda-t-il en la voyant perdue dans ses pensées.

— Oui, pardon, lui répondit-elle avec un petit sourire. Merci d'avoir sollicité l'aide de ta famille pour m'aider.

— Pour *nous* aider, Roni, la reprit-il en posant la main sur sa joue. Je te rappelle que cette histoire nous concerne tous les deux. Nous devons assurer ta sécurité et découvrir la vérité.

— La vérité ? Et si nous découvrons que Doug était corrompu ? Que ferons-nous ?

— Nous devrons composer avec, lui répondit-il le visage fermé. Il n'y a pas d'autre choix.

Il sortit de la voiture et se dirigea vers l'escalier d'un pas légèrement hésitant mais assez rapide pour forcer Roni à accélérer l'allure.

Une fois dans le hall d'entrée, l'agent de sécurité posté à l'accueil les aperçut et ouvrit la grille pour leur permettre d'accéder aux ascenseurs.

Les bureaux principaux de South Beach Security se trouvaient à l'un des étages les plus élevés du bâtiment. Les niveaux inférieurs abritaient un certain nombre de leurs différents départements, ainsi que quelques locataires indépendants.

À chacune de ses visites dans les locaux de SBS, elle ne pouvait s'empêcher d'être impressionnée par les bureaux luxueusement aménagés et les immenses baies vitrées qui offraient une vue imprenable sur le centre-ville et au-delà sur la baie de Biscayne et les plages de Miami.

Une jeune femme latino-américaine était assise derrière une grande table de style colonial espagnol en ébène qui avait été transformée en bureau de réceptionniste. En les voyant, elle se leva et leur montra du doigt l'une des salles de réunion.

— Tout le monde vous attend, inspecteur Lopez, leur dit-elle avec un sourire chaleureux.

— Que voulez-vous dire par « tout le monde », Julia ? déclara Trey avec un air légèrement surpris.

— Presque tout le monde, corrigea-t-elle en se mordant la lèvre. Seuls vos *abuelos* ne sont pas... encore arrivés.

Seuls ses grands-parents n'étaient pas encore là ? Cela voulait-il dire que tous les membres de la famille Gonzales étaient présents ? se demanda Roni, qui n'était pas certaine de se sentir prête à affronter tout le clan en même temps.

En voyant Trey se raidir, elle comprit qu'il ne l'était pas plus. Mais ils n'avaient pas d'autres choix... Se passer de l'aide de SBS dans cette affaire délicate et dangereuse serait stupide. De plus, le temps pressait, et chaque minute qui s'écoulait réduisait leurs chances de retrouver les étudiantes disparues.

Trey alla jusqu'à la porte, l'ouvrit et la laissa entrer. Une grande partie de la famille Gonzales était présente. Carolina et Mia étaient installées autour de la table de la salle de conférences ainsi que le jeune frère de Trey, Ricky, et ses cousins Whitaker, les experts de l'informatique, Josefina – que tout le monde appelait Sophie – et Robert. Ils partageaient tous le même héritage génétique, ce qui se voyait à travers leurs traits physiques communs : des cheveux bruns, des yeux clairs, un nez romain et des fossettes au menton.

Le père de Trey, Ramon Jr, surnommé Ramoncito par les siens, était assis en bout de table. Trey était le troisième Ramon dans l'arbre généalogique, voilà pourquoi il portait ce surnom.

À soixante-deux ans, le père de Trey était toujours un homme à la carrure imposante. Quelques mèches argentées venaient éclairer ses tempes, renforçant l'air digne qu'il affichait en tant que chef d'une des familles les plus en vue de Miami.

Samantha, la mère de Trey, était installée en face de son époux. Mère au foyer, elle avait élevé Trey et ses frère et sœur, et était devenue, lorsqu'ils avaient tous quitté le foyer, une véritable mère poule pour tous les employés de SBS. C'était une très belle femme aux yeux verts qui portait la plupart du temps ses longs cheveux bruns relevés en un simple chignon haut.

— Je crois que je commence à comprendre comment l'Inquisition espagnole a dû débuter, déclara Trey avec un mélange d'humour et d'inquiétude.

— Je suis désolée, Trey, dit Sophie. Quand oncle Ramoncito a appris que tu avais besoin de notre aide, nous n'avons rien pu faire.

— C'est ma faute, Josefina, avoua le père de Trey en tendant la main vers eux. Trey, Veronica, venez-vous asseoir avec nous.

Trey s'approcha de sa mère, de Sophie, de Carolina et de Mia pour les prendre dans ses bras. Il serra ensuite la main de son père, de son cousin et de son frère.

Roni sentit le soulagement l'envahir. Même s'il était en colère contre les membres de sa famille, Trey semblait vouloir apaiser la situation. Mia lui avait déjà confié que Trey et son père restaient parfois fâchés pendant des jours après certaines disputes. Des disputes qui concernaient la plupart du temps l'avenir de Trey et sa volonté de ne pas rejoindre SBS.

Après avoir salué l'assemblée d'un geste de la main, elle fit le tour de la table, et lorsqu'elle arriva à côté de Trey, il lui adressa un sourire chaleureux et lui désigna la chaise vide à côté de lui. Il attendit qu'elle s'asseye, puis prit place à son tour et déclara :

— Je vous remercie tous d'être venus. Cela dit, je pense qu'une réunion en petit comité aurait été plus appropriée. La présence de certains d'entre vous ne sera peut-être pas nécessaire.

— Chéri, tu sais bien que nous ne voulons que ton bien, intervint sa mère d'un ton apaisant en tendant la main vers lui comme pour plaider en leur faveur.

Trey laissa échapper un profond soupir et acquiesça.

— Je le sais et j'apprécie votre soutien, maman. Mais, pour ne rien vous cacher, la situation a considérablement changé depuis que j'ai parlé à Rob et Sophie.

Il jeta un rapide coup d'œil à Roni comme pour lui demander la permission d'en dire plus. Elle hocha la tête, et il continua.

— Nous pensons que quelqu'un a tenté de tuer Roni aujourd'hui, probablement parce qu'elle a vu quelque chose qu'elle n'aurait pas dû voir, la nuit où Doug est mort. Nous allons avoir besoin de votre aide. Enfin, si vous êtes d'accord.

— *Mi hijo*, répondit immédiatement Ramoncito, évidemment que nous allons vous aider, de toutes les manières possibles. Je suis heureux de voir que ton orgueil ne t'a pas empêché de te tourner vers nous.

Roni était assise suffisamment près de Trey pour percevoir qu'il réagissait physiquement aux paroles de son père. Malgré la tension qui semblait l'avoir envahi, il garda cependant son calme et lui répondit avec une apparente tranquillité :

— Merci, papa. Maintenant, nous allons pouvoir passer aux choses sérieuses.

5

La mère de Trey les conduisit jusqu'à l'appartement situé à l'étage au-dessus des bureaux de SBS. Celui-ci était normalement réservé aux invités importants ou aux membres de la famille lorsqu'ils devaient rester exceptionnellement tard dans la nuit. L'ascenseur privé qui y menait se trouvait entre les bureaux des membres de la famille et un grand centre technologique où Sophie et Rob travaillaient. Les deux étages inférieurs étaient réservés aux autres employés de l'entreprise.

— Nous avons pensé que cet endroit serait parfait pour vous y installer et travailler sur cette affaire, lui dit Samantha en désignant le penthouse luxueusement décoré.

— Ce n'était pas nécessaire, maman, lui répondit Trey, à la fois embarrassé et inquiet.

Sa mère pouvait se montrer étouffante, et l'idée de vivre à côté de Roni, qui était devenue une jeune femme si séduisante, le rendait un peu nerveux.

— Roni et toi serez en sécurité ici, mon chéri, lui dit-elle en lui tendant la clé de l'appartement sécurisé. Les jumelles sont parties faire quelques courses pour vous, donc vous n'avez aucune inquiétude à avoir. Et si vous manquez de quelque chose, dites-le-nous, et nous enverrons un stagiaire pour vous le chercher.

— Merci, madame Gonzales, lui répondit Roni d'un ton reconnaissant, même si Trey se doutait qu'elle devait être aussi gênée que lui. Merci à toute votre famille. Nous n'en espérions pas tant.

— Ne vous inquiétez pas, fit Samantha en déposant un baiser sur la joue de son fils puis sur celle de Roni avant de se diriger vers l'ascenseur. Rob et Sophie ne vont pas tarder à vous rejoindre pour travailler avec vous. Ricky passera peut-être, lui aussi, au cas où vous auriez besoin de discuter un peu.

Une fois Samantha partie, Roni regarda Trey avec surprise.

— Ricky ? Ton frère, le psychologue ? Il peut nous aider à établir un profil ?

— Non, malheureusement ce n'est pas son domaine de compétence. Je crois que mes parents s'inquiètent surtout de la façon dont je vis le décès de Doug. Mais le département m'a déjà mis en contact avec quelqu'un.

— À propos de cela, comment te sens-tu ? Comment gères-tu l'idée d'avoir failli mourir ?

— Ce n'est pas la première fois qu'on me tire dessus, et j'ai déjà frôlé la mort à plusieurs reprises. Je te rappelle que j'étais dans les marines, lui répondit-il avec légèreté.

Elle se rapprocha alors de lui et le surprit en posant la main sur son torse. Dans son regard, brûlait un feu ardent.

— Ne prends pas cet air détaché, Trey. C'est normal que ta famille s'inquiète pour toi. Ils veulent que tu sois en sécurité et heureux.

Il lui prit la main et l'attira vers lui. La sensation de son corps souple contre le sien éveilla en lui un désir instantané.

— Et toi, Roni ? Est-ce que tu t'inquiètes pour moi ?

La sonnerie de l'ascenseur retentit, annonçant l'arrivée de Sophie et Rob.

Trey lâcha Roni, mais avant de se séparer d'elle il réussit à lui glisser :

— Cette discussion est loin d'être terminée.

Bien sûr que si, pensa-t-elle en son for intérieur. Il n'était pas question qu'elle laisse son attirance pour lui la distraire de leur travail.

Sophie et Rob sortirent de l'ascenseur, leurs ordinateurs portables sous le bras. Ils se dirigèrent directement vers le salon, et Roni les suivit, son sac à dos à la main.

Les cousins s'installèrent d'un côté de la table et allumèrent leurs ordinateurs. Trey vint les rejoindre et prit place en bout de table. En le voyant à cet endroit, Roni se dit qu'il serait parfait pour gérer SBS, comme le souhaitait sa famille. Elle s'assit à sa droite et sortit ses notes.

— Tu as dit que tu avais besoin d'informations à propos d'un compte en banque, c'est ça ? demanda Sophie à Trey.

Roni leur donna les copies des relevés du compte de Doug que Ramirez et Anderson avaient remis à Trey, avec les détails des dépôts.

— Les agents des Affaires internes pensent que ces sommes représentent des paiements illégaux versés à mon collègue, Doug Adams, leur expliqua Trey en leur montrant les documents.

— Et vous croyez que c'est le cas ? leur demanda Rob, d'un ton neutre.

— Non, lui répondit Roni. Mais Doug s'est comporté de manière étrange le soir où il est mort. Et je l'ai vu parler au principal suspect de l'affaire sur laquelle je travaille.

Elle leur tendit le portrait-robot de l'homme.

— OK, et vous pensez que ce que Trey et Doug ont découvert ce soir-là est lié à ton enquête sur les étudiantes disparues, Roni ? s'enquit Sophie en examinant attentivement le dessin avant de le tendre à Rob.

— Oui, confirma Trey. Et nous croyons également que ce même homme a essayé de renverser Roni en voiture, parce qu'elle l'a surpris en train de discuter avec Doug ce soir-là. Si nous arrivons à découvrir son identité et celle de ses employeurs...

— Vous trouverez peut-être qui est responsable de la mort de Doug, du trafic de ces jeunes femmes et des enlèvements..., conclut Sophie.

— Et qui a essayé de tuer Roni, ajouta Trey.

— Ne vous inquiétez pas pour moi, leur dit-elle en leur tendant les photos des étudiantes disparues. Notre priorité est de trouver rapidement les responsables. Ce sont ces jeunes femmes qui sont importantes. Elles, ainsi que les membres de la famille de Doug. Nous ne pouvons pas laisser sa femme et ses enfants croire qu'il était un criminel.

Sophie et Rob acquiescèrent en même temps. Ils se ressemblaient tant qu'elle avait toujours cru qu'ils pourraient être des jumeaux, malgré leurs deux ans d'écart d'âge. Et bien que Sophie soit la plus jeune des deux, Roni avait souvent l'impression que c'était elle qui menait la danse.

Ils échangèrent un regard, et Sophie conclut :

— Très bien. Nous allons d'abord chercher l'origine de ces versements. Cependant, il faut que vous compreniez une chose : il est possible que cela soit réellement de la corruption.

— Ce ne sera pas le cas, répondit Trey avec détermination. Je connaissais Doug, je lui faisais confiance. Ce n'était pas un flic pourri.

Sophie et Robe échangèrent un autre regard.

— Nous allons faire tout notre possible pour clarifier toute cette histoire.

— Et le portrait-robot ? s'enquit Roni. Est-ce que ça peut servir ?

— Est-il vraiment précis ? demanda Rob, en examinant le croquis.

— Je pense, oui, lui répondit Roni. Notre témoin le trouve fidèle. De mon côté, je suis pratiquement certaine que c'est l'homme que j'ai vu parler à Doug et qui a voulu me renverser en voiture aujourd'hui.

— Nous allons le scanner puis nous utiliserons un logiciel de reconnaissance faciale pour tenter d'obtenir une correspondance, répondit Rob en reposant le dessin sur la table.

— Mais vous n'avez pas accès à la base de données de la police ? demanda soudain Trey en fronçant les sourcils.

Sophie se mordit la lèvre inférieure et eut un petit rire nerveux avant de répondre :

— N'oublie pas que nous sommes des hackers éthiques, Trey. Mais il y a tellement de photos publiques disponibles sur les réseaux sociaux et sur Internet en général que nous n'aurons peut-être même pas besoin d'aller très loin pour identifier votre suspect.

— Grâce à votre logiciel, vous allez pouvoir passer en revue toutes les photos en ligne ? s'étonna Roni.

— Non seulement, nous pouvons le faire, mais nous allons le faire. Je ne comprendrai jamais pourquoi les gens se plaignent du manque de respect de leur vie privée, alors qu'ils partagent tant d'informations personnelles en ligne, précisa Rob en levant les yeux au ciel.

La sonnerie de l'ascenseur les interrompit, et Carolina et Mia firent leur apparition dans l'appartement sans cesser de bavarder. Les bras chargés de paquets, elles se dirigèrent vers le canapé, où elles les déposèrent, puis vinrent se joindre à tout le monde autour de la grande table.

— Combien de magasins avez-vous pillés ? demanda Trey en découvrant la montagne de sacs.

Plusieurs d'entre eux venaient des boutiques de mode les plus prestigieuses de Miami.

— Si vous devez rester coincés ici…, lui répondit Mia.

— Nous n'allons pas rester ici, nous allons poursuivre nos investigations, peu importe où elles nous mèneront, déclara Roni.

Les jumelles regardèrent Trey, attendant qu'il se prononce sur la question.

— Roni a raison, finit-il par admettre en levant les mains. Nous ne prendrons pas de risques inutiles, mais nous ne pouvons certainement pas vivre cloîtrés ici si nous voulons résoudre cette affaire.

— Mais sachez que nous apprécions tout ce que vous faites pour nous et que nous resterons très prudents, affirma Roni en sentant le soulagement l'envahir.

— Quel est votre plan ? leur demanda Carolina en croisant les bras sur sa poitrine.

Elle portait un chemisier en lin de couleur vive qui devait être la création d'un styliste. Mia et elle recevaient régulièrement des vêtements et d'autres articles en échange de mentions sur leur blog et sur les réseaux sociaux.

Concernant la suite des événements, Roni pensait qu'il fallait d'abord retourner au club où elle avait surpris Doug en pleine discussion avec son suspect.

— Nous allons continuer nos recherches, répondit-elle en jetant un coup d'œil à Trey, sachant qu'il comprendrait pourquoi elle préférait garder leurs projets secrets. Nous cherchons notre principal suspect ainsi que l'informateur de Trey.

— Comment pouvons-nous vous aider ? demanda Mia.

— La seule chose que vous puissiez faire, réagit Trey d'un ton ferme, est de ne pas vous rendre dans ce club pour le moment.

— Promis, juré, *hermano,* nous t'obérions au doigt et à l'œil.

Trey, Sophie et Rob éclatèrent de rire, et Carolina et Mia levèrent toutes les deux les yeux au ciel presque simultanément, confirmant encore une fois qu'elles méritaient bien leur surnom de jumelles.

— Nous devrions nous remettre au travail. Les ordinateurs sont plus puissants à l'étage inférieur, déclara Sophie en fermant son ordinateur portable.

Rob l'imita et, après avoir salué l'assemblée, sa sœur et lui se dirigèrent vers l'ascenseur et redescendirent dans leurs bureaux.

— Si vous avez l'intention de sortir travailler ce soir, nous pourrions peut-être manger un morceau ensemble avant, proposa Mia en sortant son téléphone portable. Je peux commander quelque chose dans l'un des restaurants du coin.

Sans attendre leur réponse, elle passa la commande.

Roni avait dîné tant de fois avec ses amies qu'elles connaissaient ses goûts. Et elles savaient qu'un plat cubain, un assortiment de bananes plantain et quelques smoothies ne déplairaient de toute façon à personne.

— Tu es vraiment incroyable, Mia, déclara Trey d'un ton plein de tendresse.

— C'est sûr, Ramoncitoto, rétorqua sa sœur pour le taquiner. Carolina et moi voulons seulement vous aider, tu sais.

54

— Eh bien, ce qui nous aiderait vraiment, c'est que vous restiez à l'écart, lui répondit-il en les montrant du doigt, l'une après l'autre. Toutes les deux.

Roni éclata de rire, et Trey la fusilla du regard.

— Je suis sérieux, Roni.

— Je sais, mais Carolina et Mia sont des adultes. Ce n'est pas à toi de leur dire ce qu'elles peuvent faire ou pas, même si c'est pour les protéger, lui répondit-elle avant de jeter un regard d'avertissement à ses amies.

— À vos ordres ! déclara Carolina en faisant une révérence avec un sourire moqueur.

Pour détendre l'atmosphère, Roni se leva et invita tout le monde à mettre la table.

Les jumelles la suivirent immédiatement jusque dans la cuisine où elles prirent des sets de table, des assiettes, des verres et des couverts. Pendant ce temps, Trey sortit du frigo quelques sodas à servir en plus des smoothies.

Quelques instants plus tard, le téléphone de Mia bipa, indiquant qu'elle avait reçu un message.

— Le livreur est arrivé, dit-elle en regardant l'écran. Je descends chercher notre repas.

— Pas la peine, intervint Trey, je m'en charge.

Il se précipita vers l'ascenseur sans attendre sa réponse.

Dès qu'elles se retrouvèrent seules, les jumelles fondirent sur Roni et l'assaillirent de questions.

— Est-ce vraiment aussi grave que ce qu'il dit ? lui demanda d'abord Mia.

— Tu crois que tu vas réussir à rester ici toute seule avec lui ? ajouta Carolina.

— Oui, et oui, leur répondit Roni, avant de leur lancer un regard inquiet. Mais, les filles, je compte vraiment sur vous. Ne retournez surtout pas dans ce club.

Elle craignait que ses amies puissent devenir des cibles potentielles si le suspect établissait un lien entre Trey et elle. Même s'il

55

avait fait très attention à cacher son identité lorsqu'il travaillait sous couverture, elle se demandait si ce secret n'avait pas été compromis par les récents reportages que la télévision avait diffusés sur la fusillade qui avait coûté la vie de Doug.

Les jumelles levèrent toutes les deux une main en l'air, comme pour prêter serment ou faire une promesse de scout.

— C'est promis. De toute façon nous n'avons pas la moindre envie de vous distraire de votre enquête, déclara Carolina.

— Et nous vous en remercions, répondit Roni alors que l'ascenseur annonçait le retour de Trey.

— Mais promets-moi une chose, toi aussi, ajouta alors Mia en se penchant pour lui parler à l'oreille.

— Quoi ? murmura Roni.

— Ne laisse pas passer cette chance avec Trey.

6

Mais qu'ont-elles en tête ? se demanda Roni en passant la main sur la robe rouge moulante que Mia et Carolina lui avaient offerte.

Même si elle avait déjà porté des vêtements sexy pour des missions, jamais encore elle ne l'avait fait avec Trey...

En se dirigeant vers la porte de sa chambre, elle aperçut son reflet dans le miroir et grimaça en remarquant que ses seins semblaient presque déborder de son décolleté.

Tu peux y arriver, se dit-elle en rejoignant l'espace commun de l'appartement où Trey l'attendait, assis sur le canapé.

À son approche, il ouvrit grand les yeux, et elle vit une étincelle s'allumer dans son regard. Il feignit l'indifférence alors qu'elle passait une main sur son ventre pour tenter de calmer les papillons qui y dansaient.

Il s'était lui aussi changé et portait maintenant une chemise cubaine en lin blanc cassé qui mettait en valeur ses larges épaules et qu'il avait soigneusement rentrée dans un jean seyant.

— As-tu des nouvelles de Sophie et Rob ? lui demanda-t-elle en décidant de se concentrer sur le côté professionnel.

— Ils travaillent d'arrache-pied, lui répondit Trey en acquiesçant. Ils espèrent avoir quelque chose à nous présenter demain.

— Génial ! s'exclama Roni. Pour ce soir, où veux-tu qu'on aille en premier ?

— En relisant tes notes, j'ai vu que les deux femmes rescapées ont toutes les deux affirmé que quelqu'un les avait emmenées depuis l'hôtel de luxe où elles passaient la soirée à une fête privée, déclara Trey en insistant sur le mot « fête » et en mimant des guillemets.

Roni hocha la tête et lissa une nouvelle fois le tissu de sa robe.

— Heath et moi avons récemment identifié les deux établissements où elles se sont rendues la nuit où elles ont été droguées. Je lui ai demandé de dresser la liste des employés qui y travaillaient ce soir-là pour les interroger.

— Nous n'avons qu'à commencer par aller faire un tour dans le premier hôtel afin de nous faire une idée de la clientèle et du personnel. Nous pouvons essayer de récolter des informations en attendant la liste de Heath. Est-ce que tu penses qu'on peut lui faire confiance ?

Trey observa Roni qui semblait envahie par des émotions contradictoires. Son visage oscillait entre incertitude, détermination et tristesse.

— J'aimerais le croire, lui répondit-elle finalement, seulement... Heath est la seule personne à qui j'ai dit que je me rendais chez Barnacle Bill.

— Je crois qu'on devrait demander à Rob et Sophie de fouiller ses relevés téléphoniques, lui répondit Trey après un instant de réflexion.

Roni secoua la tête, les lèvres pincées.

— Cela ne fait que deux semaines que nous travaillons ensemble, mais cela m'a suffi pour comprendre qu'il était intelligent. S'il a passé des appels compromettants, il l'aura fait depuis un téléphone prépayé, c'est sûr.

— Tu as raison, approuva Trey. Bon, allons faire un tour dans cet hôtel et voyons ce qu'on y trouvera. Si des soirées privées ont lieu dans cet endroit, quelqu'un doit certainement être au courant.

— Et si c'est le cas ? lui demanda Roni en essayant une nouvelle fois de tirer sur sa robe pour la faire descendre un peu plus bas.

Mais sa tentative fut vaine, et elle ne réussit qu'à attirer davantage l'attention de Trey sur ses longues jambes élancées, perchées sur ses hauts talons.

Trey inspira profondément pour contenir le désir qui montait en lui.

— Si le but de ces soirées est d'appâter des jeunes femmes séduisantes, eh bien...

Il s'interrompit, toussa dans sa main et détourna ensuite le regard en ajoutant :

— Tu as le profil idéal.

— Dans ce cas, allons-y ! conclut-elle.

Quand elle passa devant lui, il remarqua qu'elle avait rougi. De son côté, il était tout aussi embarrassé.

Il se demanda alors si travailler en collaboration avec elle sur cette enquête était une si bonne idée.

Mais elle était intelligente, et leurs affaires comportaient des liens évidents. Et après la tentative d'assassinat dont elle avait été victime, il n'était pas question qu'il la laisse se débrouiller seule.

Bien qu'elle soit capable de se défendre, il refusait de prendre le moindre risque.

Il la suivit donc dans l'ascenseur, qui les amena au rez-de-chaussée où se trouvait l'agent de sécurité de nuit, posté près de la réception. L'homme leur adressa un petit signe de tête alors qu'ils se dirigeaient vers l'ascenseur qui menait au parking.

Arrivé devant sa voiture, Trey s'arrêta subitement.

— Quelque chose ne va pas ? lui demanda Roni.

— Si quelqu'un nous suit, il doit maintenant connaître le modèle de voiture que je conduis. Je pense que nous ferions mieux d'emprunter une des voitures de SBS. Attends-moi ici.

Il marcha jusqu'au bureau du gardien et, après avoir échangé quelques mots avec lui, en ressortit avec un trousseau de clés et se dirigea vers la voiture que le gardien lui avait montrée. C'était une BMW décapotable gris anthracite.

Une fois installé au volant, il démarra et roula jusqu'à l'endroit où se trouvait Roni. En voyant le véhicule, elle haussa les sourcils avec un air surpris et jeta un regard inquiet sur sa tenue. Puis elle ouvrit la portière et s'assit sur le siège passager en tirant sur sa robe pour tenter de dissimuler ses jambes.

En découvrant le grain de sa peau à l'aspect si velouté, il sentit le désir se réveiller en lui.

C'est Veronica, se dit-il pour essayer de garder son sang-froid. *L'agaçante petite Veronica qui nous suivait partout Ricky et moi quand nous étions enfants. La meilleure amie de Carolina et Mia...*

Et une superbe et incroyable jeune femme, ajouta sa petite voix intérieure.

— Je n'ai toujours pas réussi à joindre mon indic, dit-il pour se changer les idées. Je devrais peut-être demander à quelqu'un de localiser son téléphone portable.

— Tu crois qu'il pourrait être mort ? lui questionna Roni avant de se mordre la lèvre.

— Je n'en ai aucune idée, répondit Trey en haussant les épaules. Mais s'il est en vie, il peut avoir des informations précieuses sur celui qui se cache derrière ce réseau de prostitution.

— Et sur la disparition de mes étudiantes...

— Il sait peut-être surtout où elles se trouvent, ajouta Trey en s'engageant sur la route qui menait vers South Beach.

En passant près de Terminal Island, les souvenirs de la fusillade lui revinrent. Les mains crispées sur le volant, il dépassa l'archipel des îles vénitiennes, où se trouvaient certaines des maisons les plus chères de Miami, ainsi que la propriété de la famille Gonzales.

Après avoir traversé le pont, il roula sur Ocean Drive, et la circulation devint plus difficile, ce qui était normal pour un vendredi soir dans ce quartier très fréquenté. Il fit un détour par Collins et descendit jusqu'à l'un des grands hôtels, le Del Sol, où il s'arrêta devant le service de voituriers. Après avoir donné sa clé, il se dépêcha d'aller ouvrir la portière à Roni et l'aida à sortir de la voiture.

Main dans la main, ils se dirigèrent ensuite vers l'entrée de l'établissement et montèrent les marches qui étaient revêtues d'une luxueuse moquette. La décoration du hall était un mélange d'éléments modernes et d'ornements de style français du XVIIIe siècle. Ils continuèrent leur chemin jusqu'au bar dont la terrasse donnait sur la piscine. La soirée battait son plein.

Trey jeta un coup d'œil rapide à Roni, qui lui fit signe de la tête en direction de la piste de danse. Tout en continuant à jouer leur rôle de couple amoureux, ils se joignirent aux danseurs qui se déhanchaient au rythme de la musique. Un DJ installé à l'autre bout de la terrasse mixait, la musique étant diffusée puissamment par des enceintes disposées tout autour de la piscine. Tout en dansant, Trey observait la foule, guettant le moindre indice d'un comportement suspect. Un simple coup d'œil à Roni lui suffit pour comprendre qu'elle faisait la même chose. Il porta son attention sur les serveurs qui apportaient des boissons aux tables des femmes seules, obéissant manifestement aux ordres d'un homme assis au bar. Cependant, si ce genre de comportement semblait acceptable pour aborder une inconnue, il y avait trop de va-et-vient entre les serveurs et les femmes concernées.

L'homme au bar portait un costume en soie qui semblait plutôt coûteux et une chemise d'un blanc éclatant, ouverte, qui découvrait la moitié de son torse. Trey crut distinguer une chaîne en or autour de son cou.

Alors qu'il levait le bras pour attirer l'attention du barman, Trey aperçut également une montre de grande valeur à son poignet. Ses cheveux blonds mi-longs étaient coupés court sur les côtés, tandis que les pointes étaient plaquées vers l'arrière avec du gel. Son style n'était pas si différent de celui des autres hommes autour de la piscine, mais quelque chose dans son comportement intriguait Trey. Et son profil correspondait au portrait-robot de leur principal suspect.

Roni posa une main sur son bras pour attirer son attention et lui montra discrètement l'homme en question d'un signe de tête.

— Il ressemble beaucoup au type que nous recherchons, lui murmura-t-elle à l'oreille.

— C'est lui que tu as vu en train de parler avec Doug ? C'est lui qui conduisait la voiture ?

— Je ne sais pas. Peut-être… Il est trop loin.

Trey savait qu'il devait laisser sa partenaire gérer la situation, mais après ce qui s'était passé l'après-midi même, cette idée le mettait mal à l'aise. Roni était pourtant une inspectrice de police expérimentée, capable de prendre soin d'elle.

Il calma donc son inquiétude et hocha la tête.

— Je m'occupe du barman.

— De mon côté, je vais essayer d'approcher pour pouvoir mieux l'observer.

— Donne-moi un peu d'élan, lui dit-il en souriant.

Elle le repoussa alors comme s'ils étaient en train de se disputer.

Puis elle pivota sur ses hauts talons et s'éloigna en balançant les hanches au rythme de la musique. En constatant qu'elle attirait l'attention de plusieurs hommes, Trey ressentit une jalousie envahissante.

Endossant le rôle de l'amoureux rejeté, il se détourna de la piste de danse et prit le chemin le plus long pour rejoindre le bar en espérant être suffisamment loin de Roni pour que leur suspect ne le remarque pas. L'endroit était si bondé qu'il fallut quelques minutes au barman pour venir prendre sa commande.

— Une eau gazeuse, avec un zeste de citron et de la menthe fraîche, s'il vous plaît.

Trey voulait rester prudent, car il sentait ses blessures se réveiller. Il n'avait pas pris d'antalgiques avec lui et allait devoir attendre leur retour à l'appartement de SBS pour voir sa souffrance diminuer. Luttant contre la douleur, il observa l'homme, qui regardait Roni. Ce dernier esquissa un rapide sourire, et Trey comprit : une femme seule était une proie nettement plus facile à aborder qu'une femme entourée de ses amis.

Après un certain temps, le jeune serveur – qui d'après son badge se prénommait Mateo – apporta enfin son verre. Quand

Trey déposa deux billets de vingt dollars devant lui, il le regarda avec suspicion.

Trey désigna du menton l'homme qu'il surveillait et lui demanda :

— *¿ Quien es ?*

— Pourquoi me demandes-tu ça ? répliqua Mateo, visiblement méfiant.

— Parce qu'il regarde ma femme, voilà tout, lui répondit Trey en prenant un air agacé.

Le barman se hissa sur la pointe des pieds pour jeter un œil par-dessus la foule, puis hocha légèrement la tête.

— C'est un habitué, je crois qu'il occupe la suite au dernier étage, celle avec la terrasse.

Trey était sur le point de lui poser d'autres questions, mais de nouveaux clients firent signe à Mateo depuis l'autre bout du bar. Sans ajouter un mot, il se dirigea vers eux, et Trey reporta son attention sur Roni, alors qu'un serveur venait de lui apporter la boisson que l'homme en costume avait commandée pour elle.

D'un geste de la main, elle lui fit signe qu'elle n'en voulait pas. Trey ne put s'empêcher de rire en sirotant son eau gazeuse.

Cette fille est tellement intelligente, pensa-t-il.

Adopter une attitude hautaine semblait en effet être un moyen efficace de le maintenir à distance tout en l'observant de plus près.

Le type avait accepté le refus de Roni sans broncher et semblait maintenant avoir fixé toute son attention sur un groupe de jeunes femmes réunies autour d'une table qui levaient un toast en son honneur, probablement pour le remercier de leur avoir offert leurs verres. Percevant manifestement ce geste comme une invitation, l'homme se leva et se dirigea vers leur table qui se trouvait à quelques mètres de celle où était assise Roni.

Du coin de l'œil, Roni observa l'homme, qui se mêlait à un groupe de jeunes femmes. Ces dernières, visiblement désireuses de s'amuser, semblaient avoir une vingtaine d'années, l'âge des étudiantes disparues et des prostituées que Trey et Doug avaient retrouvées dans le conteneur de Terminal Island.

Elle tendit l'oreille pour tenter d'entendre leur conversation, mais la musique était trop forte, et elle ne put comprendre que quelques mots. Elle se déplaça donc légèrement sur sa chaise pour pouvoir mieux regarder le groupe et essayer de mémoriser le visage des filles.

Ces dernières portaient la tenue caractéristique des personnes qui fréquentent ces endroits réputés pour leur animation nocturne. Habillées pour se faire repérer, soigneusement coiffées et maquillées, et perchées sur de hauts talons, elles envoyaient un message clair. Un message que l'homme du bar semblait avoir très bien saisi.

Reportant son attention sur lui, Roni l'examina de la tête aux pieds, ce que celui-ci remarqua.

—Vous voyez un peu ce que vous ratez ? lui demanda-t-il avec un sourire amusé.

Ce qu'elle voyait surtout, c'était un costume luxueux, probablement taillé sur mesure pour ce corps musclé typique d'un accro de la salle de gym. Lorsque l'homme se rendit compte qu'il avait réussi à capter l'intérêt de Roni, il lui sourit. Ses lèvres pulpeuses s'écartèrent pour révéler des dents parfaites.

Elle remarqua que ses yeux sombres, presque noirs, semblaient éteints. L'homme qu'elle avait vu en train de parler avec Doug, cet individu au regard acéré, avait les yeux bleus. Mais elle croyait se souvenir que ses cheveux étaient de la même teinte, et son allure... Son allure était semblable à celle de la plupart des clients de cet endroit. Alors, s'agissait-il du même homme ? se demanda-t-elle.

7

Roni se leva d'un bond, attrapa sa pochette et quitta sa table pour s'éloigner de l'homme qu'elle observait et des jeunes femmes qui l'entouraient. Alors qu'elle se dirigeait vers le bar, elle eut l'impression de sentir ses yeux posés sur elle et s'assura que Trey voyait ce qu'elle faisait. Tout en espérant qu'il allait la suivre, elle se faufila entre les clients et les danseurs sur la piste et prit finalement la direction du hall d'entrée où elle pensait pouvoir être hors de vue.

Trey arriva quelques minutes plus tard et s'arrêta brusquement pour regarder autour de lui comme s'il la cherchait. Il finit par l'apercevoir et avança vers elle.

— As-tu pu l'observer de plus près ? lui demanda-t-il.

Roni vit soudain que l'homme et les jeunes femmes avaient quitté leur table pour marcher vers les ascenseurs. Elle poussa alors Trey devant elle, sortit son téléphone portable et fit semblant de le photographier, tout en prenant plusieurs photos de l'homme qui se tenait derrière lui. Elle espérait que certains clichés seraient assez nets pour permettre de l'identifier.

— Oui, j'ai pu mieux le regarder. Mais je ne suis toujours pas certaine qu'il s'agisse de celui qui discutait avec Doug et qui a tenté de me renverser. Nous pourrions peut-être montrer les photos que je viens de prendre aux victimes, suggéra-t-elle.

Trey jeta un coup d'œil par-dessus son épaule vers le groupe qui venait d'entrer dans l'ascenseur.

— Le barman croit que ce type réside au penthouse de l'hôtel.

— On pourrait demander son nom à la réception. Peut-être qu'ils accepteront de nous le donner, bien que, légalement, ils aient le droit de refuser.

— J'ai une meilleure idée, nous allons plutôt les appeler, lui répondit Trey en sortant son smartphone.

Intriguée, Roni le regarda composer le numéro de téléphone de l'hôtel.

— ¡ Hola ! dit-il au réceptionniste quand ce dernier décrocha. Je me demandais si vous pouviez m'aider. J'ai une livraison pour un certain M. Henderson qui occupe la suite du penthouse, mais je ne suis pas sûr de son nom, car il est très effacé sur le bordereau d'adresse.

Roni ne put entendre la réponse de son interlocuteur, mais Trey ajouta après quelques instants :

— C'est M. Wilson qui réside dans la suite ? Mais alors pouvez-vous me dire si un M. Henderson loge dans votre établissement ?

Trey écouta pendant quelques secondes avant de conclure :

— Je vous remercie, je vais devoir vérifier avec l'expéditeur, au revoir.

— M. Wilson ? On ne t'a pas donné son prénom ? demanda Roni à Trey tandis qu'ils traversaient le hall.

Il posa la main dans le bas de son dos, et ce geste lui parut à la fois protecteur et possessif.

— Si, John, lui répondit Trey.

• — Il doit y avoir plusieurs milliers de personnes qui portent ce nom, soupira Roni.

— En supposant qu'il ne s'agisse pas d'un pseudonyme, ajouta Trey. Essayons tout d'abord de voir si le logiciel de reconnaissance faciale peut tirer quelque chose des photos que tu as prises.

— J'espère que ce sera le cas, dit Roni tandis qu'ils quittaient le bâtiment et se dirigeaient vers le service de voituriers.

Alors qu'ils attendaient leur véhicule, elle leva les yeux vers le dernier étage de l'hôtel et demanda :

— Tu crois que j'ai eu tort de le repousser ?

Trey pencha la tête sur le côté, fourra les mains dans ses poches et la regarda avec attention avant de lui répondre :

— J'ai confiance en ton instinct, Roni. Une fois que nous en saurons plus sur ce Wilson, nous pourrons décider de la prochaine étape.

— Merci Trey, lui dit-elle en souriant. Veux-tu que nous allions maintenant au second hôtel que Heath et moi avons repéré ?

— Oui. Ce Wilson n'a peut-être rien à voir avec notre affaire, lui répondit-il en la guidant vers leur voiture, qui venait enfin d'arriver.

Puis il lui ouvrit la portière et lui tendit la main. Alors qu'elle s'asseyait sur le siège passager, sa robe dévoila une fois de plus ses longues jambes attirantes.

Il se força à détourner le regard, fit le tour du véhicule et s'installa au volant. Puis il démarra et s'engagea dans des rues tranquilles.

Le quartier d'Ocean Drive et Collins étant très fréquentés, ils durent se garer à quelques blocs de l'hôtel. Préoccupé par la sécurité de Roni, Trey redoubla de vigilance et la garda près de lui pendant qu'ils marchaient jusqu'à l'hôtel.

Celui-ci se trouvait non loin de La Luna, le club où Roni avait aperçu Doug la nuit de la fusillade.

— Quelque chose te tracasse ? lui demanda-t-elle.

— Oui, confirma-t-il en se rendant compte qu'il s'était crispé. Je me pose une question : es-tu certaine que ce soit l'un des endroits où ton suspect repère ses cibles ?

— Ce sont les victimes qui me l'ont dit, lui répondit-elle, manifestement blessée par le fait qu'il puisse douter d'elle. Pourquoi ? Je croyais que tu me faisais confiance...

— Bien sûr que oui.

— Vraiment ? Crois-tu que j'ai pris la bonne décision tout à l'heure ? J'ai peut-être laissé filer notre principal suspect.

S'ils voulaient avancer et travailler de manière constructive pendant les trois prochains jours, ils devaient être francs l'un envers l'autre et éclaircir toutes les zones d'ombre.

— Je suis certain que c'était la meilleure chose à faire, lui répéta-t-il. Nous avons besoin de récolter plus d'informations sur ce Wilson avant d'aller plus loin.

— C'est ce que je pense également, approuva-t-elle d'un ton sec.

Constatant qu'elle était toujours fâchée à leur arrivée à l'hôtel, il se pencha vers elle et lui chuchota :

— Cette fois, c'est toi qui mènes la danse.

Elle lui jeta un rapide regard puis lui répondit :

— Très bien, alors premier arrêt : le bar.

Il la suivit à travers l'océan de corps qui ondulaient sur la piste de danse. Une fois qu'elle fut assise sur un des tabourets du bar, il se glissa derrière elle, utilisant à nouveau son corps comme un bouclier pour la protéger.

Sentir le corps de Trey près du sien lui procurait à la fois une distraction agréable et un réconfort apaisant. Roni décida de se concentrer sur ce second aspect et observa les clients qui évoluaient sur la piste, à la recherche de leur suspect ou d'un comportement douteux. Mais, contrairement à l'hôtel précédent, rien ici n'attira son attention. Des dizaines de belles jeunes femmes semblaient profiter de leur soirée, ignorant le danger qui les entourait. Des jeunes femmes qui voulaient seulement s'amuser, comme elle-même le faisait souvent avec ses amies, le week-end.

Trey et elle commandèrent deux eaux gazeuses et les dégustèrent en observant attentivement les alentours. Après environ une demi-heure, Roni lui prit la main et l'entraîna vers un endroit plus calme. Là, les clients assis aux tables représentaient la diversité de South Beach de toutes les manières imaginables. Il y avait des hommes et des femmes hétérosexuels et homosexuels, en couple ou non, des locaux et des touristes de toutes races et de toutes origines.

Roni attira Trey près d'elle, se mit sur la pointe des pieds et lui susurra à l'oreille :

— Je n'ai rien remarqué ici, et toi ?

Il posa sa grande main sur sa taille et pencha le corps vers le sien tout en se retournant pour jeter un autre regard vers la piste de danse.

— *Nada*, peut-être que nous devrions aller à La Luna.

Il semblait improbable que leur suspect puisse se trouver là-bas puisqu'il y avait été repéré, mais rien ici ne méritait leur attention.

— Pourquoi pas, oui, lui répondit-elle en hochant la tête. Peut-être aurons-nous plus de chance.

Attentifs à tout ce qu'ils auraient pu manquer, ils traversèrent ensemble le club et le hall, puis, une fois à l'extérieur, Trey se positionna de nouveau à côté de Roni pour la protéger. Ils descendirent rapidement les quelques rues qui les séparaient de La Luna et, en arrivant devant l'entrée, constatèrent que le lieu était aussi fréquenté que les deux précédents. Ils prirent leur temps pour explorer la piste de danse et le bar, déambulant d'un endroit à l'autre à la recherche de quelque chose de suspect, mais en vain.

Ils avaient quitté le club et marchaient dans la zone piétonne d'Ocean Drive lorsque Trey s'arrêta brusquement. Il fouilla dans sa poche et en sortit son téléphone portable, qu'il porta à son oreille tout en le couvrant de son autre main pour tenter d'étouffer le bruit environnant.

Roni attendit, espérant qu'il s'agissait d'une bonne nouvelle. Lorsqu'elle vit l'esquisse d'un sourire se dessiner sur les lèvres de Trey, elle comprit que c'était le cas.

— Le logiciel de reconnaissance faciale a repéré une correspondance avec une vieille photo de classe sur le site Internet d'un lycée. Sophie et Rob font une simulation de vieillissement pour voir si le résultat ressemble à notre portrait-robot. Ils ont aussi trouvé des informations sur les transactions bancaires.

— Il est temps qu'on retourne à SBS, lui dit-elle en prenant la direction de l'endroit où ils avaient garé la voiture.

— J'aime les femmes déterminées, lui répondit-il en lui emboîtant le pas.

Convaincue qu'il plaisantait, elle acquiesça, mais se demanda ce qu'il dirait s'il savait vraiment ce qu'elle envisageait. Cependant, elle ne devait pas se laisser distraire par sa présence ; ce n'était pas le moment. Mais une fois l'affaire résolue, elle avait bel et bien l'intention de lui montrer ce qu'elle avait en tête à son sujet.

Trey resta sur ses gardes durant tout le trajet vers les bureaux de South Beach Security, scrutant régulièrement les rétroviseurs pour s'assurer qu'ils n'étaient pas suivis.

Mais rien d'anormal ne se produisit, et quand ils prirent place autour de la table dans le salon du penthouse avec Sophie et Rob, Trey ne put s'empêcher de ressentir un soulagement certain.

— Nous avons une bonne nouvelle, leur annonça Sophie, nous avons trouvé une correspondance.

Elle afficha sur l'écran mural la photo de l'annuaire qu'elle avait téléchargée sur le site du lycée et utilisa son stylo laser pour mettre en évidence le nom du suspect. En cliquant sur un bouton, elle déclencha le processus de vieillissement. Ils virent alors le visage se métamorphoser, passant de l'apparence juvénile d'un lycéen à celle plus mature d'un adulte.

— Il ressemble vraiment à notre individu ! s'exclama Roni avec enthousiasme. C'est incroyable !

Trey était toujours stupéfait par les compétences de ses cousins. L'individu qu'ils avaient retrouvé dans cet annuaire correspondait effectivement à celui de l'hôtel Del Sol. Mais cette ressemblance était-elle une preuve suffisante ?

Sophie fit défiler de nouvelles photos et informations sur l'écran.

— Il s'appelle Miguel Walsh et, apparemment, c'est un enfant du pays. Sa mère aurait quitté Cuba dans les années 1970, tandis que son père serait d'origine irlandaise. Il a fréquenté le lycée South Dade à Homestead où il a été un élève moyen. Il a servi pendant deux ans dans l'armée...

Elle s'interrompit et invita son frère à continuer.

— Le temps qu'il a passé là-bas semble s'être déroulé sans incident, reprit Rob. À son retour d'Afghanistan, il a trouvé un emploi dans une petite société de sécurité. Il a travaillé comme gardien dans des centres commerciaux et des endroits similaires. C'est à ce moment-là que ça devient plus délicat.

Rob afficha une nouvelle série de documents sur l'écran avant de poursuivre.

— Pendant que nous vous attendions, nous avons fait d'autres recherches et nous avons découvert qu'il y a deux ans Walsh a quitté cette entreprise pour aller travailler dans les bureaux de MCP Entreprise. MCP signifie « Magic City Provisions » et a commencé son activité en 1950 comme distributeur de produits alimentaires latinos auprès des bodegas et des supermarchés indépendants de la région. Grâce à la diaspora cubaine des années 1960, on peut dire que la société a connu une belle expansion.

— Beaucoup de choses peuvent se produire dans le domaine du commerce international. Qui sait si cela a été la seule activité de MCP ? intervint Trey, qui se souvenait d'une affaire où une compagnie similaire servait de façade à un trafic de drogue.

— Pourrions-nous obtenir plus d'informations sur MCP ? demanda Roni. Pour savoir qui la possède et qui l'exploite. Peut-être pourrions-nous aussi tenter de localiser ses éventuels locaux.

— Tu penses aux conteneurs sur Terminal Island ? lui demanda Trey.

Roni acquiesça.

— Ou à un autre endroit où ils pourraient cacher de nouvelles femmes.

Sophie et Rob échangèrent un regard.

— Nous pouvons essayer, mais je pense que l'acte de propriété sera au nom d'une société écran, dit Sophie.

— Revenons au travail que faisait Walsh chez MCP, intervint Trey en montrant le portrait du suspect.

— Nous n'avons pas grand-chose à ce sujet pour l'instant, mais nous allons continuer de creuser, lui répondit Rob.

— Merci, grâce à ce que vous venez de découvrir, nous allons peut-être pouvoir demander un mandat de perquisition, conclut Roni en regardant Trey.

Il acquiesça même si, malgré toutes ces découvertes, il avait l'impression de ne pas avancer dans leurs investigations.

— Et en ce qui concerne les dépôts sur le compte de mon coéquipier ?

Sophie toussa légèrement, ce qui était un de ses tics lorsqu'ils jouaient aux cartes ensemble étant enfants. Trey comprit donc que ce dernier point l'embarrassait.

— Sophie ? insista-t-il d'un ton presque paternel.

— L'argent provient d'un compte numéroté en Suisse, répondit-elle en baissant les yeux.

— Mais nous pouvons découvrir à qui il appartient, non ?

Sophie s'agita une nouvelle fois et secoua la tête.

— Si tu te demandes comment le gouvernement a pu obtenir ces données, sache que cela n'a été possible que parce que les banques en question avaient des succursales aux États-Unis il y a quelques années, lui expliqua-t-elle. À l'époque, l'État a fait pression sur ces banques pour qu'elles révèlent ces informations secrètes sous peine d'amendes quotidiennes de plusieurs millions. Mais récemment, les Suisses se sont montrés un peu plus coopératifs avec les autorités en cas de soupçons d'activités illégales.

Trey sentit ses tripes se nouer et serra les poings. Roni posa une main sur la sienne, probablement pour essayer de le réconforter.

— Cela ne signifie pas nécessairement que Doug était corrompu, lui dit-elle en le regardant avec compassion.

— Non, d'autant plus que nous avons découvert quelque chose d'étrange au sujet de ces versements, ajouta Rob en tapant sur les touches de son ordinateur pour faire apparaître les relevés bancaires sur l'écran géant.

Pendant qu'il parlait, Sophie désignait les lignes pertinentes avec sa souris.

— Les virements que nous avons repérés sur ces relevés indiquent qu'ils ont été effectués après la mort de Doug, mais sur les documents de la banque, il semble qu'ils aient été datés avant, expliqua Rob.

— Quelqu'un aurait trafiqué ses comptes pour tenter de le faire passer pour quelqu'un de malhonnête ? demanda Roni en serrant la main de Trey.

— Ce n'est pas impossible, répondit Rob.

— Mais pourquoi aurait-on transféré l'argent ? s'étonna Roni. Il est mort, pourquoi voudrait-on se débarrasser de ces sommes ?

— Pour ne pas nous mettre sur la piste du véritable flic pourri, déclara Trey.

8

Roni acquiesça et se laissa aller en arrière contre le dossier de sa chaise. En se remémorant les événements de cette nuit terrible où Doug avait été tué et où Trey avait failli lui aussi perdre la vie, elle tenta de trouver un indice sur l'identité de ce policier corrompu.

— Roni ? demanda Trey en se déplaçant légèrement sur son siège pour croiser son regard.

— Je ne pense pas avoir révélé à qui que ce soit que j'ai surpris Doug en train de parler à notre suspect. Mais Heath travaillait sous couverture avec moi ce soir-là, je ne sais pas ce qu'il a vu.

— Ce Heath semble être un possible suspect, constata Sophie.

— Voulez-vous qu'on se penche un peu sur son cas ? demanda Rob.

— Ça pourrait être une bonne idée, oui, approuva Roni. Je vous confirmerai ça très bientôt.

Demander à Rob et Sophie d'enquêter sur son coéquipier la mettait mal à l'aise. Elle se sentait déjà tellement coupable de cacher à Trey qu'elle avait accepté de travailler pour l'IAD... Même si elle ne leur avait encore rien dit jusqu'à présent.

Voyant qu'elle était préoccupée, Trey entremêla les doigts avec les siens pour la réconforter.

— Nous devons tout mettre en œuvre pour tenter de comprendre ce qui est arrivé. Ce n'est pas seulement pour Doug ou pour te protéger. C'est aussi pour essayer de retrouver les deux étudiantes disparues et d'éventuelles autres victimes.

74

— Tu as raison, nous ne devons négliger aucune piste, approuva Roni.

Elle espérait qu'il réagirait de la même façon s'il découvrait sa participation à l'enquête des Affaires internes.

— Rob, Sophie, pourriez-vous nous trouver l'adresse de Walsh ? Nous aimerions également avoir des informations sur un certain John Wilson. Il réside actuellement...

— Dans la suite du penthouse de l'hôtel Del Sol, termina Rob.

— Vous le connaissez ? demanda Roni, interloquée.

— Tous ceux qui travaillent dans l'industrie technologique de Miami connaissent John Wilson, leur expliqua Sophie. Il a fait fortune en vendant sa start-up d'intelligence artificielle à Google. Aujourd'hui, il cherche à développer le secteur technologique de Miami et a attiré de nombreuses entreprises dans la région.

— Soleil, plages et pas d'impôt sur les revenus, résuma Rob. Sans oublier l'abondance d'endroits pour faire la fête.

— Est-ce qu'il est riche ? demanda Roni.

— Très riche, lui répondit Sophie. Mais cela ne garantit pas pour autant son intégrité. Vous devriez en discuter avec Mia et Carolina. Je sais qu'elles ont déjà assisté aux soirées qu'il organise régulièrement au penthouse.

À l'évocation des jumelles, Roni sentit Trey se crisper.

— Nous n'y manquerons pas, dit-il en laissant échapper un soupir.

Roni sortit son téléphone et chercha les photos qu'elle avait prises du suspect devant les ascenseurs.

— Pensez-vous que ces images sont assez précises pour que vous puissiez effectuer une recherche avec le logiciel de reconnaissance faciale ? demanda-t-elle à Rob et Sophie.

Ils se penchèrent tous les deux pour regarder l'écran.

— Ce type ressemble beaucoup à Walsh, constata Rob.

— En effet, ils se ressemblent, approuva Sophie, mais il y a peut-être assez de différences pour obtenir une nouvelle correspondance. Envoyez-nous la photo par mail, et nous allons lancer l'analyse.

— Demain, intervint Rob. Sophie a tendance à se laisser submerger par le travail, et nous devons nous reposer. Je pense d'ailleurs que tout le monde devrait faire la même chose.

Roni regarda l'heure indiquée sur l'écran de son téléphone et remarqua qu'il était déjà minuit. Elle était debout depuis 6 heures du matin.

— En effet, il est temps d'aller dormir, déclara-t-elle. Encore merci pour votre aide.

— Oui, *gracias*, ajouta Trey en se levant de sa chaise. Vos découvertes vont nous être très utiles.

En le voyant grimacer, Roni eut envie de lui demander comment il se sentait, mais elle se doutait qu'il n'aimerait pas qu'elle attire l'attention sur son état devant ses cousins. Quand elle le vit avancer d'un pas chancelant, elle se leva d'un bond et se rapprocha de Sophie et Rob pour les raccompagner jusqu'à l'ascenseur.

— Reposez-vous bien, à demain matin.

— *¡ Buenas noches !* répondirent les cousins de Trey en chœur.

Roni pouffa tandis que la porte de l'ascenseur se refermait sur eux, puis elle se retourna vers Trey qui se tenait toujours près de la table et se frottait l'épaule.

— Tout va bien ?

— J'ai besoin d'un analgésique, lui expliqua-t-il en grimaçant une fois de plus. Même si je n'aime pas trop ça.

— Je vais te chercher de l'eau, lui dit-elle en se dirigeant vers la cuisine.

Elle remplit un grand verre d'eau glacée et le lui apporta.

— Je suis désolé de t'avoir entraînée là-dedans, lui dit-il avant d'avaler son comprimé.

Elle secoua la tête et sentit à nouveau la culpabilité l'envahir en pensant qu'elle n'était pas tout à fait honnête avec lui.

— J'étais déjà impliquée, souviens-toi, j'enquêtais sur la disparition de ces jeunes femmes.

— Peut-être, mais à ce moment-là personne n'essayait de te tuer.

— Dès que le suspect a découvert que je l'avais vu, ma vie a été en danger, lui répondit-elle en posant une main sur son torse pour tenter d'apaiser ses craintes.

— Je te protégerai, lui dit-il en se rapprochant d'elle.

— Je suis capable de me défendre toute seule, Trey. Ne t'inquiète pas, je suis certaine que nous allons réussir à résoudre ces affaires.

— Peut-être, mais à quel prix ? lui demanda-t-il, en lui caressant la joue. Au prix de la réputation de Doug ? De notre relation ?

— Notre relation ? répéta-t-elle en écarquillant les yeux.

Il effleura ses lèvres du bout des doigts, ce qui déclencha en elle une vague d'émotions dangereuses. Le moment était vraiment mal choisi pour céder à son attirance.

— Je te connais trop bien, Roni. Je devine dans tes yeux que quelque chose te tracasse. Et ce n'est pas moi, ajouta-t-il en souriant.

En le repoussant doucement, elle déclara :

— Tu es trop sûr de toi, Trey.

— C'est vrai, mais je sais que j'ai raison, insista-t-il. Quelque chose te contrarie, n'est-ce pas ?

— J'ai des doutes, admit-elle. Walsh ressemble à notre suspect, tout comme l'homme que nous avons repéré au Del Sol. Et si celui qui a tenté de me renverser était encore quelqu'un d'autre ?

Trey la regarda attentivement en gardant le silence pendant un moment avant de lui répondre.

— Je sais au plus profond de moi que nous allons trouver le fin mot de cette histoire, Roni. Maintenant, il est temps d'aller nous reposer, la journée de demain risque d'être longue.

En effet, le programme s'annonçait chargé, ils allaient devoir récupérer l'adresse de Walsh, parler de Wilson avec les jumelles et discuter avec Heath Williams.

Les trois W, remarqua-t-elle avec amusement.

— Bonne nuit, Roni. Fais de beaux rêves, lui glissa Trey en déposant un rapide baiser sur sa joue avant de s'éloigner.

En le regardant se diriger vers sa chambre, elle comprit soudain que si Trey faisait partie de ses rêves, ceux-ci seraient peut-être beaux, mais certainement pas paisibles.

Une délicieuse odeur de café tira Trey d'un sommeil perturbé par les souvenirs de la nuit où Doug avait été tué et de la voiture qui avait foncé sur Roni. Il se tourna et s'allongea sur le dos, serrant les dents pour contenir la douleur qui irradiait de son épaule jusqu'à ses côtes. Les médecins l'avaient prévenu qu'il mettrait du temps à guérir complètement, mais il détestait le fait de ne pas pouvoir être en pleine mesure de ses capacités, surtout alors que la vie de Roni était en jeu.

Sans parler des jumelles. Il n'était pas ravi de savoir qu'elles étaient des habituées des clubs où les victimes avaient été enlevées ni d'imaginer qu'elles avaient déjà rencontré Wilson. Car, comme Sophie l'avait souligné, le fait qu'il soit riche ne signifiait pas nécessairement qu'il soit irréprochable. Des hommes d'affaires très fortunés avaient d'ailleurs été récemment impliqués dans des histoires d'abus sexuels contre des jeunes femmes. Ce type de scandale touchait principalement des filles qui se prostituaient, comme celles que Doug et lui avaient découvertes à Terminal Island. Des femmes invisibles, ce qui expliquait pourquoi personne n'avait signalé leur disparition. C'était ce genre d'invisibilité qui avait permis au Tueur de la Ligne verte et au serial killer de Long Island de s'en tirer pendant si longtemps.

Si Eddie ne l'avait pas prévenu, ces femmes seraient devenues des esclaves...

Eddie, pensa-t-il en attrapant son téléphone sur la table de nuit.

Cela faisait maintenant plus d'une semaine qu'il n'avait pas parlé à son informateur. La seule chose qui lui permettait de croire qu'il puisse être toujours en vie était qu'on ne l'avait pas encore appelé pour lui annoncer qu'on avait retrouvé son corps. Toutefois, Trey savait qu'il pouvait très bien se trouver au fond de l'estomac d'un alligator dans les Everglades.

Il composa une nouvelle fois le numéro de son informateur et tomba directement sur sa messagerie vocale. D'une certaine façon, il se sentit soulagé, car cela signifiait que son répondeur n'était pas saturé. Après avoir laissé un message, il raccrocha. Puis il se glissa hors de son lit et attrapa un T-shirt et un short dans la pile de vêtements que les jumelles avaient achetés pour lui. Il prendrait une douche plus tard, après avoir établi avec Roni le programme de leur journée. En sortant de la chambre, il la trouva dans la cuisine, occupée à beurrer des tranches de pain cubain tout en préparant des *cafés con leche* avec des expressos et du lait chaud.

— Ça sent délicieusement bon, lui dit-il en posant une main sur son estomac qui grondait de faim.

— J'ai trouvé tout ce dont j'avais besoin dans les placards, lui répondit-elle avec un sourire.

— Tout est toujours prêt pour recevoir des invités ou des membres de la famille.

— Vous êtes incroyablement organisés...

— En effet, approuva-t-il en espérant rapidement changer de sujet.

Il n'avait pas la moindre envie de poursuivre la discussion qui, il le savait, allait dériver sur le fait qu'il devrait quitter la police pour rejoindre South Beach Security. Heureusement, Roni resta silencieuse et posa devant eux une assiette avec des tartines ainsi que deux grandes tasses de café. Il s'assit sur un des hauts tabourets, et elle s'installa à côté de lui.

— Je savais que SBS était une entreprise prospère, mais j'avais sous-estimé l'ampleur de sa réussite, avoua-t-elle.

— Les signes étaient pourtant évidents, non ? La grande maison sur Palm Island, la scolarisation dans des écoles privées, les voitures de luxe..., lui répondit-il, embarrassé.

— Je n'ai remarqué qu'une chose : l'amour profond qui unit les membres de cette incroyable tribu. Carolina et Mia ne m'ont jamais prise de haut, même après avoir découvert que j'étais une étudiante boursière. Tes grands-parents et tes parents non plus.

Il ne pouvait pas la contredire sur ce point. Malgré sa réussite financière et sa renommée, sa famille était restée humble. Peut-être parce qu'elle n'avait jamais oublié à quel point il avait été difficile pour elle d'en arriver là.

— Nous n'avons jamais laissé le succès nous monter à la tête, c'est vrai, confirma-t-il en trempant son toast dans son café avant de le porter à sa bouche. C'est délicieux, merci d'avoir préparé le petit déjeuner.

— Il fallait bien que je m'occupe pendant que tu jouais la Belle au bois dormant, répliqua-t-elle avec malice.

— Les médicaments m'assomment, lui répondit-il en soupirant. Mais tu aurais pu me réveiller... Un simple baiser aurait fait l'affaire, n'est-ce pas ?

Roni rougit, et ses mains tremblèrent lorsqu'elle porta sa tasse à ses lèvres.

Trey sourit et prit une nouvelle gorgée du délicieux mélange de café, lait, sucre et de quelques restes de beurre de sa tartine. Ce faisant, il remarqua l'ordinateur portable posé sur la table du salon et le montra du doigt.

— Il semblerait que tu n'aies pas seulement préparé le petit déjeuner...

— En effet, j'ai eu envie d'en savoir plus sur ce Wilson et sur l'histoire de MCP et de ses propriétaires, lui répondit-elle.

— As-tu découvert quelque chose d'intéressant ?

— Wilson a la réputation d'être joueur. Il possède une maison sur l'île d'Indian Creek, mais il organise souvent des fêtes à l'hôtel Del Sol.

— Il ne souhaite probablement pas laisser de traces chez lui, déclara Trey, convaincu que le recours à une équipe de nettoyage professionnelle facilitait grandement la dissimulation de preuves après une soirée animée.

— Effectivement... J'espère que Carolina et Mia pourront nous en dire plus sur ce qui se passe là-bas. Il y a beaucoup de photos de ces événements en ligne et de nombreux messages sur les réseaux sociaux, mais j'ai hâte d'entendre leur point de vue.

— Toutes ces publications montrent forcément Wilson et ses soirées sous leur meilleur jour, mais nous savons tous les deux ce qui peut se cacher derrière tout ça, lui dit-il en pensant à tous ces politiciens et célébrités qui avaient été récemment arrêtés pour avoir été des prédateurs en série.

— C'est vrai, mais mon instinct me dit que nous devrions nous concentrer sur Walsh et MCP, répondit-elle en allant chercher son ordinateur puis en le posant sur le comptoir devant eux.

Elle fit défiler les pages du site Internet de la société et poursuivit :

— MCP est une entreprise familiale depuis plusieurs générations. Le P-DG actuel est Aaron Santana, le petit-fils du fondateur. Il est diplômé de l'Ivy League et détient un MBA. Son père lui a transmis les rênes il y a environ cinq ans, mais les choses ne vont pas très bien depuis qu'il a repris la direction.

— Pourquoi ? demanda Trey.

Roni tapota sur le clavier et fit apparaître un article d'un site spécialisé dans le monde des affaires, ayant pour titre :

MCP souffre de la fermeture des petites entreprises familiales.

— Ils fournissaient principalement des épiceries et des bodegas. Donc, avec l'arrivée des grandes surfaces et des chaînes de magasins d'alimentation, ils ont perdu de plus en plus de clients. Santana a amorcé un virage pour tenter de remédier au problème, mais l'entreprise a du mal à se relever.

— Tu te souviens de ce vieux dicton ? La première génération sème les graines, la deuxième cultive et développe les plants, et la troisième les détruit…, lui dit Trey en grimaçant à l'idée que cette maxime puisse s'appliquer à sa propre famille.

— Ce n'est pas toujours vrai, lui répondit-elle. Cependant, si c'est le cas pour MCP, Santana pourrait avoir trouvé d'autres moyens pour compenser les pertes... comme le blanchiment d'argent, le trafic de drogue ou d'êtres humains.

— Surtout s'il possède des entrepôts vides. On peut y cacher facilement toutes sortes de choses.

— J'espère que Sophie et Rob obtiendront des informations supplémentaires sur les propriétaires des conteneurs de Terminal Island, conclut Roni.

Trey engloutit le dernier morceau de sa tartine, puis fit un geste vers sa chambre.

— Je vais prendre une douche et m'habiller.

— Très bien, De mon côté, je vais appeler Heath pour voir s'il a du nouveau.

En l'entendant évoquer son coéquipier, Trey la regarda avec étonnement.

— Ne t'inquiète pas, je vais faire attention à ce que je lui dis, le rassura-t-elle aussitôt.

— Au fait, j'ai tenté de joindre Eddie ce matin, lui dit-il. Sa boîte vocale fonctionne toujours, ce qui, je l'espère, est une bonne chose. Mais je pense demander à quelqu'un au commissariat d'essayer de trianguler le signal de son smartphone pour le localiser. Je ne peux pas rester les bras croisés en attendant qu'il me rappelle.

— Tu as raison, lui dit-elle en se penchant sur son écran. Je vais également chercher d'autres informations sur Santana et MCP.

— Merci, Roni. C'est un plaisir de travailler avec toi, lui lança-t-il en s'éloignant. Même si je n'en avais jamais douté, tu es une excellente inspectrice !

Il se hâta de quitter la pièce, craignant de trahir ses émotions. Il éprouvait à la fois une grande fierté, mais aussi une certaine appréhension. Quand Carolina et Mia lui avaient annoncé, des années plus tôt, que Roni rejoignait les forces de l'ordre, c'est d'abord ce dernier sentiment qui l'avait envahi. Ce qui était plutôt idiot, car de nombreuses femmes travaillaient pour la police. Mais ces femmes n'étaient pas Roni.

Ma Roni, pensa-t-il en ne pouvant nier ce qu'il avait toujours ressenti pour elle.

Après la fusillade qui avait entraîné la mort de Doug et qui aurait pu provoquer la sienne, il était temps pour lui de faire le point sur ce qu'il désirait réellement. Même s'il ne voulait pas l'admettre devant sa famille, l'idée d'exercer un métier plus sûr et de mener une vie plus normale avait commencé à germer dans son esprit.

La question principale était de savoir si Roni jouerait un rôle dans cette nouvelle vie.

9

Roni s'était installée avec Trey à la grande table du salon pour écouter Rob et Sophie partager avec eux les résultats de leurs recherches. Malheureusement, ils n'avaient pas fait de découvertes majeures.

— Celui qui a fait ces versements bancaires est un pirate informatique aguerri. Il a fait du très bon travail et, évidemment, a masqué ses adresses IP, leur expliqua Sophie.

— Pensez-vous que Wilson aurait pu faire ça ? demanda Trey en jetant un coup d'œil aux notes que ses cousins avaient imprimées pour eux.

— Je ne crois pas que le piratage soit son truc, lui répondit Rob, légèrement mal à l'aise. Il semble plutôt intéressé par les algorithmes fondés sur l'IA pour l'apprentissage et la modélisation prédictive du comportement. Cependant, il a peut-être engagé quelqu'un pour le faire.

— Carolina et Mia pourront vous aider à mieux comprendre sa personnalité, ajouta Sophie. Peut-être réussiront-elles à vous faire inviter à l'une de ses soirées.

Roni laissa échapper un juron en pensant qu'elle avait manqué cette occasion. Toutefois, après réflexion, elle préférait avoir des informations sur le milliardaire de la technologie et Trey à ses côtés avant d'aller plus loin.

— Oui, nous les verrons plus tard, répondit Trey.

— Nous allons continuer à examiner ces comptes bancaires et essayer d'en savoir plus sur Terminal Island, conclut Sophie en refermant son ordinateur portable.

— On va vous laisser avancer dans votre enquête, à plus tard ! leur lança Rob en suivant sa sœur jusqu'à l'ascenseur.

Une fois ses cousins partis, Trey se tourna vers Roni.

— As-tu réussi à joindre Heath ?

— Non, mais je vais réessayer. Je me demande s'il a appris quelque chose sur le personnel de l'hôtel.

— Encore une fois, je pense qu'il serait préférable de ne pas partager avec lui nos informations concernant Walsh.

— Effectivement, je suis d'accord, acquiesça Roni en hochant la tête. Faisons comme si nous n'avions pas encore découvert qui il est, mais je crois qu'il serait intéressant d'avoir accès à ses relevés téléphoniques, bancaires et de télépéage. Tout ce qui pourrait nous révéler où il est allé et qui il a rencontré.

— Oui et comme je te l'ai dit, j'aimerais aussi demander qu'on cherche à localiser le téléphone d'Eddie si c'est possible. J'espère qu'il n'a pas désactivé son wi-fi ni le service de géolocalisation.

— Si cela ne t'embête pas, lui répondit Roni en prenant son téléphone pour appeler son coéquipier, j'aimerais discuter de Wilson avec Heath pour voir comment il réagit à son sujet.

— Très bonne idée, approuva Trey, il est vrai que nous ne l'avons pas encore mentionné au cours de notre enquête, voyons ce qu'il te répond à ce sujet.

Roni acquiesça tout en composant le numéro de son partenaire, qui décrocha presque instantanément.

— Salut, Roni !

— Salut, Heath, comment ça va ?

— J'ai trouvé ce que tu cherchais. Le personnel des deux hôtels m'a envoyé les informations hier soir. Je te les transfère tout de suite par mail.

Derrière lui, Roni pouvait entendre les bruits familiers de leur espace de travail, les discussions entre agents, les sonneries des téléphones...

Un signal sonore lui indiqua qu'elle venait de recevoir le mail de Heath.

— Merci, Heath. Dis-moi, j'ai une faveur à te demander. Je suis tombée sur un type intéressant hier soir au Del Sol, commença-t-elle en regardant Trey.

— Je croyais que tu étais en congés, lui fit remarquer Heath.

— Les policiers peuvent-ils vraiment prendre des vacances ? répliqua-t-elle avec un sourire. Alors, je suis allée prendre un verre avec une amie, et nous avons été invitées à une fête au penthouse de l'hôtel. D'après ce que j'ai compris, il est souvent réservé par un certain John Wilson.

Heath garda le silence pendant quelques instants avant de répondre.

— Je n'ai jamais entendu parler de ce type. Tu veux que je me renseigne ?

Roni devait faire un choix, mais rien ne lui semblait douteux dans leur conversation.

— Oui, ça pourrait être utile, lui dit-elle finalement, mais essaye de rester discret. Je ne veux pas risquer de l'inquiéter s'il s'avère qu'il a joué un rôle dans notre affaire.

— Tu peux compter sur moi, assura-t-il sans hésitation.

Roni le remercia et allait raccrocher quand il ajouta :

— As-tu vu Ramirez ?

Surprise, elle sursauta.

— L'agent Ramirez du bureau des Affaires internes ? lui demanda-t-elle.

Elle vit Trey se tendre à la mention de l'inspecteur.

— Oui, je ne t'avais pas dit ? Il est passé ici hier pendant ta pause, il te cherchait. Je lui ai dit que tu étais partie chez Barnacle Bill.

— Non, je ne l'ai pas vu. On a dû se croiser. Merci de m'avoir prévenue, ajouta-t-elle avant de le saluer et de raccrocher.

— Ramirez voulait te parler ? demanda Trey en plissant les yeux.

Elle haussa les épaules en prenant un air surpris, mais il vit qu'elle était nerveuse.

— Anderson et lui interrogent tout le monde au sujet de ce qui s'est passé la nuit de la fusillade, lui répondit-elle.

Ils l'avaient effectivement questionné, lui aussi, mais... Quelque chose lui disait que Ramirez désirait voir Roni pour une autre raison. Et que tout cela n'augurait rien de bon.

— Ramirez savait donc où tu te trouvais avant que Walsh tente de te renverser, constata Trey.

— Tu crois que Ramirez pourrait être le flic corrompu que nous cherchons ? Et qu'il dirige l'enquête vers Doug pour le cacher ?

Trey se mit à faire les cent pas en essayant d'organiser les pensées qui se bousculaient dans son esprit.

— C'est possible. On dirait que nous avons un nouveau suspect. Ramirez. Walsh et Santana. Wilson et un acolyte. Ton coéquipier. Cette affaire devient de plus en plus complexe.

— Oui, mais nous allons la résoudre, lui dit-elle en venant vers lui pour poser une main sur son bras. Ah ! Et, pour info, après avoir discuté avec Heath, je crois qu'il ne devrait plus figurer sur notre liste.

Interrompant ses allers-retours, Trey croisa le regard noisette de Roni. Il était clair et rempli de conviction.

Roni était une bonne inspectrice et avait un excellent instinct. Il savait qu'il pouvait compter sur son jugement.

— Un de moins, lui dit-il en hochant la tête. Maintenant, voyons un peu ce que ton partenaire a trouvé sur le personnel des hôtels. Je te propose ensuite d'aller vérifier l'adresse que mes cousins nous ont donnée pour la résidence de Walsh avant de nous rendre aux bureaux de MCP.

— Cela me semble être un très bon plan, approuva Roni. Au travail !

La maison de Walsh se trouvait à Coral Gables, l'un des plus beaux quartiers de Miami.

— Combien d'argent peut bien gagner un agent de sécurité ? Entre quarante et cinquante mille dollars par an ? s'interrogea Trey en se garant à quelques mètres de la maison de Walsh. Je me demande comment il a pu s'offrir une telle villa...

Roni sortit son téléphone et effectua quelques recherches sur Internet.

— D'après cette agence immobilière, cette propriété est évaluée à 695 000 dollars. Cela semble effectivement cher pour le salaire d'un simple vigile.

Trey remit le moteur en marche, et ils passèrent au ralenti devant la résidence de Walsh. Roni chercha des choses inhabituelles, mais hormis quelques caméras de surveillance bien dissimulées rien ne la distinguait des autres habitations du quartier.

— Allons maintenant voir les bureaux de MCP, lui dit-elle.

Trey acquiesça.

Moins d'une vingtaine de minutes plus tard, ils se garèrent sur le parking de la société, située sur Brickell Avenue. C'était l'un des immeubles les plus modernes de la rue. Sa façade était en marbre blanc, il comptait plus de vingt étages, des fenêtres en verre teinté vert pâle et des ornements en acier inoxydable. Des espaces verts luxuriants entouraient le bâtiment, offrant un contraste frappant avec l'aspect minimaliste des matériaux et de l'architecture. Au-dessus de la porte d'entrée se trouvait un grand oculus donnant sur un hall en marbre brillant.

Roni s'arrêta un instant et jeta un œil à l'intérieur pour voir où étaient les agents de sécurité, mais la réception n'était pas visible depuis l'extérieur, car elle semblait se situer au bout d'un long couloir.

— Je ne vois rien du tout, dit-elle en jetant un rapide regard à Trey.

— Nous allons entrer, mais avant...

Il s'approcha d'elle et replaça une mèche de ses cheveux sous la casquette de base-ball qu'elle portait. Plus tôt dans la matinée, ils étaient passés au commissariat où un collègue leur avait fourni des vestes et des casquettes de coursiers afin qu'ils puissent explorer les lieux en toute discrétion et, avec un peu de chance, éviter de se faire repérer par Walsh.

Ils entrèrent ensemble dans le bâtiment et se dirigèrent sans attendre vers la réception tout en observant autour d'eux pour essayer de localiser leur suspect. Mais il n'y avait aucune trace de Walsh au rez-de-chaussée.

À l'accueil, le gardien les regarda de la tête aux pieds, puis tendit la main pour recevoir leur livraison. Il ne semblait pas avoir la moindre intention de les laisser monter dans les étages.

— Désolé, j'ai besoin d'un accusé de réception, expliqua Trey en brandissant un formulaire falsifié mentionnant qu'une signature était requise.

— C'est impossible, personne ne peut entrer sans avoir de rendez-vous, répondit le gardien en secouant la tête.

Il était grand et latino, le crâne rasé et les muscles saillants sous sa chemise bleu clair. Un insigne sur sa poitrine indiquait le nom de l'entreprise de sécurité locale pour laquelle il travaillait.

Trey se pencha vers le garde et, d'une voix suppliante, lui dit :

— S'il te plaît, ne me fais pas honte devant ma stagiaire.

Le vigile les regarda tour à tour, puis, sans cacher sa désapprobation, déverrouilla la porte pour qu'ils puissent entrer.

— Vingt-sixième étage, grommela-t-il.

Tout en se dirigeant vers les ascenseurs, Roni observa attentivement les lieux, essayant de mémoriser chaque détail. L'ascenseur arriva rapidement et s'éleva à toute vitesse jusqu'à une autre zone de réception où un grand panneau en acier indiquait :

MCP ENTREPRISE.

Une réceptionniste était installée derrière un grand bureau laqué blanc. De chaque côté de l'entrée se tenaient deux agents de sécurité. Contrairement à l'homme en chemise bleue du hall, ils portaient des costumes bien ajustés, des chemises blanches bien repassées et d'élégantes cravates à rayures rouges et blanches.

L'un des deux individus s'avérait être Miguel Walsh. Roni dut rassembler toute sa volonté pour ne pas se précipiter vers lui pour lui passer les menottes. Mais elle savait que si elle voulait retrouver les deux étudiantes disparues et découvrir qui se cachait derrière ce trafic d'êtres humains, il ne fallait surtout pas se précipiter. Même s'il ne lui restait plus que deux jours de congés.

Trey montra le faux formulaire à la standardiste, qui lui répondit :

— Après les portes vitrées, tournez à droite et continuez tout droit jusqu'au bout. La secrétaire de M. Santana signera le document.

— Merci, lança-t-il en faisant signe à Roni de le suivre.

Tout en avançant dans le couloir Roni regarda autour d'eux pour se faire une idée de MCP Entreprise. Les employés semblaient plutôt soignés et élégants. Cependant, la vision de plusieurs bureaux vides l'amena à se demander si, compte tenu des problèmes financiers que rencontrait la société, il n'y avait pas eu une réduction de personnel dernièrement.

Ils arrivèrent devant un grand et imposant bureau où une jeune femme afro-américaine était assise, comme une sentinelle. Derrière elle se trouvait un espace vitré fermé où un homme, de dos, installé dans son fauteuil, parlait au téléphone. De grandes baies vitrées offraient une vue panoramique sur les gratte-ciel de Brickell et au-delà, sur les eaux de la Miami River et de la baie de Biscayne.

Lorsque l'homme se retourna et raccrocha, Roni vit qu'il s'agissait d'Aaron Santana. Elle avait vu de nombreuses photos de lui pendant leurs recherches, mais l'individu qui se tenait devant elle semblait plus âgé et préoccupé. Ses traits étaient marqués par des rides profondes. Il jeta un bref regard dans leur direction, puis reprit son téléphone et leur tourna une nouvelle fois le dos.

— Encore quelqu'un de très occupé, remarqua-t-elle.

— Il faut dire qu'il a du pain sur la planche, lui répondit la secrétaire d'un ton sympathique en signant le bon de livraison.

— Merci pour votre aide, lui dit Trey en récupérant le document.

Puis il posa une main dans le dos de Roni pour l'inciter à quitter les lieux.

Quand ils approchèrent des portes vitrées, Walsh apparut et se dirigea vers eux, le visage fermé. Roni recula, baissa la tête et se cacha derrière Trey pendant que Walsh les croisait. En jetant un coup d'œil, elle vit qu'il marchait rapidement vers le bureau de Santana où il entra avant de refermer derrière lui.

— C'est plutôt étrange, cette relation entre un agent de sécurité et le P-DG de l'entreprise qu'il protège, n'est-ce pas ? murmura Trey pendant qu'ils entraient dans l'ascenseur.

— Que se passe-t-il selon toi ?

— Compte tenu du comportement de Santana, je dirais que ça ne présage rien de bon.

— La voiture de Walsh se trouve probablement au parking, mais nous ne pouvons pas y installer de traceur GPS sans mandat..., fit remarquer Roni à Trey.

— Il est peut-être temps d'en demander un, lui répondit-il alors qu'ils arrivaient au rez-de-chaussée.

10

Trey ne savait pas en qui Roni et lui pouvaient avoir confiance, mais il savait qu'ils n'arriveraient pas à résoudre l'enquête sans aide. Il avait donc fini, malgré ses hésitations, et en raison de l'insistance de Roni qui le jugeait digne de confiance, par accepter de faire appel à leur capitaine. Ils lui donnèrent donc rendez-vous à South Beach Security et, moins d'une heure plus tard, ils se retrouvèrent tous les trois dans le grand salon du penthouse. Roni et Trey exposèrent la situation à Rogers en lui fournissant toutes les informations qu'ils avaient recueillies sur Walsh, ainsi que tout ce qu'ils savaient sur Wilson et Santana. Ils ne voulaient rien laisser de côté.

Quand ils eurent fini, Rogers les dévisagea l'un après l'autre.

— Vous mériteriez que je vous remonte les bretelles, tous les deux, dit-il en fixant Trey d'un regard noir. Et vous, Roni, vous auriez dû me dire que quelqu'un avait tenté de vous tuer.

— Ce n'est pas tout, chef, ajouta Roni en jetant un regard inquiet à Trey. Nous sommes d'accord avec l'IAD quant à la présence d'un flic corrompu dans notre département. Cependant, nous ne croyons pas que ce soit Doug.

— Je ne comprends pas, leur répondit Rogers en écarquillant les yeux.

Trey lui expliqua les détails des transactions effectuées sur le compte de son partenaire et sur le groupe de hackers que ses cousins avaient identifié plus tôt dans la journée.

— Des pirates informatiques ? Vous voulez dire, comme ceux qui ont orchestré les cyberattaques russes ? Ou chinoises ?

— Nous ne pouvons l'affirmer, mais il se pourrait qu'ils aient agi sur les ordres d'une personne importante, indiqua Sophie.

— Quelqu'un comme Wilson ? demanda Rogers en inclinant la tête sur le côté.

— C'est possible, mais nous penchons plutôt pour Santana, lui répondit Trey. Nous pensons qu'il est peut-être celui qui a choisi les lieux où sont retenues les femmes kidnappées.

— Comme le site de Terminal Island ?

— Il semblerait que cette adresse soit reliée à une société fictive, précisa Roni. Nous cherchons actuellement à en identifier le propriétaire.

— Nous aimerions avoir un mandat afin de pouvoir placer un traceur GPS dans la voiture de Walsh, pour obtenir ses relevés de passage au télépéage, ceux de son smartphone, etc. De plus, je voudrais que vous m'aidiez à trianguler le téléphone de mon indicateur, toujours porté disparu.

— Je pense que j'ai assez d'informations pour faire une demande de mandat et je vais ordonner à quelqu'un d'essayer de géolocaliser votre indic, leur répondit Rogers en se levant.

Toutefois, alors qu'il se dirigeait vers l'ascenseur avec Trey et Roni, il se retourna vers eux et ajouta :

— Quand vous avez évoqué la présence d'un policier corrompu au sein de nos équipes...

Il laissa sa phrase en suspens, et Roni hésita un instant avant de prendre la parole.

— Nous pensons qu'il s'agit de Ramirez, lui répondit-elle finalement.

— C'est une accusation assez grave, leur fit remarquer le capitaine.

— En effet, et c'est pour cette raison que nous recherchons des preuves irréfutables, dit Trey.

— Je vous tiens au courant dès que j'ai du nouveau, conclut Rogers, avant que la porte de l'ascenseur se referme sur lui.

Trey et Roni se remirent à travailler sur les informations qu'ils avaient obtenues sur Santana et Walsh, mais Wilson demeurait une énigme dans leur enquête.

— Pourquoi Wilson, s'il enlève des femmes pendant ses soirées, ne se montre-t-il pas plus discret ? s'étonna Roni à haute voix.

— Peut-être croit-il que sa fortune lui permet de faire tout ce qu'il veut, répondit Trey.

— Oui, mais dans ce cas pourquoi a-t-il besoin de kidnapper des femmes, surtout des étudiantes ? Avec tout son argent, je suis certaine qu'il doit pouvoir rencontrer de nombreuses partenaires consentantes, non ?

Préférant les tenir à l'écart de l'enquête, Trey avait évité de contacter Mia et Carolina, mais il était peut-être temps de leur demander de l'aide.

— Si quelqu'un sait ce qui se passe pendant ces fêtes, ce sont probablement les jumelles, dit-il à Roni en composant le numéro de Mia.

— ¡ Hola, hermanito ! répondit sa sœur d'un ton malicieux.

— Salut, Roni et moi avons quelques questions au sujet d'un certain John Wilson, je te mets sur haut-parleur, expliqua-t-il avant de poser le téléphone sur la table.

— Salut, Roni ! lança Mia.

— ¡ Hola, amiga ! ajouta Carolina en rejoignant la conversation. Comment vas-tu ? Trey se comporte bien avec toi ?

Roni regarda Trey en rougissant.

— C'est un parfait gentleman, leur répondit-elle.

— C'est bien dommage, répliqua Mia en riant.

Trey sentit la chaleur l'envahir lui aussi à l'idée de ce que Roni et lui pourraient faire dans ce penthouse très chic et intime, mais il chassa vite ces pensées de son esprit.

— Mia, nous avons beaucoup de travail, dit-il à sa sœur comme un avertissement.

— Connaissez-vous un individu nommé John Wilson ? demanda Roni en tentant de ramener la discussion sur leur affaire.

— Qu'avez-vous besoin de savoir à son sujet, outre le fait qu'il est richissime, maniaque sur tout ce qui concerne sa vie privée et que c'est probablement le plus beau parti de tout Miami ?

— N'est-ce pas étrange d'être si attaché au respect sa vie privée quand on organise de grandes fêtes dans les suites d'un hôtel de luxe et que les photos se retrouvent ensuite sur tous les réseaux sociaux ? remarqua Trey.

— Le truc c'est qu'il n'assiste pas systématiquement à ces fêtes, lui expliqua Carolina. Cela fait d'ailleurs toute une histoire quand il s'y montre.

Trey échangea un regard avec Roni, et il comprit qu'elle avait pensé la même chose que lui.

— Est-ce qu'il repart chaque fois avec quelqu'un après ces fêtes ?

— Pas toujours, lui répondit Mia. Comme je vous l'ai dit, il tient beaucoup à protéger sa vie privée.

— Avez-vous déjà eu l'occasion de le rencontrer ? demanda Roni.

— Oui, il est un peu bizarre, dit Carolina.

Trey regretta de ne pas avoir fait d'appel vidéo, car il sentait que les jumelles ne leur disaient pas tout au sujet de cet homme, et il aurait pu en avoir la confirmation en voyant le visage de sa sœur.

— Les filles, j'ai le sentiment que vous nous cachez quelque chose, leur dit-il, mécontent.

— En fait, nous avons été conviées à nous rendre dans sa chambre privée au penthouse, mais comme nous avions un mauvais pressentiment, nous avons dit que nous étions attendues ailleurs et ne sommes jamais revenues à ses soirées.

Le malaise de Mia était perceptible malgré la distance.

Trey réprima un juron à l'idée que sa sœur et sa cousine aient pu se retrouver en danger chez ce type. Il leur posa finalement une dernière question :

— Est-ce que vous croyez que vous pourriez réussir à nous faire inviter, Roni et moi, à l'une de ces soirées ?

— Vous avez été démasqué ! s'exclama-t-il avant de laisser échapper un flot de jurons.

— Impossible ! J'ai été très prudent, lui rétorqua l'autre homme dont la voix était malgré tout teintée de doute.

— J'ai reçu un appel d'un ami du procureur qui me doit une faveur. Il m'a dit que la police venait de demander l'autorisation de placer un traceur sur votre voiture. Vous devez changer de véhicule le plus vite possible et faire profil bas.

— Comment puis-je faire profil bas alors que nous sommes censés bouger la marchandise dans quatre jours ?

— La marchandise devra attendre, lui répondit-il avec regret, car s'ils ne pouvaient pas transférer rapidement les femmes, ils devraient s'en débarrasser et perdraient ainsi beaucoup d'argent.

Cependant, ils n'avaient pas le choix. Avec Gonzales et Lopez qui fouinaient, il fallait éviter de prendre le moindre risque.

— Très bien, je vais prévenir le chef, conclut son interlocuteur avant de raccrocher.

Trey et Roni venaient tout juste de terminer leur appel avec les jumelles quand ils reçurent un message du capitaine Rogers. Celui-ci leur annonçait que le mandat avait été délivré et que la position du téléphone d'Eddie avait été triangulée. Ne voulant pas perdre de temps, ils retournèrent donc à MCP Entreprise, où le véhicule de Walsh était garé. Trey y installa le boîtier magnétique du traceur GPS, puis demanda à Sophie et Rob de surveiller les déplacements de Walsh et de leur en faire part.

Ils se rendirent ensuite à l'endroit révélé par les recherches pour retrouver le téléphone d'Eddie. Suivant le GPS, ils roulèrent d'abord vers Calle Ocho, traversèrent le cœur de Little Havana et passèrent devant les nombreux petits magasins et bistrots. Ils poursuivirent leur chemin en empruntant SW 8th et aperçurent le prestigieux restaurant Versailles avant de prendre la direction de l'aéroport.

Alors qu'ils progressaient sur le Tamiami Trail en direction des

Everglades, Roni fut submergée par une sensation de malaise en observant les avions qui survolaient la route.

— Ça ne présage rien de bon, constata Trey, qui semblait partager son inquiétude.

Le GPS les fit quitter SW 8th pour les mener vers une impasse bordée d'habitations modestes en parpaing. Ils se garèrent devant l'adresse où le téléphone portable d'Eddie était censé se trouver.

Comme les autres pavillons, la maison était plutôt bien entretenue. Au centre de la petite cour, un palmier offrait un peu d'ombre, tandis que des plantes colorées garnissaient les plates-bandes. Le système d'arrosage semblait avoir cessé de fonctionner récemment, car l'herbe était encore humide ainsi que le chemin pavé qui conduisait à la porte d'entrée.

Trey frappa quelques coups, et une femme enceinte leur ouvrit. Elle avait environ quarante ans, des cheveux courts et bouclés, et de beaux yeux marron qui s'écarquillèrent de surprise lorsque Trey et Roni lui montrèrent leurs badges.

— Que puis-je faire pour vous ? demanda-t-elle en posant une main sur son ventre arrondi, comme pour apaiser son bébé.

Avant qu'ils puissent lui répondre, des cris d'enfants réson-nèrent derrière elle.

— Les enfants, taisez-vous ! cria-t-elle en se retournant vers l'intérieur de la maison. Excusez-moi, ajouta-t-elle, les garçons ne sont pas toujours faciles à gérer.

— Nous comprenons, lui assura Roni avec un sourire. Je suis l'inspecteur Lopez, et voici l'inspecteur Gonzales.

Trey avait sorti son smartphone et lui montra une photo d'Eddie.

— Nous sommes à la recherche de cet homme, lui expliqua-t-il.

La femme observa la photo, puis leva vers eux un regard perplexe.

— Je suis désolée, leur dit-elle en secouant la tête. Je ne le connais pas.

Le vacarme qui provenait du fond de la maison s'était rapproché, et ils virent deux garçons qui se poursuivaient en se frappant avec des jouets.

— Du calme ! s'exclama la femme en les regardant sévèrement. Je suis en train de parler à ces deux inspecteurs.

Les deux enfants vinrent se poster derrière elle.

— Ce sont des policiers ? demanda le plus grand, qui semblait soudain un peu effrayé.

— Tu vois, lui dit le plus jeune en le bousculant, je t'avais bien dit que les flics allaient venir.

Leur mère se tourna vers eux en fronçant les sourcils.

— Luis, dit-elle au cadet, pourquoi as-tu pensé que la police allait venir ?

Luis joignit les mains derrière son dos et jeta un regard inquiet à son frère.

— Luis ? répéta leur mère.

Mais ce fut l'aîné qui lui répondit.

— C'est parce que j'ai découvert un téléphone portable et que je l'ai gardé, expliqua-t-il en sortant l'appareil de sa poche et en le tendant à Roni.

Espérant y trouver des empreintes, elle le prit avec la manche de sa chemise.

— Tu t'en es servi ? demanda Trey au jeune garçon en composant le numéro d'Eddie.

Le téléphone vibra entre les mains de Roni.

— Il n'y a pas de mot de passe qui bloque l'accès, déclara l'enfant en tapant le sol nerveusement avec sa basket.

— Raul Alejandro Garcia, tu sais très bien qu'il ne faut pas garder ce qui ne t'appartient pas ! gronda sa mère.

Elle se tourna vers les deux inspecteurs et s'excusa à nouveau :

— Je suis vraiment désolée, il n'avait pas conscience de ce qu'il faisait.

En imaginant les milliards de pensées inquiétantes qui devaient assaillir l'esprit de cette mère, Roni tenta de dédramatiser la situation.

— Ne vous en faites pas, dit-elle. Cependant, nous allons avoir besoin de son aide.

Roni s'agenouilla pour se mettre à la hauteur de Raul et lui demanda d'une voix rassurante :

— Peux-tu nous dire où tu as trouvé ce téléphone ?

Le jeune garçon leva les yeux vers sa mère, qui hocha la tête en guise de consentement.

— Près du canal, derrière le parking du paintball, murmura-t-il en baissant le regard.

— Tu sais que tu n'as pas le droit d'aller là-bas. C'est trop dangereux, lui dit la femme d'un ton où se mêlaient l'inquiétude et la colère.

— Je ne me suis pas approché de l'eau. Le téléphone était à côté du parking, expliqua-t-il.

— Pourrais-tu nous indiquer l'endroit où tu l'as trouvé ? le questionna Roni.

Le petit garçon leva à nouveau les yeux vers sa mère, comme pour lui demander la permission.

— Nous ferons ce que vous voulez, répondit-elle en posant tendrement la main sur l'épaule de son fils.

— Très bien, déclara Trey, peux-tu nous y emmener maintenant, Raul ?

11

Le canal se trouvait derrière un petit bosquet et le parking d'un centre de paintball. Une haute clôture grillagée séparait le parking de la végétation. La zone d'herbe piétinée située devant une large ouverture témoignait de l'utilisation fréquente de ce passage.

Juste après le canal s'étendaient de vastes terrains marécageux parsemés de joncs. Les marais s'étiraient sur des kilomètres et, au loin, les contours des mangroves et des pins touffus brisaient l'horizon linéaire des Everglades.

En se dirigeant vers l'endroit que Raul leur avait indiqué, Trey et Roni avaient rapidement trouvé le bras d'Eddie près de l'eau. Heureusement, les enfants et leur mère ne les avaient pas suivis quand ils s'étaient glissés à travers l'ouverture dans la clôture.

En apercevant le tatouage du drapeau cubain sur le poignet, Trey avait tout de suite compris que le membre appartenait au corps d'Eddie.

À présent, Roni et lui attendaient que les plongeurs finissent d'explorer le canal, à la recherche des restes de son informateur. L'opération s'annonçait longue et laborieuse.

Trey et Roni se dirigèrent vers la médecin légiste, qui examinait chaque partie du corps ramenée par les plongeurs, ainsi que vers son assistante, qui les photographiait.

— Une idée du motif de la mort ou du temps que le cadavre a pu passer dans l'eau ? leur demanda Trey.

— Nous ne pouvons pas établir la cause du décès de cet individu tant que nous n'avons pas récupéré tous les morceaux de son corps, déclara la médecin légiste en déposant le bras d'Eddie dans un sac de preuves. Quant à la durée de son séjour dans le canal, c'est difficile à dire, car il y a eu beaucoup de prédation, les alligators et les poissons ont fait des ravages. Cependant, d'après certains changements cutanés, comme cette desquamation, je pense que cela fait un peu plus d'une semaine.

Trey comprit presque instantanément qu'Eddie avait dû perdre la vie la nuit où Doug avait été abattu.

— Merci de nous tenir informés de toute nouvelle avancée, conclut Roni en tendant sa carte à la médecin légiste.

— Nous vous contacterons dès que nous aurons du nouveau, lui assura-t-elle en hochant la tête.

— Merci, déclara Trey en posant une main dans le bas du dos de Roni pour l'inviter à quitter rapidement les lieux.

Ils devaient retrouver Carolina et Mia quelques heures plus tard pour se rendre à une soirée organisée par Wilson, mais devaient entre-temps s'occuper de la voiture de Walsh.

Trey activa l'application de suivi que Sophie et Rob avaient installée sur son téléphone. Comme précédemment, celle-ci leur indiqua que le véhicule de Walsh n'avait pas bougé du parking où il était garé.

— Aucun mouvement, constata Trey en désignant l'écran à Roni.

Pour apaiser la tension qu'il sentait monter en lui, il se massa la nuque pendant un instant. Son instinct lui soufflait que quelque chose clochait.

— Il est un peu plus de 17 heures, lui fit remarquer Roni après avoir jeté un coup d'œil rapide au téléphone. Il est probablement toujours au travail.

— Peut-être, lui répondit Trey sans lui révéler son mauvais pressentiment. Nous devrions retourner voir Sophie et Rob pour avoir de leurs nouvelles et nous préparer pour sortir ce soir avec les jumelles.

Alors qu'ils se dirigeaient vers leur véhicule, Roni regarda Trey en fronçant les sourcils.

— Tu penses que quelqu'un a prévenu Walsh ?

— C'est possible, en effet... Mais il est également possible qu'il soit, comme tu le dis, toujours à son travail. Nous serons bientôt fixés.

Tout à coup, l'application de suivi émit un son, et Trey observa son écran. Le signal se déplaçait sous ses yeux.

— Tu avais raison, dit-il à Roni en lui tendant l'appareil.

— Voyons où il se dirige, répondit Roni en se précipitant vers la voiture.

Une fois installé au volant, Trey accrocha le téléphone à son support pour pouvoir suivre le logiciel de localisation.

— S'il rentre chez lui, il devrait emprunter la Septième ou Dixie Highway pour se rendre à Coral Gables, lui dit Trey en lui montrant l'itinéraire du bout du doigt. C'est un court trajet qui ne devrait pas lui prendre plus de dix minutes.

— À moins qu'il ne se dirige vers South Beach. Dans ce cas, il ira vers le pont, répondit Roni en hochant la tête, constatant que le signal se déplaçait vers l'ouest. Mais... Il ne va ni dans cette direction ni dans l'autre.

— Cela n'a aucun sens ! s'exclama Trey en regardant le véhicule de Walsh s'éloigner de MCP Entreprise, du quartier de South Beach et de sa propre maison. Nous avons encore un peu de temps, essayons de l'intercepter.

Ils se mirent en chemin pour tenter de le retrouver. Tandis qu'ils se rapprochaient du signal, Trey scrutait la route devant lui, espérant apercevoir sa voiture. Cependant, malgré les informations de l'application de suivi signalant qu'ils se trouvaient au même endroit, il n'y avait aucune trace d'elle.

— Je ne comprends pas, soupira Trey en se passant une main sur le front, l'air frustré.

Alors que le logiciel indiquait que la voiture de Walsh s'éloignait de la rue où ils étaient, ils virent soudain une jeep grise quitter la SW 137th en direction du quartier de Kendall.

— Garde un œil sur celle-ci, demanda Trey à Roni en lui montrant le véhicule du doigt tandis qu'il se concentrait sur la route et l'écran.

Après plusieurs virages, il devint évident que l'appareil de pistage suivait la jeep. Ils comprirent que le traceur avait été déplacé et, après s'être rapprochés, ils découvrirent que le conducteur d'âge moyen portait une barbe noire.

Quelques minutes plus tard, il s'engagea dans l'allée d'un grand ranch situé à Kendall West.

Trey et Roni le suivirent et, une fois garés, avancèrent vers l'individu qui venait de sortir de sa jeep en lui présentant leurs insignes.

Ce dernier leva immédiatement les mains vers le ciel, comme pour signifier qu'il ne portait pas d'arme.

— Nous voulons seulement vous poser quelques questions et peut-être jeter un œil à votre voiture, lui expliqua Trey.

— Je n'ai rien fait de mal, lui répondit l'homme en gardant les mains levées.

— Monsieur, vous pouvez baisser les bras, le rassura Roni. Nous ne vous accusons de rien, comme vient de vous le dire mon collègue. Nous aimerions simplement vous parler et examiner votre véhicule, avec votre permission, bien sûr.

L'homme sembla se détendre et, reculant sur l'herbe, désigna sa jeep.

— Allez-y, vous pouvez la fouiller de fond en comble.

Ayant remarqué que Roni avait calmé la situation, Trey lui fit un signe de tête approbateur, et elle avança vers le conducteur alors qu'il entamait de son côté l'inspection de la jeep.

— Merci d'avoir accepté de nous parler, déclara Roni.

L'homme lui jeta un regard méfiant puis lui serra la main manifestement à contrecœur.

— Ron Hamilton.

— Je suis l'inspectrice Lopez, lui dit-elle en lui montrant son insigne une fois de plus. Et voici, l'inspecteur Gonzales.

Elle se tourna vers Trey qui était en train de contrôler le pare-chocs de la jeep.

— Que puis-je faire pour vous ? lui demanda le conducteur après avoir rapidement regardé vers son badge.

— Pourriez-vous nous indiquer où vous avez stationné votre voiture aujourd'hui ?

— Dans le parking de mon immeuble. Je travaille pour v Financial, nos bureaux se trouvent dans l'immeuble de MCP Entreprise, sur Brickell.

— Avez-vous prêté votre jeep à quelqu'un ou est-il possible qu'on ait pu la déplacer à votre insu ?

— Non, elle est restée garée au même endroit toute la journée, lui répondit Hamilton en secouant la tête.

— Avez-vous un emplacement attitré dans le parking ? lui demanda Roni en regardant Trey, qui venait de les rejoindre.

— Oui, tous les cadres de la société ont droit à des places réservées près des ascenseurs. C'est un avantage plutôt appréciable quand on termine tard le soir.

Trey tendit la main vers Roni et, en y apercevant le traceur GPS, elle comprit qu'il était temps de mettre fin à la discussion.

— Pourriez-vous nous donner la localisation de cet emplacement ? lui dit-elle.

— C'est le 204, au deuxième étage, près des ascenseurs, comme je vous l'ai déjà dit.

— Merci pour votre aide, monsieur Hamilton. Et merci également de ne pas parler de cet entretien à qui que ce soit pour le moment, lui demanda Roni.

Remarquant l'air surpris de l'homme, Trey ajouta :

— Puisque l'enquête est encore en cours, nous avons besoin de pouvoir compter sur votre discrétion.

Sur ces mots, il lui remit sa carte, et Roni fit de même.

— Ne vous inquiétez pas, c'est juste un malentendu. Votre véhicule se trouvait seulement au mauvais endroit au mauvais moment.

Après l'avoir salué et remercié une dernière fois, ils retournèrent à leur voiture.

— Quelqu'un a prévenu Walsh, dit Trey à Roni dès qu'ils furent installés à l'intérieur.

— Cela ne peut pas être Rogers, lui répondit Roni en prenant le traceur que Trey lui tendait. Je suis certaine qu'on peut lui faire confiance.

Trey laissa échapper un profond soupir.

— Je me fie à ton jugement, mais si tu as raison, cela signifie que la fuite vient de quelqu'un qui travaille au bureau du procureur.

— En effet, acquiesça-t-elle. C'est pourquoi je pense que nous devons informer le capitaine le plus rapidement possible et vérifier si des caméras de surveillance existent à l'endroit où Hamilton se gare.

— D'accord, approuva Trey.

Le téléphone de Roni se mit alors à sonner et, en jetant un coup d'œil à son écran, elle vit qu'il s'agissait de Ramirez. Son estomac se serra instantanément. Elle hésita : devait-elle prendre l'appel ou non ? Soudain, elle se demanda si cet appel pouvait être relié à la découverte du corps d'Eddie et à leur course effrénée en suivant le traceur GPS.

— Tu ne réponds pas ? lui demanda Trey en fronçant les sourcils.

— C'est Ramirez, expliqua-t-elle ignorant l'appel. Je n'ai pas envie de lui parler.

Trey reporta son attention sur la route devant lui, les mains serrées sur le volant.

— Qu'est-ce qu'il peut bien te vouloir ?

— Je n'en sais rien, et je m'en fiche, prétendit Roni en haussant les épaules.

Trey laissa échapper une sorte de grognement, comme s'il acceptait son explication, mais elle pouvait sentir la tension qui émanait de son corps, l'avertissant qu'il ne croyait pas forcément ce qu'elle venait de lui dire.

Qu'importe. Même si ce mensonge lui laissait un goût amer,

elle savait qu'elle devrait continuer à lui mentir jusqu'à ce qu'elle trouve le bon moment pour lui révéler son implication dans l'enquête de l'IAD.

Son contact au bureau du procureur l'appela alors qu'il allait rejoindre son ex-femme pour dîner. C'était précisément à cause d'elle et de ses régulières sollicitations financières qu'il avait consenti à accomplir certaines tâches et à rendre certaines faveurs qui l'avaient entraîné sur une voie bien plus dangereuse que ce qu'il avait pu imaginer.

Alors qu'il écoutait son interlocutrice, paniquée, lui raconter que le procureur et son équipe étaient au courant de la fuite concernant le mandat pour la pose du traceur GPS, il avait soudainement compris qu'il n'avait plus le choix.

Il avait annulé le dîner avec son ex-femme, qui l'avait injurié et avait menacé de prévenir son avocat, mais c'était le cadet de ses soucis.

La colère qu'il ressentait à l'idée de devoir résoudre un nouveau problème était telle qu'il avait l'impression que sa tête allait exploser. Les mains tremblantes de rage, il composa le numéro de Walsh. Il pensait avoir compris ce que cet idiot avait fait, mais avait besoin de l'entendre le lui confirmer lui-même.

— Je suis étonné de votre appel, lui dit Walsh en décrochant. Je croyais que je devais rester discret…

— Avez-vous déplacé le traceur GPS ? lui demanda-t-il, furieux.

— Oui, j'aurais adoré voir leur visage quand ils ont compris qu'ils suivaient la mauvaise personne, fit Walsh en riant.

— Pourquoi ne l'avez-vous pas laissé en place et n'avez-vous pas pris une autre voiture, comme je vous l'avais demandé ? À cause de vous, mon contact au bureau du procureur est grillé !

Walsh resta silencieux pendant un moment, puis répondit :

— Je croyais vous aider, dit-il, d'un air contrit.

Cette attitude puérile renforça sa colère, comment Santana avait-il pu croire que Walsh serait un bon élément dans leur équipe ?

— Personne ne vous a demandé d'aider ! Vous ne faites qu'aggraver les choses ! s'exclama-t-il.

— Que dois-je faire maintenant ?

Un million de pensées lui vinrent à l'esprit, certaines très cruelles, mais il retint sa rage et lui répondit, les dents serrées :

— Rien. Restez chez vous et attendez mes instructions.

Sur ces mots, il raccrocha. L'inquiétude le rongeait, et son cerveau continuait de s'emballer. De nouveaux problèmes à gérer s'ajoutaient à une liste déjà longue : Walsh, Adams et la femme décédée subitement. Il y avait tant de corps... Et il savait qu'il y en aurait bientôt d'autres, peut-être ceux de Lopez et de Gonzales. Il n'avait jamais apprécié cet inspecteur prétentieux qui était traité comme un roi grâce aux relations de sa famille.

Bien que Lopez n'ait rien dit qui pouvait l'incriminer jusqu'à présent, il l'avait aperçue cette nuit-là au club. L'avait-elle également vu ? Il était aussi possible qu'elle ait repéré Adams et Walsh.

Il hocha la tête, monta dans sa voiture, puis scruta attentivement les alentours avant d'ouvrir sa boîte à gants. Il en sortit un pistolet dont le numéro de série avait été limé. Il en avait déjà fait usage à maintes reprises et comptait plusieurs morts à son actif, ayant réalisé divers travaux pour le patron.

Alors, qu'est-ce qu'un ou deux cadavres de plus allaient changer ?

— Nous vous devons une fière chandelle, dit Trey à Sophie et Rob qui venaient de les rejoindre autour de la table de la salle à manger.

— Tu es un membre de notre famille, Trey, lui répondit Rob en ouvrant son ordinateur portable. Se rendre service est normal entre cousins.

Trey se remémora ce que Roni lui avait dit le jour des funérailles de Doug. Elle lui avait assuré qu'elle serait là pour lui. Tout le monde semblait être d'accord sur ce point : le soutenir était une évidence.

Soudain, il se sentit coupable en pensant à la façon dont il s'était éloigné des siens, ou plutôt de l'entreprise familiale, pendant de trop nombreuses années. Aujourd'hui, ils étaient à ses côtés et utilisaient toutes leurs ressources pour les aider, Roni et lui.

— Je vous remercie infiniment, leur dit-il, rempli de gratitude, mais aussi de culpabilité.

Sophie leva les yeux au ciel, puis se dirigea vers Roni et passa le bras autour de ses épaules.

— Nous le faisons également pour Roni, tu sais. D'une certaine manière, elle aussi fait partie de notre famille.

Roni sourit timidement, son visage s'empourprant.

— Merci, c'est adorable, Sophie.

— Je crois que vous allez apprécier toutes les informations que nous avons recueillies, déclara Rob.

Il tapota sur son clavier, puis projeta l'image de son écran sur le mur.

— Nous n'avons pas réussi à identifier qui se cache derrière la société-écran, ni qui possède réellement le terrain sur Terminal Island, leur expliqua Rob d'un ton où pointait l'excitation. Mais nous avons pu découvrir que l'avocat qui a fondé cette société en a créé deux autres au même moment. Et le véritable propriétaire de ces deux compagnies est MCP.

— On dirait qu'une petite visite à cet avocat s'impose, déclara Roni.

Sophie acquiesça avant de continuer leur rapport, en affichant une nouvelle image sur le mur.

— Nous avons également réussi à pénétrer dans le système de surveillance du parking. Regardez, c'est le lieu dont vous nous avez parlé.

Trey se concentra sur l'image pixélisée, et constata que, malgré la qualité médiocre de la vidéo en noir et blanc, il n'y avait aucun doute sur l'identité de la personne qui s'approchait de la jeep pour glisser la main sous le pare-chocs arrière. À l'endroit exact où il avait retrouvé leur traceur GPS.

— C'est Walsh, confirma Roni.

— En effet, mais malheureusement nous ne pouvons pas utiliser cette vidéo comme preuve, précisa Trey en sentant la frustration l'envahir une fois de plus. Il est impossible qu'il ait découvert la présence de ce traceur seul, on l'a forcément prévenu.

Quelqu'un semblait toujours avoir une longueur d'avance sur eux, ce qui ajoutait de l'inquiétude à sa colère. Cette personne pourrait à tout moment choisir de s'en prendre à Roni ou à un membre de sa famille.

— Le capitaine Rogers travaille en coordination avec le bureau du procureur qui mène parallèlement sa propre enquête, lui dit Roni en posant la main sur la sienne, comme pour le rassurer.

L'ascenseur sonna, leur annonçant l'arrivée de quelqu'un dans l'appartement, et Trey se leva, inquiet.

Mais lorsque la porte s'ouvrit, Mia et Carolina firent leur apparition, les bras chargés de nouveaux sacs, la plupart provenant de magasins de vêtements. Tout sourire, Mia en brandit un qui arborait le logo d'un des restaurants de cuisine fusion asiatique les plus connus du quartier.

— À table ! On a pensé que vous auriez besoin de manger quelque chose avant de sortir au Del Sol, ce soir ! s'exclama Mia.

— Je vais déposer ça dans la chambre de Roni, annonça Carolina en emportant les autres sacs.

Regrettant cette interruption, Trey tenta de masquer sa contrariété. Il savait que les jumelles voulaient seulement se rendre utiles.

— Merci beaucoup, répondit-il en essayant de garder un ton léger, mais nous avons encore un peu de travail.

Il jeta un coup d'œil à Sophie et Rob qui acquiescèrent en même temps.

— Nous ne devrions pas en avoir pour longtemps, précisa Sophie. Mais nous pouvons nous déplacer pour vous laisser de l'espace pour le dîner.

Elle emporta son ordinateur portable et se dirigea vers le salon où elle s'assit près de la table basse.

Roni prit la main de Trey et l'entraîna vers le canapé, tandis que Rob se joignait aux jumelles pour les aider à dresser la table et à servir les plats préparés.

Les odeurs alléchantes de la nourriture emplirent l'air pendant que Sophie expliquait à Roni et Trey leurs dernières découvertes sur les transactions bancaires.

— Comme nous vous l'avions mentionné la dernière fois, il y avait quelque chose de vraiment étrange dans la façon dont l'argent avait été déposé. Apparemment, la banque de Doug ait signalé une possible cyberattaque quelques jours après son décès. Comme cette attaque semble avoir eu lieu juste après la mort de ton coéquipier, Rob et moi pensons qu'ils l'ont faite pour pouvoir accéder aux comptes de Doug et changer les informations des dépôts.

Trey leva les mains en l'air pour lui faire signe de ralentir.

— Mais l'argent provenait-il d'un vrai compte ?

— Oui, ils ont procédé de la même manière que n'importe qui, en effectuant un virement en utilisant les codes bancaires et les numéros de compte appropriés. Nous croyons qu'ils ont réussi à obtenir les informations de connexion du compte de Doug et la possibilité de modifier les données grâce à ce piratage informatique. Cela est d'autant plus plausible depuis que la banque a elle-même reconnu une potentielle faille de sécurité.

— Mais vous ne savez pas qui se cache derrière tout cela ? demanda Roni.

Sophie secoua la tête.

— Comme sur n'importe quelle scène de crime, quelqu'un peut laisser des traces de son passage. Mais dans ce genre de cas, il faut beaucoup de temps pour les identifier et trouver le responsable. Cependant, je suis convaincue que les informations que nous avons recueillies vous permettront d'obtenir un mandat pour chercher des détails supplémentaires sur le détenteur de ce compte en Suisse.

Trey sourit et se leva pour prendre sa cousine dans ses bras.

— Merci, vous avez effectué un travail remarquable. Dès que nous saurons en qui nous pouvons faire confiance au bureau du procureur, nous ferons cette demande de mandat. Pourrais-tu m'envoyer par mail toutes ces informations ?

— Pas de problème, et de notre côté nous allons poursuivre nos recherches pour essayer de découvrir à qui peuvent appartenir ces traces, conclut-elle en refermant l'écran de son ordinateur.

— Y a-t-il une chance que celles-ci nous mènent à John Wilson ? déclara Roni en se levant également du canapé pour suivre Sophie jusqu'à la cuisine.

Sophie haussa les épaules et fit un petit mouvement de tête, faisant virevolter quelques mèches de ses cheveux bruns avec un air déterminé. Trey savait que sa cousine ne lâcherait pas prise tant qu'elle n'aurait pas trouvé toutes les réponses.

— Tout est possible, leur répondit-elle.

Arrivée à table, Roni remarqua que Carolina et Mia avaient encore laissé libre cours à leur nature exubérante. C'était cette originalité dans leur manière d'être et de voir le monde qui les définissait le mieux. Et cette audace était sans doute la raison pour laquelle elles se plaçaient en tête du classement des influenceuses les plus populaires. Leur blog et leurs comptes sur les réseaux sociaux leur avaient ouvert les portes de toute la ville de Miami.

Une myriade de spécialités japonaises et chinoises ornait maintenant la table. Il y avait au moins quatre variétés de dim sum, un assortiment de sushis, de sashimis et de *crispy rolls*, et en guise de plats principaux du canard laqué, des crevettes tempura, une grosse côte de bœuf, des nouilles et du riz.

— Vous avez prévu de nourrir une armée entière ? leur demanda Roni en plaisantant.

La sonnerie de l'ascenseur retentit juste au moment où elle terminait sa phrase. Tandis que les parents de Trey et son frère entraient, les bras chargés de paquets, elle ne put s'empêcher de remarquer que Trey s'était tendu.

— Nous apportons le dessert, déclara Samantha sur un ton qui rappela à Roni celui de Mia.

Telle mère, telle fille, songea-t-elle, avec amusement.

Tel père, tel fils aussi, constata-t-elle en voyant Ramoncito approcher d'eux avec un visage aussi impassible que celui de son fils.

Trey prit son père dans ses bras pour le saluer, puis laissa sa mère l'embrasser avec exubérance.

— Maman, lui dit-il, c'est si bon de te voir.

— Je le vois à ton sourire, lui répondit-elle en riant et en lui caressant la joue.

Ricky serra Roni dans ses bras avant de faire semblant de donner un coup de poing à son frère.

— Tu ne m'as pas dit quand je pouvais venir te voir pour discuter, lui dit-il sur un ton de reproche.

— C'est parce que je ne me sens pas encore tout à fait prêt à t'affronter, expliqua-t-il.

— Le seras-tu un jour ? lui demanda Ricky en riant.

Roni ne put s'empêcher de sourire face à ces retrouvailles et à ces taquineries. Elle serra également les parents de Trey dans ses bras. Elle appréciait beaucoup Samantha et Ramoncito, qu'elle connaissait depuis l'époque du lycée, quand elle avait rencontré Mia et Carolina, car ils s'étaient toujours montrés chaleureux et accueillants avec elle.

Organiser un grand banquet familial en pleine enquête était plutôt surprenant, mais Roni avait appris avec le temps que cette tribu ne faisait jamais rien d'ordinaire.

Depuis leur départ de Cuba et leur ascension sociale pour devenir l'une des familles cubano-américaines les plus influentes de Miami, leur parcours avait été comme eux : unique en tout point.

La mère de Trey désigna la table de la main avant de déclarer :

— Cela fait si longtemps que nous n'avons pas été réunis, que nous avons pensé à profiter de...

— De notre captivité forcée ? demanda Trey.

— Si l'on considère que vous avez pu aller et venir à votre guise ces derniers jours, peut-on réellement parler de captivité ? rétorqua Carolina en haussant ses sourcils impeccablement épilés.

— Touché, cousine, admit Trey avec un sourire crispé.

Tous étaient sur le point de s'installer à table lorsque le téléphone de Roni sonna. Elle jeta un bref coup d'œil à l'écran et vit que c'était Heath.

— Pardonnez-moi un instant, dit-elle avant de s'éloigner pour répondre. Heath, merci pour les informations que tu m'as envoyées concernant le personnel de l'hôtel.

Trey et elle n'avaient pas encore eu le temps de s'y intéresser, mais ils espéraient pouvoir étudier la liste avant d'aller au Del Sol.

— J'ai effectué quelques recherches sur Wilson, mais je suis sûr que vous savez déjà qu'il est très connu dans le domaine de la technologie, précisa Heath avec une pointe d'agacement dans la voix.

— Oui, c'est vrai. Nous allons d'ailleurs tenter de nous rendre à une de ses fêtes privées ce soir, lui expliqua Roni, se sentant soudainement coupable de n'avoir pas partagé plus d'informations avec son partenaire.

— Eh bien, la vie semble difficile, Roni. Autre chose, Ramirez est passé une nouvelle fois au bureau, il voulait savoir où tu étais. Je suis resté évasif, mais je ne sais pas s'il ne va pas commencer bientôt à se poser des questions.

Une fois de plus, Roni eut le sentiment qu'elle pouvait se fier à son coéquipier, mais qu'elle devait se méfier de l'inspecteur de l'IAD.

— Tu penses qu'il a quelque chose à voir avec tout ce qui se passe en ce moment ? lui demanda Heath d'une voix à peine audible dans le bruit du poste de police.

— Oui, mais ne dis rien à personne, sauf au capitaine, recommanda-t-elle. Je te tiendrai au courant de la situation demain matin pour que nous puissions décider de la prochaine étape.

— Bien reçu, sois prudente, Roni, lui répondit Heath avant de raccrocher.

Elle retourna à table, où on lui avait laissé une place près de Trey. Malheureusement, tout le monde semblait jouer les entremetteurs, les jumelles en tête. Elle fit comme si cela ne l'atteignait pas. Trey avait l'air de s'être résigné à adopter la même attitude.

Mais, quand les assiettes furent servies, il se pencha vers elle.

— Tout va bien ? lui demanda-t-il.

— Oui, lui répondit Roni. C'était Heath. Il voulait me prévenir que Ramirez était revenu au commissariat pour me voir.

12

Le comportement de Ramirez envers Roni inquiétait Trey. Il craignait qu'elle ne lui ait pas tout dit au sujet de ses relations avec l'inspecteur de l'IAD.

En baissant la tête, il lui chuchota :

— Je présume qu'il t'a déjà questionnée sur la fusillade, mais... y a-t-il quelque chose d'autre que tu ne me dis pas ?

Elle se raidit et leva vers lui un regard hésitant.

— Qu'est-ce que tu veux dire ? lui répondit-elle, l'air irrité.

— Tu sais très bien ce que je veux dire, insista-t-il. Le service des Affaires internes t'a-t-il demandé de faire autre chose pour eux ?

— Chéri, ce n'est pas le moment de travailler, le réprimanda Samantha qui devait avoir senti la tension monter entre eux.

Comme tous les autres membres de la famille avaient interrompu leur conversation pour les observer, Trey décida de ne rien dire et de reporter cette discussion à plus tard. Mais dès qu'ils seraient seuls, il comptait bien éclaircir les choses sur la relation entre Roni et l'IAD.

Soudain, il se souvint qu'il n'avait rien mangé de la journée et entreprit de goûter aux délicieux plats qui s'étalaient sous ses yeux.

Une fois rassasié, il regarda les membres de sa famille et comprit que leur présence, leur amour et leur soutien inconditionnel étaient le meilleur remède contre la colère et la tristesse qui l'habitaient depuis la mort de son partenaire.

Quand sa mère et sa sœur se levèrent pour préparer le café et apporter les desserts, il aida Roni, Sophie et Carolina à débarrasser la table. Quelques minutes plus tard, Ricky et Rob les rejoignirent dans la cuisine.

— Je suis très sérieux au sujet de cette discussion, Trey, lui murmura Ricky en approchant de lui. Tous ces événements troublants sont difficiles à digérer, et si tu en ressens le besoin, je suis là pour t'aider.

— J'apprécie ton offre, Ricky, mais ce n'est pas le moment, lui répondit-il tout en rangeant les restes.

Parfaitement conscient qu'il ne pourrait pas faire changer d'avis son frère, Ricky lui donna une tape amicale sur l'épaule. Mais Trey savait que celui-ci reviendrait vers lui, car s'il y avait bien une chose dont il était certain, c'était que sa famille le soutiendrait toujours. Il se demandait cependant si c'était aussi le cas pour Roni...

Soudain inquiet de l'heure qu'il pouvait être, il jeta un coup d'œil à sa montre et constata avec soulagement qu'il n'était que 19 heures. Heureusement, la vie nocturne de South Beach démarrait bien plus tard.

— Ne t'en fais pas, *hermano*, la fête ne débutera pas avant 21 h, le rassura Mia en souriant.

Trey, impatient d'avancer dans l'enquête, avait décidé de s'entretenir seul avec Roni avant de quitter l'appartement pour en savoir plus sur sa relation avec les agents de l'IAD. Mais, maintenant que la table était couverte de délicieux gâteaux – *pastelitos*, flans cubains et autres desserts – et que le café était servi, il allait devoir prendre son mal en patience.

Il se rassit et se força à sourire, mais petit à petit la magie familiale opéra, et il se surprit à apprécier ce moment. Ou peut-être était-ce grâce à la douceur des pâtisseries, se dit-il, essayant d'ignorer le fait qu'il lui semblait tout à fait naturel et agréable que Roni soit à côté de lui. Elle paraissait faire partie de sa famille.

Alors que le repas touchait à sa fin, Mia et Carolina s'excusèrent et emmenèrent Roni avec elles afin de se préparer pour la soirée de Wilson.

— Il est temps pour nous de partir, dit Sophie.

— J'espère que nous pourrons bientôt vous transmettre de nouveaux renseignements, conclut Rob en se levant de table.

— Votre aide nous est vraiment très précieuse, lui répondit Trey en lui donnant une tape affectueuse dans le dos.

— Je vous accompagne, déclara Ricky en suivant ses cousins jusqu'à l'ascenseur, laissant Trey seul avec ses parents.

Pour éviter la traditionnelle discussion culpabilisante qu'il sentait venir, il décida de prendre la parole le premier.

— Je vous remercie beaucoup pour toutes les ressources que SBS a mises à notre disposition.

Son père demeura muet et se contenta de glisser les mains dans ses poches, s'affaissant dans son siège.

Cependant, sa femme lui donna un coup de coude, et il finit par répondre :

— Tu fais partie de notre famille, Trey, et Roni également. Nous ferons tout notre possible pour assurer votre sécurité.

La sécurité était une préoccupation majeure pour les parents de Trey. Et il était impossible d'ignorer leur inquiétude après ce qui s'était passé une semaine plus tôt. Malgré cela, il tenta de les rassurer.

— Ne vous en faites pas pour nous.

Son père prit une profonde inspiration, comme s'il se préparait à vider son sac, mais un nouveau coup de coude de sa mère le fit taire.

— Nous nous inquiétons, Ramon, mais nous savons que Roni et toi prendrez les bonnes décisions, lui répondit sa mère, qui avait l'habitude d'intervenir pour éviter les disputes.

— Merci, maman, chuchota-t-il en l'enlaçant. Nous serons prudents et, une fois de plus, sachez que nous apprécions vraiment tout ce que vous faites pour nous.

Il tendit ensuite la main à son père, qui la serra sans se donner la peine de cacher sa désapprobation.

Sa mère, manifestement satisfaite que les choses soient réglées, prit le bras de son mari.

117

— Allons-y, Ramoncito, Trey a du travail.

Émettant une sorte de grognement bourru, le père de Trey se laissa guider jusqu'à l'ascenseur.

Des éclats de rire s'échappèrent de la chambre de Roni dont la porte était toujours fermée, lui indiquant qu'il allait devoir encore affronter les tentatives d'entremetteuses des jumelles.

— Écoutez les filles, commença Roni, j'apprécie beaucoup ce que vous essayez de faire, mais Trey et moi...

— Vous serez parfaitement assortis, mais ce n'est pas le seul but de cette robe, Roni, l'interrompit Mia en tenant le vêtement devant elle et en se balançant d'avant en arrière face au miroir.

Roni tressaillit en découvrant la robe en question. Elle lui paraissait extrêmement courte. Mia faisait à peu près la même taille qu'elle, et elle lui arrivait à mi-cuisse. Son décolleté était très profond, et de nombreuses découpes stratégiquement placées laissaient apparaître la peau.

— Si Wilson est présent, tu dois attirer l'attention. Car si son assistant te remarque, tu pourras peut-être entrer dans sa suite privée, lui expliqua Mia.

— Comment peux-tu porter des choses pareilles ? s'étonna Carolina en regardant Roni enlever ses chaussures à talons plats avec un air dégoûté. Est-ce ton travail qui t'y oblige ?

Roni leva les yeux au ciel.

— Essaye donc de courir après un suspect avec des talons de dix centimètres ! rétorqua-t-elle, se demandant si ses amies n'en seraient pas capables.

Mia et Carolina semblaient en être certaines, car elles échangèrent un nouveau regard complice avant d'éclater de rire.

Puis, Mia approcha du lit sur lequel étaient entassés les paquets. Elle fouilla dans l'un d'eux et en sortit quelque chose qu'elle lança à Roni.

Roni attrapa le petit morceau de tissu au vol et le tendit devant elle. Elle grimaça en découvrant sa taille. Tout en se mordant la lèvre, elle se répéta que tout cela faisait partie de sa mission et enleva sa culotte pour enfiler ce string minuscule. Elle retira ensuite son soutien-gorge et, une seconde plus tard, Mia vint l'aider à mettre la robe.

Celle-ci était aussi moulante et fine qu'une seconde peau, et Roni lissa les derniers plis pour l'ajuster avant de regarder son reflet dans le miroir.

— Espérons que nous en découvrirons plus aujourd'hui, dit-elle en prenant les chaussures que Mia lui tendait.

Heureusement, les jumelles avaient opté pour une hauteur de talons raisonnable.

— Maintenant, passons à la coiffure et au maquillage, conclut Carolina en claquant des doigts.

Roni grimaça avant de la suivre dans la salle de bains.

Trey serrait les dents pendant que leur potentiel suspect dévisageait Carolina, Mia et Roni. Il comprenait toutefois qu'il était difficile de faire autrement...

Les jumelles étaient de superbes femmes très sûres d'elles, et elles avaient toujours su attirer l'attention. Tout le monde dans le coin les connaissait, et elles profitaient de leur célébrité pour être invitées aux plus grands événements de Miami. Grâce à elles, on leur ouvrait des portes ce soir-là qu'ils n'auraient pas pu franchir seuls, Roni et lui, et Trey leur en était reconnaissant. Sous la tutelle de Mia et Carolina, Roni semblait maintenant être un papillon qui venait de sortir de son cocon.

Elle était éblouissante. Les jumelles avaient coiffé ses cheveux mi-longs en un chignon décontracté qui donnait l'impression qu'elle se réveillait après une nuit de plaisir. Le maquillage de son visage, avec ses tons ombrés et charbonneux, mettait en évidence la beauté de ses yeux, faisant ressortir les nuances dorées de son regard noisette. Un trait d'eye-liner soulignait un côté exotique qu'il n'avait jamais remarqué chez elle auparavant.

Pour préserver sa sérénité, il décida de ne pas trop s'attarder sur la robe que les jumelles avaient choisie pour elle. Le triangle qui découvrait son ventre plat donnait à Trey l'irrésistible envie de l'enlacer et de laisser glisser les mains sur son corps aux formes parfaites.

Tout à coup, un individu s'interposa entre Roni et lui, obstruant sa vision.

C'est parti, pensa-t-il en se concentrant pour ne rien manquer de ce qui allait se passer sous ses yeux.

Il fit un pas de côté pour mieux voir et remarqua qu'il s'agissait bel et bien de l'homme qu'ils avaient repéré. Tout en discutant avec les jumelles et Roni, ce dernier affichait une expression radieuse.

Comme prévu, elles devaient adopter une attitude réservée, en particulier Roni qui avait déjà éconduit l'homme la veille en rejetant ses avances. Même s'il paraissait peu probable qu'il la reconnaisse, compte tenu de son allure si différente.

Ils échangèrent pendant quelques instants puis l'homme fit un geste vers le hall d'entrée. Les jumelles et Mia firent mine de discuter entre elles de cette invitation. Puis Mia se tourna vers lui avec un sourire qui semblait signifier qu'elles acceptaient son offre. L'homme leur fit alors signe de le précéder, et il suivit les trois jeunes femmes qui avançaient parmi la foule.

C'était le moment pour Trey de les intercepter. Il quitta précipitamment sa place au bar et se dépêcha de rejoindre le hall d'entrée, où il arriva en même temps que le quatuor.

— Trey ! s'exclama Mia en courant vers lui.

Sur la pointe des pieds, elle déposa un baiser sur sa joue avant de se tourner vers l'homme pour le présenter.

— Miles, je vous présente mon frère, Trey. *Hermano*, dit-elle en reportant son attention sur lui, je ne savais pas que tu serais là ce soir.

— J'espère que je ne vous dérange pas, s'excusa Trey en

embrassant Carolina et Roni avant de tendre la main à l'homme pour le saluer. Enchanté de faire votre connaissance.

Ce dernier sembla soudain mal à l'aise et hocha la tête.

— Nous devrions y aller, leur dit-il en montrant l'ascenseur.

— Bien sûr, approuva Carolina, mais Trey, pourquoi ne viendrais-tu pas avec nous ?

— Avec grand plaisir, *gracias*, répondit Trey.

Il se glissa derrière Roni pour poser la main sur le bas de son dos, dans un geste presque instinctif, mais totalement possessif.

Manifestement, Miles avait remarqué son attitude. Trey recula alors d'un pas en ôtant la main, puis lui adressa un sourire complice, comme pour lui signifier : « Il faut bien tenter sa chance, n'est-ce pas ? »

— Mon frère, Trey, peut-il se joindre à nous ? demanda Mia à Miles, sans vraiment lui laisser le choix.

L'homme hocha la tête en signe d'approbation, puis appela l'ascenseur. Quand celui-ci arriva et qu'ils entrèrent à l'intérieur, il se servit d'une carte pour déverrouiller l'accès à la suite qui se trouvait au dernier niveau.

L'ascension des vingt étages se fit en douceur. Quand la porte de l'ascenseur s'ouvrit sur la suite, ils pénétrèrent dans un espace aussi vaste que la moitié d'un pâté de maisons. Les immenses baies vitrées de la chambre donnaient sur une terrasse qui offrait une vue imprenable sur le front de mer, la piscine de l'hôtel en contrebas, ainsi que sur les hôtels voisins, les plages et, plus loin, la ville de Miami.

L'appartement était rempli de femmes toutes plus belles les unes que les autres, qui se prélassaient confortablement dans les différentes pièces.

En avançant, Trey découvrit un bar dissimulé dans un coin, où une barmaid s'affairait à servir différentes boissons tandis que deux serveuses déambulaient en proposant des cocktails et des assortiments de tapas.

L'ascenseur s'ouvrit sur de nouveaux employés qui se dirigèrent vers la terrasse, portant des plateaux de nourriture.

De la musique électronique résonnait dans les haut-parleurs, se mêlant aux rires et aux conversations.

C'est alors que Trey prit conscience d'une chose. Miles et lui étaient les seuls hommes présents dans la suite.

— Faites comme chez vous, lui dit Miles avant de partir précipitamment.

Sans perdre une seconde, Trey tenta de le suivre. Il le vit alors se glisser par une petite porte vers une autre pièce, qui était sûrement la chambre de Wilson.

Soudain, il se demanda s'il n'aurait pas mieux fait de rester à l'écart pour ne pas risquer de compromettre leur mission. Il aurait pu ainsi laisser toutes les chances à Roni, Mia et Carolina d'accéder, peut-être, à la partie privée de cet endroit.

Il souhaitait néanmoins voir de ses propres yeux ce qui se passait. À première vue, cette soirée ressemblait aux types d'événements extravagants qu'organisaient régulièrement les célébrités de Miami, à South Beach. Mais les hommes ne semblaient pas être les bienvenus ici ce soir-là, et il se demandait bien pourquoi.

Il revint vers les jumelles et Roni, et, se plaçant à côté de cette dernière, lui murmura :

— Je vais aller fouiner un peu et poser quelques questions. J'ai l'impression qu'il serait plus judicieux que je vous laisse. Qu'en penses-tu ?

Roni acquiesça et posa une main sur son torse.

— Ne t'inquiète pas, nous gérons la situation.

Il se résolut à leur faire confiance et les laissa au bar, espérant que Miles ne tarderait pas à remarquer qu'elles étaient maintenant seules.

En déambulant dans la suite, il ne put s'empêcher de sourire quand quelques femmes lui demandèrent son accord pour faire un selfie avec lui. Elles pensaient probablement qu'il était quelqu'un d'important, puisqu'il était le seul homme présent. Il en profita pour prendre lui aussi quelques photos, en espérant ne pas devoir s'en servir pour identifier des personnes disparues.

Après une heure passée sur la terrasse, il regagna l'intérieur et prit une dernière photo panoramique du penthouse. Lorsque l'ascenseur s'ouvrit sur de nouvelles serveuses, les bras chargés de provisions, il les laissa sortir et y entra, se répétant qu'il n'avait pas à s'inquiéter pour celles qu'il laissait derrière lui.

— Merci d'avoir accepté de me rencontrer, lui dit la femme, en scrutant nerveusement l'intérieur du café presque désert où elle avait accepté de venir le retrouver.

— Pas de problème, Sylvia, lui répondit-il, affichant une expression préoccupée et attentive. Que voulez-vous boire, un *café con leche* ?

Avec le temps, il était devenu habile pour feindre la sincérité. Et cette aptitude s'était avérée très utile au fil des ans.

— Merci beaucoup, souffla-t-elle en jetant des coups d'œil craintifs autour d'elle.

Il se dirigea vers le bar pour passer leur commande. Quand il tendit l'argent au serveur pour payer, celui-ci se retourna pour chercher la monnaie, et il profita de l'occasion pour glisser un sédatif dans l'une des tasses.

Ensuite, il revint à leur table et posa la boisson qu'il lui destinait devant elle. Il s'assit et commença à boire son café.

— Hum ! il est amer, lui dit-il en grimaçant. Vous devriez mettre un peu de sucre.

Elle réagit comme il l'avait prévu, et ajouta plusieurs cuillères de sucre dans sa tasse. Celui-ci allait masquer le goût du sédatif.

— Le procureur voulait me voir, mais je suis partie avant qu'il vienne me trouver, lui expliqua-t-elle en sirotant son café.

— Vous n'aviez pas besoin de vous enfuir, lui dit-il en essayant de la rassurer, vous n'avez rien fait de mal.

— Mais je vous ai parlé du mandat...

— Je suis policier, c'est nous qui **exécutons** les mandats, lui répondit-il d'une voix calme en remarquant que le regard de Sylvia commençait à se troubler. Vous allez bien ?

Il posa une main sur la sienne alors qu'elle vacillait.

— Je... Je ne me sens pas très bien, balbutia-t-elle.

Il se leva, enroula un bras autour de sa taille et l'aida à se redresser.

— Laissez-moi vous raccompagner.

Il avait tout planifié : il était garé juste devant l'établissement, de manière à pouvoir s'enfuir rapidement, tout en échappant aux caméras de surveillance du quartier.

Il sentit que les genoux de Sylvia commençaient à flancher tandis qu'ils avançaient vers sa voiture et resserra son emprise tout en ouvrant le véhicule. Il la jeta ensuite sur le siège passager sans ménagement. Puis, sans se soucier du fait que sa tête avait heurté la portière, il referma brusquement et se dépêcha de faire le tour du véhicule pour y monter...

Il constata avec joie que le corps de Sylvia s'était affaissé contre la portière. Personne ne pouvait donc voir qu'il était accompagné, et s'il devait passer devant une caméra de surveillance, il apparaîtrait seul.

Il alluma la radio et démarra en chantant et en tapant sur le volant au rythme de la musique latine.

Mais en arrivant à l'endroit où il s'était débarrassé du cadavre d'Eddie, il aperçut une voiture de police ainsi qu'un laboratoire médico-légal mobile.

Il laissa échapper quelques jurons avant de s'enfoncer dans les Everglades. Une vague de colère et d'inquiétude l'envahit. Si on avait déjà retrouvé les restes d'Eddie, cela signifiait que Gonzales et Lopez avançaient beaucoup plus vite dans leur enquête que ce qu'il souhaitait.

Vu le peu de temps qui lui restait pour déplacer les femmes ou les éliminer, il allait devoir rapidement prendre une décision.

13

Cela faisait maintenant plus d'une heure que Mia, Carolina et Roni étaient dans la suite, et elles n'avaient pas revu Miles depuis qu'il avait disparu dans l'autre pièce.

Roni avait aperçu Trey qui se promenait et prenait des photos. Elle savait qu'il essayait de comprendre ce qui se passait et d'identifier qui était présent, au cas où. Elle avait, elle aussi, tout observé avec la plus grande attention, mais jusqu'à présent rien ne lui avait semblé anormal. Hormis l'étrange comportement de Miles et sa disparition dans la pièce où Wilson devait se trouver.

Quand la porte de celle-ci s'ouvrit enfin, Roni vit apparaître un nouvel individu. S'agissait-il de Wilson ?

Elle avait déjà vu des photos de lui sur Internet, mais fut surprise de découvrir qu'il était encore plus attirant en chair et en os. Contrairement à Miles, qui portait un costume taillé probablement sur mesure, Wilson était vêtu de façon plutôt décontractée avec sa chemise de lin blanc. Les deux séries de plis sur le devant mettaient en évidence son torse musclé.

Tous les passionnés de jeux vidéo ne sont pas du genre à se relâcher, songea-t-elle avec un sourire.

Il portait un pantalon en lin assorti, des sandales en cuir, et il avança dans la pièce les mains tendues en l'air, comme s'il était un messie bénissant ses disciples.

Mia, qui se tenait derrière elle, lui chuchota à l'oreille :

— C'est lui.

— Il a l'air très imbu de lui-même, lui répondit-elle.

— Ici, oui, mais une fois dans son sanctuaire il est très différent, ajouta Carolina.

Intéressant, pensa Roni.

Elle ne le quitta pas des yeux pendant qu'il se frayait un chemin parmi les jeunes femmes qui l'entouraient, qui lui parlaient et qui le touchaient comme si elles le vénéraient. Roni observa chez elles un mélange d'admiration et de stratégie. Certaines d'entre elles étaient manifestement là pour tenter de conquérir le cœur du séduisant milliardaire de la technologie.

Tout au long de sa balade, Wilson arborait un sourire, mais il semblait perdu dans ses pensées. Son regard indifférent parut soudain s'illuminer lorsqu'il aperçut Roni. Il la dévisagea pendant quelques instants.

Tout en s'efforçant de siroter son verre d'un air détaché, elle se demanda s'il était en train de choisir sa prochaine victime. Son instinct se réveillait enfin : il y avait quelque chose de louche dans le comportement de cet homme, mais cela signifiait-il qu'il était un kidnappeur ou un meurtrier ?

Wilson alla se mêler à un groupe de femmes sur la terrasse et s'attarda quelques instants avec elles. Il semblait plaisanter, et elles éclatèrent d'un rire aussi faux que leurs seins ou leurs lèvres gonflées.

— Je me demande comment vous supportez tout cela, dit Roni à ses amies.

Bien que Carolina et Mia aient toujours été très populaires, elles n'avaient jamais agi ainsi.

— C'est juste notre travail, lui répondit Mia en haussant les épaules.

Roni se rendit soudain compte qu'elle n'avait jamais vraiment demandé aux jumelles ce qui les avait poussées à lancer leur blog, ni si elles étaient satisfaites de la tournure que leur vie profession-nelle avait prise. La réponse de Mia et le soupir que venait de laisser échapper Carolina lui indiquèrent qu'elles semblaient pourtant avoir beaucoup de choses à dire sur le sujet.

Roni se promit d'essayer d'être une meilleure amie, une fois cette enquête terminée.

Se concentrant de nouveau sur sa mission, elle reporta son attention sur Wilson qui avait quitté le groupe de femmes hilares et se frayait maintenant un chemin parmi la foule en direction de son refuge. Il s'arrêtait parfois pour adresser un sourire ou une manifestation d'affection. Quand il passa devant elles, il s'immobilisa et inclina la tête.

— Bonsoir, Mia. Bonsoir, Carolina. Merci d'être venues à ma soirée. Vous me présentez votre amie ?

Roni tendit la main vers lui et lui donna le nom qu'elle avait l'habitude d'utiliser pendant les opérations d'infiltration.

— Sarita Mendez, bonsoir.

Wilson regarda sa main pendant une seconde, visiblement mal à l'aise, puis la prit dans les siennes et la serra presque comme un prêtre.

— Sarita, un prénom magnifique pour une femme magnifique.

— C'est gentil, John, lui répondit-elle en se forçant à lui sourire. Puis-je vous appeler John ?

— Bien sûr, voulez-vous vous joindre à moi pour un verre ? lui demanda-t-il avant de jeter un regard sombre aux jumelles. Sans vous deux, car je ne suis pas d'humeur à revoir mon visage dans votre blog.

Mia acquiesça et dit à Roni :

— Vas-y, Sarita. De toute façon, nous sommes attendues à une autre soirée.

Les jumelles la prirent dans leurs bras avant de s'éloigner. Roni savait qu'elles n'allaient pas à une autre fête, elles étaient convenues que si Wilson choisissait l'une d'entre elles pour l'accompagner, les deux autres informeraient Trey au plus vite pour que tout le monde reste vigilant.

Cependant, le fait que Wilson connaisse Mia et Carolina, et qu'il

127

ait quand même invité Roni à le suivre la rassurait un peu quant à l'idée de se retrouver seule avec lui.

Même si elle savait que cela ne suffirait pas à arrêter un psychopathe... Ce type de criminels pensait probablement qu'ils pouvaient se sortir de n'importe quelle situation. N'était-ce pas le cas de Dahmer ou de Bundy ?

Wilson fit un signe à Miles pour qu'il lui ouvre la porte de son espace privé. Alors que Roni s'apprêtait à entrer, il lui passa une main dans le dos, et elle frissonna.

La suite privée possédait d'immenses baies vitrées offrant une vue saisissante sur Ocean Drive et la ville au-delà. Un grand lit était placé contre un mur, tandis qu'un énorme canapé faisait face à une collection d'écrans sur celui d'en face.

— Venez me rejoindre, je vous en prie, lui dit-il.

Roni s'installa à côté de lui sur les coussins moelleux. Sur la table devant eux se trouvait un assortiment d'en-cas et de nombreuses friandises. Un grand seau à glace était rempli de boissons gazeuses, mais il n'y avait pas de bouteilles d'alcool.

Bizarre, pensa-t-elle, mais une seconde plus tard tout devint encore plus étrange quand Wilson se tourna vers elle en lui tendant une manette de jeu.

— Vous êtes sérieux ? lui demanda-t-elle, ne parvenant pas à dissimuler sa surprise.

Elle laissa échapper un juron en pensant que sa réaction impulsive pourrait compromettre la mission.

Mais, à son grand étonnement, Wilson éclata de rire et lui tendit de nouveau la manette.

— Je suis tout à fait sérieux, lui expliqua-t-il. J'ai tout de suite senti que vous n'étiez pas du genre à faire semblant, Sarita. C'est pour cette raison que je vous ai choisie. Et pour vos mains.

Cette réflexion la laissa perplexe. Puis lorsqu'elle prit la manette, elle comprit soudainement que c'était la seule chose que les jumelles n'avaient pas transformée. Ses ongles étaient impeccablement coupés, mais elle ne portait qu'un léger vernis transparent. Ainsi que deux bijoux très simples : une bague à l'index et un fin bracelet en or au poignet.

— Eh bien, merci, lui répondit-elle en se questionnant sur la façon dont elle devait réagir à un tel compliment.

— Avez-vous déjà joué à ce jeu ? lui demanda-t-il en montrant d'un geste de la main les écrans face à eux où venait de s'afficher la simulation d'une ville victime d'une destruction apocalyptique.

— Oui, avec mon petit frère.

Sa réponse sembla le satisfaire, et il cliqua sur un bouton de sa manette pour lancer le jeu.

Malgré sa première réaction de surprise, Roni décida de s'impliquer pleinement, car elle sentait à quel point cela comptait pour Wilson. Elle espérait également qu'une fois la partie terminée la soirée se déroulerait comme prévu et que Wilson lui ferait des avances.

Tandis qu'ils progressaient dans les différents niveaux, elle se demanda soudain si tout cela allait encore durer longtemps. Wilson, pendant ce temps, se penchait de temps en temps pour plonger la main dans un bol de chips, de bretzels ou de bonbons, avant de les fourrer dans sa bouche. Sans cesser de triturer les boutons de sa manette, il attrapait parfois des canettes de soda qu'il vidait d'un trait.

— Bon sang, vous êtes douée ! lui dit-il en poussant un cri de joie lorsqu'elle abattit un mort-vivant qui se dirigeait vers eux.

Tout cela était bien plus facile à faire que les tests de tirs qu'elle devait régulièrement passer dans le cadre de son travail. Les situations réelles dans lesquelles elle avait dû se servir de son arme avaient été beaucoup plus stressantes.

— *Gracias*, lui répondit-elle en continuant d'éliminer les zombies, les vampires et tous les dangers qui se présentaient sur leur passage.

Enfin, manifestement à contrecœur, Wilson appuya sur le bouton PAUSE et se tourna vers elle.

— Merci d'avoir partagé ce moment avec moi, lui dit-il en faisant signe à Miles d'approcher.

Absorbée par la partie et par ses réflexions pour tenter de comprendre la personnalité complexe de Wilson – était-il un play-boy mondain et convoité ou un éternel adolescent féru de jeux vidéo qui vivait reclus dans sa cave ? –, Roni n'avait pas remarqué le retour de son assistant.

Quand Miles lui tendit une carte de visite, elle secoua la tête et regarda Wilson avec incrédulité. Celle-ci ne comportait qu'une seule ligne : un numéro de téléphone.

— Je ne comprends pas, John.

— Vous êtes une personne authentique, Sarita, lui expliqua-t-il en inclinant la tête avec désinvolture. Et vous êtes une sacrée bonne joueuse.

Il baissa un instant les yeux puis, comme un adolescent timide, ajouta :

— Vous pouvez revenir quand vous le souhaitez.

Roni regarda Miles qui lui adressa un grand sourire, tout à fait sincère cette fois. Ses yeux avaient perdu leur côté sombre et semblaient s'être éclaircis.

— Nous sommes sincères, Sarita. Je vous assure que c'est très difficile pour John de rencontrer des gens authentiques. Je ne me suis pas présenté : je suis en réalité son demi-frère.

— Peut-être que vous ne cherchez pas les bonnes personnes, ou que vous n'allez pas au bon endroit, leur répondit-elle en laissant échapper un petit rire sec.

— Vous suggérez que je devrais accorder plus d'importance à des personnalités comme vos amies Carolina et Mia ? demanda Wilson sans provocation dans son ton.

Roni prit un instant pour réfléchir à la façon dont les jumelles se comporteraient avec Wilson si elles découvraient sa véritable personnalité.

— Oui, elles sont aussi authentiques que moi. Je pense que vous savez comment les joindre, lui dit-elle en se levant et en se dirigeant vers la porte.

Puis elle s'immobilisa et se retourna vers Wilson, lui montrant sa carte qu'elle tenait toujours dans sa main.

— Merci beaucoup pour cette belle soirée. Je vous appellerai.

Elle voulait rester en contact avec lui, au cas où quelque chose lui aurait échappé pendant cette fête étrange.

Lorsqu'elle sortit enfin de l'hôtel, quelques instants plus tard, elle découvrit avec surprise que Trey était assis à côté de la grande véranda qui se trouvait devant le bâtiment.

Il approcha d'elle et posa une main sur sa taille.

— Tout va bien ? lui demanda-t-il en fronçant les sourcils.

— Oui, lui répondit-elle avec un sourire.

Ils se dirigèrent ensuite vers le voiturier qui attendait sur le trottoir.

— Mia et Carolina m'ont appris que Wilson t'avait conviée dans sa suite. Que s'est-il passé là-bas ? lui dit-il tout en l'examinant attentivement comme s'il recherchait chez elle un signe de contrariété.

— Tu ne vas jamais me croire, lui expliqua-t-elle en lui tendant la carte de visite. Il cherchait juste une partenaire de jeux vidéo.

Trey observa la carte puis donna le ticket au voiturier pour récupérer son véhicule.

— Je ne comprends pas, dit-il en haussant les sourcils.

— Nous avons simplement joué à un jeu vidéo. J'ai également appris que son assistant, Miles, est en réalité son demi-frère.

Trey secoua la tête, l'air perplexe.

— Mais alors, l'impression étrange que Mia et Carolina ont ressentie...

— Il n'y a rien à signaler, lui assura-t-elle. Enfin, il est vrai que c'est un personnage bizarre, mais il n'est pas le seul milliardaire à être légèrement excentrique.

Tout à coup, une voiture surgit au coin de la rue, ses pneus crissant sur l'asphalte. Alors qu'elle s'engageait devant l'hôtel, au niveau de Trey et de Roni, la vitre du côté passager descendit, révélant l'ombre menaçante d'une arme à feu.

131

— Baisse-toi ! lui cria Trey, l'entraînant derrière un véhicule stationné quelques mètres plus loin.

Il s'étendit sur son corps pour la protéger des balles qui sifflaient, faisant voler en éclats les vitres dans un fracas assourdissant.

Une fois la voiture hors de vue, Trey l'aida à se redresser.

— Tout va bien ?

— Oui, répondit-elle, même si elle sentait une vive douleur dans son bras droit.

Trey laissa échapper une série de jurons.

— Tu as été touchée, dit-il.

— Ça va, lui assura-t-elle, constatant que ce n'était rien d'autre qu'une légère égratignure.

Elle vacilla sur ses hauts talons, et il la rattrapa.

— Tu en es sûre ? demanda-t-il alors qu'une voiture de police s'arrêtait devant l'hôtel, gyrophare allumé, projetant des lumières bleues et rouges inquiétantes qui se mêlaient aux lueurs des enseignes de la rue.

Un deuxième véhicule des forces de l'ordre arriva une seconde plus tard, et des agents se précipitèrent pour interroger les passants et tous ceux qui se trouvaient là pendant la fusillade.

Trey sortit son insigne de sa poche, tandis que Roni passait la main sous l'ourlet de sa robe pour atteindre son porte-insigne à sa cuisse.

Heureusement, personne n'avait été atteint, car les clients de l'hôtel et les passants avaient tous eu le réflexe de se jeter à terre quand les tirs avaient commencé, ce qui n'avait entraîné que des blessures légères. Après avoir reçu des soins d'urgence, Roni et Trey allèrent aider leurs collègues à recueillir les témoignages et les coordonnées de tous les témoins.

Le capitaine Rogers arriva sur les lieux au moment où ils se dirigeaient vers l'hôtel pour visionner les enregistrements du système de vidéosurveillance.

— Lopez, Gonzales, pensez-vous que cela puisse être lié à votre enquête ?

Malheureusement, des incidents similaires avaient récemment été signalés le long d'Ocean Drive et dans les environs.

— C'est une possibilité, mais nous ne pouvons pas en être sûrs, lui répondit Roni.

Rogers désigna sa plaie à l'avant-bras, que l'un des ambulanciers avait soignée.

— Vous allez bien ?

— Oui. Chef, nous avons des témoins oculaires qui ont aperçu la voiture et son conducteur.

— Très bien, lui répondit Rogers, alors allons voir un peu ce qui se trouve sur les vidéos de sécurité.

14

Une fois de retour dans le penthouse, l'adrénaline commença à s'estomper, et Trey hésita avant de prendre doucement le bras de Roni et de l'attirer vers lui. Il avait compris qu'elle était sur le point de lâcher prise après avoir gardé son sang-froid pendant de longues heures. Lorsqu'elle releva les yeux vers lui, le message qu'il y vit était clair.

Trey savait qu'il avait failli la perdre. Et lui aussi avait encore une fois frôlé la mort. Il ne pouvait pas la repousser. Il n'avait plus la force de lutter.

Approchant d'elle, il l'enlaça, et lorsqu'il l'embrassa ardemment, il sentit son corps se raidir contre le sien.

Il laissa échapper un gémissement. Son désir pour elle était plus fort que son besoin de respirer. Il ressentait l'irrésistible nécessité de lui faire l'amour, pour leur rappeler à tous les deux qu'ils étaient bien vivants. Et qu'il était temps qu'ils cessent de nier ce qu'ils ressentaient l'un pour l'autre.

Sans cesser de l'embrasser, Trey la fit reculer jusqu'au grand canapé qui se trouvait au centre de la pièce. Alors qu'ils s'allongeaient, il sentit son corps voluptueux se presser contre le sien. Il craignit soudain d'être trop lourd pour elle et se déplaça donc doucement sur le côté pour la laisser prendre le contrôle de la situation. Il voulait être sûr qu'elle brûlait de la même envie d'aller plus loin. Elle se glissa sur lui, et sa tenue remonta presque jusqu'à sa taille alors qu'elle ondulait sur son érection.

Puis elle se pencha délicatement sur lui en veillant à son épaule blessée et lui dit, comme si elle avait deviné ses pensées :

— Je te veux.

Sur ces mots, elle passa sa robe par-dessus sa tête.

Mon Dieu, se dit Trey en admirant sa poitrine parfaite, *que cette femme est belle !*

Il prit ses seins et, malgré la douleur, se redressa sur un bras pour embrasser ses mamelons.

Lorsque les lèvres de Trey effleurèrent son corps, une vague de chaleur submergea Roni. En voyant ses cheveux sombres sur sa peau plus claire, elle sentit son cœur s'emballer. D'une main, elle serra sa tête contre elle, tandis que de l'autre elle tentait de déboutonner sa chemise. Un sentiment d'urgence l'envahit et, de frustration, elle tira d'un coup sec dessus, faisant voler les boutons sur le verre de la table voisine.

Ils éclatèrent de rire tous les deux, et Trey la regarda en haussant les sourcils.

— Impatiente ? lui demanda-t-il, les yeux brillants de malice.

— Très, lui répondit-elle en caressant ses muscles saillants.

La vue des impressionnantes cicatrices de ses récentes blessures lui fit le même effet qu'un électrochoc. Il aurait pu mourir... et ne jamais vivre ce moment.

En se penchant vers lui une nouvelle fois pour l'embrasser, elle fit glisser les doigts sur son torse. Puis, sans hésitation, elle ouvrit la fermeture Éclair de son pantalon et l'aida à se déshabiller.

Quand elle prit son sexe dans ses mains, elle admira sa grandeur. Son épaisseur. Elle frissonna à l'idée de le sentir en elle.

— Un préservatif, murmura-t-elle avec empressement.

— Dans mon portefeuille, lui répondit-il, le souffle court.

Elle attrapa l'étui tombé au sol, trouva rapidement le préservatif puis caressa lentement le sexe de Trey avant de l'y enfiler.

— Tu vas me tuer, laissa-t-il échapper en levant les hanches vers elle, débordant de désir.

Roni lui adressa un sourire enchanteur alors qu'elle le guidait vers son intimité, puis, avec une lenteur presque insupportable, elle le fit enfin entrer en elle.

Submergé par l'intensité de ses sensations, il retint sa respiration.

Lorsqu'il leva les yeux vers elle, elle commença à se mouvoir. Il posa délicatement les mains sur ses hanches, l'encourageant à poursuivre ses gestes.

— Tu es si belle, murmura-t-il.

C'était la vérité. Elle était magnifique et forte. Soudain, alors qu'elle chevauchait son corps, il prit conscience qu'il ne pouvait plus vivre sans elle.

Unissant leurs mouvements, ils se laissèrent entraîner par le rythme de leur danse jusqu'à ce que l'air lui manque et qu'elle bascule en avant, atteignant l'orgasme au-dessus de lui.

Il la rattrapa et l'enveloppa tendrement dans ses bras. Puis ils changèrent de position. Roni s'allongea contre les coussins moelleux, et ils se mêlèrent à nouveau l'un à l'autre.

Les effets de la jouissance étaient encore présents en elle quand il lui fit reprendre l'ascension, et Roni ressentit soudainement l'irrépressible envie de partager son extase avec lui.

En passant les bras dans son dos, elle l'encouragea à aller plus loin. Elle l'embrassa passionnément, jusqu'à ce que leurs corps se répondent et que le moment tant attendu arrive. Ils atteignirent alors l'apogée de leur union.

Tremblant de tous ses membres, Trey s'effondra à côté d'elle et l'enlaça, malgré l'étroitesse du canapé. Posant la tête contre sa poitrine, Roni écouta les puissants battements de son cœur.

Ils restèrent silencieux un long moment.

Qu'y a-t-il à dire ? pensa-t-elle avant qu'une petite voix ne rétorque : *Tu plaisantes ? Vous venez de faire l'amour ! Non,* se répondit-elle à elle-même, *nous avons eu une relation sexuelle.*

Certes, cette partie de jambes en l'air avait été époustouflante, et il s'agissait de l'homme de ses rêves, mais... Un soudain constat la ramena à la réalité.

Elle lui mentait, se dit-elle en sentant une vague de malaise l'envahir. Même si elle n'avait rien fait pour aider l'IAD pour le moment, elle avait caché la vérité à Trey et avait réclamé sa confiance.

Ce fut comme si on lui avait versé un seau d'eau glacée sur la tête.

Elle se dégagea de ses bras et se leva du canapé, enfilant sa robe et ce qui restait de son string déchiré.

— Que se passe-t-il ? lui demanda Trey en la regardant réunir vêtements et chaussures.

— Il faut ranger tout ce bazar, lui répondit-elle en se couvrant la poitrine. N'importe qui peut arriver.

Soudain, elle se sentait trop nue. Trop exposée.

Sans lui laisser le temps de réagir, elle prit la fuite.

Impuissant, Trey vit Roni se précipiter dans sa chambre. La porte se referma derrière elle avec un bruit de tonnerre.

Il aurait aimé pouvoir lui expliquer que l'accès à l'étage était réservé aux détenteurs de la clé du penthouse et qu'il était verrouillé de 22 heures à 7 heures du matin. Alors qu'il ramassait ses vêtements et ses chaussures, il se rendit compte qu'il n'avait même pas pris la peine d'ôter l'étui de cheville où se trouvait son arme. Il fit quelques pas vers la chambre de Roni et ressentit soudain de violentes courbatures qui lui rappelèrent les nombreux efforts physiques qu'il avait faits. Quand il s'était précipité pour défendre Roni, il avait heurté le pare-chocs d'une voiture, et ses côtes et son épaule le faisaient maintenant souffrir terriblement.

En regardant la porte fermée, il espéra ne pas avoir tout gâché. Il aurait dû se douter que c'était une mauvaise idée. Ils venaient tout juste d'échapper à une fusillade, et leurs émotions étaient à fleur de peau. Avait-il profité d'elle alors qu'elle était sens dessus dessous ? se demanda-t-il soudain avec inquiétude. Ses réflexions furent interrompues par la sonnerie de son smartphone, l'informant de l'arrivée d'un nouveau message. Un rapide coup d'œil lui indiqua qu'il s'agissait de Rogers, qui était resté sur les lieux de la fusillade pour récupérer les vidéos du système de surveillance de l'hôtel.

Il était temps de reprendre le travail.

Roni prit une douche pour tenter de se débarrasser du souvenir de leurs ébats et d'apaiser la tempête d'émotions qui l'assaillait. Mais, consciente qu'il leur restait beaucoup de travail, elle ne s'attarda pas sous l'eau chaude et lorsqu'elle sortit de sa chambre, elle découvrit que Trey s'était installé à la grande table pour travailler sur son ordinateur portable.

Ses cheveux encore humides et rejetés en arrière suggéraient qu'il avait lui aussi pris une douche.

Son visage ne laissait rien transparaître. Elle se demanda si ce manque d'expression n'était pas révélateur d'un certain détachement. Peut-être que ce qu'ils venaient de partager n'avait pas la même importance pour lui que ce qu'elle avait imaginé. Elle parvint à dompter les émotions qui la submergeaient. Elle devait maintenir une attitude professionnelle, même si elle avait commis une erreur et perdu le contrôle de la situation.

Trey remarqua sa présence et, sans quitter son écran des yeux, lui lança :

— J'ai fait du café. J'ai pensé que nous aurions besoin d'un petit remontant.

Roni s'en servit une tasse puis s'assit près de lui. Trey prit la télécommande posée à côté de lui pour allumer la grande télévision et fit apparaître une vidéo sur l'écran.

— Rogers m'a envoyé ces images.

Il cliqua sur une touche et lança la vidéo de la voiture qui tournait au coin de la rue. Lorsqu'elle fut au centre de l'image, il appuya sur le bouton PAUSE. Roni put distinguer le canon de l'arme qui tirait ainsi que la silhouette sombre du conducteur. Même si la vision était floue, il semblait évident qu'il portait un masque et des gants.

— Je crois que les balles qui ont été tirées étaient des balles de .223 Remington, dit-elle.

— Je suis d'accord, acquiesça Trey. Cela signifie qu'il a probablement utilisé une AR-15.

Trey avança le film et arrêta l'image lorsque le pare-chocs et la plaque d'immatriculation arrière du véhicule furent visibles.

— A-t-on pu identifier le propriétaire ?

— Oui, mais la voiture a été déclarée volée une heure avant la fusillade. Quand son propriétaire a fini sa journée de travail, il a découvert que son véhicule avait disparu. Elle était stationnée au coin de la 13e Rue et de Collins, lui expliqua Trey avant de lancer la suite de la vidéo.

Roni vit apparaître différents angles et prises de vues provenant des caméras installées à divers endroits de l'hôtel. Elle prit le temps d'observer ces nouvelles images avec la plus grande attention. Celles-ci confirmèrent rapidement que le conducteur portait bien un masque et des gants.

— Il semble être grand, constata-t-elle avant de s'approcher plus près de l'écran pour montrer la position de la tête du tireur. D'après sa position dans la voiture, je dirais qu'il doit mesurer plus d'un mètre quatre-vingt-dix.

— Il a l'air assez robuste et assez fort pour conduire d'une main pendant qu'il manie une arme de l'autre.

— C'est peut-être juste sa veste qui nous donne cette impression...

— Une fois de plus, comment ce type a-t-il pu savoir où nous nous trouvions ? demanda Trey en refermant l'écran de son ordinateur portable. Ton nouveau coéquipier était au courant ?

— Heath et Rogers savent tous les deux que nous enquêtons sur Wilson, répondit-elle.

Trey s'était levé et faisait les cent pas.

— Peut-être que quelqu'un a tracé nos téléphones et nous observe, déclara-t-il en se tournant vers elle.

Il sortit son smartphone de sa poche et agita la main vers elle pour qu'elle lui donne le sien.

— Nous devons empêcher quiconque d'accéder à ces appareils, lui expliqua-t-il.

Sur ces mots, Roni fut surprise de le voir se diriger vers l'ascenseur avec un air déterminé. Elle se dépêcha de le suivre, et ils descendirent jusqu'aux bureaux principaux avant de se diriger vers une pièce située au bout d'un couloir, qui était la seule éclairée dans l'obscurité ambiante.

Elle comprit qu'ils étaient au laboratoire de Sophie et Rob. Malgré l'heure tardive, ils travaillaient encore tous les deux sur leurs ordinateurs.

Ils les saluèrent, puis Trey entra dans le vif du sujet.

— Quel est le nom de ce sac, déjà ? Le Fahrenheit ?

— Tu veux parler du Faraday ? demanda Rob en prenant un sac en polyéthylène qui était posé sur une étagère devant lui.

Il le lança à Trey qui l'attrapa d'une main, puis y déposa leurs deux téléphones portables avant de le sceller.

Sophie retira ses écouteurs et leva les yeux vers eux.

— Quelqu'un vous surveille ?

— C'est possible, répondit Trey en regardant ses cousins. Vous travaillez toujours pour nous à cette heure-ci ?

— Pas vraiment, déclara Rob. Nous avons pris du retard dans nos propres tâches.

— Nous n'avons rien découvert de nouveau concernant les virements, mais nous n'avons pas terminé, ajouta Sophie.

— Merci pour votre aide, dit Roni avec un sourire.

— Nous apprécions beaucoup ce que vous faites, poursuivit Trey, mais ne devriez-vous pas plutôt aller vous reposer ?

— C'est prévu, lui répondit Rob en hochant la tête. Si ça peut vous être utile, il y a des téléphones jetables dans la boîte là-bas, ainsi que des cartes prépayées.

Et il leur tendit un carton rempli de plus d'une douzaine de cartes.

— Je ne sais pas ce qu'on ferait sans vous, dit Trey. Merci encore.

Après les avoir salués, il prit la main de Roni, et ils se dirigèrent vers l'ascenseur. Trey utilisa sa carte magnétique pour déverrouiller l'accès au penthouse.

— Pour entrer dans l'appartement, il faut posséder cette clé. Et l'accès est verrouillé pendant la nuit.

En repensant à ce qui s'était passé quelques heures auparavant, Roni sentit le rouge lui monter aux joues.

— Tu aurais pu me le dire plus tôt, lui lança-t-elle en relevant la tête avec détermination.

— Cela aurait changé quelque chose ?

— Peut-être, lui répondit Roni avec un sourire espiègle pour dissimuler ses véritables émotions.

Lorsque la porte de l'ascenseur s'ouvrit, elle lui arracha l'un des téléphones des mains, et il resta sur place, comme abasourdi.

Parfait, pensa-t-elle.

Mais il se hâta de sortir et la retrouva au centre de la pièce principale.

— Je sais que les informations que nous avons sur Walsh et Santana sont assez minces, mais je pense qu'il est temps de les utiliser, surtout maintenant que nous avons retiré Wilson de la liste des suspects.

— J'ai entendu dire que tu pouvais être très persuasive avec le procureur, lui répondit Trey.

— C'est vrai, surtout quand deux femmes ont disparu. À présent, rassemblons toutes nos ressources et essayons de convaincre le procureur de nous accorder des mandats pour perquisitionner le domicile et le véhicule de Walsh.

Trey abandonna son air impassible et lui adressa ce sourire charmeur qui, depuis toujours, faisait vibrer son cœur.

— Mettons-nous au travail, lui dit-il.

15

Même si ses trois jours de congés touchaient à leur fin, Trey n'envisageait pas que Roni reprenne le travail au commissariat tant que sa vie était en danger et que les étudiantes étaient toujours portées disparues.

Cependant, son intuition lui suggérait qu'ils avaient considérablement progressé en écartant Wilson. De plus, grâce à l'aide de Sophie et de Rob, ils avaient réuni suffisamment d'éléments pour prouver que les virements effectués sur le compte bancaire de Doug avaient été trafiqués ou falsifiés. Ils avaient aussi établi un lien probable entre MCP Entreprise et le site de Terminal Island. Mais, pour comprendre ce qui reliait Doug à Walsh, et pour obtenir de nouveaux mandats, Roni allait devoir avouer qu'elle les avait vus parler ensemble le soir de la fusillade. Trey craignait que les médias découvrent cette information et que Doug soit perçu comme un flic corrompu. Toutefois, même si cette idée l'écœurait, il savait qu'il n'avait pas le choix. Il s'assurerait que la vérité soit rétablie dès qu'il serait en mesure de le faire.

Quand Roni sortit de la chambre, vêtue d'un sobre chemisier crème et d'un pantalon noir élégant, il remarqua à quel point elle semblait professionnelle et déterminée. Même dans l'expression qu'elle affichait en prenant les documents qu'ils avaient préparés la veille pour obtenir un mandat. Après avoir rassemblé le peu d'informations qu'ils avaient sur Santana, ils avaient finalement décidé d'attendre avant de demander un mandat contre lui.

En concentrant toute leur attention et tout leur travail sur Walsh, ils espéraient pouvoir l'interroger et, peut-être, le pousser à commettre une erreur. Ou trouver une faille dans son discours qui leur permettrait de retrouver les femmes disparues avant qu'elles soient tuées ou vendues comme esclaves.

Lorsqu'elle glissa le dossier sous son bras et leva les yeux vers lui, Trey se sentit envahi par un puissant sentiment d'admiration.

— Je suis prête, déclara-t-elle.

— Je le vois, lui répondit-il en hochant la tête. Allons-y.

La veille, ils avaient contacté Rogers, qui leur avait arrangé un rendez-vous avec le procureur adjoint du district afin d'examiner leur demande de mandat. Ils espéraient maintenant que les éléments qu'ils présenteraient seraient suffisamment convaincants pour obtenir gain de cause.

Le trajet jusqu'au palais de justice leur prit moins d'un quart d'heure, et ils retrouvèrent rapidement l'assistante du procureur, Maria Morales, qui les attendait dans le hall. Après avoir franchi les portiques de sécurité, elle les conduisit dans une vaste salle de conférences.

— Merci d'avoir accepté de nous rencontrer, Maria, lui dit Roni en posant sur la table la demande de mandat de perquisition, leur déclaration sous serment synthétisant leurs motifs et preuves.

— Je ne pouvais pas refuser, Roni, vous savez qu'il est primordial pour nous de reprendre au plus vite le contrôle de la situation, lui répondit l'assistante en s'asseyant pour examiner les documents.

— En effet, surtout depuis que Miami-Dade est devenue l'une des régions les plus touchées par le trafic d'êtres humains.

Roni s'installa près de Maria et commença à lui expliquer la nature des documents.

Trey, empli de fierté pour ce qu'ils avaient accompli et admiratif de la façon dont Roni décrivait le contexte, décida de rester en retrait.

Ensemble, les deux femmes apportèrent quelques modifications à la demande de mandat. Puis l'assistante du procureur rassembla tous les papiers devant elle.

— Vous pensez donc que Walsh a essayé de vous renverser…, leur dit-elle en laissant échapper un profond soupir.

— Oui, je crois que c'était lui, lui répondit Roni.

— Et l'auteur de la fusillade hier soir ?

— Nous ne pouvons pas affirmer avec certitude que c'était le même homme…

Maria fixa Trey, puis reporta son regard sur Roni.

— Vous avez fait du bon travail, et je vais faire tout mon possible pour convaincre le juge, conclut-elle en se levant.

Alors qu'elle s'apprêtait à sortir de la pièce, les documents sous le bras, Roni l'interpella :

— Maria, nous avons besoin que tout cela reste confidentiel. La fuite qui émanait de votre bureau nous a fait perdre un temps précieux.

— Je comprends, leur répondit l'assistante en hochant la tête. Nous travaillons toujours d'arrache-pied pour identifier le responsable.

— Merci beaucoup pour votre aide, conclut Trey.

Maria Morales les salua d'un dernier signe de tête, puis quitta la salle de réunion.

Une fois qu'ils furent seuls, Trey se rapprocha de Roni et s'assit à côté d'elle.

— Tu t'en es bien sortie, lui dit-il.

— Je n'aurais pas pu le faire sans toi, répondit-elle avant de marquer une hésitation, comme si elle voulait ajouter quelque chose.

Mais la sonnerie de son téléphone l'interrompit.

— C'est le capitaine, dit-elle en regardant l'écran.

Après avoir activé la fonction haut-parleur, elle posa son smartphone sur la table.

— Bonjour, chef, dit-elle en décrochant. Je suis avec Trey.

— Bonjour à vous deux, leur répondit Rogers. Je voulais vous informer que j'ai une équipe prête à effectuer une perquisition au domicile de Walsh dès que vous nous donnerez l'autorisation de le faire.

— L'assistante du procureur vient de quitter la pièce pour s'entretenir avec le juge. Nous devrions bientôt en savoir plus.

— Très bien, alors nous attendons votre feu vert, conclut le capitaine avant de raccrocher.

Roni, manifestement anxieuse, tapota nerveusement sur la table.

— Je suis persuadé que tout va bien se passer, Roni, lui dit Trey, sentant monter en lui un irrépressible besoin de la prendre dans ses bras.

Cependant, après ce qu'ils avaient vécu la nuit précédente, il n'était pas certain de la manière dont elle accueillerait un contact physique.

— J'ai l'impression qu'il reste encore beaucoup de choses à régler. Et tant de questions inquiétantes auxquelles nous n'avons pas de réponses...

— Oui mais nous avons bien avancé, la rassura Trey. Regarde toutes les preuves et informations que nous avons pu présenter à Maria. Et tu oublies que nous avons pu écarter Wilson de notre liste de suspects.

Sans paraître convaincue, Roni hocha la tête lentement.

— Tu as raison, et je persiste à croire que nous allons réussir à retrouver ces femmes avant qu'il leur arrive malheur.

Trey, cédant à son irrésistible envie de la toucher, déposa délicatement la main sur la sienne, tentant ainsi de calmer sa nervosité.

— Je n'en doute pas.

Au contact de sa peau, Roni ressentit une vague d'émotions contradictoires. C'était un mélange de réconfort, de désir et d'espoir. Quant à leur relation, mais aussi à leur capacité de retrouver ces femmes disparues.

Pourtant, plus les aiguilles de l'horloge accrochée au mur de la salle de réunion tournaient, plus les chances de les sauver s'amenuisaient.

Une heure s'était presque écoulée quand, enfin, l'assistante du procureur apparut, un grand sourire aux lèvres.

— Désolée pour l'attente, quelqu'un était là avant nous, leur expliqua-t-elle en agitant une feuille en l'air. Mais nous avons le mandat !

— *¡Gracias!* s'exclama Roni en se levant d'un bond pour prendre le document.

— Bonne chance pour la suite, leur dit Maria.

— Merci ! leur répondirent Trey et Roni à l'unisson, avant de quitter la pièce en courant.

Roni se déplaçait si rapidement dans les couloirs du palais de justice qu'elle avait l'impression de flotter au-dessus du sol.

— Je vais appeler le capitaine Rogers, lui dit Trey, qui semblait avoir du mal à la suivre.

Roni acquiesça et ralentit le pas.

Quelques minutes plus tard, ils s'installèrent dans la voiture qu'ils avaient récupérée le matin même, et prirent la route vers MCP Entreprise, avec les gyrophares allumés. Roni avait le sentiment qu'ils n'avançaient pas assez vite et, submergée par une puissante montée d'adrénaline, du pied, elle frappa le sol de frustration.

En arrivant devant les locaux de la société, Trey se gara rapidement, et ils sortirent en courant du véhicule en laissant les phares allumés. Deux voitures de patrouille étaient déjà sur place, et Trey et Roni se dirigèrent vers les agents pour leur donner des instructions.

— Nous sommes ici pour procéder à une perquisition, leur expliqua Roni, le suspect est à l'intérieur, et nous n'avons aucune idée de la manière dont il va réagir quand il va découvrir la raison de notre visite. Il pourrait tenter de s'échapper.

Les quatre agents acquiescèrent, puis l'un d'eux répondit :

— Il n'y a que deux issues, l'entrée principale et la zone de fret ; nous allons les sécuriser, ainsi que tout le périmètre.

— Merci, leur répondit Trey.

Roni et lui se précipitèrent ensuite vers le bâtiment. La présence des véhicules de police et des agents provoqua une certaine agitation.

Des badauds s'arrêtaient, et quelques-uns approchaient même pour tenter de comprendre ce qui se passait, mais Trey et Roni ne prêtèrent pas attention à eux et poursuivirent leur chemin vers le bureau de la sécurité, où le vigile, qu'ils avaient déjà rencontré la veille, les laissa entrer après avoir vu leurs insignes.

Quand ils atteignirent l'étage des bureaux de MCP Entreprise, Roni eut l'impression que son corps vibrait et tremblait d'excitation. Walsh les aperçut dès leur sortie de l'ascenseur. Sans perdre une seconde, il se dirigea vers une autre porte et disparut dans l'espace réservé aux bureaux.

— Police ! hurla Roni en direction de la réceptionniste et de l'agent de sécurité qui avançaient vers eux.

Alors qu'ils s'élançaient à la poursuite de Walsh, Roni sortit sa radio pour prévenir les policiers qui se trouvaient à l'extérieur.

— Le suspect a pris la fuite, annonça-t-elle. Il s'agit d'un homme de type caucasien, qui mesure environ un mètre quatre-vingts, il a les cheveux blonds, porte un costume bleu foncé et une chemise blanche.

À l'intérieur, les employés passaient la tête hors de leurs espaces de travail, curieux de comprendre les raisons de toute cette agitation.

Walsh était introuvable. Soudain, une jeune femme cria, en pointant le doigt vers le fond de la zone :

— Il a pris l'escalier !

— Merci ! lui répondit Trey.

Roni et lui se mirent aussitôt à sa poursuite.

Dans l'escalier, ils entendaient les pas de Walsh résonner sur les marches en métal. En se penchant par-dessus la rampe, Roni aperçut Walsh et lui lança :

— Police, arrêtez-vous !

Elle sortit une nouvelle fois sa radio pour alerter ses collègues.

— Il arrive par l'escalier A !

— On s'en occupe, lui répondit un des agents.

Elle se retourna et fit face à Trey, qui laissa échapper un juron.

— Ma jambe ne me permettra pas de descendre ces vingt étages.

— Je t'attends en bas, lui dit-elle en hochant la tête.

Il jura une nouvelle fois mais ne discuta pas.

— Sois prudente.

— Toi aussi, conclut-elle avant de dévaler l'escalier, en s'aidant de la rampe pour sauter plusieurs marches à la fois.

Walsh semblait avoir eu la même idée. Alors qu'elle atteignait un palier, elle sentit sa cheville se tordre et grimaça. Mais elle n'avait pas de temps à perdre, et elle continua sa course en ignorant la douleur.

En arrivant au niveau suivant, elle se rendit compte que le bruit des pas de Walsh s'était arrêté. Sa radio se mit en marche, et elle entendit Trey leur annoncer :

— Surveillez les ascenseurs, les escaliers et le monte-charge.

— Bien reçu, lui répondirent en chœur les quatre policiers.

Roni essaya d'ouvrir la porte du palier ; l'accès semblait interdit. En descendant plus bas, elle finit par trouver un passage. Convaincue que Walsh avait dû faire de même et que les renforts couvraient les autres issues, elle traversa tout l'étage jusqu'à rejoindre l'escalier B.

Malheureusement, le silence lui indiqua immédiatement qu'elle s'était trompée. Elle se précipita vers l'ascenseur et appuya sur le bouton d'appel en réfléchissant aux différentes options qui s'étaient présentées à Walsh et à la décision qu'il avait pu prendre pour tenter de s'enfuir.

— Je l'aperçois dans le hall ! s'exclama subitement un agent à la radio. Il se dirige vers l'entrée du bâtiment.

— Je l'intercepte ! lui répondit un autre.

— Je le vois aussi, ajouta Trey, je le poursuis mais j'ai besoin d'aide.

Roni laissa échapper un juron et s'apprêtait à retourner vers la cage d'escalier lorsque la porte de l'ascenseur s'ouvrit enfin. Le cœur battant, elle s'y engouffra et appuya sur le bouton du hall. Elle pouvait presque sentir l'adrénaline qui coulait dans ses veines.

— Baissez-vous ! À terre, maintenant ! entendit-elle à la radio alors que l'ascenseur arrivait au rez-de-chaussée.

À son arrivée, elle constata avec effroi que le hall était désert.

À travers les baies vitrées, elle vit qu'une foule s'était rassemblée entre la porte principale et les voitures de police. La voix de Trey résonna dans la radio.

— Suspect intercepté ! À tous les agents, rendez-vous sur le parvis !

Roni se précipita à l'extérieur, bousculant la foule pour se frayer un chemin. Un peu plus loin, un agent faisait barrage tandis qu'un autre retenait Walsh au sol pendant que Trey lui passait les menottes.

En voyant que le suspect était appréhendé et que Trey et ses collègues étaient sains et saufs, Roni sentit ses jambes vaciller.

— Miguel Walsh, vous êtes..., commença Trey en aidant l'homme à se relever.

— Vous n'avez aucune raison de m'arrêter, rétorqua Walsh en redressant fièrement la tête.

— Nous avons un mandat de perquisition, répliqua Roni en sortant le document de sa poche pour le brandir sous son nez.

Elle jeta un regard vers l'un des agents et lui demanda :

— Vous êtes-vous identifié comme étant un policier lorsque vous vous trouviez dans le hall ?

— Absolument, mais malgré mes nombreuses demandes le suspect a refusé d'obéir, lui répondit son collègue.

Roni se tourna à nouveau vers Walsh.

— Vous avez délibérément ignoré les consignes de l'agent Rojas et les miennes. Nous vous plaçons donc en garde à vue le temps que nous procédions à la perquisition.

D'un geste de la tête, elle fit signe de l'emmener et, une fois Walsh dans la voiture, elle laissa échapper un soupir de soulagement.

Les mains sur les hanches, elle jeta un regard à Trey et aux deux autres policiers qui attendaient toujours ses directives.

— Agent Rojas, aidez l'inspecteur Gonzales à fouiller le véhicule du suspect, agent Singh, venez avec moi.

16

Les fouilles au domicile de Walsh, dans les bureaux de MCP et dans sa voiture permirent de trouver un smartphone, une mallette remplie de billets de cent dollars et son passeport.

De retour au poste, Trey et Roni essayèrent de faire le point sur leurs découvertes.

— Grâce à l'aide de Sophie et de Rob, l'équipe technique de la police a pu entrer dans son smartphone, expliqua Trey en tendant à Roni le sac de preuves qui contenait l'appareil. On a compris qu'il n'utilisait pas de téléphone jetable prépayé, mais qu'il avait installé une application qui permet la même utilisation.

Roni écarquilla les yeux.

— Une telle chose nous faciliterait grandement la vie, déclara-t-elle, stupéfaite.

— Nous essayons d'obtenir les relevés de son téléphone personnel et de l'application. Avec un peu de chance, nous pourrons trouver quelque chose sur ses relations, lui dit Trey en étalant devant eux une douzaine de photos de Walsh avec des femmes différentes. Nous avons aussi récupéré ces selfies parmi ses fichiers sur son portable.

— Quel crétin ! s'exclama Roni en se penchant sur les documents pour les observer.

Lorsqu'elle se redressa d'un bond, Trey comprit qu'elle avait remarqué la même chose que lui.

— Cette femme fait partie de celles qui étaient à Terminal Island, lui dit-elle en désignant l'un des clichés.

— En effet, acquiesça Trey. Nous soumettons les autres photos à un logiciel de reconnaissance pour tenter de les identifier. De plus, les fichiers EXIF devraient pouvoir nous confirmer l'heure et le lieu de prise de vue, si Walsh n'a pas désactivé les données de localisation de l'application.

Roni examina de nouveau les images et, visiblement troublée, en sélectionna une en particulier.

— Ce visage me semble vaguement familier, dit-elle en fronçant les sourcils.

— C'est peut-être l'une des filles que tu cherches...

— Non, je ne crois pas, dit-elle en secouant la tête. Mais j'ai l'impression d'avoir déjà vu cette femme quelque part.

— Peut-être que la reconnaissance faciale trouvera une correspondance, lui répondit Trey, même s'il voyait bien que Roni n'avait pas envie d'attendre si longtemps.

— Je sais que l'aide du technicien nous permettra d'obtenir les informations plus rapidement, mais nous ne pouvons pas retenir Walsh plus de 24 heures sans l'inculper.

— Dans ce cas, allons l'interroger. Voyons quelle sera sa réaction quand il découvrira ces photos. Et posons-lui des questions sur cette mallette remplie d'argent.

— Oui, très bonne idée, répondit Roni en rangeant les documents éparpillés devant eux.

Trey prit le combiné sur son bureau et contacta l'agent responsable des cellules de détention.

— Veuillez faire monter Miguel Walsh dans la salle d'interrogatoire, s'il vous plaît, dit-il avant de raccrocher.

Alors qu'il venait de quitter la salle de réunion avec Roni, le capitaine Rogers les intercepta et les invita à le suivre à l'intérieur. Une fois la porte fermée, il se tourna vers eux.

— Je viens de recevoir un appel du bureau du procureur, leur dit-il. Une de leurs employées, une certaine Sylvia Reyes, n'est pas venue travailler, et ils ne savent pas où elle se trouve.

— Est-ce qu'ils pensent qu'elle pourrait être celle qui a révélé l'information sur le mandat d'arrêt ? lui demanda Roni.

Rogers passa une main dans ses cheveux courts et poussa un long soupir.

— Ils ont interrogé tous leurs employés hier, mais n'ont pas pu la rencontrer, leur entretien était prévu pour aujourd'hui.

— Elle a fui, résuma Trey.

— Ou quelqu'un l'empêche de parler, ajouta Roni.

— Quoi qu'il en soit, poursuivit Rogers, nous allons effectuer des recherches. Si cela ne donne rien, je demanderai au sergent Heath Williams de surveiller son téléphone pour la localiser. Nous sommes également en train d'analyser la liste de ses appels depuis son poste au bureau du procureur. Nous devrions obtenir le relevé d'ici une heure.

— Nous étions sur le point d'interroger Walsh, déclara Roni.

— Parfait, approuva Rogers en inclinant la tête. Tenez-moi informé.

Sur ces mots, il quitta la salle pour se rendre dans son bureau.

— Il semble plutôt contrarié, fit remarquer Trey à Roni.

— Je le comprends, lui répondit-elle en croisant les bras sur sa poitrine. Quelqu'un cherche manifestement à nous mettre des bâtons dans les roues en s'en prenant à nos témoins. D'abord Eddie, puis cette Sylvia Reyes...

Trey constata qu'elle ne mentionnait pas les deux attaques dont elle avait été victime, mais même si elle préférait les minimiser, il était impossible de les ignorer.

— On s'en prend aussi à toi, dit-il.

Elle secoua vivement la tête, comme pour nier cette dernière information.

— C'est le prix à payer pour exercer ce métier.

— Tu m'as traité de désinvolte quand je t'ai dit la même chose, protesta Trey avant de caresser sa joue. Tu m'as également rappelé que ma famille s'inquiétait pour moi. Eh bien tu vois, cette fois, c'est moi qui m'inquiète pour toi.

Même si le fait que Trey se soucie de sa sécurité la touchait, Roni ne voulait pas que leurs collègues le remarquent et qu'ils interprètent cette attention à tort. Ou pis, qu'ils pensent qu'elle se servait de lui et de sa famille pour essayer de gravir les échelons.

— Merci, lui répondit-elle en prenant sa main pour l'écarter. Mais je préfère éviter les démonstrations d'affection en public.

— Allons voir Walsh, dit alors Trey, le regard sombre.

Elle acquiesça et le suivit jusqu'à la salle d'interrogatoire. En chemin, ils croisèrent Heath.

— J'ai demandé aux techniciens de localiser le téléphone de Reyes, et je vous dirai ce qu'ils trouveront, leur dit-il.

Puis il leur montra l'espace avec le miroir sans tain et l'équipement d'enregistrement vidéo et ajouta :

— Est-ce que je peux assister à votre interrogatoire ?

— Bien sûr, lui répondit Roni en l'invitant à entrer dans la pièce d'un geste de la main. Nous avons justement besoin d'un avis extérieur sur le comportement de Walsh.

Après avoir fermé la porte de la salle d'observation derrière Heath, Trey et elle entrèrent dans la salle d'interrogatoire.

Affalé sur une chaise, Walsh avait croisé les bras sur sa poitrine. On lui avait retiré sa cravate, mais il ne portait pas encore la combinaison orange des personnes inculpées et avait donc toujours son costume bleu foncé. Quand Trey et Roni s'identifièrent à voix haute pour l'enregistrement sonore et lui demandèrent de faire de même, il les regarda avec agressivité.

— Que je vous donne mon nom complet ? Miguel Alejandro Walsh, leur répondit-il en exagérant la prononciation de chacune des syllabes sur un ton provocant.

— Merci, monsieur Walsh, lui répondit Roni d'un ton neutre.

Reconnaissez-vous que l'on vous a clairement informé de vos droits lors de votre arrestation ?

— Effectivement, vous avez respecté la procédure, et j'ai compris mes droits ! s'exclama-t-il en levant les yeux au ciel avec un air perplexe. Ce que je ne comprends pas, c'est la raison de ma présence ici.

Roni hocha la tête tranquillement avant de poursuivre :

— Vous travaillez comme agent de sécurité pour MCP Entreprise, c'est bien cela ?

— C'est exact, mais pourriez-vous me dire ce que je fais là ?

— Depuis combien de temps occupez-vous ce poste ?

Elle gardait un ton calme, car elle avait décidé de laisser Trey endosser le rôle de celui qui allait s'énerver, voire devenir agressif. Avec un peu de chance, Walsh commettrait peut-être une erreur.

Walsh sembla enfin comprendre qu'ils ne lui poseraient plus de nouvelles questions avant qu'il ait répondu. Il poussa un soupir :

— Ça fait deux ans.

— Quelles sont vos responsabilités ?

— Je surveille le hall d'entrée, expliqua-t-il en haussant les épaules.

— Rien d'autre ? lui demanda Roni.

— Non, répondit-il en balayant cette possibilité d'un mouvement de tête.

Parfait, pensa-t-elle en son for intérieur avant de poursuivre l'interrogatoire.

— Nous avons rencontré plusieurs employés de MCP Entreprise, et ils nous ont confié que vous effectuiez souvent des courses pour le P-DG, M. Santana. Pourriez-vous nous éclairer sur ce point ?

Walsh perdit soudain un peu de son assurance.

— Cela m'arrive peut-être de temps en temps. Mais rarement. Ce n'est pas dans ma fiche de poste.

Roni préféra ne pas le contredire, même si la manière dont il avait pénétré dans le bureau de Santana révélait que ce qu'il disait était faux.

À chaque nouveau mensonge, il s'enfonçait un peu plus.

— Pourriez-vous nous détailler votre fiche de poste ?

Il se détendit légèrement et retrouva son air hautain et confiant.

— Comme je vous l'ai dit, je surveille la réception. Quand ils ont besoin de prendre une pause, je m'occupe du premier étage. Je travaille parfois sur le quai de chargement s'il y a quelque chose de suspect ou si un transfert d'argent a lieu pour la banque qui se trouve dans le même bâtiment.

— Et ces courses que vous faites pour M. Santana ?

Walsh se raidit et croisa à nouveau les bras sur sa poitrine.

— Je vais retirer du liquide pour lui. Je vais chercher ses vêtements au pressing, je lui achète des cigares Arturo Fuente et du whisky Balvenie.

Trey laissa échapper un sifflement admiratif à la mention de ces produits de luxe, tandis que Roni, elle, éclatait d'un petit rire surpris.

— Il aime les choses raffinées, remarqua-t-elle avant de poursuivre l'interrogatoire. Donc, vous vous occupez de ses petites courses quotidiennes.

Elle fit semblant de prendre quelques notes dans son carnet.

— C'est ça, dit-il en levant de nouveau les mains, l'air effaré. C'est pour ça que je ne comprends pas ce que je fais ici.

Roni jeta un regard à Trey comme pour lui dire : « À toi de jouer ».

Trey hocha la tête et se pencha légèrement en avant, appuyant les avant-bras sur la table.

— Miguel, parlons d'homme à homme, lui dit-il en faisant un geste qui les désignait tous les deux. Tu te charges de son argent, de ses vêtements, de ses cigares et de son whisky hors de prix, mais nous savons tous les deux qu'il manque quelque chose dans ce tableau.

Walsh éclata de rire, mais son regard semblait briller de colère.

— Je ne suis pas un maquereau, mec.

Trey haussa les épaules, paraissant dire : « Qui sait ? » puis continua :

— Combien te paye MCP ? Quarante mille, cinquante mille dollars par an ?

— Un salaire à six chiffres, cent mille, le corrigea Walsh avec un sourire moqueur.

Trey secoua la tête et émit un nouveau petit sifflement.

— Tu entends ça, Lopez, dit-il en se tournant vers Roni. Peut-être qu'on devrait quitter la police pour aller bosser chez Santana.

— Peut-être, Gonzales, lui répondit Roni en sortant des photos de la mallette découverte lors de la perquisition. Je suppose que cela explique comment vous avez pu acquérir cette luxueuse maison à Coral Gables, même si cent mille dollars par an ne suffisent probablement pas... Mais avec des valises pleines d'argent, tout est possible, pas vrai ?

— Est-ce que tu trouves que ça ressemble à un sac de voyage, Lopez ? demanda Trey d'un ton sarcastique.

— Peut-être, lui dit Roni avant de reporter son attention sur Walsh. Mais cette mallette pourrait avoir une autre utilisation...

Elle regarda Walsh fixement.

— Vous êtes cubains, tous les deux, n'est-ce pas ? Vous savez comme moi qu'on doit toujours être prêts à partir, leur expliqua-t-il en agitant les mains, comme s'il tentait de les convaincre.

— Mec, arrête un peu ton cinéma, lui répondit Trey en disposant devant lui les selfies qu'ils avaient découverts sur son téléphone. La maison, l'argent, les petites courses pour Santana, et toutes ces femmes... Santana te paye pour en trouver, je me trompe ?

— Je n'ai plus rien à ajouter, déclara Walsh.

Trey lui montra une des images.

— On a retrouvé cette femme dans un conteneur sur Terminal Island. Sur un emplacement qui appartient à MCP Entreprise, prétendit-il en espérant pouvoir obtenir de quoi prouver cette hypothèse au tribunal.

— Je ne dirai plus un mot ! répéta Walsh en s'agitant de plus belle.

Même s'il se taisait, Trey et Roni savaient qu'ils pouvaient continuer à l'interroger tant qu'il n'avait pas demandé la présence d'un avocat.

— L'inspecteur Lopez, qui est ici présente, vous a vu discuter avec mon collègue, Doug Adams, la nuit où celui-ci a été assassiné, expliqua Trey en essayant de maîtriser la colère qu'il sentait monter en lui au souvenir de la façon dont son ami avait trouvé la mort cette nuit-là.

Roni posa une main sur son bras pour tenter de l'apaiser et ajouta, d'une voix calme :

— Connais-tu le principe de l'homicide volontaire, Miguel ? Si jamais tu as le moindre lien avec ce qui est arrivé à l'inspecteur Adams, tu devras passer le restant de tes jours derrière les barreaux. Ou, si tu as de la chance, seulement une quarantaine d'années.

Trey frappa la table si fort qu'un bruit sourd, semblable à celui d'une détonation, retentit dans la petite pièce. Il se leva et se pencha vers Walsh.

— Sans oublier ta tentative de meurtre sur l'inspecteur Lopez. Cela fait trente ans de plus, mon ami. Dans tous les cas, je crois que tu es bon pour passer le reste de ta vie en prison.

— Je ne dirai rien, je veux un avocat ! s'écria Walsh en se levant à son tour de sa chaise.

Il fit alors les cent pas dans la petite pièce en marmonnant :

— Je veux un avocat.

Trey et Roni échangèrent un regard.

— Qu'il soit consigné au procès-verbal que M. Walsh réclame la présence d'un avocat, dit-elle à l'intention de l'enregistrement.

Puis elle se leva, se retourna et fit un signe à Heath derrière la vitre sans tain.

Celui-ci entra dans la pièce quelques secondes plus tard, accompagné d'un agent en uniforme qui se dirigea vers Walsh.

Quand Trey et Roni acquiescèrent, ce dernier passa les menottes au suspect en déclarant :

— Monsieur Walsh, nous vous arrêtons pour avoir essayé d'échapper aux forces de l'ordre, ainsi que pour avoir résisté.

— Puisque je vous dis que je n'ai rien fait ! Je n'ai rien à voir avec cette affaire, protesta Walsh en tâchant de s'écarter de l'agent qui tentait de le pousser hors de la salle d'interrogatoire.

Trey leva la main pour interrompre son collègue et demanda à Walsh :

— Miguel, avez-vous changé d'avis ? Êtes-vous prêt à nous parler sans la présence d'un avocat ?

Walsh se redressa et resta un instant dans cette position, comme s'il réfléchissait.

— Non, répondit-il finalement. Je n'ai rien fait de mal. Je veux un avocat.

17

Bien que l'avocat de Walsh soit probablement déjà en route pour venir retrouver son client, Trey et Roni savaient qu'ils allaient devoir attendre avant de pouvoir procéder à un deuxième interrogatoire. En effet, ils ne disposaient pas de preuves suffisantes pour faire pression sur le suspect.

Maintenant que ses trois jours de congés étaient terminés, et qu'elle était convaincue que son collègue n'était pas mêlé à cette affaire, Roni était de retour au commissariat. Elle avait rejoint Trey et Heath dans la grande salle de réunion pour examiner toutes les preuves qu'ils avaient recueillies jusque-là.

Ils avaient sorti le grand tableau blanc, et elle y afficha les photos des jeunes femmes disparues ainsi que les portraits de Walsh, de l'indicateur de Trey, Eddie, et de leur collègue Doug.

Elle y ajouta également le nom de Sylvia Reyes, l'employée du bureau du procureur qui avait disparu.

Puis Heath et Trey commencèrent à lire à haute voix les informations qu'ils avaient réunies, et elle les reporta sous chaque profil.

Ils étalèrent ensuite les relevés téléphoniques sur la table pour les examiner, et remarquèrent rapidement que Walsh et Reyes semblaient avoir récemment appelé la même personne.

— Étonnante coïncidence, constata Roni en écrivant le numéro sur le tableau.

— Je doute qu'il soit encore actif, mais nous devrions essayer, lui répondit Trey en composant le numéro.

D'un mouvement de tête, il indiqua que son coup de téléphone n'avait pas abouti.

— La ligne est désactivée, mais nous pouvons demander un historique des appels.

Roni regarda la photo de Doug. Elle détestait l'idée qu'il puisse être impliqué, mais elle savait qu'elle n'avait pas le choix, elle devait poser cette question :

— Avons-nous découvert de nouveaux éléments dans ces enregistrements qui pourraient établir un lien entre Walsh et Doug ou Reyes ?

Trey sortit un document que Heath et lui commencèrent à examiner attentivement.

— Le même numéro apparaît également ici et là, lui dit-il en montrant le relevé du téléphone jetable de Walsh et celui du poste de Reyes au bureau du procureur.

— On progresse ! s'exclama Roni.

— Oui, mais il y a tellement de contacts… Avez-vous des versions numériques de ces documents ? demanda Trey à Heath.

— Oui, répondit ce dernier.

— Super ! Alors envoyons une copie de ces relevés à Sophie et Rob pour qu'ils commencent à chercher des correspondances éventuelles. Laissons les ordinateurs s'occuper de ce genre de tâches plutôt que de perdre notre temps.

Des coups frappés à la porte les interrompirent, et le capitaine Rogers entra, l'air préoccupé.

— Le procureur a demandé à la police locale de se rendre au domicile de Mme Reyes, mais il n'y avait personne. Les voisins ont dit aux agents qu'ils ne l'avaient pas vu depuis hier, quand elle est partie travailler. L'un d'entre eux possédait une clé de chez elle en cas d'urgence, ce qui a permis d'accéder à son domicile. Le courrier n'avait pas été ramassé, et ils ont remarqué que personne n'a dormi là la nuit dernière.

— Capitaine, en étudiant les relevés téléphoniques, nous avons vu que Walsh et Reyes ont appelé le même numéro ces derniers jours, lui dit Roni. Cela fait beaucoup de coïncidences.

— Vous avez raison, admit Rogers. Tout porte à croire que quelque chose est arrivé à Mme Reyes, nous allons donc lancer un avis de recherche le plus rapidement possible. Je vous préviendrai dès que nous aurons des nouvelles, dit-il en quittant la pièce.

Roni ajouta les nouvelles informations sur la disparition de Reyes au tableau, puis recula de quelques pas pour l'observer.

— Je ne suis pas convaincue que Santana soit le lien qui les relie tous. Peut-être est-ce plutôt notre flic corrompu...

— Que nous ne sommes toujours pas près de démasquer, constata Heath en soupirant d'exaspération.

En regardant Trey, Roni vit qu'il s'abstenait de laisser paraître ses émotions. Il lui avait dit qu'il n'appréciait pas beaucoup Heath lorsque Doug et lui avaient dû collaborer avec lui. Mais, même s'il semblait toujours rester sur ses gardes avec lui, le temps pressait, et ils avaient trop de travail pour pouvoir se passer de l'aide de son partenaire.

— Nous n'avons pas de pistes pour le moment, mais je suis certaine que nous allons parvenir à l'identifier, répondit Roni avec optimisme.

Elle prit un instant pour réfléchir, puis désigna du doigt les documents étalés sur la table.

— Nous avons les dates de disparition des jeunes femmes, ainsi que leurs horaires approximatifs, dit-elle. Regardons de nouveau les relevés. Peut-être y trouverons-nous des informations sur les personnes avec qui Walsh a pu communiquer à ces moments-là.

Elle prit place entre les deux hommes, et ils commencèrent à éplucher les registres des nuits concernées. Comme elle s'y attendait, il y avait beaucoup plus d'activités, surtout en soirée.

— Il semble avoir plusieurs fois appelé ce numéro, dit-elle en suivant une ligne du doigt. Comme s'il cherchait à signaler quelque chose. Peut-être qu'un échange a eu lieu, et que les appels ont cessé une fois celui-ci terminé.

— Cette première colonne représente l'antenne-relais par laquelle l'appel est passé.

— Et ces deux colonnes correspondent aux stations de téléphonie cellulaire où le téléphone a borné, ajouta Heath.

— Même si Walsh a désactivé la localisation de son portable, ces enregistrements devraient quand même nous permettre de trianguler le signal.

Trey la regarda alors qu'elle s'était levée.

— Je vais contacter le service des opérateurs mobiles pour connaître la position de leurs antennes. Est-ce que vous pouvez appeler le bureau du procureur pour demander un mandat afin d'obtenir les relevés de ces téléphones prépayés ?

— Je m'en occupe, réagit Heath. Je reviens dès que je les ai.

Trey avait remarqué l'inquiétude de Roni et son désir d'apaiser les tensions entre Heath et elle.

— Peut-être est-il plus sympathique, finalement, que ce que je croyais, lui dit-il.

— Occupons-nous de récupérer les informations sur ces antennes, lui répondit-elle sans perdre de temps. Je vais noter sur une carte les positions de MCP Entreprise, du domicile de Walsh et de tous les autres lieux qui nous intéressent.

— Cela devrait nous permettre de restreindre le champ de nos recherches.

En appelant l'opérateur de téléphonie, il réussit à entrer en contact avec une personne capable d'identifier les antennes-relais concernées. Cependant, tandis que cette dernière entamait la lecture des coordonnées GPS, Trey l'interrompit.

— Pourriez-vous m'envoyer ces informations par mail ? Et connaissez-vous la taille de la zone de couverture ?

— Ces antennes de télécommunication se trouvent dans une zone très fréquentée et sont nombreuses. Les téléphones qui y bornent sont donc forcément très proches d'une d'entre elles.

— À quel point ? demanda Trey.

— Disons, une distance entre huit cents et mille mètres, peut-être.

— Merci beaucoup. Ces informations nous sont très utiles.

Le fait que la distance entre les appels passés et reçus soit faible pourrait les aider à délimiter l'espace où le transfert des femmes avait été effectué.

Quand le mail arriva sur son smartphone, il lança l'impression sur la machine qui se trouvait dans la salle attenante puis s'y rendit pour récupérer les documents.

En sortant de la pièce, il croisa Ramirez et Anderson, qui se dirigeaient vers le bureau du capitaine. Par la baie vitrée, il vit que Rogers était au téléphone. Les deux inspecteurs, obligés de patienter, vinrent à sa rencontre.

— Gonzales ! Je ne m'attendais pas à vous voir ici, lui dit Ramirez en lui jetant un regard méprisant.

— Vous n'êtes pas en arrêt maladie ? ajouta Anderson en posant les mains sur ses hanches avec un air de défi.

— Je commençais à tourner en rond, alors le capitaine Rogers m'a laissé revenir pour faire un peu de paperasse, leur répondit-il avant de changer de sujet. Vous avez du nouveau concernant la mort de Doug et ses assassins ?

Le teint d'Anderson vira au rouge, et Trey espéra pour lui qu'il n'aimait pas jouer au poker, car il ne semblait pas expert dans l'art de camoufler ses émotions.

Ignorant le regard que lui jetait son coéquipier, Ramirez déclara :

— Vous savez bien qu'on ne peut rien vous dire, Gonzales. Les enquêtes des Affaires internes sont confidentielles.

Trey leva les mains en signe de reddition.

Ramirez désigna la porte de la salle de réunion et demanda :

— Lopez est à l'intérieur ?

— Nous travaillons sur quelque chose, je vous conseille de l'appeler pour prendre rendez-vous, lui répondit Trey en tournant le dos.

En quittant les deux hommes pour aller chercher les documents imprimés, il sentit le regard perçant de Ramirez dans son dos. À son retour, Ramirez et Anderson étaient toujours postés devant le bureau de Rogers.

L'impatience se lisait sur le visage de Ramirez. Il avait enfoui les mains dans les poches de son pantalon et y remuait les pièces de monnaie qui s'y trouvaient en se balançant d'avant en arrière sur ses talons.

Quand Rogers mit enfin un terme à sa conversation téléphonique et se leva pour aller ouvrir la porte de son bureau, Ramirez lança un nouveau regard furieux à Trey, qui l'ignora et alla retrouver Roni.

Pour éviter que Ramirez entre dans la pièce et découvre les informations affichées sur le grand tableau blanc, il verrouilla la porte derrière lui.

— Ramirez et Anderson sont venus voir Rogers, annonça-t-il en approchant de Roni qui était en train de travailler sur son ordinateur portable.

Elle regarda la porte close avant de lever les yeux vers lui.

— Je me demande pourquoi ils voulaient le rencontrer.

— Quand je lui ai demandé comment avançait leur enquête, Ramirez m'a sorti l'excuse du secret professionnel, lui répondit Trey en posant devant elle les documents imprimés. Tu crois que tu pourrais indiquer les emplacements des antennes-relais sur la carte ?

Roni se pencha pour examiner les données pendant un instant avant de hocher la tête en signe d'approbation.

— Je ne suis peut-être pas aussi calée en informatique que tes cousins, mais je ne vis pas non plus au Moyen Âge !

— Il faut croire que c'est mon cas, car je serais absolument incapable de le faire ! avoua Trey avec un sourire.

— C'est à cause de ton âge avancé, plaisanta-t-elle.

— Aie un peu de respect pour tes aînés, veux-tu ? répliqua-t-il avec malice.

Roni éclata de rire et se remit à examiner les documents que Trey venait de lui remettre.

— Peux-tu me lire les données à haute voix pour que je puisse les saisir sur l'ordinateur ? réclama-t-elle en plissant les yeux.

— On dirait que je ne suis pas le seul à vieillir ici, riposta-t-il, en commençant à énumérer les coordonnées de longitude et de latitude.

Quand Roni eut tout entré dans le logiciel, elle demanda :

— Quelle est la portée ?

— Le technicien m'a dit que la portée maximale devait être de huit cents à mille mètres.

En quelques minutes, elle traça des cercles qui transposaient cette information sur la carte.

— Ces données vont s'avérer très utiles, lui dit-elle en affichant la carte sur le grand écran situé à l'une des extrémités de la pièce.

— C'est vrai, approuva Trey en regardant le chevauchement entre les lieux de leur enquête, que Roni avait déjà localisés sur la carte, et les zones où Walsh avait passé ou reçu des appels téléphoniques.

— Cela confirme qu'il se trouvait bien dans le quartier des clubs au moment de la disparition des jeunes femmes, et qu'il est peut-être bien celui que j'ai vu avec Doug, déclara Roni en prenant un pointeur laser pour désigner le cercle définissant l'étendue maximale de l'antenne-relais concernée.

— Voyons ce que cela donne si nous ne l'élargissons pas au maximum, suggéra-t-elle en tapotant sur quelques touches pour réduire la portée.

Les cercles se resserrèrent, ne laissant plus qu'un seul point en évidence.

— Le club où tout a commencé se trouve dans cet espace, remarqua Trey en se rapprochant de l'écran. Et c'est dans le quartier de Terminal Island.

Il désigna l'une des épingles que Roni avait placées pour représenter les sites.

— C'est la première fois que ce quartier apparaît. On dirait qu'il s'agit d'Indian Creek, ajouta-t-il en dessinant un rond avec son doigt autour de la zone.

— Oui, c'est ça, approuva Roni. Pourtant, l'adresse du domicile de Santana est située à Fisher Island. Les appels semblent malgré tout avoir été passés depuis ce point. Voyons un peu ce qu'on y trouve.

Roni tapota sur son clavier et, quelques minutes plus tard, fit apparaître sur l'écran géant une vue satellite de la carte.

Elle déplaça le curseur et, en zoomant, révéla les rues et les bâtiments du quartier.

— Il semble principalement s'agir d'habitations privées, plutôt cossues. Cela vient confirmer les propos de la jeune femme qui a évoqué sa fuite d'une fête organisée dans une demeure luxueuse, déclara Trey avant de secouer la tête avec un air sceptique. Mais qui oserait prendre des risques pareils chez soi ?

Roni prit un instant pour réfléchir à sa remarque. Effectivement, l'idée d'utiliser sa propre maison à des fins illicites lui paraissait improbable.

— Avec la loi RICO, la police peut inspecter n'importe quel domicile. Si c'est une résidence familiale, cela implique d'exposer sa femme et ses enfants à une perquisition. Il faut avoir peu de scrupules pour exposer ainsi les siens.

— À moins qu'il ne soit, comme Santana, désespérément à la recherche d'argent, lui rappela Trey.

— Alors, imaginons un instant qu'il le soit, mais qu'il veuille rester dans un cadre légal... Comment procéderait-il ?

— Il s'adresserait à des banques pour tenter d'obtenir des prêts ou à d'autres hommes d'affaires pour les persuader d'investir, déclara Trey.

— S'il s'adresse à des hommes d'affaires, intervint Roni en levant le doigt, il ne veut surtout pas leur montrer qu'il est à court d'argent. Il va les séduire, en les invitant à dîner par exemple, pour essayer de les convaincre.

— Jusque-là, je suis d'accord avec toi, lui répondit Trey, mais dans ce cas pourquoi ne pas organiser la fête chez lui ou dans l'un des plus beaux hôtels ou clubs de la région ?

— Peut-être parce qu'il offre à ses convives des choses qui ne sont pas forcément légales. Et s'il est impliqué dans un trafic, il veut pouvoir stocker sa marchandise dans un endroit où personne ne peut la retrouver.

Roni se laissa aller en arrière contre le dossier de sa chaise et tambourina des doigts sur le bord de la table.

— Tu crois que les femmes peuvent encore se trouver à Indian Creek ? lui demanda Trey d'une voix inquiète. Ça fait déjà plus d'une semaine...

— Je n'ai pas beaucoup d'espoir, lui répondit-elle avec un soupir de frustration. Mais je sais comment je ferais pour trouver une de ces maisons si j'en avais besoin.

Sur ces mots, elle se redressa et chercha sur son ordinateur la liste des demeures en location de courte durée dans cette zone.

Il n'y en avait aucune à Indian Creek, mais après avoir élargi ses recherches, elle en trouva finalement trois le long du front de mer de Bay Harbor Islands. Parmi elles, deux grandes villas de style méditerranéen se trouvaient au bord de l'eau. Elle consulta les annonces et, en étudiant les photos, vit que chacune d'elles possédait son propre ponton.

— Rien de plus simple que d'embarquer la marchandise sur un bateau depuis un quai privé pour la mener à Terminal Island, loin des regards indiscrets, fit remarquer Trey.

— Effectivement, approuva Roni en parcourant la description de la troisième résidence. Et seule cette propriété contient une clause interdisant les soirées.

— Alors, nous savons ce qu'il nous reste à faire, conclut Trey.

18

— Merci pour votre aide, Mimi, dit Roni à la jeune femme qui avait réussi à s'échapper d'une des fêtes après avoir été droguée.

Pendant toute la durée de l'enquête, elle bénéficiait d'une protection et résidait dans un endroit sécurisé.

— Je ne me sentirai pas en sécurité tant que cette affaire ne sera pas réglée, confia Mimi en croisant les mains nerveusement.

— Je vous comprends, lui répondit Roni en posant délicatement la main sur son bras. Si vous êtes d'accord, nous aimerions enregistrer notre entretien.

— Si cela peut vous aider, bien sûr, acquiesça Mimi.

— Parfait. Je suis donc l'inspecteur Veronica Lopez et je vais mener l'interrogatoire de Mimi Martell, dit Roni en sortant les photos des deux maisons qu'elle avait trouvées sur les sites de location.

Elle les avait mélangées à d'autres lieux pour ne pas influencer Mimi, mais avait pris soin de les étiqueter au verso. Après les avoir disposées devant la jeune femme, elle lui demanda :

— L'un de ces endroits vous semble-t-il familier ?

Mimi se pencha pour regarder les images. Elle en prit quelques-unes dans ses mains pour les examiner de plus près avant de les reposer. Puis, elle montra trois photos.

— Je me souviens que la maison était magnifique, mais que le style de villa italienne qu'on avait voulu lui donner était un peu exagéré.

Elle s'interrompit un instant et claqua des doigts en désignant l'une d'entre elles.

— Je me rappelle m'être blessée à la cuisse en heurtant une statue.

— À noter que Mme Martell a identifié les photos 10, 14 et 18, expliqua Roni avant de les ranger.

Soudain, quelqu'un frappa à la porte, et elle s'exclama :

— Entrez !

Trey pénétra dans la pièce et fit un signe de la tête pour lui indiquer que tout était prêt.

— Nous pouvons maintenant procéder à la séance d'identification si vous le souhaitez, dit Roni à Mimi.

— Très bien, répondit Mimi en serrant à nouveau les mains nerveusement.

— L'inspecteur Lopez met un terme à l'interrogatoire de Mme Martell, déclara Roni avant d'interrompre l'enregistrement.

Mimi se leva en tremblant et s'appuya sur la table pour se maintenir debout.

— Vous êtes sûre que ça va aller ? lui demanda Trey en tendant une main vers elle.

— Oui, dit Mimi en acceptant son aide.

Serrant fermement la main de Trey dans la sienne, elle les suivit à travers le commissariat jusqu'à la salle où se déroulaient les séances d'identification.

Quand Mimi entra, Trey la guida jusqu'au centre de la pièce et relâcha sa main pour éviter que les avocats de la défense prétendent qu'il avait influencé le témoin.

— Quand vous voulez, lui dit Roni en se plaçant à côté de Trey.

— Je suis prête, confirma Mimi en hochant la tête.

Trey sortit un instant pour demander à un agent d'amener Walsh et les autres individus qu'ils avaient rassemblés pour la séance.

Quelques minutes plus tard, il revint avec six hommes du même âge, de la même corpulence et qui avaient les cheveux de la même couleur.

Ils avaient fait du bon travail, et Roni ressentit une fois de plus l'incertitude l'envahir, comme après sa rencontre avec Miles Wilson. Elle n'avait pas bien vu les traits de celui qui discutait avec Doug et avait tenté de l'assassiner...

— Prenez votre temps, recommanda doucement Trey à Mimi.

Cette dernière acquiesça, puis observa attentivement les suspects derrière la vitre sans tain.

— Pourriez-vous me montrer le côté droit de leur visage ?

Roni actionna l'Interphone et invita les hommes à tourner légèrement la tête vers la gauche.

Ils s'exécutèrent et affichèrent leur profil.

— Il avait un petit grain de beauté ici, expliqua Mimi en touchant la zone près de son oreille.

— D'accord. Et est-ce que vous le reconnaissez parmi ces hommes ? lui demanda Trey d'un ton patient.

Mimi hocha la tête et désigna celui qui tenait la pancarte avec le chiffre 5.

— C'est lui. Il a le même grain de beauté, et je me rappelle très bien son visage. C'est lui que j'ai rencontré au club et qui m'a ensuite emmenée dans cette soirée privée.

— Vous êtes sûre, Mimi ? lui demanda Roni d'un ton neutre.

Elle avait besoin d'une confirmation, car l'homme que Mimi désignait était Walsh.

Maintenant, ils allaient pouvoir au minimum le poursuivre pour usage de Rohypnol et tentative d'enlèvement.

Mimi se redressa et inspira profondément, comme pour se donner du courage.

— Oui, c'est bien lui. Il n'y a aucun doute.

— Merci, Mimi, nos officiers vont vous ramener à la planque, lui dit Trey en la guidant vers la sortie.

Roni, de son côté, se servit de l'Interphone pour prévenir les suspects que la séance était terminée.

Une fois dehors, elle remercia une nouvelle fois Mimi. Puis Trey la conduisit à l'accueil, où un agent l'attendait pour la raccompagner dans l'appartement sécurisé.

Une fois de retour dans la salle de réunion, Roni rassembla les photos et regarda à nouveau les preuves qu'ils avaient déjà recueillies contre Walsh.

Quand Trey la rejoignit, il constata :

— Je crois qu'on a assez d'éléments contre Walsh pour pouvoir l'arrêter et demander à l'assistante du procureur de le poursuivre.

— Et pour obtenir un mandat de perquisition dans la maison de Bay Harbor Islands, ajouta Roni en sortant son téléphone. Si Mimi a touché cette statue, on peut peut-être trouver un peu de son ADN. On pourrait même avoir un peu de chance et y découvrir de nouvelles preuves...

Elle composa le numéro du bureau du procureur en hochant la tête.

— Bonjour, Maria. C'est l'inspecteur Gonzales. Nous pensons avoir identifié notre coupable, mais nous avons besoin d'un autre mandat de perquisition. Nous préparons les documents nécessaires et vous les transmettons dès que possible.

— Je suis au tribunal jusqu'à ce soir, lui répondit l'assistante, mais je peux demander à un confrère de se charger de votre requête.

— Bien, merci de votre aide ! conclut Roni avant de raccrocher.

Des coups retentirent à la porte.

— Entrez ! lança Trey.

Heath apparut et secoua la tête en soupirant.

— L'avocat de Walsh est arrivé. Ils patientent tous les deux dans la salle d'interrogatoire.

— Parfait, déclara Roni en regardant Trey. Je crois qu'il est temps de lui dévoiler certaines de nos cartes pour voir comment il réagit. Peut-être sera-t-il prêt à dénoncer quelqu'un pour négocier un arrangement.

— Bonne idée, mais je crois que nous devrions d'abord attendre d'en savoir plus sur cette maison et sur les personnes qui l'ont louée. Je peux m'en charger pendant que Heath et toi vous occuperez de l'interrogatoire.

Roni fut un instant surprise par cette proposition, mais comprit soudain ce que Trey tentait de faire.

— Qu'en penses-tu, Heath ? demanda-t-elle à son coéquipier.

Heath haussa les épaules et lui montra les documents étalés sur la table.

— Vous travaillez ensemble sur cette affaire depuis le départ, fit-il remarquer. Je peux effectuer des recherches sur cette maison et vous prévenir de l'arrivée du mandat. Par ailleurs, je crois avoir une nouvelle piste sur l'une des femmes qui figurent sur les photos.

— Quel genre de piste ? lui demanda Roni.

— Son visage me semblait familier, alors j'ai cherché dans les dossiers des homicides et je pense qu'il s'agit d'une femme inconnue qui a été retrouvée morte environ une semaine avant le kidnapping des étudiantes. Probablement au moment où les prostituées ont été enlevées. J'attends le dossier de la brigade criminelle, conclut Heath.

— Bon travail, constata Roni.

— Veux-tu choisir ce que nous allons montrer à Walsh ? demanda Trey à Roni.

— Oui, lui dit-elle en se dirigeant vers la table où étaient posés les documents.

Elle commença à les classer, n'en retenant que quelques-uns, des photos de femmes et de la maison qu'ils pensaient être le lieu des enlèvements.

— Ça me semble bien, approuva Trey. Est-ce que tu te sens prête pour cette nouvelle séance d'interrogatoire ?

— Absolument, répondit-elle, mais j'aimerais que tu prennes les rênes cette fois-ci. Tu n'as qu'à incarner le personnage du bon flic dès le départ, d'accord ?

Trey n'avait aucun doute quant à la capacité de Roni à endosser le rôle de la méchante : sa colère et son inquiétude à propos des disparues la consumaient comme un feu qui ne s'éteindrait qu'à la résolution de cette affaire.

— Allons-y, lui dit-il en prenant les documents qu'elle avait sélectionnés.

Une fois dans la salle d'interrogatoire, ils se présentèrent chacun à leur tour, puis lancèrent l'enregistrement.

L'avocat prit immédiatement la défense de son client.

— J'ai cru comprendre que vous avez interrogé M. Walsh sans la présence d'un avocat. Vous savez que tout ce qu'il vous a dit sera irrecevable, n'est-ce pas ?

L'homme arborait une tenue et des bijoux qui trahissaient ses tarifs haut de gamme. Son costume semblait avoir été taillé sur mesure, sa chemise était en coton égyptien, et sa cravate en soie. Il portait une Rolex en or à son poignet droit, un épais bracelet en or à son poignet gauche, ainsi qu'une bague en maille cubaine sertie de diamants à l'auriculaire. Les mèches les plus longues de ses cheveux bruns étaient coiffées en arrière et recouvertes de gel.

— Maître Jimenez, c'est ça ? demanda Trey en examinant la carte de visite que l'avocat de Walsh lui avait tendue, avant de la remettre à Roni.

Comme ses vêtements, la carte de visite de l'avocat reflétait le luxe et l'argent. Trey s'interrogea sur l'identité de la personne qui réglerait la note.

— Nous avons informé votre client de ses droits en vertu de l'arrêt Miranda, puis nous avons interrompu notre entretien dès qu'il a souhaité être assisté par un avocat. Cependant, maintenant que vous êtes là, nous aimerions reprendre le cours de notre discussion.

— Mon client n'a plus rien à ajouter, annonça Jimenez en posant ses mains jointes sur la table, un sourire triomphant sur le visage.

Même si Roni avait prévu de jouer le rôle du méchant, Trey ne put résister à l'envie de remettre en place cet avocat arrogant.

— Je présume que vous êtes au courant de l'existence d'un témoin qui a identifié M. Walsh comme étant l'homme qui l'a droguée, a participé à son agression sexuelle et a tenté de l'enlever.

— Je vous ai déjà dit que…, commença Walsh.

Mais, d'un geste du bras, Jimenez lui fit signe de se taire.

— Mon client n'a rien à ajouter, répéta ce dernier.

— C'est parfait, car nous avons de notre côté beaucoup de choses à dire, rétorqua Trey.

Et il disposa sur la table les selfies de Walsh et de la femme de Terminal Island, ainsi que celui avec l'inconnue qui, selon Heath, avait peut-être été assassinée.

— Vous reconnaissez votre client, maître Jimenez ? lui demanda-t-il en tapotant sur les images. Ces photos proviennent de son smartphone…

— Et nous nous opposerons à la saisie de ces images au motif que vous n'aviez pas de motifs valables, intervint l'avocat avec un air suffisant.

— Vous allez perdre, conclut Roni d'une voix calme. Nous avons plus de preuves qu'il n'en faut pour justifier nos actes.

Avant que l'avocat puisse protester, Trey leur présenta les photos de la villa que Mimi avait reconnue.

L'expression de stupéfaction qui apparut sur le visage de Walsh était évidente.

— Vos réactions laissent croire que vous connaissez cet endroit, monsieur Walsh, déclara Trey en le fixant. Vous étiez là-bas, et je suis certain que notre équipe de la police scientifique va trouver vos empreintes et votre ADN partout dans cette maison.

— Nous contesterons aussi cela, inspecteur, rétorqua Jimenez avec assurance.

Cependant, avant qu'il puisse ajouter quoi que ce soit d'autre, Roni fit un geste en direction de l'avocat, puis reporta son regard sur Walsh.

— Quelqu'un paye cet homme très cher pour jouer à tous ces petits jeux d'avocats, et je suis sûre que ce n'est pas toi, Miguel. Mais tu vois toutes ces femmes ? lui demanda-t-elle en montrant les photos d'un geste furieux. Elles te connaissent. Nous soupçonnons qu'une d'entre elles a été victime d'un meurtre lié à un réseau de traite des êtres humains, ce qui entraînerait des accusations pour trois homicides supplémentaires, sans compter toutes tes autres infractions.

Soudain pâle, Walsh jeta un regard inquiet à son avocat. Des gouttes de sueur perlaient sur ses tempes.

— Dis-nous où sont retenues les deux étudiantes que vous avez enlevées. Si tu nous aides, nous pourrons t'aider, ajouta Trey sur un ton presque affectueux.

— Je... mais comment ? demanda Walsh avant que Jimenez lui fasse signe de se taire.

— Mon client n'a rien de plus à ajouter, répéta Jimenez une nouvelle fois.

Mais Trey sentit qu'il perdait un peu de son assurance.

— Santana paye-t-il votre avocat pour vous faire taire ? demanda Roni en s'animant. Pour que vous ne l'accusiez pas ? Sachez qu'une fois incarcéré à perpétuité l'argent ne vous sera pas d'une très grande utilité.

Jimenez tapota nerveusement des mains sur la table et se leva brusquement.

— Je mets fin à cet entretien sur-le-champ. Si vous pensez que vous avez assez...

Roni se leva à son tour et l'interrompit.

— Miguel Walsh, nous vous arrêtons pour l'agression sexuelle et l'enlèvement de Mimi Martell, Aida Smith et Kristie Zachary, ainsi que pour les meurtres d'Eduardo Angel et de l'inspecteur Doug Adams.

Elle sortit ses menottes et s'approcha de Walsh qui semblait en état de choc. Elle dut le pousser pour qu'il se mette debout.

— Ne vous inquiétez pas, Miguel, lui dit son avocat. Nous allons payer votre caution, et vous serez dehors en un rien de temps.

— Je ne compterais pas là-dessus, commenta Roni.

Trey ouvrit la porte, et un agent en uniforme vint chercher Walsh pour le ramener dans sa cellule de détention avant qu'il soit emmené en prison.

Alors qu'on l'accompagnait vers la sortie, Walsh jeta un regard d'effroi par-dessus son épaule.

— Mais faites quelque chose ! Sortez-moi de là ! cria-t-il à son avocat.

— Ne vous inquiétez pas, Miguel, répéta Jimenez qui semblait un peu déstabilisé par les accusations portées à l'encontre de son client.

— Il a de quoi s'inquiéter, vous savez. Il va passer un très long moment en prison, déclara Roni en croisant les bras sur sa poitrine, un air satisfait sur le visage.

Agacé, Jimenez prit son attaché-case et la fusilla du regard.

— Vous aurez vite de mes nouvelles.

Puis il quitta précipitamment la pièce, laissant Trey et Roni seuls dans la salle d'interrogatoire.

— Ça s'est bien plutôt bien déroulé, constata Trey.

— Walsh a peur, lui répondit Roni en hochant la tête. Les preuves que nous avons contre lui sont irréfutables. La question est maintenant de savoir combien de temps il va continuer à protéger Santana et ce mystérieux policier corrompu.

Ce mystérieux policier corrompu, probablement responsable de la fusillade du Del Sol, songea Trey.

— Il est temps de faire venir les autres femmes au poste pour procéder à de nouvelles séances d'identification, dit-il à Roni, alors qu'ils retournaient à la salle de conférences.

— Si elles n'ont pas quitté la ville pour aller gagner leur vie ailleurs, lui répondit Roni en soupirant.

Les deux prostituées avaient refusé toute forme de protection et avaient probablement fui la région de peur d'être retrouvées.

— Espérons qu'elles sont toujours vivantes, ajouta Trey.

— Avec un peu de chance, après ce qui leur est arrivé, elles ont peut-être décidé de changer de vie.

Alors qu'ils venaient d'entrer dans la salle de réunion, le téléphone de Roni se mit à sonner, annonçant l'arrivée d'un nouveau message.

— Nous avons le mandat, déclara-t-elle à Trey en consultant

son écran. Heath est prêt à se rendre sur place. Il demande si nous désirons l'accompagner.

— Bien sûr, je veux parler au propriétaire de cette maison et essayer d'en savoir plus sur les personnes qui la louent pour organiser ces fêtes, lui répondit Trey.

— Moi aussi, ajouta Roni. Et j'espère que tout cela nous mènera droit à Santana...

— Et à Ramirez, dit Trey. Mon intuition me dit que c'est lui le flic corrompu.

Même s'il avait commencé à ranger les documents étalés sur la table, il ne manqua pas de remarquer la légère grimace de Roni.

— Tu n'es pas d'accord ?

— Trey, j'ai quelque chose à t'avouer.

19

Roni savait qu'il n'y aurait jamais de moment opportun pour révéler la vérité à Trey, alors elle décida de saisir cette occasion.

— Ramirez m'a demandé de collaborer à l'enquête interne sur les événements impliquant Doug, lui dit-elle en serrant les bras autour d'elle pour se donner du courage.

Trey recula d'un pas, comme s'il venait de recevoir une gifle.

— Mais tu as refusé, n'est-ce pas ? demanda-t-il d'un ton accusateur en la regardant droit dans les yeux.

— Non, dit-elle avant de lever les mains en signe de supplication. Je voulais innocenter Doug et surtout m'assurer qu'ils ne s'en prendraient pas à toi.

— À moi ?! répéta Trey en se désignant lui-même du doigt. Parce que tu crois que j'ai quelque chose à voir avec la mort de Doug ?

Roni avança vers lui et posa la main sur son torse, mais il tressaillit et s'écarta. Secouant la tête, elle laissa échapper un profond soupir de frustration.

— Non, bien sûr que non. Mais tu sais que Ramirez ne te porte pas dans son cœur. Il pense que c'est grâce à l'influence de ta famille que tu es devenu la personne que tu es aujourd'hui, et il t'en veut pour ça.

Un coup sec frappé à la porte les interrompit.

— Quoi ? s'écrièrent-ils en chœur.

Heath entra dans la pièce et fronça les sourcils en les voyant.

— Voici le mandat, leur dit-il en brandissant le document.

— Très bien, répondit Roni. Il est temps d'aller à Bay Harbor Islands.

Roni se retourna, mais même en s'éloignant de Trey elle comprit qu'elle ne pourrait pas fuir la puissante colère qui s'était emparée de lui.

Heath marcha à côté d'elle pendant qu'ils se rendaient au parking. Trey les suivait à quelques mètres.

Un silence lourd s'installa dans la voiture pendant le trajet vers la maison de location.

Tandis que son coéquipier conduisait, Roni, assise sur le siège du passager, essayait de se rappeler tous les détails de la conversation avec Mimi Martell au sujet de la nuit où elle avait été enlevée.

Elle avait du mal à concevoir que la personne qui orchestrait ce trafic puisse décider de ne viser qu'une femme à la fois. Celui qui louait cette luxueuse maison devait vouloir en tirer le meilleur parti. Était-il possible qu'il y ait eu plus d'une femme kidnappée la même nuit ? Cela pourrait expliquer les selfies de Walsh avec les autres femmes et le meurtre de cette inconnue que Heath pensait liée à leur affaire.

Toutes ces questions n'arrivaient pas à en chasser le souvenir du regard que Trey avait posé sur elle quand elle lui avait avoué avoir accepté de collaborer avec les Affaires internes. Même si elle ne leur avait encore rien confié, elle ne pouvait s'empêcher de se sentir coupable.

Il s'était passé tellement de choses au cours des jours précédents qu'elle n'avait pas eu le temps de reprendre contact avec l'IAD. Mais l'aurait-elle fait si elle avait eu plus de temps ? La réponse lui vint instantanément : bien sûr. Si cela avait été nécessaire pour sauver la réputation de Doug et protéger Trey, elle n'aurait pas eu le choix.

Perdue dans ses pensées, elle ne revint à la réalité que lorsque la voiture s'immobilisa.

Un véhicule de la police scientifique était déjà stationné devant la maison. Cette magnifique villa de style méditerranéen correspondait aux photos publiées sur le site de location. D'une valeur probable de plusieurs millions de dollars, elle était entourée d'un superbe jardin aménagé. Les alocasias se démarquaient par leur vert profond, contrastant avec les feuilles orange et rose vif des caladiums. Des broméliacées et de grands oiseaux de paradis ajoutaient des touches de couleur le long de la bordure et des murs en stuc de la maison, ainsi qu'au pied des sagous du Japon. D'imposants palmiers royaux frémissaient sous la brise venue de l'océan qu'on apercevait derrière la résidence et la pelouse impeccablement entretenue.

Après avoir salué l'équipe de la police scientifique, Heath, Trey et Roni se dirigèrent vers la porte d'entrée, qui s'ouvrit avant qu'ils aient eu le temps d'appuyer sur la sonnette.

Un jeune homme, vêtu d'un T-shirt de l'université de Miami et d'un short orange et vert aux couleurs de la même université, apparut sur le seuil.

Roni estima qu'il devait avoir une vingtaine d'années. Il était grand et athlétique, ses cheveux blonds étaient coupés suivant la mode actuelle, et il arborait une barbe naissante sur son visage anguleux.

— Comment puis-je vous aider ? leur demanda-t-il, l'air perplexe, en jetant un coup d'œil sur leurs badges et sur l'équipe scientifique qui se tenait derrière eux.

— Nous avons un mandat pour perquisitionner les lieux, lui répondit Heath en brandissant le document.

— Je ne comprends pas, marmonna le jeune homme sans bouger.

— Nous avons des raisons de croire qu'il s'agit d'une scène de crime, expliqua Roni. Pourriez-vous nous laisser entrer pour en discuter ?

Le jeune homme hésita un instant avant de faire un pas de côté en leur faisant signe d'entrer.

Une fois à l'intérieur, il prit le mandat et l'examina, tandis que les agents de la police scientifique se déployaient pour se mettre au travail.

Roni désigna Heath et Trey d'un signe de la main.

— Voici les inspecteurs Williams et Gonzales. Quant à moi, je suis l'inspecteur Lopez. Êtes-vous le propriétaire de ces lieux ?

— Non, répondit-il en secouant la tête. Ce sont mes parents qui sont les propriétaires, et… ils vont me tuer.

— Comment vous appelez-vous, monsieur ?

— Oh ! je suis désolé, réagit-il en lui tendant la main. Ricky Martin. Eh oui ! comme vous pouvez l'imaginer, ce n'est pas facile de porter ce nom.

Il leur adressa un sourire amical, mais forcé.

— Ricky, nous apprécions votre collaboration, lui répondit Roni. Comme je vous l'ai dit, votre maison pourrait être une scène de crime. Votre propriété est proposée sur des sites de location. Pourriez-vous nous en dire plus à ce sujet ?

Le jeune homme sembla soudain mal à l'aise et se frotta les cheveux avec nervosité.

— Mes parents détestent passer l'été à Miami. Ils ont une résidence secondaire dans les Berkshires où ils s'installent chaque année pendant plusieurs mois.

— Vous avez profité de leur absence pour louer leur maison sur Airbnb ? demanda Trey. Combien les locataires vous versent-ils pour utiliser votre bien ?

— D'ordinaire, le tarif est de mille huit cents dollars la nuit, lui répondit Ricky. J'interdis l'organisation de fêtes, car elles peuvent devenir incontrôlables.

— Et cette fois, combien vous a-t-on payé pour que vous leviez votre restriction ? demanda Roni.

Le jeune homme se frotta la nuque, et son regard se porta vers eux, puis vers les agents de la police scientifique qui cherchaient des preuves sur les statues autour de la piscine.

— Ricky ?

— Il m'a assuré que c'était une soirée professionnelle, répondit-il en gémissant, comme s'il comprenait soudain la gravité de la situation.

— Qui vous a dit ça ? l'interrogea Trey d'un ton pressant.

— Le type qui m'a loué la maison. Il m'a versé cinq mille dollars par nuit et m'a promis un nettoyage impeccable à leur départ.

— C'est lui ? demanda Heath en lui présentant le portrait-robot de Walsh.

Ils étaient convenus de ne pas lui montrer de photo afin d'éviter de l'influencer si une autre séance d'identification était nécessaire.

Ricky se pencha vers l'avant pour examiner le dessin et hocha la tête.

— Je crois, oui.

— Accepteriez-vous de venir avec nous au poste de police pour l'identifier ? demanda Trey.

— Oui, bien sûr, répondit Ricky, mais je... je n'ai pas d'ennuis, n'est-ce pas ?

Roni échangea un bref regard avec Heath et Trey avant de reporter son attention sur Ricky.

— Il serait peut-être bon de faire preuve de plus de prudence lorsque vous louez votre maison.

— Je serai plus prudent, je vous le garantis. Mais sérieusement, vous devez me croire. J'ignorai que ces gens allaient faire quelque chose d'illégal. Ils m'ont dit qu'ils organisaient ces soirées pour tenter de dénicher des investisseurs.

— Ont-ils mentionné le nom de leur entreprise ? lui demanda Roni.

— Ce type m'a donné sa carte, dit Ricky. Restez là, je vais aller la chercher.

Il monta quatre à quatre les marches du grand escalier et revint quelques instants plus tard avec une carte de visite.

Heath enfila un gant en nitrile, l'examina, puis la tendit en direction de Trey et Roni afin qu'ils puissent voir que le nom imprimé était un pseudonyme.

— Peut-être que nous parviendrons à relever des traces de quelque chose dessus, dit Roni pendant que son coéquipier glissait la carte dans un sac de preuves.

— Vous accepteriez de nous fournir un échantillon d'ADN et de nous laisser prendre vos empreintes ? demanda Trey à Ricky.

— Bien sûr ! répondit-il. Je suis vraiment désolé, je ne voulais pas enfreindre les règles. J'espérais simplement gagner un peu plus d'argent pendant mes études.

Roni avait des doutes quant à l'utilisation de cet extra, car Ricky semblait provenir d'une famille en mesure de payer ses frais de scolarité.

— Pouvez-vous nous donner les dates auxquelles cette personne a loué votre maison ?

— Oui, dit-il en sortant son smartphone.

Après quelques recherches, il lui fournit une liste de dates que Roni nota dans son carnet.

— Merci, nous allons maintenant examiner votre domicile pendant que l'équipe scientifique termine ses analyses.

Ricky tendit les bras en signe d'invitation.

— Faites comme chez vous, leur dit-il, s'efforçant manifestement de leur prouver sa bonne volonté.

— Parfait ! conclut Roni avant de se tourner vers Heath et Trey. Si vous êtes d'accord, je pense que nous devrions nous séparer et chercher ce qui pourrait être inhabituel. Je vais monter à l'étage.

— Je vais jeter un œil dehors, répondit Trey en regardant en direction de la piscine.

— OK, approuva Heath, alors je me charge du rez-de-chaussée.

Et sur ces mots, chacun partit de son côté.

L'étage de la maison se composait de cinq chambres, chacune équipée d'une salle de bains et d'un dressing. Le mobilier était moderne, de style minimaliste, et tout était parfaitement en ordre, sauf dans la pièce qui semblait être la chambre de Ricky. Celle-ci présentait toutes les caractéristiques d'une chambre d'étudiant. Des cahiers, des stylos, des surligneurs, des livres et des assiettes sales avec des restes de repas jonchaient un vaste bureau. Un amoncellement de draps et de couettes recouvrait le grand lit. Une odeur de marijuana flottait dans l'air. Cela confirmait les soupçons de Roni concernant l'utilisation que faisait Ricky de l'argent de la location.

Elle se déplaça d'une pièce à l'autre, inspectant attentivement chaque recoin. Pas la moindre poussière et aucune trace de doigt n'était visible sur les meubles ou les miroirs des salles de bains. Elle en conclut que les propriétaires avaient l'habitude de faire appel à une femme de ménage ou à un agent d'entretien. De son côté, l'équipe de Walsh avait tenu sa promesse et laissé les lieux dans un état irréprochable.

Il y avait donc peu d'espoir de trouver des empreintes, à l'exception de celles qui auraient pu être laissées sur la statue que Mimi prétendait avoir heurtée, ce qui prouverait sa présence dans cette maison. Cependant, deux semaines s'étaient écoulées depuis cette nuit tragique, et Roni craignait que les conditions météorologiques aient pu effacer ou endommager tout indice sur les lieux. Le témoignage de Ricky serait malgré tout un élément précieux dans leur enquête, surtout si celui-ci reconnaissait Walsh lors de la nouvelle séance d'identification. Et puisque ce dernier prétendait avoir organisé ces soirées à des fins professionnelles, il était peut-être temps de convoquer Santana pour un interrogatoire afin d'évaluer son implication dans cette affaire.

Après un dernier coup d'œil à l'étage, Roni redescendit au rez-de-chaussée où elle retrouva Heath et Ricky qui discutaient. Trey, qui se trouvait toujours dehors avec les experts, se retourna au moment où Roni les rejoignit, comme s'il avait eu un sixième sens. Heath la regarda avec curiosité, ce à quoi Roni répondit en secouant la tête.

— Il n'y a rien à l'étage, dit-elle.

Son coéquipier acquiesça et se tourna à nouveau vers Ricky.

— Comme nous vous l'avons expliqué, vous allez devoir vous présenter au poste de police pour procéder à une identification et pour nous remettre un échantillon de votre ADN ainsi que vos empreintes digitales. Cela nous permettra de les éliminer. Si vous employez des agents de nettoyage...

— Oui, c'est le cas, répondit Ricky. Des gens viennent faire le ménage ici une fois par semaine.

— Nous devrons les rencontrer.

— Est-ce vraiment nécessaire ? demanda Ricky qui était soudain devenu très pâle.

Roni comprit qu'avec d'autres personnes impliquées dans l'enquête, il craignait que ses parents découvrent ce qu'il manigançait en leur absence.

— Peut-être pourrons-nous éviter ça, lui dit-elle en jetant un coup d'œil à Heath pour s'assurer de son consentement. Cela dépendra de votre collaboration et des résultats obtenus par nos techniciens.

— Je ferai tout ce que vous me demanderez, assura une nouvelle fois Ricky.

Alors que les agents de la police scientifique entraient dans la maison, Heath tendit sa carte au jeune homme.

— Une voiture de police va rester devant chez vous pour vous protéger.

— Pourquoi ? demanda-t-il, la voix tremblante. Les voisins vont sûrement paniquer...

— Maintenant que nous sommes certains que votre maison est bien celle que nous cherchions, vous pourriez être en danger. Nos collègues vont se charger de veiller sur vous, et si votre maison est équipée d'un système de sécurité...

— Nous en possédons un, en effet. Je vais le mettre en marche.

— Parfait, lui répondit Roni. Il faudrait que vous veniez nous voir plus tard aujourd'hui.

— Je dois suivre un cours en ligne à 14 heures, mais je peux être là vers 15 heures.

— Très bien, conclut Roni avant de se tourner vers Trey qui venait de les rejoindre. Est-ce que tu as trouvé quelque chose à l'extérieur ?

— Quelques empreintes sur les tables et les chaises, mais en ce qui concerne les statues les techniciens ne sont pas sûrs de pouvoir récolter quoi que ce soit.

Elle observa l'équipe qui se dirigeait maintenant vers l'étage.

— Je ne suis pas certaine qu'ils trouvent quoi que ce soit de plus à l'intérieur, soupira-t-elle. Mis à part la chambre de Ricky, toute la maison a été nettoyée de fond en comble.

Sur ces mots, une idée lui traversa soudain l'esprit, et elle se tourna vers Ricky.

— J'ai oublié une chose... Restez-vous chez vous pendant ces soirées ?

— Non, répondit Ricky en secouant la tête. Je vais voir ma copine quand la maison est louée.

— Est-ce qu'elle peut confirmer cela ? demanda Trey.

Ricky devint livide une fois de plus.

— Vous voulez savoir si j'ai un alibi ? En ai-je besoin ? balbutia-t-il.

— Nous devons juste savoir si vous étiez sur les lieux pendant les fêtes qui ont été organisées chez vous, lui répondit Roni en posant une main sur son bras pour le calmer.

— Je n'y étais pas, répéta-t-il. Comme je vous l'ai dit, je croyais qu'il s'agissait de réceptions professionnelles.

Roni se retint de lui faire remarquer que les hommes d'affaires honnêtes ne payaient pas en liquide pour ce genre de choses, et décida plutôt de lui donner quelques conseils.

— À propos, puisque vous faites, vous aussi, des opérations financières en louant votre domicile, vous n'oublierez pas de vérifier que vous avez les permis et licences nécessaires, et de signaler ces revenus dans votre déclaration d'impôts...

— Oui... bien sûr, je le ferai, balbutia Ricky.

Roni était cependant prête à parier qu'il ne s'aventurerait pas à louer de nouveau sa maison avant un long moment.

— Nous allons vous laisser maintenant, dit-elle en faisant

signe à Trey et Heath de la suivre. Toutefois, notre équipe de la police scientifique n'a pas terminé et risque de rester un peu plus longtemps. Nous vous attendons au commissariat à 15 heures.

— Comptez sur moi, assura Ricky.

20

— Rejoignez-moi immédiatement ! Je vous attends au premier étage du parking, s'exclama-t-il, sentant l'inquiétude l'envahir.

Walsh, cet imbécile, semblait avoir laissé des indices qui pourraient mener la police jusqu'à Santana et, par conséquent, jusqu'à lui, constata-t-il en jurant. Plus ils se rapprochaient de lui, plus le nombre des cadavres augmentait. Mais quel autre choix avait-il ? Il devait faire le ménage, ou on allait finir par lui passer les menottes. Et, compte tenu du nombre de crimes qu'il avait commis, il savait que la peine de mort serait pour lui inévitable.

Il avait encore la possibilité de s'enfuir. Il avait assez d'argent pour partir, mais cela signifierait qu'il devrait abandonner sa famille. S'il n'éprouvait plus rien pour son ex-femme, l'idée de ne plus jamais revoir ses enfants lui brisait le cœur.

Mais valait-il mieux qu'ils découvrent qu'il avait vendu des femmes dans un réseau de prostitution et assassiné plusieurs personnes dont un policier ?

Il décida de mettre de côté ses pensées négatives, car il n'avait pas l'intention d'être pris.

Caché dans la petite alcôve qui menait à l'escalier du parking, il attendait le signal sonore annonçant l'arrivée de l'ascenseur, situé un peu plus loin. À cette heure de la journée, la plupart des gens étaient encore au travail. En jetant un bref regard autour de lui, il fut ravi de constater qu'il n'y avait personne dans les environs.

Le son de l'ascenseur brisa le silence, et il sentit ses battements de cœur s'accélérer dans sa poitrine. À l'intérieur de ses gants, ses mains étaient moites.

Soudain, il entendit Santana sortir et se diriger lentement vers lui.

Quand ce dernier surgit dans son champ de vision, quelques secondes plus tard, il bondit sur lui, lui passa le fil autour du cou et le serra de toutes ses forces.

Tandis que Santana se débattait, ses yeux s'écarquillèrent et son visage devint de plus en plus rouge. Il resserra alors son emprise, si fort que le fil entailla la chair de Santana et que du sang commença à couler dans son cou. Le P-DG eut les genoux qui flanchèrent, puis agita les bras, tentant de se libérer, sans succès. Très vite, il sentit le corps de Santana s'alourdir, puis, après avoir expiré son dernier souffle, cesser de remuer.

C'est fini, pensa-t-il en relâchant son étreinte.

Quand il laissa tomber Santana sur le sol, sa tête heurta le bord du trottoir avec un bruit sourd et écœurant. Mais le P-DG était déjà mort.

En se faufilant dans l'escalier, il vérifia qu'il n'y avait pas de système de vidéosurveillance et, ne voyant rien, il ôta sa cagoule noire et la fourra dans la poche de sa veste. Il monta ensuite l'escalier jusqu'au rez-de-chaussée où il put enfin sortir de l'immeuble. Informé de la présence d'une caméra sur le bâtiment d'en face qui abritait une banque, il tourna le dos à l'édifice pour éviter d'être vu.

Il avait pris soin de garer sa voiture dans une rue non surveillée, à quelques blocs du parking ; mais alors qu'il se dépêchait de la rejoindre, son téléphone sonna. Il laissa échapper quelques jurons. Cet appel pourrait révéler sa position. En jetant un coup d'œil à son écran, il vit qu'il s'agissait de son coéquipier et, jurant de nouveau, il décida de ne pas répondre. Il avait suffisamment de choses à faire. Heureusement, une partie de ses problèmes était à présent réglée. Mais il ne comptait pas rentrer au poste de police, il était temps de transporter sa dernière cargaison, de récupérer son paiement et de filer loin d'ici.

Comme prévu, Ricky Martin se présenta au commissariat à 15 heures, pour effectuer sa déposition et identifier Walsh.

Trey espérait que, grâce aux nouvelles preuves en leur possession, ils arriveraient à faire condamner Walsh. Cependant, cela ne lui semblait pas suffisant. En effet, s'il avait raison et que Santana était mêlé à cette histoire, ils manquaient encore d'éléments pour pouvoir l'inculper.

De plus, le temps filait, et ils n'avaient toujours pas retrouvé les jeunes femmes disparues, découvert l'identité du policier corrompu et prouvé l'innocence de Doug.

Enfin, il devait questionner Roni au sujet de sa collaboration avec l'IAD. Cette idée continuait de le bouleverser, et il se demandait s'il arriverait un jour à lui faire de nouveau confiance.

— Maintenant que Ricky l'a identifié, il faudrait interroger Walsh une nouvelle fois, suggéra-t-il à Roni en s'installant à la table de la salle de réunion.

Il examina rapidement le résumé de la déclaration de Ricky et l'ajouta à la montagne de preuves qui s'accumulaient. Heath était parti chez le médecin légiste pour obtenir le compte rendu de l'autopsie de la jeune femme inconnue.

— Je suis d'accord avec toi, répondit Roni. Nous avons suffisamment d'éléments contre Walsh pour qu'il soit emprisonné pendant longtemps. Il faut maintenant trouver un moyen de faire pression sur lui pour l'interroger sur tout le reste, et surtout sur la mort de Doug.

Puisque Roni avait mentionné le décès de son partenaire, Trey décida de profiter de l'occasion pour lui parler du bureau des Affaires internes.

— Pourquoi ne m'as-tu pas dit que tu avais accepté de collaborer à l'enquête de Ramirez et Anderson ?

Il vit que le rose lui montait aux joues, et alors qu'elle tapotait une pile de documents sur la table, elle s'immobilisa.

— Tu te souviens de ce que je t'ai dit à l'église, le jour des funérailles de Doug ? Tu es comme un membre de ma famille, lui rappela-t-elle, la voix tremblante d'émotion.

— Eh bien, on peut dire que tu as une drôle de façon de traiter les membres de ta famille, rétorqua-t-il en plissant les yeux. As-tu des doutes quant à mon innocence ?

— Je ne douterai jamais de toi, lui répondit-elle sans la moindre hésitation. Mais comme je te l'ai dit, Ramirez ne te porte pas dans son cœur et, même s'il m'a dit n'avoir rien contre toi, j'ai eu peur qu'il s'arrange pour que la situation ne tourne pas à ton avantage.

— Et tu ne me fais pas suffisamment confiance pour me laisser gérer tout ça moi-même ? s'exclama-t-il en sentant la colère monter en lui.

— Ce n'est pas une question de confiance…

— Peut-être, mais maintenant c'est moi qui n'arrive plus à savoir si je peux croire en toi…

— Vraiment ? demanda-t-elle d'une voix faible.

Le visage pâle, elle avait commencé à froisser nerveusement les documents qu'elle tenait toujours en main.

Blessé, Trey avait tenté de lui rendre la pareille, mais il réalisait que tout au long de leur enquête, Roni lui avait démontré à quel point elle était déterminée à découvrir qui avait tué Doug.

— Je sais que tu pensais bien faire…

— Je voulais t'aider et élucider ce qui s'est passé la nuit où tu t'es fait tirer dessus et où ton partenaire a trouvé la mort.

— Doug…, soupira-t-il. Nous ignorons toujours les raisons de sa rencontre avec Walsh, de même que l'identité de celui qui a fait les dépôts sur son compte.

— Tu n'as eu aucune nouvelle de Sophie et Rob ? lui demanda Roni en rangeant les documents dans leur dossier.

— Ils m'ont envoyé un message tard hier soir. Le responsable du piratage est très compétent dans son domaine. Ils pensent pouvoir localiser l'endroit où il se trouvait au moment des virements, mais ne sont pas optimistes quant à son identification.

— Pensent-ils que cela pourrait avoir été fait depuis la Russie ou la Chine ? s'inquiéta Roni.

— Ils sont dans le top 10 des pays les plus performants en matière de piratage informatique, en effet. Sans compter que la Chine est l'un des pays les pires au monde en ce qui concerne le trafic d'êtres humains. Mais la plupart du temps, ce sont eux qui fournissent la main-d'œuvre à bon marché et les prostituées.

— Nous devons poursuivre cette enquête et retrouver ces étudiantes, déclara Roni en secouant la tête.

— C'est ce qui est prévu, lui répondit Trey pour tenter de la rassurer.

La porte de la salle de réunion s'ouvrit brusquement, et Heath fit son apparition.

— Le central vient de recevoir un appel au sujet d'un meurtre commis à MCP Entreprise. On a découvert le corps de Santana dans le parking souterrain. La brigade criminelle était sur le point de partir, mais je leur ai demandé de m'attendre. Vous voulez que j'y aille avec eux ?

Trey hocha la tête et se leva de son siège.

— Oui, vas-y et tiens-nous au courant.

— Comptez sur moi, leur répondit Heath avant de sortir précipitamment de la salle.

— Nous devons renforcer la protection de Walsh, dit Roni en décrochant le téléphone posé sur la table. Celui qui a tué Santana est en train de faire le ménage autour de lui. Cela signifie qu'il va également essayer de déplacer les femmes ou de les éliminer. Je vais demander à l'agent responsable de la mise en détention de Walsh de le ramener ici, car il n'a pas encore été transféré à la prison.

— Tu as raison, approuva Trey.

Alors qu'ils quittaient la pièce, Trey remarqua que Ramirez approchait d'eux. Lorsqu'il fut à leur hauteur, Trey se redressa si rapidement qu'il sentit la douleur de sa blessure se réveiller.

— Inspecteur Ramirez, en quoi pouvons-nous vous être utiles aujourd'hui ? lui demanda-t-il d'un ton glacial.

— Avez-vous vu Anderson ? Je voulais qu'il supervise la séance d'identification avec Walsh, mais je ne l'ai pas vu de la journée.

Trey et Roni échangèrent un regard que Ramirez ne manqua pas.

— Que se passe-t-il ? leur demanda-t-il.

— Le patron de Walsh est mort, dit Trey en fourrant les mains dans ses poches. L'inspecteur Williams est parti avec la brigade criminelle sur la scène de crime.

Ramirez grommela un juron et parut sur le point de dire quelque chose, mais, serrant les dents, il garda finalement le silence.

— Vous nous cachez quelque chose..., constata Roni, semblant comprendre tout à coup le sens de son attitude.

— Nous n'avons rien trouvé de nouveau sur Doug Adams, leur avoua-t-il après avoir juré une fois de plus, mais durant notre enquête j'ai remarqué quelque chose qui m'a profondément dérangé...

— De quoi s'agit-il ? demanda Trey.

Un agent de surveillance apparut soudain dans le couloir avec Walsh.

D'un mouvement de menton, Trey lui indiqua de l'accompagner à la salle d'interrogatoire. En protestant, Walsh passa la tête par la porte pendant que l'agent tentait de l'y faire pénétrer de force et cria :

— Je veux voir mon avocat !

— On va le chercher, lui répondit Trey, même s'il n'avait aucune intention de patienter jusqu'à son arrivée alors que des vies étaient en jeu.

Puis il se tourna vers Ramirez et lui lança un regard menaçant.

— Nous poursuivrons notre discussion plus tard.

— Je souhaite assister à l'interrogatoire, déclara Ramirez en entrant dans la salle avec le miroir sans tain.

— Anderson s'est évaporé, et Santana est décédé, remarqua Roni quand ils furent de nouveau seuls. Tu penses à la même chose que moi ?

— Je crois bien, oui. Et je crois aussi que nous devrions tirer avantage de cette situation, lui répondit Trey. Que t'en dis-tu ?

— Je suis d'accord, Walsh doit savoir que si Santana est mort et qu'on ignore où se trouve Anderson, c'est lui qui va porter le chapeau pour tous ces crimes.

— Je vais l'informer de la mort de son patron, à toi l'honneur de lui parler d'Anderson, conclut Trey.

Roni hocha la tête, et ils pénétrèrent dans la salle d'interrogatoire.

— Vous n'avez pas le droit de m'interroger sans la présence de mon avocat ! s'écria Walsh en les apercevant.

— Comme je vous l'ai déjà signifié, répondit Trey, nous allons le prévenir et enregistrer tout ce qui aura été dit en son absence. Car nous avons des nouvelles à vous annoncer.

Il jeta un regard rapide à Roni avant de fixer le visage de Walsh avec la plus grande attention pour ne rien manquer de sa réaction.

— Nous venons de recevoir un appel : votre patron, Santana, est mort. Son corps a été découvert dans un parking. Il pourrait s'agir d'un homicide.

Walsh recula brusquement et devint pâle comme un linge.

— Il est... mort ? Il a été assassiné ?

— Il semblerait, oui. Nous attendons la confirmation de notre collègue et de la police scientifique.

Walsh agrippa le bord de la table devant lui, comme s'il tentait de garder l'équilibre. Des gouttes de sueur perlaient au-dessus de sa lèvre, et son teint était toujours livide.

Trey décida qu'il était temps de passer à la deuxième salve. Il hocha légèrement la tête en direction de Roni qui prit alors les commandes.

— Nous savons qu'un de nos agents est impliqué avec Santana, et nous pensons que c'est l'inspecteur Anderson, lança Roni.

Trey pria pour que sa réaction confirme leurs soupçons.

— Je veux parler à mon avocat, gémit Walsh, la voix chargée d'émotion.

— Il ne devrait plus tarder, lui répondit Roni. Espérons qu'Anderson ne va pas éliminer quelqu'un d'autre ou prendre la fuite pendant que nous l'attendons. Car, dans ce cas...

— Je ne suis pas responsable des actes d'Anderson ! s'exclama Walsh en frappant la table du poing.

La pièce dans laquelle ils se trouvaient était petite, et le son résonna aussi fort que si on y avait tiré un coup de feu.

— Dans ce cas, êtes-vous disposé à nous parler sans la présence de votre avocat ? suggéra Roni d'une voix calme.

Trey ne put s'empêcher d'admirer avec quel sang-froid elle menait l'entretien.

— Quel serait mon intérêt à le faire ? lui demanda-t-il en semblant retrouver un peu d'assurance.

Roni échangea un regard complice avec Trey, puis continua.

— Nous pourrons dire au procureur que vous êtes prêt à collaborer.

— Ce n'est pas suffisant, répondit Walsh en redressant la tête avec fierté. Je veux la garantie de mon immunité. Et être protégé comme témoin. Vous ne connaissez pas les gens pour qui travaille Anderson : ils sont pires que des animaux. C'est pour cette raison que je suis allé parler à votre collègue.

— C'est vous qui avez contacté Doug Adams, constata Trey, surpris mais soulagé par cette découverte.

— Je l'avais déjà vu traîner dans les parages, lui répondit Walsh en haussant les épaules. Il se démarquait du reste de la faune, j'ai vite compris qu'il devait être flic.

— Qu'attendiez-vous de lui ? demanda Roni, tout aussi étonnée que Trey par cette révélation.

— Après le décès d'une des femmes qui avait été droguée, j'ai voulu tout arrêter. Mais je savais que je n'avais qu'une seule option pour y arriver sans y laisser ma peau.

Roni sortit rapidement de son dossier la photo de l'inconnue retrouvée morte que Heath avait reconnue sur les photos.

— Pouvez-vous nous confirmer qu'il s'agit bien de cette femme ? demanda-t-elle à Walsh en posant l'image devant lui.

Walsh acquiesça, et Roni ajouta :

— Est-elle morte la nuit où les deux prostituées enlevées ont été emmenées à Terminal Island ?

— Oui, confirma-t-il en baissant les yeux. Mais je n'avais pas signé pour ça.

— Vous étiez tout de même d'accord pour vendre des femmes comme esclaves, fit remarquer Roni, la voix vibrante de colère.

— Vous avez appelé l'inspecteur Adams pour vous rendre ? demanda Trey afin de s'assurer que son partenaire n'était pas impliqué dans ce trafic.

— Oui, mais je ne savais pas qu'Anderson serait aussi présent au club, cette nuit-là. Je pense que quand votre coéquipier l'a vu, il a compris qu'il jouait double jeu.

Trey ne fut pas convaincu par cette explication qui blanchissait son collègue, mais qui manquait de logique. En regardant Roni, il se rendit compte qu'elle partageait ses doutes.

— Anderson vous a vu parler avec Doug Adams, et pourtant vous êtes encore en vie. Pourquoi ? lui demanda Roni.

— J'ai une assurance, répondit immédiatement Walsh.

— Que voulez-vous dire ?

— J'ai envoyé une déposition ainsi que quelques preuves à mon avocat en le priant de les ouvrir et de les rendre publiques si jamais je venais à mourir, expliqua Walsh en se laissant aller en arrière contre le dossier de sa chaise.

Il avait croisé les bras sur sa poitrine et semblait à présent plus détendu.

Avec ces nouvelles révélations, ils pourraient inculper Anderson. Cependant, Roni se demandait si Walsh connaissait l'identité des responsables encore plus haut placés. Savait-il aussi où se trouvaient les femmes disparues ?

— Pourriez-vous nous dire où sont les étudiantes que vous avez kidnappées ? Elles n'étaient pas sur Terminal Island.

— Il n'y avait pas assez de place pour celles qui ont été enlevées lors de la deuxième fête, répondit-il sans hésitation.

Roni se demanda pourquoi ce grand conteneur ne pouvait pas accueillir deux personnes de plus. Une idée lui vint soudain à l'esprit.

— Vous aviez enfermé plus de deux femmes dans le conteneur après la première soirée ?

— Nous en avions enlevé six à l'origine, acquiesça-t-il, mais elles ont été déplacées avant l'arrivée des deux autres.

Roni comprit alors qu'il y avait probablement d'autres filles dans cet autre endroit...

— Dites-nous combien vous en avez enlevé et où elles se trouvent !

21

Trey tira fort sur le bord intérieur du gilet pare-balles de Roni pour s'assurer qu'il était bien en place.

— Prête ? lui demanda-t-il en constatant qu'il ne l'était pas lui-même.

Il savait que les gens capables d'enlever des femmes et d'assassiner des policiers n'étaient pas du genre à se laisser faire, et même s'il commençait à se sentir vraiment mieux, il devait admettre qu'il n'était pas au maximum de ses capacités physiques.

— Je suis prête, déclara Roni, en bouclant la dernière sangle de sa veste.

En constatant que ses mains tremblaient, Trey eut envie de les prendre dans les siennes. Mais Heath se trouvait avec eux, ainsi que le capitaine et le groupe d'intervention.

Ils s'apprêtaient à entrer dans l'entrepôt que Walsh avait identifié comme étant le lieu où les filles étaient retenues prisonnières. La mission s'annonçait risquée.

Rogers devait diriger l'opération, et c'est l'unité SWAT qui était responsable de l'entrée dans le bâtiment. Ramirez était aussi présent, et tous les agents s'étaient postés à un pâté de maisons du hangar afin de mettre au point leur stratégie.

Le lieutenant Barry, chef des forces spéciales, avait ouvert une carte des lieux sur le capot d'une voiture de patrouille afin que les policiers qui voulaient venir en renfort puissent la consulter.

— Il y a trois entrées différentes, expliqua-t-il en pointant du doigt des points sur la carte. Nous allons placer des hommes sur les toits voisins pour couvrir ces entrées ainsi que des agents à proximité, en soutien. Lopez, Gonzales et Williams, vous pouvez pénétrer sur les lieux par ces entrées avec les membres de notre équipe, mais nous devons faire preuve de prudence. Les images thermiques montrent que des suspects sont postés à proximité de chacun de ces accès.

Barry fit glisser le doigt au centre du plan jusqu'à une pièce close.

— Une personne se trouve également à l'extérieur de cette zone sécurisée, et un certain nombre d'individus à l'intérieur, poursuivit-il. Il est difficile de dire combien, car ils semblent plutôt serrés.

— Vous croyez qu'il pourrait s'agir des femmes qui ont été enlevées ? demanda Roni en se hissant sur la pointe des pieds pour regarder la carte.

— Oui, répondit le lieutenant. C'est pourquoi nous devons être extrêmement prudents lorsque nous ouvrirons une brèche, afin d'éviter les dégâts collatéraux.

Trey sentit la peur l'envahir en pensant au danger qui menaçait ces femmes ainsi qu'à Roni et à tous les agents qui allaient risquer leur peau pour les sauver.

La conversation qu'il avait finalement eue avec Ricky au sujet de la fusillade où Doug avait perdu la vie lui revint en mémoire. Cette nuit-là lui semblait maintenant si lointaine. Son frère lui avait demandé s'il lui arrivait de penser à ce que pouvait ressentir sa famille chaque fois qu'il partait en intervention ou qu'on l'envoyait sur le terrain pour remplir de dangereuses missions. Trey n'y avait jamais vraiment songé, considérant depuis toujours que c'était un aspect obligatoire de son métier. Mais maintenant que Roni se trouvait en première ligne, il lui semblait soudain plus difficile d'admettre qu'il était normal de risquer sa vie pour son travail.

Peut-être comprenait-il à présent un peu mieux les raisons pour lesquelles les membres de sa famille s'inquiétaient tellement pour sa sécurité. Et pourquoi ils le pressaient tant de rejoindre South Beach Security.

D'un geste de la tête, il chassa ces pensées et se concentra sur leur mission. Ils devaient sauver ces femmes et assurer la sécurité de tous – dont Roni ! – pendant l'intervention.

Il se remémora les dernières instructions du lieutenant Barry concernant leur entrée dans le hangar et les mesures à prendre par la suite. Chaque point était abordé avec précision, mais ils savaient tous qu'une grande part d'incertitude persistait et qu'ils ne pouvaient pas prévoir les réactions des hommes à l'intérieur.

Une fois le briefing terminé, Barry divisa tout le monde en trois équipes. Trey laissa échapper un juron en constatant que Roni n'était pas dans la sienne. Mais quand elle se retourna vers lui, il lui sourit pour la rassurer. Il regretta soudain de n'avoir pas pris le temps de régler leur différend concernant l'IAD. Il espérait qu'ils auraient l'occasion de rapidement le faire.

Roni se dirigea vers l'entrée de l'entrepôt avec son équipe. En arrivant à la porte, deux membres du SWAT se postèrent devant elle, en formant une sorte de bouclier. Ils attendaient que Barry leur donne le feu vert pour entrer. Elle sentit son cœur cogner dans sa poitrine et que sa main devenir moite autour de la crosse de son arme. Avec le climat tropical de Miami et la peur, elle était en sueur sous son gilet pare-balles. Elle craignait pour sa vie, mais aussi pour celle de ses collègues et des victimes retenues à l'intérieur.

Elle s'inquiétait également pour Trey. Elle avait failli le perdre deux semaines plus tôt, et maintenant qu'elle était certaine de ce qu'elle ressentait pour lui, elle était paniquée à l'idée qu'il puisse lui arriver quelque chose.

Ce n'était plus un simple flirt. Elle n'était plus une adolescente, mais une femme amoureuse d'un homme extraordinaire, un héros. Mais elle ne savait pas si Trey partageait ses sentiments. Il avait été furieux en apprenant qu'elle avait accepté de collaborer avec le service des Affaires internes. Et ils travaillaient ensemble. Sans oublier qu'elle était la meilleure amie de Mia. Tout cela ne risquait-il pas de le décourager ?

Soudain, la voix de Barry crépita dans la radio, la faisant revenir à la réalité.

— Prêts à entrer à 3 ? 1... 2... 3 !

Les deux membres du SWAT devant elle se précipitèrent, et elle les suivit à l'intérieur. Les tirs résonnèrent dans le grand espace et contre les murs métalliques tandis qu'ils se cachaient derrière les caisses en bois situées à côté de la porte. Le nom de MCP Entreprise était inscrit dessus. Roni entendait des coups de feu provenant d'autres parties de l'entrepôt, mais elle garda son sang-froid et essaya de localiser leur assaillant.

Elle le repéra rapidement à quelques mètres d'eux. Il s'était réfugié dans un escalier et, sans interrompre ses rafales, cherchait à rejoindre une issue de secours sur le toit. Elle se pencha, visa et le toucha à la jambe. Il perdit l'équilibre et cessa de tirer pour se redresser. Cette interruption permit à l'un des agents de la brigade d'intervention de l'abattre.

La voie étant maintenant dégagée, ils avancèrent lentement vers le centre de l'espace, là où ils pensaient que les femmes étaient retenues prisonnières. L'équipe des forces spéciales était toujours devant elle quand une nouvelle salve de tirs retentit. L'un des agents saisit sa jambe et se retourna pour leur faire signe de se mettre à l'abri, avant de s'écrouler au sol.

— C'est grave ? demanda l'un de ses coéquipiers.

— On dirait bien, dit l'homme en regardant son sang couler entre ses doigts.

— Agent à terre ! cria son collègue en fouillant dans la poche de son gilet pour en sortir une trousse de premiers soins.

Roni se précipita devant eux pour les protéger et empêcher leur agresseur de les approcher.

Mais, constatant qu'il avait disparu, elle laissa échapper un juron.

— On l'a perdu ! hurla-t-elle au reste du groupe.

Le membre du SWAT qui soignait son partenaire la rejoignit, les mains couvertes de sang.

— Il est stable, nous pouvons reprendre notre progression.

Elle acquiesça, puis il repartit devant elle, balayant l'espace avec son arme pour les protéger, tandis que les autres les suivait.

— Équipe 1, nous avons sécurisé notre entrée, annonça quelqu'un à la radio. Deux suspects sont à terre.

— Équipe 2, accès dégagé également, répondit le second groupe. Nous avons arrêté un homme, un autre est au sol.

— Équipe 3, la sécurisation de la porte est toujours en cours. Un homme a pris la fuite.

— Équipes 1 et 2, les caméras thermiques indiquent qu'un individu pourrait être caché dans la pièce close, sur le côté droit, annonça le lieutenant Barry. Créez une ouverture à 3. 1... 2... 3 !

Roni s'était préparée à cette nouvelle explosion, nécessaire pour faire sauter les verrous de la porte et désorienter tous ceux qui se trouvaient à l'intérieur. Malgré cela, elle sursauta en entendant la forte détonation de la porte qui cédait enfin. De nouveaux coups de feu résonnèrent sur les murs métalliques de l'entrepôt.

Une balle siffla à côté de sa tête, puis les membres du SWAT répondirent à la salve de tirs qu'ils venaient d'essuyer par des rafales qui l'assourdirent pendant un instant.

Les oreilles encore bourdonnantes, elle entendit grésiller la radio.

— Suspect à terre !

D'après les images thermiques et les informations échangées par les différentes équipes, il ne restait plus qu'un seul homme à maîtriser.

— La zone centrale est sécurisée ! s'exclama quelqu'un.

Roni laissa échapper un profond soupir de soulagement et baissa la garde.

Mais en sentant soudain un bras passer autour de son cou et le froid du métal presser sa tempe, elle comprit qu'elle venait de commettre une grosse erreur.

— Lâchez votre arme ! ordonna Anderson à l'agent des forces spéciales qui tournait autour d'eux.

Celui-ci obéit, et Anderson lui fit signe de reculer.

— Attachez-vous à l'étagère !

L'agent hésita un instant.

— Immédiatement ! Sinon je lui fais sauter la cervelle ! cria Anderson, si fort que Roni espéra que tout le monde avait pu l'entendre.

Alors que l'agent se pliait à ses ordres, Roni, elle, décida de ne pas se laisser faire.

— Vous ne vous en sortirez pas aussi facilement, lui dit-elle alors qu'il commençait à l'entraîner vers la sortie. Vous l'ignorez peut-être, mais nous avons des renforts.

— Ils ne prendront jamais le risque de tirer, Lopez. Vous devriez le savoir, lui répondit-il sans cesser d'avancer.

Roni remarqua soudain un mouvement dans l'ombre, sur le côté.

C'était Trey. Il approchait d'eux, suivi par un membre des forces spéciales. Elle se demanda s'ils pourraient agir avant qu'Anderson et elle sortent de l'entrepôt. Une fois dehors, elle savait que des tireurs d'élite prendraient le relais. Parviendraient-ils à abattre Anderson avant qu'il la tue ? Elle sentit l'appréhension la submerger tandis que le canon de l'arme d'Anderson pressait plus fort contre sa tempe.

Mais, alors qu'ils approchaient de la porte, Trey apparut derrière la rangée d'étagères, les mains en l'air en signe de reddition. Anderson se figea.

— N'aggravez pas votre cas, Anderson ! lui lança Trey. Rendez-vous.

Anderson éclata de rire.

— Aggraver mon cas ? Mais je suis bon pour la chaise électrique, mon vieux.

— Rendez-vous, et nous parlerons au procureur en votre faveur. Nous pourrions vous épargner la peine de mort, proposa Trey.

Compte tenu du nombre et de la gravité des crimes qu'Anderson avait commis, Roni n'était pas certaine que cela soit possible, mais elle comprenait la stratégie de Trey.

— Pour quel meurtre ? demanda Anderson, qui n'était pas dupe, lui non plus.

Un léger mouvement sur la gauche de Roni attira son attention. Un agent du SWAT approchait d'eux. Anderson étant toujours immobile, Roni espérait qu'il ne l'avait pas remarqué.

— Pour chacun d'eux, Anderson, continua Trey. Collaborez avec nous, aidez-nous à arrêter ceux qui sont aux commandes de ce réseau.

— Ils me tueront si je le fais ! lui répondit Anderson en hurlant.

Pour la première fois, Roni sentit le canon de son arme se déplacer légèrement. Peut-être était-ce suffisant pour qu'elle tente de se libérer... Mais en croisant le regard de Trey, elle comprit que c'était trop tard. Elle entendit le coup de feu du fusil d'assaut juste avant qu'un liquide chaud l'éclabousse au visage. Anderson desserra son étreinte et s'effondra sur le sol, un trou béant sur le côté de la tête. Une flaque rouge se répandit rapidement autour de son corps inanimé.

À la vue du sang qui couvrait le visage de Roni, Trey se précipita vers elle. Il vit ses genoux flancher au moment où il arrivait et glissa un bras autour de sa taille pour la soutenir. Il sentit ses muscles trembler, mais elle se redressa avant de plonger le regard dans le sien.

— Ça va ? lui demanda-t-il en l'examinant des pieds à la tête pour vérifier qu'elle était indemne.

— Oui, je vais bien, répondit-elle, comme pour s'en persuader elle-même.

— Le dernier suspect est à terre, Gonzales et Lopez sont sur le point de sortir, annonça dans son oreillette le policier chargé de faire le rapport.

Quand les autres agents signalèrent avoir sécurisé leurs secteurs, le lieutenant Barry conclut :

— Mission accomplie, tout est sous contrôle, déclara-t-il. Laissez entrer les secours pour soigner les blessés et prendre en charge les civiles.

Trey aida Roni à se rendre à l'une des voitures de police, et un ambulancier se précipita vers eux.

— Je n'ai rien, lui dit Roni.

Le secouriste commença à la nettoyer avec une gaze afin de vérifier qu'elle n'était pas touchée et que le sang dont elle était couverte n'était que celui d'Anderson.

Quand il eut terminé, Trey et Roni allèrent rejoindre le capitaine Rogers et l'inspecteur Ramirez.

— Comment va Anderson ? leur demanda immédiatement ce dernier.

Trey secoua la tête.

— Un agent du SWAT a dû l'abattre.

Ramirez marmonna quelque chose avant de laisser échapper un soupir.

— Il emporte avec lui la dernière pièce du puzzle.

— Nous allons essayer d'obtenir le maximum d'informations de Walsh, lui répondit Trey, mais le plus important est d'avoir pu libérer ces femmes.

— Vous avez raison, approuva Rogers avant de désigner Roni du menton. Et puisque la situation est maintenant sous contrôle, pourquoi l'inspecteur Lopez et vous-même ne rentreriez-vous pas chez vous ?

— C'est ce qui était prévu, capitaine, lui répondit Trey en se tournant vers Roni. Tu es prête ?

Dans ses bras, il sentit qu'elle avait déjà repris des forces.

— Je suis prête, affirma-t-elle avec un lent mouvement de la tête.

22

Bien que leurs vies ne soient plus en danger, Trey et Roni décidèrent de se rendre au penthouse de South Beach Security plutôt que de rentrer chez eux.

Sophie, Rob et Ricky les accueillirent avec soulagement.

— Nous avons appris ce qui s'est passé grâce au scanner de la police, lui expliqua Ricky en approchant pour serrer la main de son frère et en prenant ensuite Roni dans ses bras.

— Nous avons pu libérer les femmes qui étaient retenues prisonnières mais, malheureusement, nous n'aurons pas assez d'informations pour pouvoir remonter jusqu'aux dirigeants du réseau, précisa Roni en secouant tristement la tête.

— Je suis convaincue que vous finirez par les arrêter, lui dit Sophie d'une voix réconfortante en l'étreignant à son tour. Ils ne pourront pas se cacher éternellement.

— Ça prendra peut-être du temps, ajouta Rob avec douceur, mais je suis également certain que vous y arriverez.

Même si elle n'était pas aussi confiante que les cousins de Trey, Roni acquiesça en souriant.

— Nous mettrons tout en œuvre pour réussir à les identifier, conclut Sophie avant de faire signe à Rob. D'ailleurs, nous ferions mieux de reprendre le travail.

Alors qu'ils se dirigeaient vers l'ascenseur, Trey dit à son frère :

— Peut-être que tu devrais y aller également.

— Vous êtes sûrs ? lui demanda Ricky en haussant les sourcils.

Même si Roni savait que Ricky croyait pouvoir les aider, elle ne se sentait pas encore prête à penser à ce qui venait de lui arriver.

— Oui, lui répondit-elle d'une voix calme. Mais si tu es d'accord, nous pourrons en discuter une prochaine fois.

Ricky acquiesça et se dirigea lui aussi vers l'ascenseur.

Une fois seuls, Roni se tourna vers Trey.

Et maintenant ?

— Je te propose de prendre une bonne douche, puis de dîner et, si tu en ressens le besoin, de parler un peu de ce qui s'est passé.

Elle ne pouvait garantir qu'elle aurait envie de commenter les événements, mais était partante pour les deux premières propositions.

— Cela me convient, lui répondit-elle avant de s'éclipser.

Après ce qui s'était passé au cours des dernières heures, elle avait hâte de se retrouver seule.

Trey regarda Roni s'éloigner et refermer la porte de sa chambre. Depuis qu'ils avaient quitté l'entrepôt, il sentait une certaine tension et une distance grandir entre eux. Il savait pourquoi leur relation avait changé. Roni et lui avaient beaucoup de points à clarifier.

Il se dirigea vers sa salle de bains pour y prendre une douche, mais l'ascenseur s'ouvrit sur Ricky.

— Je croyais pourtant t'avoir dit que ce n'était pas le moment, lui lança-t-il sans parvenir à dissimuler son agacement.

— Peut-être, mais de mon côté j'ai quelques mots à te dire, *hermano*, lui répondit Ricky en le rejoignant dans la cuisine. Je te connais trop bien pour ne pas voir que tu vas gâcher la meilleure chose qui te soit jamais arrivée.

Visiblement décidé à lui confier ce qu'il avait sur le cœur, il s'assit sur l'un des tabourets en face de lui.

— Si tu parles de Roni, il y a beaucoup de détails que tu ignores et que tu ne peux pas comprendre, lui expliqua Trey.

— Qu'est-ce qui te dérange ? Est-ce parce qu'elle travaille elle aussi dans les forces de l'ordre ?

Trey se demanda si c'était parce que son frère était un fin observateur et un expert en psychologie qu'il l'appréciait autant.

— Oui, mais je n'aime pas l'admettre, répondit-il.

— Tu comprends maintenant ce que nous ressentons ? poursuivit Ricky.

Submergé par un puissant sentiment de culpabilité, Trey laissa échapper un profond soupir.

— Oui, parce que la voir avec une arme braquée sur sa tempe m'a glacé le sang.

— Ce qui, je suppose, signifie que tu tiens à elle, précisa Ricky en le regardant avec compassion.

— Oui, acquiesça Trey, mais c'est devenu encore plus compliqué.

— Pourquoi ? lui demanda son frère en haussant les sourcils. Explique-moi.

— Elle m'a demandé de lui faire confiance, dit Trey en détournant le regard, mais elle m'a caché qu'elle coopérait avec le bureau des Affaires internes.

— Pour innocenter Doug, je suppose.

Le fait que Ricky saisisse si vite les motifs de Roni renforça son impression d'avoir réagi de manière absurde.

Lorsque Roni lui avait expliqué les raisons de sa décision et la prudence dont elle avait fait preuve pendant sa collaboration avec Ramirez et Anderson, il avait regretté de s'être emporté avec tant de violence.

— Trey, tu m'écoutes ? s'exclama Ricky en le voyant plongé dans ses pensées.

— Oui, mais même si je comprends qu'elle ait accepté de travailler avec eux, je suis encore en colère, reconnut Trey.

— Qu'est-ce que tu comptes faire concernant Roni ? lui demanda Ricky, manifestement déterminé à l'encourager à sauter le pas.

— Je vais y réfléchir, lui répondit Trey, qui n'aimait pas qu'on s'immisce dans ses affaires. Si j'ai besoin d'en parler, je viendrai te voir, *hermanito*.

Sur ces mots, il se leva et raccompagna son frère jusqu'à l'ascenseur.

— Je m'en assurerai, répliqua Ricky avant de le quitter.

Une fois seul, Trey verrouilla l'accès au penthouse pour que lui et Roni puissent discuter sans être dérangés.

Même s'il savait qu'elle était nécessaire, Trey ignorait comment aborder cette conversation. Et la façon dont elle allait se terminer. Même s'il ressentait toujours des émotions contradictoires, il était convaincu d'une chose : après ce qui venait de se passer, Roni et lui devaient mettre les choses au clair.

Il aimait Roni Lopez. Et il espérait qu'elle partageait les mêmes sentiments.

Roni se déshabilla et jeta sa chemise tachée dans la poubelle. Elle ne pourrait plus la porter sans se remémorer le canon de l'arme d'Anderson posé sur sa tempe ou les éclaboussures qu'elle avait reçues au visage quand il avait été abattu. Soudain elle se rendit compte que cela aurait pu être son propre sang, et qu'elle aurait pu mourir à cet instant-là.

À cette pensée, elle sentit des frissons la parcourir. Tremblante de la tête aux pieds, elle avança tant bien que mal vers la salle de bains. Elle attendit que l'eau de la douche soit bien chaude avant d'y entrer et resta sous le jet pendant de longues minutes. Une fois le sang et les souvenirs lavés, elle commença à apprécier la chaleur de l'eau. Son corps ayant cessé de frémir, elle se nettoya et se délecta de la douce sensation du savon sur sa peau. Elle profita encore un peu de ce moment, sachant que dès son retour au salon elle allait devoir parler avec Trey.

Elle sentit l'appréhension la submerger à cette idée, mais après avoir pris quelques profondes respirations, elle retrouva son calme et termina de se laver.

Une fois sortie, résolue à se sentir le plus à l'aise possible pour cette conversation délicate, elle enfila des vêtements amples et un sweat.

En entrant dans la pièce principale, une délicieuse odeur de café vint caresser ses narines. Trey se tenait au comptoir de la cuisine, le dos tourné. Comme elle, il semblait avoir pris une douche et s'être habillé avec des vêtements confortables.

— Il est tard, lui dit-il en la voyant. Je crois que je vais avoir besoin d'un petit remontant.

— Moi aussi, lui répondit-elle.

Elle approcha de Trey qui faisait chauffer le lait à la vapeur avant de le verser dans deux tasses de café. Il lui en tendit une, et elle se dirigea vers le canapé situé au milieu de la pièce. Elle s'y installa en pliant les jambes sous elle, puis sirota sa boisson pendant qu'il prenait place de l'autre côté du divan. Ils restèrent ainsi pendant quelques instants, buvant leur café sans rien dire. La tension qui régnait entre eux semblait grandir, comme un ballon qu'on gonfle lentement, et Roni se demanda combien de temps il faudrait attendre pour que la situation explose.

Et soudain, cela se produisit.

— Je devrais être furieux contre toi, lui dit-il en posant sa tasse sur la table basse.

— Tu devrais ? répéta-t-elle, se demandant s'il comprenait enfin pourquoi elle avait accepté de collaborer avec l'IAD.

Trey croisa les bras sur sa poitrine. Comme il restait silencieux, elle insista :

— Est-ce que cela signifie que tu n'es pas furieux ?

— Quand j'ai vu qu'Anderson t'avait prise en otage, lui répondit-il en secouant la tête, un million de pensées m'ont traversé l'esprit.

— J'aimerais bien t'en dire autant, mais de mon côté je ne pouvais plus penser à rien, lui dit-elle en soupirant.

Elle repoussa une mèche de ses cheveux mouillés avant de détourner le regard.

Elle entendit le cuir du canapé craquer et, une seconde plus tard,

Trey était assis juste à côté d'elle. Tout en prenant délicatement son menton, il attira son regard vers le sien.

— Je crois surtout que tu réfléchissais à ce qu'il fallait faire. Bien que je n'aie jamais eu de doutes sur tes compétences, Roni, je peux te dire que je n'ai jamais eu aussi peur de ma vie.

Il glissa doucement le pouce sur ses lèvres dans un geste aussi tendre qu'une caresse.

— Alors, tu n'es pas en colère ? lui demanda-t-elle en sentant le soulagement l'envahir.

— Si, je suis en colère parce que tu as accepté de travailler avec l'IAD sans m'en parler et parce que tu as mis ta vie en danger dans cette enquête.

Elle allait protester, mais il posa de nouveau le doigt sur sa bouche pour la faire taire.

— Ne me dis pas que c'est le devoir des flics. Je le sais. Mais comme Ricky me l'a fait remarquer, je comprends mieux maintenant ce que ressent ma famille au sujet de mon métier.

D'un geste de la main, il ramena en arrière quelques mèches de ses cheveux mouillés puis, la prenant fermement par la taille, se pencha vers elle pour déposer sur ses lèvres un baiser aussi léger qu'un papillon.

— Je ne veux pas te perdre, Roni. Je t'aime.

Elle sourit et lui chuchota à son tour :

— Je t'aime aussi, Trey.

Puis elle l'embrassa plus vigoureusement et caressa son visage. Leurs bouches se rencontrèrent encore et encore, approfondissant leur baiser jusqu'à ce que leurs corps se mettent à trembler d'impatience.

Submergée par une intense envie, elle eut un mouvement de recul et croisa le regard de Trey, rempli de désir.

— Même si le canapé a fait l'affaire la dernière fois...

— Je veux passer la nuit entière dans ton lit, lui murmura-t-il, un sourire complice et séduisant aux lèvres.

Ses yeux, aussi bleus que l'océan, brillaient de joie.

— J'aime beaucoup que nous soyons d'accord sur ce point, lui répondit-elle avec malice avant de se lever et de lui tendre la main.

Il y glissa alors la sienne et la suivit dans sa chambre.

Elle se réjouit d'avoir enfilé des vêtements amples, car il ne lui fallut que quelques instants pour se dévêtir, tandis que Trey se débarrassait lui aussi rapidement de son pantalon et de son T-shirt avant de l'entraîner vers le lit.

Il la fit asseoir et, avant qu'elle ait le temps de s'en rendre compte, descendit entre ses jambes et commença à l'embrasser. Rapidement, les mouvements de sa langue la firent trembler, et elle sentit bientôt un orgasme puissant et inattendu la frapper, tel un éclair, si fort que sa vision se brouilla.

— Je suis là, mon amour, l'entendit-elle chuchoter à son oreille alors qu'il l'aidait à se déplacer dans le lit.

Alors qu'elle reprenait ses esprits, il ajouta :

— Je reviens tout de suite.

Elle pensa qu'il était parti chercher de quoi se protéger, et quelques secondes plus tard il était de retour.

Trey sentit le corps de Roni frissonner à côté de lui. Brûlant d'envie de partager cette expérience, il attendit qu'elle reprenne ses esprits avant de l'emmener une nouvelle fois vers les cieux.

Se glissant sur son corps, il se positionna au-dessus d'elle, et elle s'ouvrit à lui. Alors, lentement, presque timidement, il s'immisça en elle. Elle l'enlaça des bras et des jambes pour parfaire leur union.

— Pourquoi avons-nous attendu si longtemps ? murmura-t-il avant de laisser échapper un profond soupir.

Submergé par le plaisir, il serra les dents pour tenter de gagner du temps, car son orgasme se profilait bien trop rapidement.

— Tais-toi et embrasse-moi, chuchota-t-elle en déposant les lèvres sur les siennes.

Il mêla la bouche à la sienne tandis qu'ils s'élevaient toujours plus haut, un dernier élan les propulsa tous les deux vers le septième ciel.

Trey trembla de tout son corps une dernière fois avant de s'écarter pour ne pas écraser Roni, mais elle le retint. Elle voulait sentir sur elle le poids de son corps massif et profiter de la parfaite union de leurs deux êtres.

Alors que les dernières sensations de leur ascension s'estompaient, Trey se décala finalement sur le côté mais garda une main sur son ventre pour ne pas rompre leur puissante connexion.

Roni posa la main sur la sienne et la caressa tendrement. Mais elle perçut soudain une tension naître en lui, et l'inquiétude la gagna. Elle se redressa sur un coude et fit courir les doigts sur son torse. Sous sa paume, elle sentait les battements de son cœur ralentir doucement, mais une certaine nervosité semblait malgré tout croître en lui.

— Ne me dis pas que tu regrettes, lui dit-elle.

— Mon amour, jamais je ne regretterai, lui répondit-il. Je t'aime et je ne compte pas m'arrêter là.

— Que veux-tu dire ?

Elle se demanda pourquoi il avait choisi ces mots.

— Je sais que nous ne faisons pas les choses comme tout le monde, mais même si nous n'avons pas eu de premier rendez-vous, nous nous connaissons depuis toujours.

— C'est vrai, lui répondit-elle en souriant. Enfin, au moins depuis dix ans.

Il effleura sa joue du bout des doigts et la regarda avec malice.

— Tu étais si jeune quand tu es venue la première fois chez nous, avec Mia et Carolina.

Elle rit.

— Et toi, tu étais un grand étudiant de première année. Je dois admettre que lorsque je t'ai aperçu avant le bal, vêtu de ton uniforme de marine, j'ai ressenti une pointe de jalousie envers celle qui t'accompagnait.

Le sourire de Trey s'élargit. Il glissa une main derrière sa nuque et la rapprocha de lui pour l'embrasser.

— J'ai toujours mon uniforme, lui chuchota-t-il, et je suis prêt à danser avec toi.

— Malheureusement, j'ai deux pieds gauches, déclara-t-elle avec une grimace.

— Je suis persuadé qu'on peut y remédier, répliqua-t-il avec des yeux brillants avant de reprendre son sérieux. Enfin, si toi aussi tu veux aller plus loin.

Si je veux aller plus loin ? pensa Roni.

Combien de fois avait-elle rêvé de vivre un tel moment avec Trey ?

— Cela s'annonce difficile, étant donné que nous sommes tous les deux policiers et que nos vies sont infernales, lui répondit-elle en déposant un baiser sur ses lèvres.

— Effectivement, à moins que... Tu sais, la nuit où on m'a tiré dessus, j'ai vu mes parents et j'ai constaté que l'angoisse les faisait paraître bien plus vieux.

Roni comprit soudain ce que Trey sous-entendait et ne put masquer sa surprise. Consciente de la difficulté qu'un tel aveu représentait pour lui, elle lui caressa doucement la joue.

— Ils t'aiment. C'est normal qu'ils s'inquiètent. Nous nous inquiétons tous, lui dit-elle.

Il lui chatouilla le nez, l'air amusé.

— Aujourd'hui, j'ai compris beaucoup de choses, avoua-t-il.

Si elle était honnête avec elle-même, elle devait admettre que les événements de la journée avaient aussi changé sa façon de voir la vie. Elle avait déjà connu des situations dangereuses, mais jamais elle n'avait frôlé la mort de si près.

— C'était si... effrayant, dit-elle finalement

Et elle se remit à trembler tandis que les souvenirs lui revenaient à la mémoire.

— En effet, acquiesça Trey en resserrant son étreinte.

Le contact de son corps chaud et puissant contribua à chasser le froid et la peur qui avaient envahi Roni.

— J'ai enfin compris le message que voulait me transmettre ma famille, continua-t-il. Et maintenant que j'ai vu toute l'aide qu'ils peuvent apporter à ceux qui ne peuvent pas compter sur la police...

Il s'interrompit, mais Roni avait saisi le fond de sa pensée.

— Ils veulent que tu rejoignes South Beach Security, conclut-elle en effleurant du bout des doigts la cicatrice encore fraîche sur son épaule.

— Effectivement, et il est peut-être temps que je me décide, concéda-t-il, admettant qu'il avait finalement accepté cette idée.

Peut-être parce qu'il avait frôlé la mort deux semaines plus tôt. Et parce que Doug, lui, ne s'en était pas sorti. Et peut-être aussi parce que quelques heures plus tôt c'était elle qui avait failli y passer. Même si elle ne savait pas si elle était prête à quitter les forces de l'ordre.

— Ils vont être si heureux de l'apprendre, lui dit-elle avec un sourire.

— En effet, et j'espère que ce changement nous permettra de mener une vie plus normale, Roni. Une vie remplie d'enfants. Le temps file à toute vitesse, et je ne suis plus tout jeune...

— Des enfants ? répéta-t-elle en pensant qu'il mettait la charrue avant les bœufs. Mais, Trey, je suis très attachée aux traditions, tu sais. Et d'ordinaire, le mariage vient avant les enfants.

Trey éclata de rire et roula sur elle, l'enveloppant de son corps. Roni se rendit alors compte qu'il était très sérieux.

— Vous voulez que je vous épouse, Veronica Lopez ? demanda-t-il, les yeux brillants.

Elle pouffa.

— En tant que femme moderne, je crois bien. Ramon Gonzales le troisième, Trey, voulez-vous m'épouser ?

— Absolument.

Tandis qu'il déposait une série de baisers passionnés dans son cou et sur sa poitrine, leurs téléphones portables se mirent à sonner de l'autre côté de la pièce.

Ils laissèrent échapper quelques jurons en se levant pour répondre.

— Capitaine ? demanda Trey en décrochant le premier.

De son côté, Roni entendit son partenaire lui annoncer que Rogers voulait les voir au plus vite.

— Je suis avec Trey. Notre... dîner s'est prolongé, lui répondit-elle d'un ton peu convaincant.

— Oui, bien sûr, je vous laisse terminer... votre repas, lui dit Heath avant de raccrocher.

Après avoir écouté attentivement Rogers, Trey conclut :

— Nous arrivons dès que possible.

Une fois la communication achevée, Roni se tourna vers lui.

— Que se passe-t-il ?

— Walsh n'était pas le seul à avoir une assurance. La brigade criminelle a trouvé des preuves dans le bureau de Santana qui, apparemment, vont beaucoup nous intéresser.

23

Trey étala les photos sur la table de la salle de conférences, tandis que Roni lisait le journal que Santana avait caché dans le coffre-fort de son entreprise.

La brigade criminelle avait découvert ces documents lors de la perquisition des bureaux, malgré les protestations de l'avocat de Santana et de son fils, âgé d'une vingtaine d'années.

— Il a tout noté dans ce journal, chaque paiement, chaque livraison de femmes. Il y a des noms, mais pas ceux des chefs du réseau, déclara Roni en feuilletant les pages.

— Et regarde toutes ces photos, ajouta Trey en observant les clichés avec attention. Il s'est offert les services d'un détective privé pour documenter certains transferts entre Anderson et ses contacts. Vu leur allure, ces types pourraient être européens, peut-être russes.

— Les hommes qui se trouvaient sur Terminal Island étaient des mercenaires, mais ils n'étaient pas russes, lui répondit Roni. Cependant, si on se fie à leurs tatouages, certains des hommes présents à l'entrepôt hier l'étaient peut-être.

— Nous n'avons rien découvert sur eux dans nos bases de données, dit Trey. Espérons qu'Interpol pourra nous aider.

Il rassembla les documents pour les numériser et les envoyer à leurs partenaires internationaux.

— Mettons-nous au travail pour terminer rapidement tout ça

et reprendre ce que nous avions commencé, lui dit Roni avec un sourire séduisant.

— Je suis entièrement d'accord.

Trey et Roni, ainsi que les membres de leurs familles respectives, s'étaient réunis dans le salon du penthouse lorsqu'un journaliste annonça à la télévision que la police avait démantelé un important réseau de prostitution et résolu l'enquête sur les meurtres d'un inspecteur de Miami et de plusieurs autres victimes, dont Sylvia Reyes, qui travaillait au bureau du procureur. Son corps avait d'ailleurs été retrouvé près de l'endroit où Anderson s'était débarrassé du cadavre d'Eddie.

Les photos des suspects russes, morts pendant l'intervention à l'entrepôt, combinées à celles trouvées dans le coffre de Santana, avaient permis de relier leur affaire à une enquête internationale. Interpol avait identifié le chef du réseau, un oligarque russe qui, grâce à l'argent et à ses relations politiques, avait réussi à échapper aux autorités pendant des années. Cependant, avec ces nouveaux éléments, Interpol avait dorénavant rassemblé suffisamment de preuves pour le poursuivre en justice.

Au cours des derniers jours, Roni et Trey, tout comme Sophie et Rob, avaient étroitement collaboré avec la police internationale en leur fournissant toutes les preuves concernant les transferts d'argent, les enlèvements et les meurtres. Interpol était convaincu que les transferts d'argent avaient été orchestrés par les pirates informatiques de l'oligarque. Walsh, dont le témoignage allait permettre de poursuivre cet homme, avait été mis intégré dans un programme de protection des témoins.

Leur enquête maintenant terminée, Roni et lui allaient pouvoir se concentrer sur leur relation. Trey avait également prévu de rencontrer Ricky pour effectuer une thérapie afin d'analyser tout ce qu'il avait vécu.

Alors que le journal télévisé diffusait l'interview de Roni et de l'assistante du procureur, Maria Morales, Trey serra la main de Roni dans la sienne.

— Nous sommes très heureux d'avoir pu fournir aux agents d'Interpol des informations essentielles qui pourront les aider dans leur investigation, déclara Roni à la télévision. Nous espérons que ces preuves permettront aux autorités internationales d'interpeller rapidement le chef de cet important trafic d'êtres humains.

La journaliste acquiesça avant de se tourner vers Maria Morales qui ajouta :

— C'est un grand pas en avant dans la lutte contre ce fléau dans le comté de Miami-Dade. Grâce au travail remarquable de notre département de police, nous pourrons peut-être un jour mettre un terme à ces horribles trafics.

L'interview prit fin, et le présentateur reprit la parole.

— Une belle victoire contre cette calamité qui ronge Miami-Dade ! conclut-il avant de passer à un autre sujet.

Tous les membres de leurs familles se mirent à applaudir, et Mia et Carolina poussèrent quelques cris de joie. Trey pensa alors que le moment était idéal pour que Roni et lui annoncent la nouvelle à tout le monde.

Il parcourut du regard les membres de sa famille. À quatre-vingt-sept ans, son grand-père était toujours impressionnant et se tenait bien droit sur sa chaise, à côté de sa femme qui était aussi âgée que lui. C'était elle qui avait fait fuir sa famille de Cuba et l'avait maintenue unie pendant que son grand-père combattait dans la baie des Cochons avant de partir pour le Vietnam. Elle avait ensuite supporté d'être l'épouse d'un policier et les épreuves endurées lors du lancement de South Beach Security.

Trey avait hérité de sa détermination et s'en inspira pour regarder Roni et déclarer :

— Nous aimerions vous annoncer quelque chose.

Mia et Carolina applaudirent et poussèrent de nouveaux cris de joie avant de s'écrier, d'une seule voix :

— Nous l'avions deviné ! Vous êtes faits l'un pour l'autre !

— Vous gâchez la surprise, leur dit Roni en levant les yeux au ciel devant les pitreries de ses amies.

— C'est vrai, *mi hijo* ? demanda le père de Trey à son fils d'un air sévère.

Il jeta un rapide regard vers les parents de Roni et à son jeune frère, assis à côté d'eux. Le père de Roni approuva d'un signe de tête avant d'afficher un large sourire.

— C'est vrai, monsieur Gonzales, expliqua Roni d'une voix mal assurée. J'ai effectivement proposé à Trey de m'épouser...

— Elle l'a demandé en mariage ! Bravo, ma belle ! s'exclama Mia, avant de taper dans la main de Carolina en signe de réussite.

— Excusez-moi de ne pas vous avoir demandé l'autorisation, leur dit-elle en riant.

— Ah ! les femmes modernes ! déclara le père de Trey en secouant la tête.

— Il peut s'estimer heureux, lui répondit son épouse en lui donnant un coup de coude. Et, Roni, permettez-moi de vous dire au nom de toute notre famille que nous serons ravis de vous y accueillir ! Bientôt, je l'espère.

— Je t'avais prévenue que le public serait exigeant, dit Trey à Roni en riant.

— Il nous reste seulement quelques petites choses à régler, ajouta Roni en serrant la main de Trey pour l'encourager à prendre la suite.

— Nous avons longuement discuté, Roni et moi, et nous sommes arrivés à la conclusion qu'il serait difficile de fonder une famille tout en étant tous les deux dans la police, expliqua Trey. C'est la raison pour laquelle j'aimerais, si vous êtes d'accord, rejoindre South Beach Security.

Jamais Trey n'aurait imaginé l'enthousiasme que sa déclaration allait susciter. Son grand-père et son père se levèrent brusquement pour l'enlacer, suivis quelques secondes plus tard par sa grand-mère, sa mère, Ricky et ses cousins.

Tout le monde s'embrassa, rit, puis se serra dans les bras une fois de plus, avant de laisser la parole au père et au grand-père de

Trey. Le sourire aux lèvres, ce dernier lui tapa doucement dans le dos et lui dit :

— Bienvenue à South Beach Security, Trey. Et bienvenue dans notre famille, Roni.

Les jumelles et les cousins, ainsi que Ricky, poussèrent de nouveaux cris de joie tandis que certains essuyaient quelques larmes d'émotion.

Alors que son père et son grand-père s'éloignaient, Trey se tourna vers Roni et lui demanda :

— Est-ce que tu crois pouvoir supporter tout ça ?

Roni se hissa sur la pointe de ses pieds, posa les lèvres sur celles de Trey et lui murmura :

— Je suis prête à tout pour être auprès de toi. Je t'aime, Trey.

— Moi aussi, Roni, lui répondit-il en l'embrassant tendrement.

Alors que les deux familles les applaudissaient une nouvelle fois, Trey sourit et sentit le sourire de Roni sur ses lèvres.

Il comprit alors qu'ils seraient capables d'affronter toutes les épreuves ensemble.

Vous avez aimé ce roman ?
Découvrez prochainement la suite de votre série
Les secrets de Miami
dans votre collection Black Rose !

CAROL ERICSON

L'île de tous les dangers

Traduction française de
LUCIE DELPLANQUE

Titre original :
MISTY HOLLOW MASSACRE

© 2023, Carol Ericson.
© 2025, HarperCollins France pour la traduction française.

1

Le garçon se mordillait la lèvre inférieure, le regard dans le vague. Le fauteuil dans lequel il était installé le faisait paraître encore plus petit ; ses jambes pendaient dans le vide et cognaient contre son siège à un rythme saccadé. La masse désordonnée de ses cheveux bruns se mêlait à ses cils, le forçant à cligner des yeux de façon répétée.

Assise en face de lui, Hannah se retint de recoiffer ses mèches d'une propreté relative. Tout dans l'attitude de l'enfant indiquait qu'un contact physique n'était pas le bienvenu. Elle opta donc pour une autre tactique et lui tendit en souriant une petite brique de jus de fruits.

— Tu es sûr que tu ne veux pas boire quelque chose, Sheldon ?

Le garçon se passa rapidement la langue sur les lèvres et regarda tour à tour Hannah et la boisson. Ses jambes cessèrent de s'agiter contre le fauteuil pendant une seconde, avant de reprendre leurs assauts. Le jus de fruits lui faisait envie. Hannah approcha la brique.

— Vas-y, l'encouragea-t-elle. C'est pour toi.

Il lui arracha des mains, comme s'il craignait qu'elle change d'avis, puis enfonça la petite paille dans l'opercule et se mit à boire avec une telle avidité que le carton s'affaissa sur lui-même. Peut-être n'avait-il pas réagi à ses questions jusqu'alors parce qu'il était déshydraté. Hannah désigna le gros sac posé à ses pieds.

— Tu en veux un autre ?

Il fit non de la tête. Hannah poussa un soupir. On avançait.

— Quand as-tu vu ta maman pour la dernière fois, Sheldon ?

Le garçonnet ouvrit de grands yeux effrayés et pâlit, ce qui fit ressortir les taches de son qui parsemaient son nez et ses joues. Hannah sentit son ventre se nouer. Sheldon avait-il été témoin de l'indicible ?

— Qu'est-ce que tu as mangé avec ta maman... la dernière fois que tu l'as vue ?

— Pizza.

Cela concordait avec le carton à pizza retrouvé dans le salon du mobil-home de Zoey. Avec cinq canettes de bière vides. Zoey avait peut-être reçu de la visite. Ou pas. Cinq bières ne faisaient pas peur à Zoey Grady. Hannah ravala son jugement.

— De la pizza ? J'adore la pizza ! Quel genre de pizza tu préfères ?

Sheldon glissa de nouveau le bout de la paille dans sa bouche et se mit à le mordiller, fronçant le nez comme un petit lapin. Hannah repassa à des questions plus directes.

— Est-ce que ta maman est venue te faire un bisou, quand tu t'es couché ? Est-ce qu'elle t'a lu une histoire ?

Sheldon lâcha la paille.

— Maman est morte.

Hannah sentit des larmes lui brûler les yeux.

— Je sais, mon poussin.

Sheldon remonta les jambes sous lui, se cala contre un des accoudoirs et ferma les yeux. Hannah soupira. Elle n'en tirerait plus rien ce jour-là. Trois petits coups frappés doucement à la porte la firent sursauter ; Sheldon, lui, ne bougea pas. En temps normal, personne ne venait déranger une séance, mais celle-là n'avait rien d'habituel. Sheldon et elle se trouvaient dans une chambre d'hôpital – pas à son cabinet, où elle disposait de jeux et de jouets qui lui permettaient d'établir un contact avec ses patients et d'amener même les plus réticents à se confier.

— Je vais voir qui c'est, Sheldon, annonça-t-elle doucement.

Le garçon ne bougea pas d'un cil. Hannah entrouvrit la porte, prenant soin de rester dans l'encadrement pour cacher Sheldon. C'était Fletcher, un des adjoints du shérif.

— Alors ? demanda-t-elle.

— L'assistante sociale vient d'arriver pour prendre le gamin en charge, docteur Maddox. Le pédiatre a signé ses papiers de sortie. Aucun problème d'ordre physique, à part qu'il est un peu trop maigre.

Hannah avait bien remarqué les jambes fluettes de Sheldon, mais la plupart des enfants de cet âge brûlaient les calories plus vite que leur corps ne parvenait à les stocker. Il lui faudrait discuter avec le Dr Robbins pour savoir si Sheldon présentait vraiment des signes de malnutrition.

— Vous avez réussi à le faire parler ? demanda Fletcher, en se penchant pour essayer d'apercevoir le garçon.

Hannah posa un doigt sur ses lèvres et sortit dans le couloir, forçant Fletcher à reculer de quelques pas. Sheldon ne réagissait peut-être pas, mais il n'était pas sourd.

— Pas beaucoup. Il a bien mangé de la pizza avec sa mère ce soir-là, donc elle était vivante au moment du dîner. Il a compris qu'elle était morte. Est-ce qu'un policier présent sur les lieux le lui a dit ? Est-ce que vous savez s'il est sorti de la maison ?

Fletcher leva une main.

— Oh là, oh là ! Il faut demander ça à l'inspecteur Howard Chu, de la brigade criminelle de Seattle.

Hannah jeta un coup d'œil par-dessus son épaule en direction de Sheldon, toujours en boule dans le fauteuil. Puis, elle fit encore un pas vers Fletcher et ferma la porte derrière elle.

— Ce n'est pas l'inspecteur Chu qui est arrivé le premier sur les lieux, si ? Étant donné le temps qu'il lui a fallu pour se déplacer jusqu'à l'île, il en sait sans doute encore moins que moi. Si je veux aider Sheldon, je dois savoir ce qui s'est passé là-bas.

Un policier en uniforme s'approcha d'eux.

— Docteur Maddox ? Je suis l'adjoint Tony Hill. C'est moi qui suis arrivé le premier au mobil-home.

— Bonjour, dit Hannah. Pourriez-vous me donner quelques informations d'ordre général ? On ne m'a pas dit grand-chose, avant de me confier Sheldon.

— Je sais. On est désolés. Le shérif Hopkins m'a demandé de vous contacter, dès que le Dr Robbins avait terminé d'ausculter le gamin. Les services sociaux n'étaient pas encore prêts, alors on vous l'a un peu refilé.

— C'est un enfant, Hill, lui rappela Hannah, avec un sourire sévère. Pas un paquet de linge sale...

Heureusement qu'elle avait fermé la porte.

— Pardon, je suis désolé..., bafouilla l'adjoint en rougissant. Le shérif préférait que j'attende l'arrivée de l'assistante sociale, pour vous briefer toutes les deux en même temps.

— Parfait, dit Hannah.

Puis, se tournant vers Fletcher, qui était captivé par l'écran de son téléphone, elle demanda :

— Vous voulez bien surveiller Sheldon ?

— Moi ? s'écria Fletcher d'une voix aiguë. Il dort ? Qu'est-ce que je dois faire ?

Hannah désigna le smartphone qu'il serrait contre son torse.

— Pourquoi ne pas lui montrer ce jeu auquel vous étiez en train de jouer ?

Fletcher risqua un œil en direction de l'écran.

— Vraiment ? Vous pensez que ça peut lui plaire ?

— Si le but, c'est de détruire des trucs en mille morceaux, il va adorer, assura-t-elle en lui tapotant le bras.

— D'accord.

Fletcher prit une profonde inspiration et entra dans la chambre. Hannah en profita pour jeter un coup d'œil à Sheldon : il était toujours dans son fauteuil, mais avait rouvert les yeux. Elle lui adressa un petit signe de la main avant que Fletcher referme la porte.

— Vous pensez que ça va aller pour Fletcher, avec le petit ? demanda-t-elle à Hill.

— Fletch ? s'esclaffa l'adjoint. C'est encore un gosse lui-même.

— Qui est l'assistante sociale ?

Elle connaissait la plupart d'entre elles et avait clairement ses préférences.

— Mme Jacobson. Elle nous attend en bas.

Maggie Jacobson. Parfait. Tandis qu'ils s'éloignaient dans le couloir, Hill lui jeta un regard en coin.

— Vous êtes... heu... la fille du shérif Maddox, c'est ça ?

— Oui. Mais... vous êtes trop jeune pour l'avoir connu, non ?

— C'est vrai. Mais c'est un peu une légende sur Dead Falls Island. Maddox-le-Fou.

Hannah poussa un soupir résigné.

— Le shérif Hopkins dit que...

Hill laissa sa phrase en suspens et se mordit la lèvre, comme s'il avait voulu ravaler ses paroles.

— Peu importe, acheva-t-il.

L'adjoint Hill n'avait pas besoin d'en dire plus. Elle avait une vague idée de ce que Hopkins pensait de son père, son prédécesseur. Et elle était plus ou moins d'accord avec lui. Hill resta silencieux dans l'ascenseur et jusqu'au bureau où attendait Maggie Jacobson. Quand ils entrèrent dans la pièce, elle leva les yeux de son téléphone, très pâle.

— Salut, Hannah. C'est le fils de Zoey Grady ? Elle est vraiment morte ?

— Malheureusement oui, Maggie.

Hannah avança pour lui serrer la main.

— Assassinée, précisa-t-elle. On ignore encore si Sheldon a été témoin de quelque chose, mais il sait que sa mère est morte.

Maggie lui toucha doucement le bras.

— C'est affreux. Et toi, ça va ? Ça doit remuer des souvenirs...

— Ça fait longtemps, tu sais.

Hill les regarda tour à tour, l'air perplexe, mais ne dit rien. Maggie se tourna vers lui.

— Que pouvez-vous nous dire, adjoint Hill ?

— Un homme qui promenait son chien a découvert le corps

de Zoey Grady ce matin, vers 7 heures. Dehors, près de son mobil-home. C'est lui qui a alerté la police. À première vue, elle aurait été assassinée ailleurs, sans doute à l'intérieur, puis son corps a été déplacé. Elle portait un pyjama. Aucune pièce d'identité, mais je l'ai reconnue et je savais qu'elle vivait sur ce terrain. Je savais aussi qu'elle avait un gosse. On est entrés chez elle et on a trouvé le garçon au lit.

Maggie et Hannah échangèrent un regard.

— Endormi ou réveillé ?

— Les yeux grands ouverts. Il n'a pas décroché un mot. Je n'ai pas encore entendu le son de sa voix. Fletcher non plus.

Hannah soupira.

— Ça arrive souvent, en cas de traumatisme. Mais est-ce à cause de la mort de sa mère ou bien du manque d'attention et de soins auquel il était sans doute confronté ?

— C'est possible, ça ? demanda Hill, inquiet.

Hannah retint un autre soupir. Du temps de son père, les policiers auraient été plus au courant de ce genre de détails. Mais ce n'était plus les hommes du shérif Maddox. Le shérif Maddox était mort.

— Cela n'a rien d'inhabituel, répondit sèchement Maggie.

Hannah croisa les mains devant elle, préférant ne pas émettre de jugement sur la victime. Maggie, elle, n'eut pas autant de scrupules.

— Zoey Grady. Mère modèle.

Elle se tourna vers Hannah et ajouta :

— Désolée. Je ne...

— Pas de souci, répondit Hannah, en balayant l'air de la main. Comme j'ai dit : c'est de l'histoire ancienne.

— C'est moi qui ai fait le signalement, expliqua Hill. Hop-Hop m'a...

Il s'interrompit brusquement et reprit en bredouillant :

— Je veux dire... Le shérif Hopkins m'a demandé de vous contacter, docteur Maddox, dès que le gamin aurait été pris en charge à l'hôpital.

Hannah dissimula un sourire en entendant le surnom de

Hopkins. Hop-Hop. Le shérif ne boitait pas vraiment, mais il y avait quelque chose de bancal et de sautillant dans sa démarche, qui lui avait valu ce sobriquet. Qu'il détestait, d'ailleurs.

— Cause du décès ? s'enquit Maggie.

— Cette information ne sera pas divulguée, madame. Désolé. Mais... J'ai vu du sang sur les lieux.

Hill ne pouvait pas leur en dire beaucoup plus, mais Maggie prit néanmoins des notes. Quand il eut terminé, elle referma son calepin d'un coup sec.

— On va s'occuper de Sheldon, Hannah. L'installer dans une de nos familles d'accueil. Mais il va falloir continuer les séances avec lui. J'imagine que la police sera de cet avis aussi.

— Bien sûr, dit Hannah en se levant. Je t'accompagne pour te présenter à Sheldon. Cela facilitera la transition, et il n'aura pas l'impression d'être baladé comme un paquet de linge sale.

Le transfert de Sheldon d'une autorité à une autre se passa bien, principalement grâce aux efforts de l'adjoint Fletcher. Le jeu sur le téléphone de ce dernier avait mis le garçonnet de bien meilleure humeur. Après le départ de Maggie, Hannah se fit ramener au commissariat par les deux policiers. Elle en profita pour féliciter Niles Fletcher pour le contact qu'il avait réussi à établir avec Sheldon.

— Je suis garée tout au fond, à droite, précisa-t-elle, lorsqu'ils arrivèrent sur le parking.

Hill s'arrêta juste à côté de son véhicule. En descendant, elle aperçut une haute silhouette qui approchait de l'entrée. L'homme repoussa une mèche de cheveux d'un noir de jais, d'un geste qui lui parut familier. Hannah se figea et fixa un instant, bouche bée, l'individu qui hantait encore ses rêves.

— Qu'est-ce que Jed Swain fiche ici ? demanda-t-elle.

— À votre avis ? demanda Hill, en serrant le frein à main. Zoey Grady a été assassinée. Vous connaissez l'histoire. Swain est notre principal suspect.

2

Un claquement de portière fit tourner la tête de Jed. Deux policiers venaient de sortir de leur véhicule de patrouille et se dirigeaient vers lui. Il n'avait pas besoin d'une escorte. Il se présentait au commissariat de son plein gré, après l'appel de Hopkins. Dès qu'il avait eu vent de la nouvelle, il avait compris qu'il figurerait sur la liste des suspects et préférait clarifier la situation avant que cela déraille. Il savait bien comment cela fonctionnait ; il en avait déjà fait la douloureuse expérience, huit ans plus tôt.

Quand une femme descendit à son tour de la voiture, Jed faillit rater une marche et s'étaler de tout son long. Hannah Maddox leva timidement une main pour le saluer. Une mèche de cheveux châtains, balayée par la brise, lui cachait la moitié du visage, mais il l'aurait reconnue entre mille.

Que diable faisait-elle dans un véhicule de patrouille ? Cette ville devait-elle consulter un membre de la famille Maddox, chaque fois qu'un crime était commis sur Dead Falls Island ? Il ne voulait pas s'arrêter. Il ne voulait pas la voir, encore moins lui parler. Mais son corps semblait mû par une volonté propre, distincte de son cerveau – comme toujours, lorsqu'il était question de Hannah.

Il accorda un signe de tête aux deux adjoints qui passaient près de lui, puis fourra les poings au fond de ses poches pour attendre l'instant qu'il redoutait et espérait tout à la fois avec impatience depuis trois ans.

Hannah s'approcha, recoiffant une mèche de cheveux d'un geste timide, et lui adressa un sourire incertain.

— Je... Je ne savais pas que tu étais revenu sur l'île. Tu... Tu as l'air en forme.

Ses joues prirent une teinte rosée. Le dos raide, elle serra la lanière de son sac à main.

— Je suis rentré il y a quelques semaines, marmonna-t-il, en regardant en direction du parking. Et ils m'accusent déjà de meurtre.

Il fit la moue. Pensait-elle qu'il la ménagerait, après ce que son père lui avait fait subir ?

— C'est impossible, je...

Elle porta une main à ses lèvres charnues, d'un rose gourmand qui ne devait rien au maquillage. C'était purement l'œuvre de la nature. Autrefois, il avait glissé des cerises dans cette bouche, juste pour le plaisir de voir le jus écarlate couler dessus, avant de l'embrasser.

Il chassa cette image et s'éclaircit la voix.

— Je préfère prendre les devants, expliqua-t-il. J'ai un alibi pour hier soir.

— Tu n'as pas à te justifier devant moi, murmura-t-elle. Tu loges au chalet ?

— Il y a quelques travaux à faire. Tate et Astrid m'hébergent, le temps de faire réparer le toit.

Elle le regarda enfin en face, une lueur plus assurée dans ses yeux noisette.

— Je ne cherchais pas à vérifier ton alibi, tu sais...

— J'ai rendez-vous avec Hopkins, répondit-il en désignant le bâtiment derrière lui. Comme ça, l'inspecteur de Seattle pourra me rayer de son carnet de bal.

— On... On pourrait dîner ensemble, un de ces jours ? Pour bavarder un peu.

— Je n'ai pas grand-chose à raconter. Grâce à ton père, j'ai passé cinq ans en prison. Je suis sorti il y a trois ans. Voilà. Tu sais tout.

Il tourna les talons, avant que ces yeux brillants puissent faire

233

fondre la boule de colère qui lui rongeait le cœur. Le commissariat de Dead Falls était une structure trop petite pour enquêter correctement sur un homicide, si bien que la brigade criminelle de Seattle avait été appelée en renfort. Si le shérif Maddox avait eu les mêmes scrupules, huit ans plus tôt, peut-être Jed ne se serait-il jamais retrouvé en prison.

Il s'accouda au comptoir de l'accueil.

— Jed Swain, annonça-t-il à l'agent en faction. Je viens voir le shérif Hopkins.

— Juste un instant..., répondit le policier, un doigt en l'air.

Il enfonça une touche de son clavier d'un geste exagéré, et l'imprimante se mit en marche derrière lui. Enfin, il leva les yeux vers Jed et prit son téléphone.

— Jed Swain pour vous, chef !

Il raccrocha, puis fit pivoter sa chaise et roula jusqu'à l'imprimante en poussant avec les pieds.

— Il arrive dans un instant.

Jed s'écarta du comptoir pour gagner la porte battante qui menait aux bureaux. Il avait le malheur de bien connaître les locaux, et rien n'avait changé – à part lui-même et le shérif qui dirigeait le commissariat.

Hopkins apparut au bout du couloir, en remontant son pantalon d'uniforme sous son ventre proéminent. Il venait d'une petite ville de Californie, et les habitants de Dead Falls Island n'avaient pas une très haute opinion de lui. Pour Jed, en revanche, n'importe qui valait mieux que Maddox.

— Monsieur Swain, merci de vous être déplacé ! lança Hopkins.

— Shérif, le salua-t-il, en acceptant sa main tendue.

— Allons dans mon bureau.

Hopkins lui tint un battant, et Jed se glissa de côté pour éviter sa bedaine. Puis, il suivit le shérif jusqu'au bureau situé tout au bout du couloir, le même que celui occupé autrefois par Maddox. Jed parcourut la pièce du regard, tandis que Hopkins s'installait dans le même fauteuil, derrière la même table, avec dans son dos, la même vue. Au moins, les photos avaient changé, pensa-t-il en examinant les cadres sur l'étagère : un portrait de mariage, avec Hopkins posant fièrement en père de la mariée ; une femme grisonnante avec un bébé dans les bras ; Hopkins et la même femme sur une plage paradisiaque, tout sourire. Il poussa un long soupir. Pas de jolie petite brune avec un appareil dentaire ou en toge et mortier, le jour de la remise des diplômes.

— Vous comprenez la raison de votre présence ici, n'est-ce pas ? demanda Hopkins, l'air désolé. C'est la procédure. Zoey et vous avez un passif. Pas très joyeux, qui plus est. Ce n'est pas parce que vous... heu... vous êtes... hum...

— Un ancien détenu ? Ouais, je comprends.

Jed serra les poings sous la table, hors de vue de Hopkins.

— Donc, vous logez avec Tate Mitchell et sa sœur, Astrid, et vous étiez chez eux hier soir, c'est bien ça ?

Hopkins griffonna quelques mots sur un bloc-notes.

— C'est exact. Je suis en train de faire restaurer mon chalet, qui n'est pas encore habitable. Tate travaille pour l'office des Forêts, et j'envisage d'y postuler. Il m'a proposé de m'héberger, le temps que ce soit prêt chez moi.

— Qu'est-ce que vous avez fait hier soir ? demanda Hopkins, en le regardant par-dessus l'extrémité de ses index joints.

— Un barbecue. Tate et moi, on a bavardé assez tard. Je suis allé me coucher vers 1 heure du matin.

— Vous avez bu ? Quelques bières de trop, et vous vous êtes écroulé ? poursuivit Hopkins, le plus naturellement de monde.

Jed s'efforça de desserrer les poings.

— Je ne bois pas, shérif. Tate et moi avons discuté de l'entretien d'embauche. Il a dû boire une ou deux bières, mais personne ne s'est « écroulé », comme vous dites.

— D'accord, d'accord.

Hopkins ajusta ses lunettes et posa son stylo sur son bureau.

— Nous avons le numéro de Tate Mitchell. On va simplement

vérifier vos propos et on transmettra l'info à l'inspecteur Chu. S'il a besoin de vous poser d'autres questions, il vous contactera.

— Je ne vois pas pourquoi, répondit Jed. Je n'ai pas croisé Zoey depuis des années. Pas même depuis mon retour sur l'île, il y a quelques semaines.

— Je vais le préciser dans mes notes pour Chu, assura Hopkins, en tambourinant sur son bureau. C'est tout pour moi, monsieur Swain. Je vous raccompagne.

De retour dans le hall d'entrée, Jed surprit le regard de plusieurs agents. Il redressa les épaules et serra les dents. Il avait survécu à de fausses accusations et à une erreur judiciaire. Ce n'était pas quelques regards en coin de la part de policiers d'une bourgade paumée qui allaient lui faire peur.

En revanche, la rencontre avec Hannah Maddox sur le parking l'avait profondément ébranlé.

Avant de rentrer chez les Mitchell, il fit un crochet par son chalet pour vérifier l'avancée du chantier. Le couvreur lui signala quelques poutres de la charpente attaquées par des termites, et Jed valida l'achat de nouveaux matériaux. Il se rendit ensuite dans la cuisine, afin de prendre des mesures pour les placards et lire une note laissée par l'électricien. Il pourrait sans doute emménager d'ici quelques semaines. Il devait une fière chandelle aux Mitchell, qui non seulement l'accueillaient, mais lui fournissaient surtout un alibi en béton pour la veille. Il était soulagé de savoir que le shérif Hopkins allait chercher un coupable ailleurs pour le meurtre de Zoey Grady.

Une fois de retour à la maison des Tate, il resta assis un instant dans sa voiture, les mains sur le volant. Il ne parvenait pas à éprouver de véritable compassion pour Zoey. Il savait pourtant qu'elle n'avait pas eu une vie facile, même avant les fausses accusations qu'elle avait proférées contre lui. Et ensuite ? Il avait entendu dire qu'elle avait perdu les pédales. Drogue, alcool, trouble à l'ordre public, ce genre de terrain glissant. La culpabilité, sans doute. Rien de tel pour vous grignoter de l'intérieur, jusqu'à vous détruire. Il avait appris que le shérif Maddox était mort d'un cancer, peu de temps après son départ à la retraite. Était-ce la culpabilité qui l'avait rongé, lui aussi ?

Un coup frappé à sa portière le fit sursauter. Olly, le fils d'Astrid, lui souriait, le nez collé à la vitre.

— Attention, bonhomme. Je sors.

Le garçon recula en sautillant. Il tenait à la main un poisson au bout d'une ligne.

— Maman m'a autorisé à aller pêcher. Regarde ce que j'ai attrapé !

Jed regarda avec sérieux le petit poisson argenté qui scintillait au soleil.

— J'ai comme l'impression qu'il y aura du poisson au menu ce soir.

— Olly ! s'exclama Astrid, en sortant sur le perron. Arrête d'agiter ce poisson dans tous les sens. Désolé, Jed...

— Aucun problème, assura Jed, en claquant la portière de son pick-up.

— Comment ça s'est passé avec Hopkins ? demanda-t-elle en se frottant les bras pour se réchauffer, malgré le soleil.

— Bien. Il va vous appeler. Tate et toi.

— Aucun souci.

Elle jeta un rapide coup d'œil en direction de son fils, qui étudiait sa prise avec fierté.

— Pauvre femme..., soupira-t-elle. Est-ce qu'ils ont une piste ? Elle a un garçon, non ?

— S'ils ont une piste, ce n'est pas à moi qu'ils vont en parler, fit remarquer Jed en ébouriffant la masse désordonnée des cheveux d'Olly. Et, oui, elle avait un gamin. Plus jeune que le tien.

— C'est horrible. Je sais que Zoey sortait avec Chase Thompson, mais c'était une histoire compliquée. Ce type est un vaurien. J'espère qu'ils vont attraper celui qui a fait ça, mais je crains que les gens d'ici n'attendent pas grand-chose du shérif Hopkins.

— Il a demandé des renforts à Seattle. Un inspecteur doit venir pour mener l'enquête. C'est sans doute lui qui vous appellera, Tate et toi.

À cet instant, Tate sortit à son tour. Ses cheveux blonds brillaient au soleil avec la même intensité que les écailles du poisson.

— Ne t'inquiète pas, mon vieux ! lança-t-il. On est là pour toi. Et puis, j'ai appris un truc qui va t'intéresser.

Astrid posa une main sur l'épaule de son fils.

— Viens, Olly. On va aller vider ce poisson derrière, et je le rajouterai au menu de ce soir.

Jed les regarda disparaître au coin de la maison de rondins, puis se tourna vers Tate, l'air méfiant :

— Qu'est-ce que tu as appris qu'Astrid ne veut pas entendre ?

— Elle est déjà au courant, c'est pour ça, répondit Tate, avec un sourire un peu juvénile. Hannah Maddox a été officiellement appelée sur cette affaire.

Jed sentit son pouls s'accélérer, mais il resta impassible.

— Ah bon ? Je croyais qu'elle était psy ou je ne sais quoi. Elle travaille aussi pour la police, maintenant ?

Tate laissa échapper un sifflement.

— Waouh ! quelle animosité ! Ce n'est pas la faute de Hannah si Zoey t'a accusé à tort et si son père était le shérif chargé de l'enquête, quand tu as été arrêté. Et puis, on ne me la fait pas. Tu peux prendre ton air d'ours bourru, il est évident que tu penses encore à elle.

Jed s'apprêtait à répondre, mais se ravisa. Il se frotta le menton, une astuce que lui avait enseignée le psychologue de la prison, pour contrôler ses accès de colère et se donner quelques secondes pour se calmer.

— À quel titre Hannah est-elle impliquée dans l'enquête ?

— Le bureau du shérif lui a demandé de s'occuper du garçon, Sheldon. Il était là quand Zoey a été tuée, et ils ne savent pas encore s'il a vu ou entendu quelque chose.

— Dur, murmura-t-il en regardant son ami, qui avait lui-même connu des traumatismes pendant l'enfance.

— Oui, dur.

Le regard de Tate s'assombrit pendant quelques secondes.

— Astrid a une surprise pour toi, mais je crois que tu n'aimes pas trop les surprises. C'est pour ça qu'elle a filé.

Jed sentit une boule se former dans son ventre.

— Quel genre de surprise ?

Tate désigna la route, où un vieux pick-up déglingué venait d'apparaître.

— Elle a invité Hannah pour le dîner.

— Tate...

Jed se passa nerveusement une main dans les cheveux.

— J'ai déjà croisé Hannah tout à l'heure. Je croyais avoir été clair sur le sujet.

— On sait tous ce que tu penses de Hannah, répondit Tate, en saluant le véhicule qui approchait en bringuebalant. Et ton petit jeu ne trompe personne. Pas même Hannah.

Jed serra les dents. Il allait devoir se montrer plus convaincant. Hannah sortit de son pick-up, un sac en plastique à la main.

— Salut ! J'ai apporté de la salade de pommes de terre. Mais je vous préviens, ce n'est pas du fait maison. Désolée, Astrid m'a invitée à la dernière minute.

Jed posa un pied sur la première marche du perron. Ainsi donc, elle n'était pas encore au courant de l'invitation, lorsqu'ils s'étaient croisés sur le parking du commissariat.

— Fait maison ? répéta Tate, en passant près de Jed qui ne bougeait pas. Bigre ! Avant qu'Astrid et Olly s'installent ici, il y a quelques mois, je crois que je n'avais même jamais mangé des pommes de terre sautées maison.

— Un célibataire pur et dur, se moqua gentiment Hannah, en le serrant dans ses bras. Re-bonjour, Jed.

— Mmm... Tate m'a dit que tu travaillais avec le gamin de Zoey. Ce n'est pas une sorte de conflit d'intérêts ou je ne sais quoi ?

Il croisa les bras, refusant de lui faciliter le passage.

— Heu... pas vraiment. Ce n'est pas comme si Zoey et moi étions proches... sur la fin. Je n'avais même jamais fait la connaissance de Sheldon. Je l'avais juste aperçu dans l'île.

Astrid apparut au coin de la maison.

— Salut, Hannah. J'aide Olly à vider son poisson. Tu veux un bisou parfumé ?

— C'est très attentionné de ta part, mais ça va aller, répondit Hannah, en reculant avec prudence. Tu as besoin d'un coup de main ? J'ai apporté la salade de pommes de terre.

— Nickel ! Tate va faire griller des steaks et des saucisses. Ça te va ?

— C'est parfait.

Hannah remonta enfin ses élégantes lunettes de soleil sur son front, chassant en même temps les boucles qui lui tombaient sur le visage. Lorsqu'elle suivit Astrid à l'intérieur, Jed s'écarta finalement pour éviter qu'ils se frôlent sur les marches. Cela ne l'empêcha toutefois pas de percevoir le léger parfum fleuri qui flottait dans son sillage. Peut-être son shampoing. Peu importait. Cette fragrance provoqua chez lui un tiraillement si profond qu'il faillit perdre pied. Sans trop savoir comment, il parvint à rejoindre Tate.

— Tu as besoin d'aide pour le barbecue ?

— Carrément.

Tate lui tapota l'épaule.

— Laisse-lui une chance, mon vieux. Pendant ton absence, je ne lui ai jamais vu de petits copains ou de relations sérieuses. Elle ne t'a jamais cru coupable. Elle ne t'a jamais laissé tomber.

— C'est étrange, maugréa Jed. En général, quand une personne ne vous laisse pas tomber, elle essaye de rester en contact. On a le droit à du courrier, en prison. Mais je n'ai jamais eu de nouvelles de Hannah.

Tate alluma le charbon du barbecue, le front plissé.

— Elle m'a dit qu'elle t'avait écrit souvent, mais que tu ne lui avais jamais répondu.

— Non. Je n'ai rien reçu du tout de sa part.

Jed fixa un instant les flammèches naissantes.

— Pourquoi est-ce qu'Astrid l'a invitée ? Elles ne se connaissent pas si bien que ça.

— J'ai un aveu à te faire : c'est moi qui lui ai suggéré de l'inviter.

— Bon sang, Tate... Tu bosses pour l'office des Forêts ou bien pour une agence matrimoniale ?

Il tisonna les braises d'un geste rageur.

— Tu ferais mieux de t'occuper de ta propre vie sentimentale, non ? Qui est pour ainsi dire inexistante.

— Moi ? s'offusqua Tate. Je n'ai aucun souci dans ce domaine.

— Je ne parle pas d'aventures d'un soir, Tate, répliqua Jed avec impatience.

— Boucle-la, chuchota Tate, en voyant Astrid et Hannah réapparaître.

Elles apportaient des plateaux chargés de pains pour les hamburgers, de sauces, de tomates et d'oignons coupés. Olly trottinait fièrement derrière elles avec son poisson nettoyé sur une petite assiette.

— J'espère qu'il y a de la place pour le poisson d'Olly, les garçons.

— On devrait pouvoir se débrouiller, assura Tate, en tapant dans la main de son neveu. Donne-moi ça, bonhomme.

Lorsqu'ils eurent terminé de faire cuire la viande et le poisson, Astrid et Hannah avaient allumé un autre feu dans un brasero et avaient disposé des chaises autour. Le soleil n'était pas encore couché, mais la brume de la baie se levait déjà, enveloppant l'île de fraîcheur.

Chacun s'installa autour du feu, son assiette pleine sur les genoux. Évidemment, Hannah ne pouvait discuter de son travail ou de ses patients, et refusait même de reconnaître directement qu'elle avait vu Sheldon en consultation.

Astrid passait son temps à vouloir resservir tout le monde ou à gronder son fils, mais elle parvint néanmoins à évoquer la formation qu'elle suivait pour devenir agente immobilière. Jed parla également de son projet de rejoindre l'office des Forêts avec Tate.

— Pas de souci à cause de ton casier judiciaire ? s'enquit Astrid, en lançant une serviette à Olly.

Jed se gratta le menton.

— Comme j'ai été totalement innocenté, je n'ai plus de casier.

— Et en plus, tu as une tonne de fric, glissa Tate.

Jed le fit taire d'un coup de pied et engloutit le reste de son hamburger.

— C'est vrai ? s'étonna Hannah, en essuyant de la moutarde au coin de sa bouche. Tu as intenté un procès à l'État ?

— Oui, répondit Jed, avec un bref hochement de tête. J'ai obtenu un accord amiable.

— Tant mieux. Je suis contente pour toi. Je sais que ça ne te rendra pas ces années...

— Ni ma réputation.

Jed vida le reste de son soda et écrasa la canette.

— Il y a encore des gens sur l'île qui pensent que je suis coupable et que c'est sans doute moi qui aie tué Zoey aussi.

Astrid se leva précipitamment.

— Au lit, Olly ! Va te brosser les dents. Tu pourras lire cinq minutes de plus ce soir.

Olly se leva en se tapotant le ventre.

— Ce poisson était divin, déclara-t-il, ce qui fit rire les adultes.

— Tu l'as dit ! À partir de ce soir, tu seras officiellement chargé de nous ramener le dîner. En attendant, viens m'aider à rapporter tout ça dans la cuisine.

Hannah brandit son assiette.

— Je vais me resservir un peu et j'arrive pour la vaisselle.

— Restez assis, vous deux, répondit Astrid. Vous êtes nos invités et vous en avez déjà fait assez. Profitez du feu.

Deux minutes plus tard, les trois Mitchell avaient disparu, le laissant seul avec Hannah, qui finissait son hamburger. Le feu crépitait, et la lueur des flammes se réfléchissait dans ses yeux, faisant danser les reflets plus dorés de ses cheveux châtains.

— Quoi ? demanda-t-elle soudain, la bouche pleine, en cachant le bas de son visage derrière sa serviette. J'ai de la sauce sur le menton ?

Pris sur le fait !

Au prix d'un effort intense, Jed détourna le regard.

— Tu travailles sur l'île ? s'enquit-il.

242

Elle roula sa serviette en papier en boule et la posa sur son assiette vide.

— J'ai un cabinet ici et un autre à Seattle. J'y fais principalement de la psychologie légale. Je témoigne lors de procès, parfois. J'assiste les commissariats pour leurs évaluations psy.

— Et tu questionnes les petits garçons dont la mère a été assassinée.

Il tendit les mains en direction du feu, alors qu'il avait déjà l'impression de bouillir intérieurement.

— Je ne peux pas en parler, Jed. En revanche, on peut parler de toi.

Elle posa son assiette sur la chaise voisine, se cala dans son fauteuil et croisa les jambes.

— J'ai été ravie d'apprendre que tu avais été innocenté et libéré. Je... je pensais que tu reviendrais à Dead Falls plus vite.

— Il n'y avait pas grand-chose qui m'attendait ici. Ma mère a laissé le chalet dans un sale état, et j'ai d'abord déménagé en Californie pour terminer ma licence. Ensuite, je suis parti pour L.A. pour trouver du boulot. J'avais gardé contact avec Tate, et quand il m'a annoncé que son secteur recrutait, j'ai décidé de rentrer. J'espère que ce ne sera pas la pire décision de ma vie. Et j'en ai pris des très mauvaises.

Hannah se mit à étudier ses ongles.

— Je sais que tu es fâché parce que c'était mon père qui dirigeait l'enquête, mais il devait faire son travail, Jed. Il fallait bien suivre les preuves.

Jed sentit un muscle tressaillir au coin de son œil. Était-ce pour ça qu'elle pensait qu'il était en colère ? Parce que son père avait simplement fait son boulot ?

— J'imagine que c'est pour ça que tu n'as jamais répondu aux lettres que je t'ai envoyées en prison, reprit-elle.

Elle glissa les mains entre ses genoux et leva vers lui un regard hésitant, dans lequel il ne vit pas le moindre soupçon d'hypocrisie. Était-ce son père qui lui avait appris à mentir aussi bien ? Jed s'écarta pour éviter une volute de fumée.

— Je n'ai jamais reçu de lettres de toi, Hannah.

— Qu'est-ce que tu racontes ? s'exclama-t-elle. Je t'écrivais une fois par semaine. Au début, du moins. Après, comme tu ne répondais pas, c'est devenu une fois par mois, puis pour les fêtes et les anniversaires. Après... j'ai arrêté.

— Jamais reçu la moindre lettre, répéta-t-il.

— Est-ce que... est-ce que le pénitencier aurait pu les confisquer, pour une raison ou une autre ?

Elle eut un geste d'agacement.

— Je t'ai écrit, Jed. C'est la vérité.

— Est-ce que tu as posté les lettres toi-même ?

Il se cala contre le dossier de son fauteuil, les bras croisés. Il se sentait oppressé.

— Tu sais bien qu'il n'y a pas beaucoup de boîtes aux lettres en dehors du bourg. Je les donnais à ma mère quand elle se rendait en ville.

— Tu veux dire quand elle allait porter son déjeuner à ton père ? Est-ce qu'elle utilisait la boîte du commissariat ?

Il poussa un grognement, las.

— Ça semble logique, ajouta-t-il.

— Qu'est-ce que tu sous-entends ? s'écria Hannah en bondissant de son fauteuil, qui se renversa. Ma mère n'aurait jamais osé faire une chose pareille.

— Vraiment, Hannah ?

Il se leva à son tour pour lui faire face de l'autre côté du brasero. Il ressentait une exaltation certaine à découvrir qu'elle lui avait bel et bien écrit pendant son incarcération.

— Ta mère était totalement sous la coupe de ton père, et tu le sais parfaitement.

— Donc tu soupçonnes que mon père l'ait convaincue de ne pas les poster ?

— C'est l'évidence même.

Il se massa la nuque. C'était tellement évident qu'il se demandait pourquoi il n'y avait pas pensé plus tôt.

— Pourquoi, Jed ? Tu crois que mon père n'aurait pas voulu que je corresponde avec un détenu ? Même pas avec toi ?

Sa voix se brisa.

— Évidemment, Hannah. Cela le dérangeait tellement qu'on sorte ensemble qu'il s'est arrangé pour me faire porter le chapeau pour le viol de Zoey Grady.

3

Hannah sentit qu'elle pâlissait. Elle voulut s'éloigner, mais manqua de perdre l'équilibre, comme étourdie. Jed fit un pas dans sa direction, puis sembla se raviser. Elle se passa la langue sur les lèvres. Pourquoi avait-elle soudain la bouche aussi sèche ? Jed se trompait. Était-ce qu'il avait cru toutes ces années ? Était-ce pour cela qu'il n'avait jamais cherché à la contacter ?

— C'est... C'est absurde, Jed, balbutia-t-elle. Mon père était un bon policier. Jamais il n'aurait...

Elle eut un geste vague.

— ... fabriqué ou falsifié des preuves contre toi. Ou contre quiconque, d'ailleurs. Peut-être n'approuvait-il pas notre relation, mais c'était sans doute parce qu'il me trouvait trop jeune pour m'engager dans quelque chose de sérieux. Cela n'avait rien à voir avec toi.

Les mains dans les poches de son jean, Jed poussa du pied une des bûches au bord du brasero.

— Tu as raison, grommela-t-il. Personne n'était assez bien pour sa *princesse*. Et certainement pas moi ! Entre mon père bon à rien et alcoolique, ma mère qui avait la réputation d'être... un peu facile et les voisins qui appelaient les flics tous les quatre matins !

Hannah refusa de se laisser impressionner.

— Tu n'es pas comme tes parents, Jed. Tu ne l'as jamais été. Et mon père le savait.

— Vraiment ? demanda Jed, avec un sourire qui ressemblait à un rictus malveillant. Il était malin, le vieux shérif. Je peux au moins lui accorder ça. Il s'est dit que s'il protestait trop, tu risquais de faire ta tête de mule et de continuer à sortir avec moi juste pour le faire enrager. Alors, il a préféré trouver un plan sans faille. Quand Zoey a déboulé avec ses allégations, il a vu une opportunité à saisir.

— Je refuse de croire que mon père ait pu te coller sur le dos un crime que tu n'as pas commis, répéta-t-elle en tapant du pied. Jamais il n'aurait fait une chose pareille !

— Et tes lettres ? Si tu les as vraiment écrites, je ne les ai jamais reçues.

— *Si* je les ai écrites ? *Si* ?

Elle mit les poings sur les hanches, près d'exploser.

— Je te dis que j'ai écrit ces lettres. Est-ce que tu vas me traiter de menteuse, moi aussi ?

— Réfléchis, Hannah, soupira Jed en se tapotant le côté du crâne. Tu as écrit ces lettres et les as confiées à ta mère pour qu'elle les poste. Elle se rend en ville, comme chaque jour, pour porter son déjeuner à ton père. Et ensuite ? Elle glisse les enveloppes dans une boîte aux lettres, d'où elles disparaissaient mystérieusement ? Elles se perdent toutes entre l'île et le pénitencier ? Ou bien est-ce que ta mère les dépose dans la bannette du courrier sortant au commissariat, où ton père, le shérif, les récupère bien tranquillement pour les détruire ?

Hannah ravala le cri qui montait dans sa gorge. Elle aurait voulu contredire Jed. Défendre son père. Mais elle n'y arrivait pas. Pas totalement. Pas après ce qu'elle avait découvert sur son père, après son décès. Ce qu'elle avait toujours soupçonné de lui, de son vivant.

— Comment ça se passe, ici ?

Astrid approcha du brasero d'un pas joyeux, mais se figea en apercevant l'expression de Jed et Hannah.

— Vous avez laissé mourir le feu, fit-elle remarquer.

— On peut dire ça, oui, marmonna Hannah en époussetant son jean. Je ne vais pas tarder. Tu veux que je t'aide pour autre chose, Astrid ?

— Non, tout est sous contrôle. Tate est assez incroyable, aussi surprenant que ça puisse paraître. Ce doit être toutes ces années de célibat...

Astrid les regarda tour à tour avec un sourire incertain.

— Je vais le chercher, d'ailleurs.

Hannah ne voulait plus rester seule avec Jed. Elle avait trop de choses à digérer et n'avait pas besoin qu'on la perturbe davantage. Elle s'apprêtait à suivre Astrid à l'intérieur, mais Tate sortit à cet instant. Après un rapide coup d'œil au visage fermé de Jed, il demanda :

— Tu pars déjà, Hannah ?

Si Tate pensait jouer les entremetteurs, il connaissait mal la profondeur de la rancœur de Jed envers la famille Maddox. Jed avait-il partagé ses soupçons avec quelqu'un ? Hannah s'éclaircit la voix.

— Il se fait tard, Tate. Et j'ai encore du travail ce soir.

— Comme tu veux, Hannah.

Il ouvrit grand les bras, et elle se laissa embarquer dans un des fameux câlins d'ours de Tate. Pourquoi Jed ne ressemblait-il pas plus à son ami ? Tate cherchait constamment à faire plaisir ; Jed, lui, s'en fichait complètement. Était-ce la prison qui l'avait endurci ? Il avait toujours été un peu rebelle, mais il y avait autrefois une forme de douceur chez lui qui séduisait les filles. Y compris la meilleure copine de Hannah à l'époque : Zoey Grady.

— Il faudrait éteindre ce feu pour de bon, fit-elle remarquer. Il fait surtout de la fumée, maintenant.

— Je m'en occupe, répondit Jed, en remuant les braises à l'aide du tisonnier.

Tate serra de nouveau Hannah dans ses bras.

— Ça m'a fait plaisir de te voir, Hannah.

Lorsqu'il la relâcha, elle fit une bise rapide à Astrid.

— Merci pour l'invitation.

— Tu rentres seule en voiture ? demanda soudain Jed, en désignant le vieux pick-up qu'elle utilisait sur les chemins les moins praticables de l'île.

Ou lorsque sa voiture était au garage, comme cette fois-ci.

— Je suis venue seule, répondit-elle froidement, sans le regarder. Comment veux-tu que je rentre ?

Elle se dirigea vers son pick-up. Le gravier et les feuilles crissèrent sous ses pieds.

— Maintenant qu'on sait tous que ce n'est pas moi, il reste quand même un tueur en liberté sur l'île, lança Jed, d'un ton grinçant. Et la police n'a pas la moindre piste. Le coin n'est pas sûr la nuit. Pour une femme seule, surtout.

Hannah trébucha contre une racine et se rattrapa contre le capot de son véhicule, s'épargnant ainsi une chute embarrassante.

— Ça va aller, assura-t-elle. Je suis certaine que le meurtre de Zoey est lié au trafic de drogue sur l'île.

Elle ouvrit sa portière et adressa un dernier signe à Astrid et Tate. Jed ne la quittait pas des yeux. Sa carrure et les tatouages qui serpentaient sur son bras lui donnaient une apparence menaçante. Oui, la prison l'avait changé. Mais cela n'était pas la faute de son père.

Elle tourna la clé. Le moteur toussota, mais refusa de démarrer. Elle retira son pied de l'accélérateur, attendit quelques secondes, puis réessaya. De nouveau, un toussotement plaintif. Un coup frappé sur la carrosserie la fit sursauter. Jed et Tate se tenaient devant son pick-up et lui faisaient des signes. Elle déverrouilla le capot, qui s'ouvrit en grinçant.

Les deux hommes bricolèrent quelques minutes au-dessus du moteur, puis lui demandèrent de mettre le contact. En vain. Elle descendit de son véhicule.

— C'est grave, docteur ? Quel est le verdict ?

Jed referma le capot, faisant trembler le vieux pick-up.

— Le verdict, c'est que tu ne vas pas rentrer avec ce pick-up ce soir. Même si on arrivait à le démarrer, pas question de te laisser conduire ce tas de boue toute seule, avec un assassin en vadrouille.

Hannah coula un regard plein d'espoir en direction de Tate, mais celui-ci avait déjà posé une main sur l'épaule de Jed.

— Tu voudrais bien raccompagner Hannah chez elle, vieux ? J'ai encore un rapport à taper.

— Ouais..., soupira Jed en fouillant dans sa poche pour sortir ses clés. Viens, Hannah. Il vaut mieux que quelqu'un te ramène saine et sauve chez toi.

Au moins il ne souhaitait pas sa mort. C'était déjà ça.

— Je peux toujours appeler un taxi, proposa-t-elle mollement.

— Ici ? s'esclaffa Astrid. Tu risques d'attendre longtemps.

Jed avait déjà rejoint son pick-up noir et ouvert la portière côté passager.

— En route, docteur Maddox.

Avait-elle le choix ? Voulait-elle avoir le choix ? Elle fit signe à Astrid et Tate.

— Merci encore. C'est moi qui invite, la prochaine fois.

En passant près de Jed pour monter dans son véhicule, elle perçut un parfum boisé, mêlé de la fumée du brasero – une bouffée de virilité pure. Jed démarra sans peine. Son pick-up était flambant neuf. Se l'était-il offert avec l'argent de son dédommagement ?

Tandis qu'il quittait l'allée pour rejoindre la route, Hannah effleura de la main le cuir des sièges.

— Belle bagnole, fit-elle remarquer, déterminée à diriger la conversation vers des sujets peu risqués.

Elle ne voulait pas se disputer avec Jed et n'avait pas envie de devoir défendre son père.

— Merci. Je l'ai achetée il y a un an environ, en même temps qu'un appartement à San Luis Obispo.

Il repoussa une mèche de cheveux.

— Mon avocat a obtenu des dommages et intérêts tout à fait satisfaisants dans mon procès contre l'État. Il a récupéré une jolie part, mais la mienne était encore mieux.

Hannah déglutit avec peine. Pour la conversation anodine, c'était raté.

— Je sais que ça ne compense pas ce que tu as enduré, mais je suis contente que tu aies pu retirer quelque chose de positif de tout ça.

Elle pinça les lèvres.

Quelle andouille !

Ce n'était pas du tout ce qu'elle voulait dire. Elle se massa les tempes en soupirant.

— Je...

— Peu importe, la coupa-t-il. Je comprends ce que tu as voulu dire. Migraine ? ajouta-t-il en lui jetant un regard en coin. C'est la fumée ?

C'était cette conversation qui lui donnait mal à la tête. Elle avait déjà trouvé étrange de le croiser dans l'après-midi, mais à présent qu'elle savait qu'il soupçonnait son père de l'avoir piégé, elle ne voyait plus du tout comment aborder la moindre discussion avec lui.

— Oui, sans doute, répondit-elle en se frottant les yeux. Quand Astrid est-elle revenue ? J'ai entendu dire que son mariage n'avait pas tenu.

— C'est ça.

Quand il serrait le volant, c'était comme si l'oiseau tatoué entre son pouce et son index battait des ailes.

— Elle a emménagé chez Tate il y a quelques mois. C'est pratique pour lui quand il est en déplacement.

— Tu vas travailler avec lui, alors ?

— C'est en cours. Plus qu'une épreuve de sélection à passer avant de commencer la formation.

Il se cala dans son siège.

— Je travaille un peu comme détective privé, en attendant. J'ai obtenu un agrément et j'ai déjà effectué quelques missions.

— Ce doit être intéressant.

Elle laissa échapper un petit soupir, soulagée de discuter d'autre chose que de Zoey, de la prison ou de son père.

— Divorces, fraudes à l'assurance, ce genre de trucs, poursuivit-il en tambourinant du pouce sur le volant. Rien de bien excitant.

— J'imagine que tu as eu ton compte d'excitation.

Elle se mordit la lèvre. Pourquoi fallait-il qu'elle complique toujours la situation ? Jed crispa les mâchoires et négocia le dernier virage si serré que les pneus protestèrent.

— Et voilà. Pourquoi est-ce que tu conduis cette vieille brouette ? C'est tout ce que tu as sur l'île ? demanda-t-il.

— Ma voiture est en révision. Le pick-up me dépanne bien, dans ces cas-là. Je demanderai à Jimmy, au garage, de le récupérer demain chez Tate. On fera l'échange.

— C'est pas de chance.

Jed se gara et sortit aussitôt. Sans doute pour ne pas lui laisser le temps de protester. Il la raccompagnait toujours jusqu'à la porte, autrefois. Pas vraiment le rustre sans manières que son père voyait. Pour être tout à fait honnête, Hannah devait bien admettre qu'à partir du moment où sa relation avec Jed avait pris un tournant plus romantique, son père semblait trouver plein de bonnes raisons pour l'expédier hors de l'île.

Elle ouvrit la portière avant qu'il ait le temps de le faire pour elle ; elle aussi pouvait être rapide. Du coin de l'œil, elle le vit observer les hautes fenêtres. La demeure familiale l'avait toujours mise un peu mal à l'aise, mais la famille de sa mère était riche, et son père avait accueilli cet argent avec enthousiasme. À la mort de ce dernier, sa mère avait préféré partir s'installer sous des latitudes plus clémentes et avait laissé la maison à Hannah.

— Ça n'a pas bougé, fit-il remarquer. J'imagine que l'intérieur a dû changer, en revanche. La dernière fois que je suis entré, je devais avoir quatorze ans. Après, ton père a dû juger que je n'étais plus digne de confiance.

— Ce n'est pas...

Elle se tut. Jed la fixait dans la pénombre.

— Tu veux visiter maintenant ? proposa-t-elle. Ma mère a fait quelques travaux, et moi aussi, par la suite.

Une lueur passa dans son regard ténébreux, puis il baissa la tête.

— Une autre fois, peut-être. Bonne nuit, Hannah.

Il remonta dans son pick-up rutilant, et Hannah comprit qu'il ne partirait pas tant qu'elle ne serait pas rentrée dans la maison.

Elle tourna alors les talons et glissa la clé dans la serrure. Quand elle eut enfin refermé derrière elle et allumé une lumière, elle entendit Jed démarrer. Adossée à la porte, elle laissa échapper un long soupir. La présence de Jed sur Dead Falls Island allait lui compliquer sérieusement la vie.

Son chat, Sigmund, s'enroula autour de ses chevilles, et elle se pencha pour lui gratter le menton.

— Je t'ai nourri tout à l'heure, Siggy. Tu n'auras rien d'autre, espèce de glouton.

Sur le palier de l'étage, elle leva au passage les yeux en direction de la trappe carrée qui menait au grenier. Elle n'y était pas montée depuis le départ de sa mère, mais elle y avait une fois remarqué des cartons contenant de vieux papiers de son père. Y trouverait-elle des informations concernant l'enquête sur Jed ?

Cédant à la tentation, elle retourna chercher un marchepied dans le garage et grimpa dessus pour attraper la cordelette qui pendait du plafond. La trappe s'ouvrit pour révéler une échelle escamotable. Elle en saisit le dernier barreau d'une main et tira. Après avoir enclenché la sécurité, elle monta, Siggy sur ses talons. Arrivée en haut, elle se pencha vers lui.

— Tu as intérêt à ne pas te laisser enfermer ici, hein ?

Ne pouvant se tenir tout à fait debout, elle avança, les épaules voûtées, en éclairant le grenier avec la torche de son téléphone portable. Elle aurait dû penser à prendre une vraie lampe. Pour déchiffrer l'écriture serrée de son père sur le côté de chaque carton, elle se mit à genoux. Aussitôt, Siggy approcha en ronronnant avec enthousiasme.

— Je compte sur toi pour éloigner les souris et les araignées, marmonna-t-elle en le caressant distraitement.

Son cœur se mit à battre plus fort lorsqu'elle repéra quelques cartons marqués d'un numéro de dossier, suivi d'un nom et d'une année. Son père n'aurait pas été autorisé à emporter des documents officiels chez lui, une fois à la retraite, mais elle savait qu'il tenait toujours un journal personnel. Des notes qui n'apparaissaient jamais dans les rapports d'enquête. Elle lut d'abord le nom « Keldorf », inscrit sur plusieurs cartons abîmés, avec une date assez ancienne. L'habitude de son père remontait vraiment à longtemps.

Puis, dessous, une date lui sauta aux yeux : ce mois d'août, huit ans plus tôt, qui avait fait basculer sa vie et celle de Jed. Le cœur battant, elle s'accroupit pour retirer les cartons du dessus et récupérer celui qui l'intéressait. La manœuvre souleva un nuage de poussière qui la fit tousser.

À cet instant, son téléphone sonna. Sur l'écran, elle lut le nom de Maggie Jacobson et lâcha un juron. Est-ce que Sheldon s'était confié à Maggie ? Elle s'essuya la main sur son jean et décrocha.

— Salut, Maggie.

Négligeant les politesses, l'assistante sociale entra tout de suite dans le vif du sujet :

— Bon sang de bois, Hannah, je ne sais pas comment t'annoncer ça, mais Sheldon Grady a disparu !

— Disparu ?

Le ton sec de Hannah surprit Sigmund, qui s'aplatit au sol, les oreilles en arrière.

— Comment ça, disparu ?

— Il est sorti en douce de chez moi. J'ai cherché partout et je ne le trouve nulle part.

Hannah était déjà en train de regagner la trappe à quatre pattes, en poussant le carton devant elle. Elle examinerait les autres plus tard.

— As-tu contacté le commissariat ?

— C'est fait. Il y a une voiture qui patrouille dans le secteur.

— Maggie, c'est peut-être l'assassin qui l'a enlevé.

Hannah éternua avec force.

— Hum... J'y ai pensé, mais je ne crois pas. J'aurais entendu du bruit si quelqu'un était entré chez moi pour enlever Sheldon.

— J'espère que tu as raison. À vrai dire, si Sheldon s'est enfui tout seul, ce n'est pas non plus très rassurant. J'arrive. Je vais vous aider à le chercher. Je connaissais sa mère et je lui ai déjà parlé.

Hannah s'engagea sur l'échelle à reculons, le carton calé entre un bras et son torse. Arrivée à mi-hauteur, elle s'appuya contre les barreaux et chassa d'un geste Siggy, qui était resté dans le grenier. Puis, elle reprit sa descente.

— Il est peut-être retourné chez lui, Maggie. Même si ça a été horrible, la dernière fois qu'il y était, c'est sa maison.

— Peut-être...

La voix de Maggie s'estompa un instant, puis revint.

— Tu as l'adresse ?

— Pas sur moi. Regarde dans ton dossier. Je sais simplement comment m'y rendre depuis chez moi. Je vais y aller tout de suite. Il a disparu il y a combien de temps ?

— Une demi-heure, je dirais. La plupart des gamins d'ici connaissent l'île comme leur poche, et la maison de Zoey n'est pas très loin de chez toi.

Hannah laissa la trappe ouverte et descendit dans l'entrée.

— Je te retrouve là-bas.

Elle raccrocha, fourra son téléphone dans son sac à main, puis regarda un instant le carton posé par terre, contre lequel se frottait Sigmund. Inutile qu'il mette son nez dedans avant elle. Elle porta le carton jusqu'au cellier, une petite pièce au fond de la cuisine, et l'abandonna sans plus de cérémonie sur le carrelage. Tandis qu'elle refermait la porte, elle se figea.

Elle n'avait pas de voiture.

Sans réfléchir, elle ressortit son téléphone et composa le numéro de Jed. Répondrait-il, sans connaître l'identité de son interlocuteur ? Au bout de deux sonneries, elle entendit une voix bourrue, vaguement accusatrice.

— Oui ? Qui est-ce ?

— C'est Hannah.

Elle retint son souffle.

— Comment as-tu eu mon numéro ?

Toujours un peu de méfiance dans sa question.

— Longue histoire. Dis-moi : le fils de Zoey, Sheldon, a échappé à

255

la surveillance de son assistante sociale. Je pense qu'il est peut-être retourné chez lui. Est-ce que tu pourrais me déposer là-bas ?

Il y eut un silence.

— J'arrive. Je ne suis pas loin. Je...

Il s'éclaircit la voix.

— J'ai fait un crochet avant de rentrer chez Tate.

— Merci, Jed. Je t'attends devant.

S'était-il rendu au promontoire qui surplombait la cascade ? L'endroit où ils se retrouvaient autrefois ? Elle chassa aussitôt cette pensée. Elle devait bien être la seule à remuer ce genre de vieux souvenirs.

Elle sortit de la maison et gagna le bout de l'allée. Dix minutes plus tard, le pick-up de Jed apparut au bout de la rue. Le promontoire se trouvait exactement à dix minutes de chez elle. Peut-être avait-il bel et bien fait un détour par la cascade...

Elle lui fit signe, comme s'il ne venait pas exprès pour elle, et posa la main sur la poignée avant même que le véhicule soit totalement arrêté.

— Merci infiniment, dit-elle en montant. Sheldon est vraiment tout jeune.

— Pas besoin de chercher à me convaincre, Hannah, répondit-il en redémarrant. Je suis prêt à aider n'importe quel enfant. Qui que soient ses parents.

— Je sais.

Elle se passa une mèche de cheveux derrière l'oreille et le regarda.

— Tu penses qu'il a pu retourner chez lui ?

— Probablement. Où pourrait-il aller d'autre ?

Elle vit les muscles de ses avant-bras se crisper.

— Quand on est gamin, c'est tout ce qu'on connaît. Même si la vie n'y est pas rose tous les jours.

Hannah cligna des yeux. Elle connaissait parfaitement l'enfance qu'avait eue Jed : père alcoolique, parents en guerre l'un contre l'autre, mère indienne qui menaçait sans cesse de rejoindre les siens dans leur réserve. Lorsque Jed avait été arrêté, ses parents l'avaient renié, et le clan maternel avait cessé de lui adresser la parole.

Hannah s'apprêtait à donner des indications à Jed, mais il semblait connaître le chemin jusqu'au terrain où se trouvait le vieux mobil-home de Zoey. Évidemment. Cet endroit faisait partie de son histoire personnelle.

Les phares du pick-up éclairèrent soudain le ruban jaune qui entourait toujours le terrain de Zoey. Comme de nombreux habitants de l'île, cette dernière était installée dans un logement occupé par sa famille depuis plusieurs générations. La police pensait qu'elle avait été agressée chez elle, puis traînée à l'extérieur pour être achevée derrière le mobil-home. La zone tout entière avait été placée sous scellés.

Jed engagea son véhicule dans une allée cabossée et se gara devant chez Zoey. Il coupa le contact, mais laissa les phares allumés. Hannah sortit et mit les mains en porte-voix.

— Sheldon ! Tu es là, Sheldon ? C'est le docteur Maddox. Hannah. Tu te souviens de moi ?

Jed l'avait rejointe. Il la poussa du coude et désigna une vieille balançoire installée sur le côté du mobil-home. Une des chaînes bougeait, malgré l'absence de vent ce soir-là. Hannah s'en approcha.

— Sheldon ? Je peux te pousser sur la balançoire, si tu veux.

Un bruissement se fit entendre dans la végétation derrière le portique, mais s'arrêta quand un véhicule de patrouille déboucha en trombe au bout de l'allée, le gyrophare allumé. Hannah se retourna, l'air furieux. Est-ce que la police pensait vraiment que c'était la meilleure façon d'aborder un enfant traumatisé ? Une petite voiture arriva ensuite. Maggie en sortit, une main en visière pour se protéger de la lumière des phares.

— Alors ? chuchota-t-elle.

— Peut-être dans le bosquet derrière la balançoire, répondit Hannah. Sheldon ? On est là pour t'aider.

Les buissons s'écartèrent, et le visage blême de Sheldon apparut entre les branches. Hannah poussa un soupir.

— C'est bien, mon poussin. Viens, sors de là.

Sheldon s'extirpa de la végétation et approcha d'elle avec prudence. Incapable de se retenir, Hannah parcourut la distance qui les séparait encore et serra son corps frêle dans ses bras.

— Tout va bien. Ça va aller.

Il restait inerte contre elle, avant de se raidir, et Hannah se demanda si elle n'avait pas commis une erreur avec ce geste d'affection. Elle le relâcha aussitôt et recula d'un pas.

— Tout va bien, Sheldon ?

Il écarquilla soudain les yeux, puis leva son bras maigrelet pour désigner quelque chose derrière elle.

— C'est lui.

Hannah fit volte-face. Sheldon pointait le doigt en direction de Jed, adossé à son pick-up. Elle sentit son cœur se serrer.

— Qui ça, mon chéri ?

— C'est le méchant monsieur.

4

Jed se figea. Depuis son enfance, il avait l'habitude qu'on l'accuse de toutes sortes de choses. Mais cette fois, les paroles du garçon lui firent l'effet d'une lame passée sur sa gorge. Les policiers avaient entendu la voix claire de Sheldon ; l'assistante sociale aussi. Et Hannah, évidemment, dont les grands yeux rivés sur lui brillaient doucement dans l'obscurité.

Un frémissement parcourut le corps de Jed, trahissant le combat qui faisait rage en lui entre l'instinct de s'enfuir et celui de se battre. Les dents et les poings serrés, il se prépara à ce qu'un des agents s'approche pour le jeter à l'arrière d'une des voitures de patrouille, afin de le ramener au commissariat et le questionner de nouveau.

Lentement, Hannah se tourna vers le garçon et balaya une mèche de cheveux qui lui cachait les yeux. Elle lui murmura quelques paroles. Sheldon fit non de la tête.

Les policiers chuchotaient entre eux, tout en lançant des regards méfiants dans sa direction. Jed perçut plusieurs fois le mot « alibi » ; ils devaient donc savoir qu'il avait déjà été écarté de la liste des suspects potentiels. À vrai dire, cela ne signifiait pas grand-chose sur cette île. Dire qu'il avait eu la bêtise de revenir en pensant que les choses avaient changé...

Hannah se redressa et prit Sheldon par la main pour le conduire jusqu'à l'assistante sociale, qui se tenait près des policiers. Elle s'éclaircit la voix.

— Sheldon a laissé un de ses jouets préférés chez lui, mais il n'a pas réussi à rentrer. Je lui ai expliqué que nous viendrions le récupérer demain. Est-ce que tu es d'accord, Sheldon ?

L'enfant hocha la tête, puis jeta un rapide coup d'œil en direction de Jed, toujours adossé à son pick-up. L'un des policiers le désigna du pouce.

— Qu'est-ce que le gamin a voulu dire, tout à l'heure ?

— Peut-être devriez-vous lui poser la question directement, répondit Hannah en souriant. Vas-y, Sheldon. Tu peux répéter au monsieur ce que tu m'as dit à l'instant. Et ensuite, je pense que Maggie te ramènera chez elle pour un cookie et un verre de lait.

— Rien de tel avant d'aller se coucher, assura Maggie. Je crois même que je vais en prendre aussi. J'en ai bien besoin.

Le policier le plus jeune s'agenouilla devant Sheldon.

— Pourquoi est-ce que ce monsieur est méchant, Sheldon ?

Le garçon se frotta les yeux.

— C'est maman qui me l'a dit. Elle disait qu'elle le détestait.

C'était réciproque, petit, pensa Jed, les muscles tendus à l'extrême.

— Est-ce qu'il a fait du mal à ta maman, Sheldon ? Est-ce qu'il était ici hier soir ?

Quand Sheldon fit signe que non, Jed se remit à respirer.

— Non. Je ne sais pas qui a fait du mal à maman.

— D'accord, d'accord, dit le policier en lui tapotant l'épaule avec maladresse. Tu veux bien retourner avec... heu... Maggie ?

Sheldon baissa la tête. Maggie lui tendit la main.

— On va faire un sort à ces cookies ?

Sheldon avança en traînant les pieds. Avant de monter dans la voiture de l'assistante sociale, il jeta un coup d'œil en direction de Hannah, qui lui adressa un petit signe. Lorsque le véhicule s'éloigna, les policiers approchèrent de Jed, qui s'écarta enfin de son pick-up, les bras toujours croisés et les poings serrés.

— Qu'est-ce que vous dites de tout ça ? demanda un des agents, les mains près de sa ceinture, comme s'il s'attendait que Jed tente quelque chose.

Il haussa les épaules.

— Zoey m'a accusé de viol à tort. Elle devait me détester, pour une raison ou pour une autre. Mais j'ai été innocenté. Cela signifie que c'était une menteuse. Ça n'a pas dû lui plaire que ça se sache, et elle a dû me détester encore plus. Elle a sans doute dû me montrer du doigt dans la rue un jour en expliquant à son fils que c'était moi le méchant. Une vraie mère modèle.

— Elle est morte, fit remarquer le policier, d'un ton de reproche.

— Ça ne fait pas d'elle une meilleure mère, objecta Jed.

L'autre policier toussota.

— On va rentrer, annonça-t-il. C'est bon pour vous, Hannah ?

— Tout va bien. Je suis soulagée qu'on ait retrouvé Sheldon. Merci de vous être déplacés aussi vite.

Les policiers la saluèrent, puis regagnèrent leur voiture. Quand ils se furent éloignés, Jed et Hannah se regardèrent quelques longues secondes en silence, puis Hannah baissa les yeux et recoiffa une mèche de cheveux derrière son oreille.

— Je... Désolée pour ce qui vient de se passer. Je pense que tu as raison : Zoey a dû te montrer un jour à Sheldon, et il s'est souvenu de ce qu'elle a dit. En plus, il était dans un état d'anxiété aigu quand il t'a vu.

— Tu n'es pas obligée de te précipiter pour me défendre, Hannah, soupira-t-il en sortant ses clés de sa poche. Je n'ai rien fait de mal. Ni autrefois ni ce soir.

— Je sais. Mais pourquoi ne devrais-je pas te défendre ? Surtout si tu accuses mon père d'avoir cherché à te faire condamner.

— Est-ce que tu envisages que ce soit possible ? demanda-t-il en jouant nonchalamment avec ses clés.

Hannah s'écarta pour s'asseoir sur la balançoire, qui grinça sous son poids.

— C'est absurde de penser que mon père, en tant que shérif, prendrait le risque de te piéger ainsi, juste pour nous éloigner. Il aurait pu employer d'autres méthodes, beaucoup plus légales, pour mettre un terme à notre relation.

Jed la rejoignit près de la balançoire, passa derrière elle et commença à la pousser doucement.

— Va savoir, dit-il. Ce n'était peut-être pas la seule raison.

Hannah reposa les pieds au sol pour freiner son élan.

— Le corps de Zoey a été retrouvé ici.

— Près de la balançoire ? demanda Jed, en reculant d'un pas.

— Adossé à ce rocher, expliqua Hannah en désignant une grosse pierre un peu plus loin. Presque comme une mise en scène.

— Quelle idée d'installer une balançoire aussi près d'un rocher, marmonna Jed en s'agenouillant à côté de la pierre.

Il fit la grimace en découvrant une tache couleur rouille sur sa surface. Hannah ne plaisantait pas. Le sang de Zoey maculait la pierre. Tandis qu'il se relevait, un amas de feuilles brunes attira son attention. Il se pencha par-dessus le rocher pour regarder, évitant le sang. Quand il alluma la torche de son téléphone portable, il se rendit compte qu'il ne s'agissait pas de feuilles, mais d'un oiseau mort, grouillant de fourmis.

— Pauvre bête...

— Qu'est-ce que c'est ? demanda Hannah en approchant derrière lui.

Elle posa une main sur son épaule pour se pencher à son tour, puis il sentit ses doigts s'enfoncer dans sa chair quand elle répondit à sa propre question :

— Un oiseau.

— On dirait bien que Zoey n'est pas la seule à être morte ici, marmonna Jed en rangeant son téléphone.

— C'est un peu... froid, comme commentaire, fit remarquer Hannah en jetant un dernier coup d'œil à l'oiseau. Tout comme ta « mère modèle » n'est pas très bien passée auprès des policiers. Peut-être devrais-tu faire plus attention à ce que tu dis.

— Pourquoi ?

Sa réponse avait jailli comme un grognement, et il ferma les yeux, s'efforçant de respirer avec calme.

— Cette femme a cherché à détruire ma vie et, d'après la

réaction de son fils, elle continuait à dire du mal de moi au lieu de se repentir. Je ne vais pas faire semblant d'être touché par sa mort. Je suis navré que le petit ait perdu sa mère, mais je ne prendrai pas la tête du cortège funéraire.

Hannah resta silencieuse quelques secondes, puis chuchota :

— Tu crois qu'on devrait l'enterrer ?

En entendant le son de sa voix, Jed ouvrit brusquement les yeux.

— L'oiseau ? Non. La nature est déjà en train de se charger de le ramener à la terre.

Hannah agrippa la chaîne de la balançoire, tournant le dos au rocher ensanglanté et à l'oiseau mort.

— Peux-tu me déposer chez moi ?

— Bien sûr.

Il passa rapidement une main dans la masse désordonnée de ses cheveux. Il était à ce point obnubilé par sa colère et son sentiment d'injustice, qu'il avait oublié que Hannah devait s'occuper de son petit patient – un gosse perdu, désemparé et privé de sa mère.

— Tu n'étais pas obligée de rester avec moi. Je suis un grand garçon. Tu aurais pu partir avec Maggie.

— C'est juste que...

Elle gratta la terre du bout de son pied.

— Ça m'a tellement choquée d'entendre Sheldon t'accuser. Quand est-ce qu'on va enfin te ficher la paix ?

La sincérité dans sa voix le toucha profondément.

— Hé ! c'est bon ! La justice a daigné revoir mon dossier et décidé de m'innocenter. Je suis libre, ma p'tite dame. Dans le genre, on ne fait pas mieux.

L'ombre d'un sourire dansa sur les lèvres de Hannah, comme si elle ne savait pas si elle devait le prendre au sérieux.

— Si tu le dis...

— C'est vrai.

Il lui prit la main et la lâcha presque aussitôt. La décharge électrique qui l'avait traversé avait failli le faire décoller du sol. Il jeta un rapide coup d'œil à Hannah qui venait de croiser les bras à la hâte et cachait les mains sous ses aisselles. Il n'était donc pas le seul à l'avoir ressentie. Il ouvrit la portière côté passager et s'écarta pour que Hannah ne soit pas obligée de le frôler en montant.

Soudain, c'était comme s'ils marchaient sur des œufs en présence de l'autre. Rien à voir avec leur attitude pendant le barbecue, un peu plus tôt dans la soirée. Peut-être parce que Jed faisait alors tout pour la tenir à distance en se montrant revêche. Il envisagea sérieusement de se remettre à bouder ; cela leur éviterait à tous les deux beaucoup d'ennuis.

Lorsque Hannah fut assise, il claqua la portière, plus fort qu'il ne l'avait souhaité. Hannah sursauta sur son siège. Il avait l'impression de ne jamais trouver le bon comportement avec elle, ce qui n'arrivait jamais, autrefois. Il prit une profonde inspiration avant de s'installer au volant.

— Comment va Sheldon, d'ailleurs ?

— Il m'a raconté qu'il avait laissé un jouet chez lui, expliqua-t-elle en attachant sa ceinture. Mais je n'y crois pas. Maggie a récupéré tous ses jouets préférés. Je pense qu'il essayait simplement de retrouver sa mère.

Il lui lança un regard en coin en démarrant.

— Il comprend qu'elle n'est plus là, non ?

— Oui... à un certain niveau. Mais il y a toujours l'autre niveau, tu sais.

— Celui qui refuse de renoncer. Heureusement pour moi que j'y ai toujours cru, quand j'étais en prison.

— Moi aussi, affirma-t-elle, avant de couler un regard dans sa direction. Et je t'ai bel et bien écrit ces lettres que tu n'as jamais reçues.

— Je ne sais pas...

Il fit rugir le moteur, comme s'il espérait s'éloigner plus vite de chez Zoey.

— C'est peut-être une bonne chose que tu n'aies pas entretenu une correspondance avec un détenu.

Hannah soupira.

— Quand je pense que tu as cru que je ne t'avais pas écrit. Que je m'en fichais. Que je te croyais coupable.

— Je n'ai jamais pensé ça.

Il serra plus fort le volant.

— Je me disais que tu me connaissais assez pour savoir que je ne ferais jamais de mal à une femme de cette façon... pas après ce que ma mère a enduré à cause de mon père.

— Donc, tu as dû penser que je m'en fichais. Que je voulais être débarrassée de toi.

Elle détourna le visage vers la vitre, mais il eut le temps de voir que ses yeux brillaient. Il refusait de s'engager sur ce terrain avec elle. Pas question qu'elle commence à pleurer à cause de lui et de sa tragique petite vie.

— J'ai cru que ton père t'avait convaincue de passer à autre chose. Il avait toujours exercé beaucoup de contrôle sur toi.

Elle se raidit, et il put presque entendre ses dents grincer.

— Je suis passée à autre chose parce que tu n'as jamais répondu à mes lettres !

Il leva une main en signe d'apaisement.

— Écoute... On était ados et on avait un faible l'un pour l'autre, c'est tout. On n'a même jamais couché ensemble.

Elle tourna brusquement la tête vers lui.

— Oh ! mille excuses ! Je ne savais pas que c'était ton critère principal pour définir une relation profonde et sincère.

Il reprit l'expression fermée qu'il arborait souvent en prison et haussa les épaules.

— C'est la vérité. Ne te bile pas pour ces lettres qui ne me sont jamais parvenues. Je ne t'en ai pas voulu. Je ne m'attendais pas à avoir un jour de tes nouvelles.

Hannah poussa un soupir, agacée, et se tourna de nouveau vers la vitre, les bras croisés. C'était cette Hannah qu'il préférait, celle qu'il était capable d'affronter à cet instant-là. Il ne pouvait pas lui avouer qu'il avait été dévasté par son silence, après sa condamnation. Il avait voulu tourner la page, mais la plaie était encore à vif.

— Bon, tu sais quoi ? demanda-t-elle soudain en tapant contre sa vitre. Tu n'as qu'à me déposer au bout de l'allée.

— Il est presque minuit. N'importe qui pourrait entrer sur la propriété, malgré le portail. Et puis, ton terrain se trouve en bordure de forêt.

Il s'engagea dans l'allée.

— Au risque de décevoir la police, je ne suis pas l'assassin de Zoey. Ce qui signifie que le tueur rôde toujours.

— Étant donné le style de vie de Zoey, je suis presque certaine que son meurtre a quelque chose de personnel. Peut-être son ancien petit ami. Chase. Je ne suis pas inquiète. Tu as simplement trop l'habitude de fréquenter des détenus de bas étage.

Hannah contre-attaque, pensa Jed.

Il coupa le contact et se tourna vers elle avec un large sourire.

— C'est vrai que j'ai fait la connaissance de quelques personnages intéressants, derrière les barreaux. Pas le genre de gars que tu as envie de croiser en rentrant dans ton manoir en pleine nuit.

Elle détacha sa ceinture de sécurité d'un geste rageur.

— La maison n'a rien d'un manoir.

Le père de Hannah n'aurait jamais pu s'offrir une telle propriété avec son maigre salaire de shérif. En revanche, il avait épousé une riche héritière. Le grand-père maternel de Hannah avait fait fortune en investissant dans le secteur naissant de la haute technologie à Seattle. Jed avait entendu dire que le shérif Maddox avait courtisé Lizzie Franklin sans relâche. Ensuite, une fois marié, il avait joué les grands seigneurs, menant tout le monde à la baguette comme si c'était son droit le plus strict.

— C'est quand même la plus grosse baraque de toute l'île. Tu préfères que j'appelle ça comment ? Une maison de campagne ? Une villa ?

Les narines dilatées, Hannah faillit mordre à l'hameçon, mais la sonnerie de son téléphone l'en empêcha. Elle plongea la main dans une poche latérale de son sac.

— Quoi maintenant ? maugréa-t-elle.

— J'espère que ce n'est pas encore Sheldon.

Il était sincère. Ce gosse n'avait pas besoin d'un nouveau traumatisme dans sa vie.

— Ça se pourrait bien, soupira Hannah, le front plissé. C'est l'un des adjoints du shérif.

— Réponds, si jamais tu as besoin que je te dépose quelque part.

Elle décrocha.

— Docteur Maddox.

Elle écouta son interlocuteur quelques instants, puis porta une main à sa bouche et lui lança un regard de stupéfaction. Jed sentit son estomac se nouer.

— Je comprends, finit-elle par dire simplement.

L'adjoint avait dû raccrocher, car il n'entendit plus rien. Hannah restait pourtant assise là, le téléphone toujours pressé contre son oreille.

— Que se passe-t-il, Hannah ? C'est Sheldon ?

Lentement, elle posa son téléphone sur ses genoux.

— Il y a eu un autre meurtre.

267

5

Jed ne pouvait pas être coupable.

Hannah se mordit la lèvre inférieure, honteuse de la première pensée qui lui avait traversé l'esprit, alors qu'une femme venait d'être assassinée. Et puis, Jed n'avait pas besoin de sa compassion ni de sa protection. Il avait été douloureusement clair sur ce point. Elle l'entendit pousser un soupir.

— Qui est-ce, cette fois ?

« Cette fois. » Hannah frissonna et déglutit avec peine. Elle avait la gorge sèche.

— Stephanie Boyd, une autre mère célibataire avec un enfant en bas âge. Elle est nouvelle sur l'île. Tu ne la connais sans doute pas.

— Pourquoi est-ce que les flics t'ont contactée ? Ils ont besoin de ton aide avec l'enfant ? Ils pensent que c'est lié au meurtre de Zoey ?

Il claqua nerveusement des doigts.

— Ça doit être lié, forcément. Deux homicides en deux jours sur cette île ? Ça ne peut pas être une coïncidence.

— Il ne s'agissait pas d'un appel officiel, précisa Hannah. C'était un des adjoints présents ce matin, quand j'ai vu Sheldon. Il m'a informée de façon officieuse. Il n'a pas dit grand-chose, cela dit. Mais tu as raison : c'est forcément lié à la mort de Zoey, non ? Je sais qu'il y a un joli petit trafic de drogue autour de Discovery Bay, mais on a rarement des tueurs en série dans le coin.

— C'est vrai.

Jed se massait les tempes du bout des doigts.

— Les meurtres pourraient avoir un lien avec la drogue. On sait tous les deux que Zoey n'était pas étrangère à ce milieu. Peut-être cette... Stephanie, c'est ça ? Peut-être fréquentait-elle la même faune. Peut-être connaissait-elle Chase Thompson. D'après ce que j'ai compris, il dealait un peu, en plus de sortir avec Zoey.

— Fletcher, l'adjoint qui vient de m'appeler, ne m'a pas dit grand-chose de plus.

— Attends une seconde...

Soudain, Jed frappa le volant du plat de la main, la faisant sursauter pour la seconde fois.

— Stephanie ? C'est quoi, son nom de famille déjà ?

— Boyd. Stephanie Boyd. Elle a... Elle avait une petite fille.

— Bon sang...

Jed attrapa à la hâte son téléphone qui était en train de se recharger sur l'accoudoir entre eux.

— Je crois que je la connais, annonça-t-il.

Hannah sentit son cœur se mettre à battre plus vite.

— Mais comment ? Depuis ton retour sur l'île ?

— Non. En fait, je connais son frère.

Il fouilla un instant dans son téléphone.

— Tu te souviens de Michael Ramsey ?

— Bien sûr. Un peu plus vieux que nous. Ses parents ont divorcé quand il était gamin, et sa mère a quitté l'île.

— Sa mère s'est remariée et a eu d'autres enfants. Stephanie Boyd est la demi-sœur de Michael.

— Comment sais-tu tout ça ?

Elle ne le lâchait pas des yeux. L'idée qu'il connaisse cette seconde victime lui nouait l'estomac.

— Figure-toi que j'ai croisé Michael par hasard, à L.A. Quand je lui ai dit que je retournais à Dead Falls, il m'a demandé de rendre visite à sa demi-sœur de temps en temps. Il disait qu'elle traversait une période difficile.

Il reposa son téléphone dans le porte-gobelet.

— Je n'ai pas eu le temps d'aller la voir... Et maintenant, c'est trop tard.

— Donc, tu ne l'as jamais rencontrée ? demanda Hannah avec un petit soupir de soulagement.

Il tourna aussitôt la tête vers elle.

— Tu as peur que les flics me collent ça sur le dos aussi ?

— Bien sûr que non ! Tu étais avec les Mitchell et moi toute la soirée, de toute façon.

— Ravi de constater que tu as pensé à mon alibi, dit-il avec un sourire en coin.

— À vrai dire, ce n'est pas vraiment le sujet...

— Non, tu as raison, répondit Jed, en se laissant retomber dans son siège. Je vais devoir appeler Michael pour lui dire que je n'ai même pas eu le temps d'aller voir sa sœur. Tu crois que c'est une coïncidence si Zoey et Stephanie étaient toutes les deux des mères célibataires ?

— Sûrement. Leur mort doit être liée à leur mode de vie. Si Michael s'inquiétait pour sa sœur, c'est qu'elle devait avoir de mauvaises fréquentations. On sait déjà que Zoey était mêlée au milieu de la drogue. Toutes les deux en savaient peut-être un peu trop ou bien elles se sont fait des ennemis. Je suis sûre que le commissariat va clarifier tout ça... avec l'aide de la Criminelle de Seattle.

Jed laissa échapper un petit rire.

— Tu as plus confiance que moi dans les capacités du commissariat de Dead Falls.

— J'ai quand même rajouté Seattle. Je suis certaine que les inspecteurs de la brigade criminelle de là-bas voient ce genre d'homicides tout le temps.

Elle se frotta les paumes sur les cuisses.

— Je ferais mieux de rentrer. Si la fille de Stephanie était dans la maison au moment du meurtre, je vais sans doute avoir une autre petite patiente.

— C'est tellement triste pour ces gosses.

Il mit la main sur la poignée de la portière.

270

— Je te raccompagne jusqu'à ta porte. Tu es contente que je sois resté, non ?

— Je suis sûre que je n'ai aucune raison de m'inquiéter.

En réalité, elle était soulagée. La maison familiale était située dans une partie de l'île où les propriétés étaient vastes. Son voisin le plus proche vivait à quelques kilomètres de là. Personne ne l'entendrait crier. Même si elle n'avait pas l'intention de crier.

L'épaule de Jed effleura la sienne tandis qu'ils se dirigeaient vers la galerie qui faisait tout le tour de la bâtisse. Quand il lui avait pris la main, près de la balançoire, elle en avait presque eu les genoux qui flanchaient. Elle n'avait jamais été capable de lui résister, et ni son séjour en prison ni son attitude revêche n'y changeaient quelque chose.

Il attendit qu'elle ait inséré la clé dans la serrure, puis lui toucha le bras.

— J'espère que tu n'auras pas une nouvelle patiente demain. J'espère que cette petite fille n'était pas avec sa mère au moment du meurtre.

— Moi aussi, murmura-t-elle en ouvrant la porte d'un coup de hanche. Bonne nuit, Jed.

Elle referma, mais sentit sa présence sur le perron jusqu'à ce qu'elle tourne la clé et enclenche la sécurité. Il n'avait vraiment aucune raison de s'inquiéter, mais sa sollicitude provoquait en elle des frissons agréables. Il avait beau la tenir à distance et jouer les durs, elle savait que le lien entre eux ne s'était pas étiolé. L'alchimie qu'ils ressentaient autrefois entre eux, quand ils étaient encore des adolescents en train de traîner dans l'île, existait toujours.

Sauf qu'ils n'étaient plus des enfants et que Jed Swain était devenu un homme très complexe. Un homme qu'elle ne pouvait se permettre d'analyser.

Jed resta assis dans sa voiture jusqu'à ce que toutes les lumières soient de nouveau éteintes dans la maison de Hannah, à l'exception d'un faible halo jaune qui filtrait par une petite fenêtre, sur le palier du premier étage. La plupart des chambres de cette énorme bâtisse donnaient sur l'arrière, avec vue sur les bois et la baie tout au fond.

Dans ce secteur, les propriétés étaient immenses, si bien que les voisins de Hannah étaient très éloignés. Cela ne lui plaisait pas. Surtout avec un assassin sur l'île. Si Hannah n'avait aucun lien avec les dealers et les toxicomanes de Dead Falls, elle recevait des patients qui côtoyaient ce milieu, plus ou moins directement. Comme Sheldon Grady. Et si quelqu'un cherchait à découvrir ce que Sheldon savait du meurtre de sa mère ?

Il émit un grognement agacé. Il avait cessé de s'inquiéter du sort de Hannah Maddox lorsque le père de celle-ci l'avait expédié en prison. Loin des yeux, loin du cœur. S'il avait eu deux sous de jugeote, il serait resté à L.A. ou retourné à San Luis Obispo, au lieu d'essayer de prouver aux braves citoyens de Dead Falls Island qu'ils s'étaient trompés sur son compte. Dès son arrivée sur l'île, il avait compris qu'il se fichait complètement de ce que les autres pensaient de lui... Jusqu'à ce qu'il recroise Hannah.

Il démarra. Sur le chemin qui le ramenait chez les Mitchell, il se gara sur le bas-côté pour vérifier l'adresse de Stephanie, dans un des mails envoyés par Michael. Hannah venait d'apprendre la nouvelle du meurtre ; la police devait donc encore être sur les lieux. Et il ne serait pas le seul curieux.

Il n'eut pas besoin d'entrer l'adresse dans le GPS de son smart-phone, car c'était la maison où Michael avait grandi. Ce dernier avait sans doute proposé à sa sœur de s'y installer.

Le pavillon se dressait en bordure d'un petit lotissement, non loin de la route principale qui faisait tout le tour de l'île. Au carrefour, Jed remarqua une certaine agitation dans le quartier, inhabituelle à cette heure de la nuit. La nouvelle de la mort de Stephanie avait déjà dû se répandre, attirant les noctambules qui fréquentaient les bars de l'île. Tant mieux : il passerait plus facilement inaperçu.

Il contourna le pâté de maisons, suivant la limite d'un parc. La rue menant au domicile de Stephanie était barrée par une camionnette de police ; des grappes de curieux s'étaient rassemblées devant.

Jed se gara assez loin du véhicule de police ; il avait déjà assez vu les hommes du shérif pour la journée. Les mains dans les poches, il approcha d'un groupe de badauds qui bavardaient à voix basse entre eux. Leurs pyjamas et robes de chambre trahissaient qu'il s'agissait de voisins, contrairement aux passants en jeans et blousons, qui attendaient près de leurs voitures. Jed s'éclaircit la voix.

— J'ai entendu dire que Stephanie Boyd avait été assassinée.

Quatre visages pâles se tournèrent vers lui, et il reconnut Karl Lundstrom et sa femme. Karl vivait à quelques maisons de celle de Michael quand ils étaient gamins.

— Oh ! salut ! C'est toi, Jed ?

— Oui, m'sieur Lundstrom, répondit-il en lui tendant la main. Bonsoir, m'sieur.

— Tu peux m'appeler Karl. Je ne t'avais pas encore croisé depuis que tu es rentré.

Karl se passa les doigts dans les cheveux d'un geste nerveux.

— C'est vraiment triste ce qui t'est arrivé, mon garçon. Personnellement, je n'y ai jamais cru.

Vous devez bien être le seul, pensa Jed.

— C'est gentil, merci.

— D'abord, Zoey, et maintenant, celle-ci, reprit Karl en désignant les gyrophares qui illuminaient la maison de Stephanie.

Sa femme se pencha en avant pour chuchoter :

— Des histoires de drogue... Pour les deux.

Karl serra les frêles épaules de son épouse.

— On n'en sait rien pour l'instant, Charlene.

— Est-ce que des voisins ont vu ou entendu quelque chose ? Qui a trouvé le corps ? demanda Jed en cognant le trottoir du bout du pied.

Une autre voisine présente dans le groupe porta une main à son cœur avant de déclarer :

— C'est la petite qui l'a découverte dans le jardin.

Jed se figea. Hannah allait sans doute avoir une nouvelle patiente.

— C'est affreux. La pauvre.

— Elle a hurlé tout ce qu'elle savait, poursuivit Charlene en essuyant des larmes. Ça a réveillé tout le quartier. Je n'arrive pas à croire qu'une chose pareille puisse s'être produite ici. Pour Zoey, c'était une zone moins bien fréquentée, quand même.

— Dans le jardin, répéta Jed.

Encore une victime assassinée à côté de sa maison. Ou bien tuée à l'intérieur, puis traînée dehors. Jed se frotta le menton, puis remarqua que tous le regardaient.

— Je rentrais chez moi, expliqua-t-il. D'ailleurs, j'y vais. Soyez prudents !

Il retourna à sa voiture, le dos raide, car il sentait que les voisins ne le quittaient pas des yeux. Une fois installé au volant, il laissa échapper un soupir de soulagement. Les deux meurtres étaient peut-être liés au trafic de drogue à Discovery Bay, mais la présence d'un enfant chaque fois plaçait Hannah au cœur de la tempête.

Il s'apprêtait à tourner la clé pour démarrer quand son téléphone vibra. En voyant le nom qui s'affichait sur l'écran, il sentit son ventre se nouer. Il ferma les yeux et décrocha.

— Bonsoir, Michael.

— Jed, pardon de t'appeler aussi tard, mais je viens d'apprendre une terrible nouvelle.

— Je suis déjà au courant pour Stephanie. Je suis vraiment désolé, mon vieux. Mes condoléances. Et désolé aussi de ne pas avoir pu la contacter avant... avant...

— C'est le shérif de Dead Falls qui m'a téléphoné. Il m'a dit que c'était sans doute un homicide. C'est ahurissant. Une overdose ne m'aurait pas surpris, mais ça ?

La voix de Michael se brisa dans un sanglot.

— Tu es toujours à l'étranger ?

— Oui, répondit Michael en reniflant.

— Si je peux faire quelque chose, surtout, tu n'hésites pas. Vraiment.

— Tu peux faire quelque chose, justement, Jed.

Jed observa le ballet des policiers au loin.

— Tout ce que tu veux. Dis-moi.

— Quand on s'est croisés à L.A., tu m'as dit que tu avais une licence de détective privé et que tu travaillais pour les deux avocats qui se sont occupés de ton dossier.

— C'est exact.

Michael s'éclaircit la voix.

— C'est même pour ça que je t'ai demandé de garder un œil sur Stephanie, tu sais ? En plus du fait que tu retournais à Dead Falls et que tu es du coin.

— Oui ?

— Je ne te demanderais pas ça, si... Mais tu sais mieux que quiconque à quel point le commissariat est corrompu et inutile sur l'île.

— Certes.

Jed sentit une veine battre à ses tempes.

— De quoi s'agit-il, Michael ? Qu'est-ce que tu me demandes ?

— Je voudrais que tu enquêtes sur le meurtre de ma sœur.

6

Tôt le lendemain matin, Hannah fut réveillée par une patte de chat appuyant avec insistance sur sa joue. Elle sortit un bras de sous la couette pour caresser Sigmund.

— Bonjour, crapule, dit-elle en déposant un baiser sur le sommet de sa tête.

Le chat se tortilla pour lui échapper et sauta du lit. Mission accomplie. Hannah débrancha son téléphone qui était en train de se recharger et passa en revue ses nouveaux SMS. L'un d'eux était de Maggie, qui lui demandait si elle avait appris la mort de Stephanie Boyd.

Les nouvelles allaient vite sur l'île. C'était comme une petite ville – une ville entourée d'eau, avec ses ferrys, ses rumeurs, ses familles anciennes et ses nouveaux venus. Et à présent, ses meurtres, apparemment.

Hannah répondit qu'elle était au courant et en profita pour prendre des nouvelles de Sheldon. Elle attendit quelques instants, puis se leva. Si elle avait trop traîné au lit, Sigmund serait revenu.

Elle devait se trouver un véhicule pour la journée, car elle avait deux patients à voir dans la matinée et un rendez-vous prévu avec Sheldon l'après-midi, si Maggie était d'accord. Elle espérait faire venir le garçon à son bureau, plus adapté pour accueillir les enfants.

Quand sa mère avait annoncé qu'elle quittait la maison et l'île, Hannah avait emménagé à sa place et converti le chalet réservé aux invités en cabinet de consultation. Elle recevait donc à quelques dizaines de mètres de son domicile, ce qui signifiait que ses patients savaient où elle résidait. Toutefois, elle n'avait jusque-là jamais rencontré de problèmes. D'autant moins qu'elle s'occupait principalement d'enfants. Elle avait un temps envisagé de travailler avec des détenus et avait effectué quelques stages dans un pénitencier pour femmes, mais l'expérience avait été trop douloureuse. À la même époque, Jed ne répondait pas à ses lettres, se souvint-elle.

Serrant sa tasse de café fumante, elle contemplait la forêt par la fenêtre de la cuisine. Qu'étaient devenues toutes ses lettres ? Elle ne put s'empêcher de penser que Jed n'avait pas essayé de comprendre pourquoi elle ne lui avait pas écrit. Si cela l'avait dérangé tant que ça, il aurait cherché à la joindre.

Elle se tourna vers le cellier. La tentative d'évasion de Sheldon avait interrompu son inspection du carton contenant les archives paternelles, mais elle avait bien l'intention de dénicher des informations. Elle parvenait presque à envisager que son père ait pu saboter sa correspondance avec Jed, mais de là à le piéger ? Son père était-il aussi machiavélique ?

Sigmund vint s'enrouler autour de ses chevilles. L'île n'était pas un paradis, et ce n'était pas les problèmes qui y manquaient. Les secrets non plus. Elle n'avait même pas su que Stephanie était la sœur de Michael. Son téléphone sonna sur la table de la cuisine.

— Bonjour, Maggie.

Comme à son habitude, Maggie se dispensa des civilités d'usage.

— Tu y crois, toi, qu'il y a eu un second meurtre ? Mais qu'est-ce qui se passe sur cette fichue île ?

— As-tu eu des détails ? s'enquit Hannah en poussant Siggy du bout du pied pour accéder à un placard. On ne m'a dit que le strict minimum, hier soir. Je sais qu'elle avait une petite fille.

— Oui. Tiens-toi prête. Les forces de l'ordre vont nous demander d'intervenir de nouveau.

Hannah s'assit sur une chaise, sa tasse à la main.

— Est-ce que la petite a vu quelque chose ?

— Ils l'ignorent, mais l'inspecteur de Seattle veut que tu tentes de l'interroger.

Maggie poussa un juron.

— Et pour moi, ça fait un gosse de plus à placer, ajouta-t-elle.

— J'ai entendu dire que Stephanie avait un demi-frère. Il y aurait d'autres membres de la famille qui pourraient l'accueillir ?

— La grand-mère est quelque part, mais n'est pas disponible pour le moment.

— Pas disponible ? À moins qu'elle soit en prison, qu'est-ce qui pourrait empêcher une grand-mère de s'occuper de sa petite-fille après que sa propre fille a été assassinée ?

— Je n'en sais pas plus, pour l'instant. L'oncle est à l'étranger pour le travail.

Maggie soupira.

— Qu'est-ce que tu en dis ? Tu crois que c'est lié ?

— Zoey et Stephanie avaient toutes deux un problème d'addiction. Peut-être ont-elles eu des démêlés avec un dealer.

— Peut-être. Mais deux mères célibataires ? Est-ce que ça peut être une simple coïncidence ?

Hannah se mordilla la lèvre inférieure, incapable de ne pas penser à Astrid Mitchell et son fils.

— Il me semble que la piste de la toxicomanie est plus probable.

— Sans doute.

— Comment va Sheldon ce matin ?

— Ça va. Il a dormi longtemps. Des crêpes pour le petit déjeuner. Il veut toujours retourner chez lui, mais je ne pense pas que ce soit une bonne idée. Tu crois que tu pourrais récupérer les clés au commissariat et passer chez Zoey pour trouver ce jouet qu'il réclame ?

— Tu penses vraiment qu'il a oublié son jouet fétiche ? demanda Hannah.

— Pas vraiment, mais on peut bien faire ça pour lui. Il a parlé d'un train avec des wagons aimantés.

— Je m'en occupe. J'ai toujours rendez-vous avec lui cet après-midi ?

— Ah oui ! à ce propos : est-ce que demain serait possible pour toi ? Il voit un médecin aujourd'hui. Le pédiatre a réussi à le glisser entre deux rendez-vous.

— Demain, ça me va. C'est mieux, même. Je dois récupérer ma voiture aujourd'hui.

Maggie toussota, puis demanda :

— Comment va ton... ami ?

— Jed ?

Sigmund s'était installé aux pieds de Hannah et avait entrepris de lui lécher les orteils, dans l'espoir de la convaincre de le nourrir.

— Ça va. L'accusation de Sheldon a été dure à encaisser, mais il n'était pas étonné que Zoey ait cassé du sucre sur son dos en sa présence. Elle était un peu déséquilibrée.

— Heureusement qu'il avait un alibi. Pour l'autre meurtre aussi.

Hannah sentit une bouffée de colère monter en elle et posa une paume à plat sur la table.

— Le premier réflexe est souvent d'incriminer l'ancien détenu. Mais Jed n'aurait jamais dû se retrouver en prison.

— Oui, je connais l'histoire. J'en avais entendu parler dans les journaux avant même d'emménager sur l'île. Pas de bol pour lui. Hannah, je dois filer. Je voulais juste te prévenir pour la fille de Stephanie.

— Comment s'appelle-t-elle ?

— Chrissy.

— Merci, Maggie.

Après avoir raccroché, Hannah contacta tout de suite Jimmy au garage, qui lui assura que sa voiture lui serait ramenée dans l'après-midi et qu'il enverrait la dépanneuse chez les Mitchell pour récupérer son vieux pick-up.

Elle nourrit Sigmund et se prépara un copieux petit déjeuner, afin d'affronter la journée. Tandis qu'elle mangeait son porridge, elle ouvrit son ordinateur portable et chercha quelques articles traitant du meurtre de Stephanie. Cela ne lui prit pas longtemps, car la police n'avait presque rien divulgué. Aucune cause pour le décès. Aucun indice. Aucun mobile. La seule chose qu'elle apprit, ce fut que le corps avait été découvert dehors... comme celui de Zoey.

La police ne reconnaîtrait sans doute pas publiquement de lien entre les deux affaires, mais sur les forums les passionnés de faits divers et de crimes s'en donnaient à cœur joie. Il était toujours plus facile de spéculer que d'agir.

Après un rapide coup d'œil à la pendule, elle repoussa sa chaise, faisant sursauter Sigmund, qui lui lança un regard mauvais. Même si le rendez-vous avec Sheldon avait été reporté, d'autres l'attendaient.

Elle avait craint d'avoir du mal à se concentrer pendant les séances, à cause des événements récents, mais comme toujours les besoins de ses patients la captivèrent, et elle parvint à être présente pour eux.

La dernière consultation terminée, Hannah se changea et décida de retenter sa chance dans le grenier. Elle avait retrouvé le carton qui contenait le dossier de Jed, mais en avait aperçu d'autres qui pourraient se révéler intéressants. Après avoir déniché une vraie lampe torche, elle tira sur la cordelette pour déplier l'échelle. Aussitôt, Sigmund sortit de sa cachette pour la rejoindre, interrompant sans doute une sieste.

— Maintenant, je sais comment te faire rappliquer quand j'en ai besoin, murmura-t-elle en se baissant pour lui frotter le menton.

Elle gravit les barreaux et manqua de se prendre les pieds dans un des cartons qu'elle avait déplacés la veille – celui qui se trouvait au-dessus de celui concernant Jed.

Elle souleva le couvercle et dirigea le faisceau de la lampe à l'intérieur. Sur le dessus, quelques plaques commémoratives posées sur des documents et des classeurs. Elle retira les plaques, puis feuilleta les classeurs, espérant vaguement découvrir un élément lié au dossier de Jed. Elle fut déçue. Elle poussa toutefois le carton en direction de la trappe. Autant en profiter pour faire un peu de ménage et se débarrasser de certaines choses, tant que sa mère n'était pas là.

À quatre pattes dans la poussière, elle approcha d'un autre carton arborant l'écriture de son père. Elle souleva un coin du couvercle pour jeter un coup d'œil à l'intérieur, et la lumière de sa lampe dévoila du matériel de bureau : une agrafeuse, quelques crayons, des blocs-notes, des clés, de vieilles disquettes et une clé USB.

Elle prit un petit sac plastique roulé en boule parmi ces affaires et y rangea les disquettes, la clé USB et les clés. Puis elle remit le couvercle et envoya le carton rejoindre l'autre, près de l'échelle. Préférant ne pas se risquer à descendre avec un chargement aussi lourd, elle quitta le grenier avec seulement le sac plastique. Elle reviendrait chercher le reste plus tard.

Arrivée à mi-hauteur, elle appela Siggy. Il répondit par un miaulement étouffé. Hannah remonta d'un barreau et aperçut deux yeux dorés qui brillaient dans le noir.

— Tu vas te faire enfermer ici, tu sais ? Allez, viens ! Minou, minou !

Mais Sigmund avait manifestement mieux à faire. Hannah laissa la trappe ouverte, redescendit dans la cuisine et sortit une boîte de pâtée d'un placard. Quelques secondes plus tard, Sigmund se frottait à ses chevilles en ronronnant. Elle versa une grosse cuiller de nourriture dans son bol, puis profita de ce qu'il mangeait pour aller fermer le grenier.

Quand elle revint, elle joua un instant avec l'une des disquettes, se demandant comment récupérer les informations conservées dedans. Il devait bien exister un moyen de transférer ces données sur un ordinateur. Elle ne savait pas exactement ce qu'elle espérait dénicher dans les vieilles affaires de son père, mais l'accusation de Jed l'avait ébranlée. Même si elle n'était pas encore prête à l'admettre devant lui.

Elle consulta son téléphone, mais personne ne lui avait envoyé d'informations complémentaires concernant le meurtre de Stephanie. En passant au commissariat pour récupérer les clés de chez Zoey, elle en profiterait pour fouiner un peu et voir ce qu'elle pourrait découvrir.

Elle prit une douche pour se débarrasser de la poussière du

grenier et enfila un jean et un T-shirt à manches longues. Même si l'été n'était pas terminé, l'automne pointait déjà le bout de son nez, surtout à la tombée de la nuit. Elle sortit un pull léger de son armoire et le glissa dans son grand sac à main. La prudence était de mise sur une scène de crime. On ne savait jamais à quoi s'attendre.

Le bureau du shérif bourdonnait d'activité. L'équipe de Seattle était arrivée et avait réquisitionné une salle de réunion, dans laquelle les agents de Dead Falls ne semblaient pas particulièrement les bienvenus. Le commissariat tout entier était devenu un véritable cirque. Hannah s'accouda au comptoir de l'accueil et attira l'attention du policier de service.

— Bonjour, je viens chercher les clés de la maison de Zoey Grady.

L'homme leva les yeux du document qu'il lisait.

— Quoi ? Le domicile de Grady ?

— Je suis le docteur Hannah Maddox.

Hannah employait rarement son titre de docteur. Elle était certes titulaire d'un doctorat, mais en psychologie, pas en médecine. À l'occasion, cependant, cela permettait d'ouvrir quelques portes.

— Je m'occupe de Sheldon Grady, et il a besoin de récupérer quelque chose chez lui.

— Ah ! d'accord.

L'homme claqua des doigts en direction d'une agente de patrouille qui passait, ce qui lui valut un regard furieux de celle-ci.

— Amanda, est-ce que vous voudriez bien donner au docteur Maddox les clés de chez Grady, s'il vous plaît ?

— Bien sûr, sergent, répondit la policière, en insistant sur le grade de son supérieur.

Amanda adressa un petit clin d'œil à Hannah, puis disparut vers l'arrière du commissariat. Hannah se dirigea vers l'espace d'attente et s'installa dans un fauteuil. Elle ne leva le nez de son téléphone que lorsqu'Amanda revint, la clé de chez Zoey suspendue au bout de son index.

— Merci, Amanda. Vous... Vous avez une minute ? Je suis en train d'échanger avec l'assistante sociale de Sheldon.

— Pauvre gosse, soupira Amanda en s'asseyant sur le siège voisin. Et la petite, aussi...

Hannah termina son SMS, puis rangea son smartphone dans son sac à main.

— Je sais. C'est tragique pour ces enfants. Je ne sais pas grand-chose de l'affaire Boyd, mais visiblement je vais m'occuper de la petite Chrissy. J'imagine donc qu'elle doit être un témoin.

Amanda jeta un regard en direction du sergent, toujours plongé dans la lecture d'un document, puis chuchota :

— Je ne sais pas trop, mais l'équipe de Seattle envisage un seul et même tueur pour les deux. Un couteau identique a été utilisé pour les deux meurtres. Les deux femmes ont été attirées ou poursuivies jusqu'à l'extérieur de leur domicile et tuées dehors.

Hannah hocha la tête, le cœur battant.

— C'est ce que j'ai entendu dire. Pour les faire sortir, l'assassin a peut-être menacé de s'en prendre aux enfants. Il voulait sans doute tuer leurs mères dehors pour éviter de les réveiller.

— Mais on ignore toujours si les enfants étaient réveillés ou pas, ajouta la policière. C'est ça que vous devez déterminer, non ?

Le sergent appela soudain depuis l'accueil :

— Amanda, les gars de Seattle ont besoin de certains documents !

La policière marmonna quelque chose, puis se leva.

— Ils commencent à me chauffer les oreilles, les gars de Seattle. Et ça ne fait que deux jours qu'ils sont là !

— S'ils passent leur temps à vous envoyer chercher des trucs, c'est bien. Comme ça, vous pouvez entrer et sortir de leur QG et glaner quelques informations.

— Hé ! ce n'est pas une mauvaise idée ! s'écria Amanda, en posant les clés dans la main de Hannah. Bonne chance avec les petits.

Hannah la remercia et quitta le commissariat pour retrouver sa voiture. Jimmy l'avait ramenée chez elle dans la journée, et elle était toute propre. Lorsqu'elle arriva au mobil-home de Zoey, les rubans jaunes de la police n'avaient pas bougé. Les enquêteurs passeraient peut-être de nouveau pour comparer les lieux avec le domicile de Stephanie, mais pour l'instant Hannah avait l'endroit pour elle toute seule.

Elle fit un large détour pour éviter la balançoire, le rocher ensanglanté et l'oiseau mort, et se dirigea vers la porte d'entrée. La serrure était intacte, et la clé s'y glissa sans la moindre difficulté. Visiblement, il n'y avait pas eu d'effraction. Zoey connaissait-elle son assassin ? Peut-être était-ce son dealer... le même que Stephanie ? Ou bien son ex, Chase.

Retenant son souffle, Hannah franchit le seuil de la petite habitation. À l'époque où elles se fréquentaient encore, Zoey vivait déjà là avec ses parents, mais le domicile familial était alors en bien meilleur état. Les parents avaient quitté l'île, laissant le mobil-home à leur fille. Hannah ne savait pas trop ce qui avait dérapé dans la vie de son ancienne camarade, car elle était partie faire ses études dans un autre État, à cette époque. Elle se souvenait cependant que Zoey avait déjà changé avant la naissance de Sheldon.

Un grand désordre régnait dans la pièce principale du mobil-home : reliefs de repas, boîtes de conserve vides, bouteilles, cendriers pleins, etc. Sans parler du passage de l'équipe médico-légale après le meurtre. La mère de Zoey aurait fait une attaque si elle avait vu son logis propret dans un tel état. La police avait laissé de la poudre noire à de nombreux endroits, pour relever des empreintes digitales, et avait même découpé des carrés dans la moquette sale.

Comment son amie de lycée avait-elle pu en arriver là ? Hannah se souvenait d'une jeune fille passionnée de sciences, qui envisageait des études d'infirmière ou de médecine. La réponse se trouvait partout sous ses yeux : la drogue. Était-ce également cela qui avait mené à son assassinat ?

Hannah se dirigea vers les deux chambres, évitant de son mieux le désordre qui encombrait son passage, sans trop savoir si Zoey ou la police en était responsable.

Quand elle pénétra dans la chambre de Sheldon, elle sentit les larmes lui monter aux yeux. Pourquoi les services sociaux n'étaient-ils pas intervenus avant la mort de Zoey ? Aucun enfant ne méritait de vivre de la sorte. Où étaient les parents de Zoey ?

Elle souleva les draps sales du lit défait, puis regarda la balançoire dehors, à travers le carreau brisé. Si Sheldon avait été réveillé au moment de la mort de sa mère et qu'il avait regardé par la fenêtre, alors il avait tout vu.

Elle se retourna pour examiner la chambre, à la recherche du jouet demandé par Sheldon : un train en bois avec des wagonnets reliés entre eux par des petits aimants. Elle aperçut un wagon sur la commode, un autre sous le lit et un troisième dans un carton qui fait office de coffre à jouets.

Un enfant n'aurait jamais rangé son jouet préféré avec autant de négligence. Cela confirmait les soupçons de Hannah : le train n'était qu'un prétexte pour revenir dans ce mobil-home décrépit, le seul foyer que Sheldon connaissait.

En reniflant, Hannah ramassa les morceaux du jouet et les glissa dans un sac. Elle avait déjà passé trop de temps ici, et quand elle ressortit, la lumière du crépuscule la mit mal à l'aise.

Elle referma la porte, puis rangea la clé dans sa poche et regagna son véhicule, sans pouvoir retenir un regard en direction de la balançoire. Une fois au volant, elle laissa échapper un long soupir. Les scènes de crime avaient toujours quelque chose de glaçant, surtout quand les rubans jaunes commençaient à se détendre et à flotter au vent.

Sur le chemin qui la ramenait au commissariat, elle se rendit compte qu'elle passait non loin de la maison où le corps de Stephanie Boyd avait été découvert, la veille au soir. Les inspecteurs devaient avoir fini leur travail à présent, mais les scellés resteraient en place jusqu'à ce que les éléments récoltés soient traités par l'équipe technique. En cas de nécessité, la police reviendrait.

Toutefois, cela ne l'empêchait pas de faire la curieuse, comme la moitié des habitants de l'île. Sur un coup de tête, elle actionna son clignotant et prit la direction du domicile de Stephanie.

Le quartier, calme et coquet, paraissait être un lieu improbable pour un crime lié à la drogue, mais c'était bien là le côté insidieux de l'addiction : toutes les strates de la société étaient touchées.

Hannah se souvenait vaguement de la famille Ramsey, qui résidait dans ce quartier de la classe moyenne. C'était sans doute Michael qui avait autorisé sa demi-sœur à s'installer dans la maison de son père. Hannah ignorait totalement si M. Ramsey était encore vivant.

Elle se gara sur le côté, à l'écart des autres pavillons, car celui de Stephanie se trouvait en bordure du lotissement. En descendant de voiture, elle jeta un rapide coup d'œil en direction des arbres, sur sa droite. Le quartier de Zoey était bien plus isolé et pauvre, mais jouxtait également la forêt.

Elle referma sa portière le plus doucement possible et avança vers l'avant de la maison, jusqu'aux rubans jaunes de la police. Un agent en uniforme montait la garde sur le perron, vautré sur une chaise, le nez dans son téléphone. Elle reconnut Hill, qu'elle avait croisé à l'hôpital lorsqu'elle avait interrogé Sheldon. L'équipe technique n'avait donc pas terminé son travail. Peut-être même se trouvait-elle encore à l'intérieur.

Les voisins et les curieux étaient repartis. Pour l'instant. L'obscurité était descendue sur le lotissement, recouvrant tout d'un brouillard froid, signe certain que l'été touchait à sa fin.

— Bonsoir, adjoint Hill !

Surpris, le policier leva brusquement la tête, manquant de lâcher son téléphone.

— Oh ! bonjour, docteur… heu…

— Maddox. Mais vous pouvez m'appeler Hannah. Est-ce que le légiste a récupéré le corps ?

Hill se passa la langue sur les lèvres et jeta un rapide coup d'œil par-dessus son épaule.

— Ça fait un moment.

— Les techniciens ont trouvé beaucoup d'éléments de preuve dans la maison ? demanda-t-elle encore, en jouant avec les clés du domicile de Zoey dans sa poche.

— Heu... Ils y sont toujours, docteur... Hannah. C'est l'équipe de Seattle. Ils ne nous disent pas grand-chose.

— Je comprends. La police de la grande ville débarque avec ses gros sabots et dégage l'équipe locale, hein ? On connaît la chanson.

Elle se pencha en avant et ajouta à voix basse :

— J'ai aussi une consultation prévue avec fille de Stephanie, donc ils doivent penser qu'il y a un lien entre les deux meurtres. Vous savez ce qu'ils ont ?

— Non, on ne sait rien du tout.

— D'accord, mais si vous apprenez quelque chose qui n'a pas été dévoilé au grand public, vous pourriez peut-être me tenir au courant. J'ai besoin de tout le soutien possible, si je veux aider cette petite. Et je ne suis pas certaine que la police de Seattle se soucie beaucoup d'elle. Vous savez... Il faut qu'on se serre les coudes, entre résidents de l'île.

— Oh ! je... Bien sûr, bafouilla Hill en rougissant.

Elle sortit sa carte professionnelle de son portefeuille et la glissa dans la poche de son uniforme.

— Merci, c'est très gentil de votre part.

Puis, avant que le policier puisse protester, elle fit demi-tour et s'éloigna dans l'allée. Elle ne voulait pas que la brigade criminelle de Seattle la surprenne à fouiner. Elle tourna au coin de la rue, actionna la commande pour déverrouiller sa portière. Elle avait la main sur la poignée, quand elle entendit un craquement de feuilles et de brindilles dans la forêt derrière elle. Elle fit volte-face, brandissant sa clé comme une griffe.

Jed émergea de la végétation, les mains en l'air.

— Ce n'est que moi.

— Tu m'as fichu une de ces trouilles ! s'écria-t-elle en s'adossant à sa voiture. Qu'est-ce que tu fais par ici ?

— Je travaille pour Michael Ramsey. Il m'a demandé d'enquêter sur la mort de sa sœur.

Il posa un doigt sur ses lèvres.

— C'est une blague ?

— Non. Je t'ai dit que j'avais ma licence de détective privé en Californie. Je me suis occupé de la paperasse pour le transfert quand je suis arrivé ici. Juste au cas où.

— Juste au cas où tu devrais rôder sur l'île pour enquêter sur un meurtre ?

Elle remarqua alors son jean et son T-shirt noirs, qui épousaient ses muscles à la perfection. Visiblement, il s'était plié à une longue tradition chez les détenus et avait soulevé de la fonte dans la cour du pénitencier. Comme chaque fois, le simple fait d'imaginer Jed en prison lui retournait l'estomac. Elle serra les dents.

— Non, juste au cas où j'aurais besoin de travailler, en attendant le début de ma formation. Mais là, je le fais gratuitement. J'ai une dette envers Michael. J'aurais dû rendre visite à sa sœur dès mon arrivée sur l'île. J'aurais peut-être pu empêcher ce meurtre.

— J'en doute fortement, dit-elle en remontant ses cheveux en queue-de-cheval. Comment ça se passe, d'ailleurs ? Tu vas aller voir les gars de Seattle et leur expliquer que tu mènes l'enquête de ton côté ?

Il eut un petit rire.

— Ce n'est pas aussi simple que ça, mais j'ai eu le temps de fouiner un peu sur le terrain, avant qu'ils me chassent. Et j'ai trouvé quelque chose.

Hannah sentit une décharge d'adrénaline parcourir son corps.

— Quoi ? Qu'est-ce que tu as trouvé ?

Il se retourna et ramassa un sac en plastique qu'il lui présenta.

— Un oiseau mort près de l'endroit où le corps de Stephanie a été découvert.

7

Les yeux écarquillés, Hannah fixait le sac en plastique qui se balançait doucement entre les doigts de Jed.

— Un autre oiseau mort, chuchota-t-elle.

— Ouais. Bizarre, hein ?

— Tu... Tu en as parlé aux enquêteurs ?

— Ils ne m'en ont pas laissé l'occasion. Ils m'ont chassé avant que je puisse leur expliquer ce que j'avais trouvé. Mais ce n'est pas comme si l'oiseau n'était pas déjà présent quand ils ont examiné les lieux. À moins que quelqu'un l'ait apporté ensuite, son état indique qu'il était là depuis plusieurs heures. Soit ils l'ont raté, soit ils ont pensé que ça n'avait pas d'importance.

Hannah se mordit la lèvre.

— Ils n'ont pas prélevé non plus celui chez Zoey. Un second oiseau aurait dû leur mettre la puce à l'oreille, non ?

— Sans doute, dit Jed en se grattant le menton. J'ai comme l'impression que la police a déjà enfilé ses œillères dans cette affaire. Les deux victimes se droguaient, étaient en contact avec les dealers de Dead Falls et traînaient avec les toxicos du coin. L'équipe de Seattle interroge Chase Thompson, mais je crois qu'elle va surtout s'intéresser au trafic sur l'île, embarquer la faune habituelle et organiser une conférence de presse.

Hannah eut une petite moue qui rappela à Jed l'époque du lycée. C'était exactement la tête qu'elle faisait en cours de chimie, quand elle essayait de trouver la valence d'un élément.

— Pourquoi est-ce qu'un dealer laisserait des oiseaux morts sur le lieu d'une agression ? Pour autant que je sache, les cartels n'ont pas de mascottes. Ou alors, ce n'est pas un mignon petit oiseau.

— Peut-être les enquêteurs disposent-ils de preuves concernant le narcotrafic. Les oiseaux n'ont pas dû leur paraître étranges. Après tout, ces pauvres bêtes sont chez elles. Elles évoluent dans un écosystème dont fait également partie la mort.

— Comme nous.

Elle se frotta les paumes sur son jean. Un jean qui lui allait à la perfection.

— Et maintenant ? demanda-t-elle.

— On pourrait aller dîner.

Jed regretta aussitôt sa proposition. C'était la faute de ce jean qui épousait si bien les formes de Hannah. Il retint son souffle, s'apprêtant à essuyer un refus – il avait tout fait pour la repousser, il n'aurait que ce qu'il méritait...

— Dîner, répéta Hannah, l'air perplexe. J'ai du mal à te suivre, Swain.

— Je veux dire... Je pensais que tu pourrais peut-être m'aider dans l'enquête. Je n'obtiendrai sans doute pas grand-chose de la police, et tu es chargée des enfants.

Voyant qu'elle était sur le point de protester, il leva une main :

— Je sais bien que les séances sont confidentielles et que tu es liée par le secret professionnel. Ce n'est pas ce que je te demande. Mais tu connais du monde au commissariat. Ça pourrait m'être utile.

— C'est donc un dîner professionnel ? demanda-t-elle, toujours sceptique.

— Si on veut. C'est moi qui invite.

— Ne t'emballe pas.

Jed accusa le coup, mais elle poursuivit :

— J'ai sorti du poulet du congélateur avant de partir, et il va bien falloir que je le mange. Tu n'as qu'à venir m'aider.

Jed hésita.

— Pas la peine de t'embêter pour moi...

— Qui a dit que j'allais m'embêter ? Surtout pour un dîner professionnel. Suis-moi, ajouta-t-elle en ouvrant la portière de sa voiture.

— À vos ordres, m'dame.

Elle démarra. Il la regarda s'éloigner en se grattant la tête, puis regagna rapidement son pick-up, garé un peu plus bas. Il n'avait pas planifié cette histoire de dîner. L'idée lui était venue comme ça, et il avait parlé sans réfléchir. Cela dit, une bonne discussion avec Hannah était peut-être exactement ce dont il avait besoin pour amorcer cette enquête. Il ne voulait pas décevoir Michael.

Lorsqu'il arriva à la maison de Hannah, elle avait préparé deux verres de thé glacé. Jed ne buvait jamais d'alcool, mais cela ne le dérangeait pas qu'on en consomme en sa présence. Il ne s'était jamais considéré comme un alcoolique, mais l'hérédité paternelle dans ce domaine était si lourde qu'il préférait ne pas titiller la génétique. Sa famille lui servait de repoussoir, ainsi que la moitié des gars croisés au pénitencier, incarcérés pour des faits liés à l'usage d'une substance ou d'une autre. Jed avait eu assez de soucis dans la vie.

Avant de rejoindre la cuisine, il avait déposé le sac contenant l'oiseau mort dans un coin à l'entrée de la salle à manger. La pièce n'était pas allumée, et la vaste table en bois était vide. Ils dîneraient donc dans la cuisine. Cela lui convenait parfaitement : plus simple et plus confortable.

Il sursauta violemment quand un chat vint se frotter contre ses jambes en miaulant. En se penchant pour le caresser, il demanda :

— Est-ce que ce chat va s'attaquer à l'oiseau, que j'ai laissé dans la salle à manger ?

— Siggy ? Non. Il n'y a que les oiseaux vivants qui l'intéressent.

Jed chuchota à l'adresse du chat :

— Siggy, hein ? Je suis prêt à parier que ton vrai nom est Sigmund Freud, mais c'est promis : je ne le répéterai à personne.

Il se lava les mains, puis prit son verre et trinqua avec elle.

— Prends du vin ou une bière, si tu veux, dit-il.

— Je préfère avoir toute ma tête pour cette discussion. Je ne plaisantais pas quand je parlais d'un dîner sans prétention. Je vais juste noyer ce poulet dans de la sauce barbecue en pot et tout mettre au four. J'ai de quoi faire une salade, et on pourra faire cuire quelques pommes de terre en même temps, pour les servir avec du beurre et un peu de poivre.

— C'est de la haute gastronomie, pour moi, annonça-t-il en se dirigeant vers le réfrigérateur. Je me charge de la salade.

Ils travaillèrent côte à côte en silence, sous la surveillance de Siggy. Jed n'avait pas connu un tel instant de complicité depuis sa sortie de prison. Il avait bien eu quelques aventures, mais la plupart des femmes qu'il avait rencontrées avaient oublié de le rappeler une fois qu'il avait évoqué son passé. Comment leur en vouloir ? Comment pourraient-elles être certaines qu'il n'était pas véritablement coupable ?

Il profita de ce que Hannah vidait le pot de sauce barbecue à l'aide d'une cuiller pour examiner son annulaire gauche. Astrid n'avait pas manqué de lui préciser qu'elle n'était ni mariée ni fiancée. Hannah avait-elle jamais porté une bague à ce doigt ? Existait-il quelqu'un dont elle rêvait la nuit, comme lui rêvait toujours d'elle ?

Elle le tira de ses réflexions en lui pinçant doucement les côtes, et il faillit se couper le bout de l'auriculaire.

— Si tu tranches ce concombre encore plus fin, je pense qu'on va pouvoir faire du gaspacho.

— Je t'ai promis des légumes émincés et j'ai bien l'intention de ne pas te décevoir, répondit-il, en sentant une chaleur agréable se répandre en lui.

Elle enfourna le poulet en riant. Un second plat contenant des pommes de terre entières rejoignit bientôt le premier.

— Il faut compter environ quarante-cinq minutes, mais si tu as faim, on peut attaquer la salade pendant qu'on discute de ces oiseaux.

— Ça me va.

292

Avec la lame de son couteau, il fit tomber les concombres dans le saladier, puis prit un poivron vert.

— Tu veux ça aussi ?

— Oui.

Hannah se glissa derrière lui pour ouvrir le frigo et revint avec une bouteille de vinaigrette dans chaque main.

— Vinaigre balsamique ou moutarde à l'ancienne ?

— Balsamique, c'est parfait.

Elle mit la bouteille sur la petite table, devant la baie donnant sur le jardin et la forêt sombre. Aucun rideau ni store, nota Jed en apercevant son reflet, alors qu'il posait le saladier sur la table.

— Tu as déjà pensé à installer des rideaux ? demanda-t-il en tirant une chaise.

Hannah revint avec son ordinateur portable. Elle ne plaisantait pas quand elle parlait d'un dîner professionnel.

— Les rideaux cachent la vue, fit-elle remarquer.

Jed servit la salade dans les deux bols que Hannah avait disposés sur des sets de table décorés de tournesols et prit la vinaigrette.

— J'ai constaté que tu avais quand même un système d'alarme.

Elle soupira.

— Tu crois vraiment que j'ai des raisons de m'inquiéter ? Tu penses que le tueur de Zoey et Stephanie pourrait s'en prendre à moi ?

— On ne sait pas encore pourquoi ces deux femmes ont été assassinées, donc oui : c'est envisageable.

Il piqua un amas coloré de légumes sur sa fourchette et l'enfourna dans sa bouche.

— Alors, commençons par ça, annonça-t-elle en tirant son ordinateur vers elle. Je vais chercher des scènes de crime avec des oiseaux. Tu penses que c'est un bon début ?

Ses doigts virevoltaient déjà sur le clavier.

— Pourquoi pas ? Mais ta salade va cuire dans le vinaigre.

— Je peux me servir de mon clavier et manger en même temps,

assura-t-elle en tapant sur la touche ENTRÉE, avant d'attaquer sa salade avec le même enthousiasme.

Jed tourna un peu l'écran vers lui pour examiner la page des résultats.

— Ce n'est pas glorieux. Il y a quand même quelques histoires délirantes. Essaye avec « passereau ».

— Un passereau ? s'étonna Hannah en s'essuyant la bouche avec sa serviette. Cet oiseau était un passereau ?

— Un roselin du Mexique, pour être précis. Une femelle. Les mâles sont bien plus jolis.

Elle se pencha vers lui, heurtant son coude du sien.

— Les deux oiseaux étaient des passereaux ?

— Deux femelles roselins. Mortes toutes les deux.

— Ça ne peut pas être une coïncidence, Jed, dit-elle en se levant. Je vais vérifier les pommes de terre.

Pendant que Hannah s'affairait près du four, il lança une recherche sur les roselins dans l'État de Washington. Quand elle revint, elle se pencha par-dessus son épaule, et sa queue-de-cheval vint lui chatouiller le cou.

— Tu as trouvé des trucs intéressants ?

— Leur nom scientifique est *Haemorhous mexicanus*, expliqua-t-il en désignant l'écran. Ils viennent du sud-ouest du continent américain et sont souvent élevés comme animal de compagnie.

— Je me demande si Zoey ou Stephanie nourrissaient les oiseaux. Je ne crois pas avoir aperçu de cage chez Zoey.

Jed leva la tête, intrigué :

— Tu es allée chez Zoey ? Avant le meurtre ?

— Après. Tu te souviens, hier soir, quand Sheldon a dit qu'il était retourné chez lui pour chercher un jouet ? J'ai été autorisée à emprunter la clé de chez Zoey pour le récupérer.

— Tu as toujours cette clé ?

Hannah prit soudain un air effaré.

— Mince ! Mais oui ! J'ai fait un détour par la maison de Stephanie et j'ai complètement oublié de la ramener !

Jed acquiesça, enregistrant cette information pour plus tard.

— Je n'aime pas ton expression, marmonna Hannah. Qu'est-ce que tu mijotes ?

— Les meurtres de Zoey et Stephanie sont liés. Le frère de Stephanie m'a demandé d'enquêter un peu, et tu as les clés du domicile de la première victime. À ton avis ?

— Si quelqu'un découvre que je t'ai laissé entrer chez Zoey, plus personne ne me fera jamais confiance au commissariat.

— Me laisser entrer ? Ce ne serait pas ta faute si je piquais les clés dans...

— ... mon sac. Elles sont dans mon sac.

— ... dans ton sac pour pénétrer chez elle.

— Quelle vilaine fouine tu fais ! s'écria-t-elle en le frappant sur la tête avec un gant de cuisine.

Le minuteur du four sonna.

— Sauvé par le gong, soupira-t-il.

Ils mangèrent le poulet et les pommes de terre. Hannah avait annoncé un repas simple et sans chichis, mais pour lui c'était presque le paradis. Il aimait manger, mais appréciait encore plus la compagnie. Même la présence du chat, qui se frottait contre ses mollets, était agréable.

Une fois le dîner terminé, Jed repoussa son assiette et prit un petit morceau de viande qu'il avait gardé. Il le tendit à Sigmund, qui l'engloutit d'un coup de dents.

— Oh là ! Quel fauve ! s'écria-t-il en retirant les doigts.

Hannah fit la moue.

— Quoi ? demanda-t-il en s'essuyant sur sa serviette. Il n'a pas le droit au poulet ?

— Pas à table. Sinon, ça va devenir une habitude. Tu lui apprends les mauvaises manières.

— C'est ma grande spécialité, affirma-t-il. Je me charge de débarrasser. Toi, tu n'as qu'à retourner à ton ordinateur et te renseigner un peu plus sur les passereaux. Vois s'il n'existe pas une sorte de symbolique bizarre liée à eux.

— Marché conclu.

Elle récupéra l'ordinateur posé sur un coin de la table, avant d'annoncer :

— Et si ça ne te dérange pas, je crois que je vais me servir un verre de vin, maintenant.

— Reste assise. Je te l'apporte.

Il se leva et commença à empiler les assiettes et les couverts, qu'il déposa dans l'évier. Puis il revint débarrasser le reste. Quand ce fut fait, il ouvrit le réfrigérateur et lança :

— Il y a une bouteille de vin blanc dans la porte du frigo. C'est ça que tu veux ou bien j'ouvre autre chose ?

— C'est très bien.

Il prit la bouteille par le col et sortit un verre à pied d'un placard. Le liquide doré dansait dans la lumière.

— Tu trouves des trucs intéressants ? demanda-t-il en déposant le verre devant elle.

— Non. Tu peux laisser la vaisselle dans l'évier.

Elle but une gorgée de vin.

— Pas question. Continue à chercher.

Il retourna dans la cuisine, remplit le lave-vaisselle et retourna le flacon de liquide vaisselle au-dessus de l'éponge, pour s'attaquer au plat du poulet. Une bulle irisée se forma sur le bouchon, mais rien ne coula.

— Hannah ? Tu n'as plus de liquide vaisselle. Où est-ce que tu ranges ?

— Dans le cellier. Sur ta gauche quand tu entres.

Il se souvenait de cette pièce. Quand il était plus jeune, le cellier de la maison des Maddox l'intriguait beaucoup : il n'y avait pas simplement des placards pour ranger la nourriture, mais une pièce entière dédiée à cet usage.

Il ouvrit la porte, alluma et, lorsqu'il se tourna, manqua de trébucher sur un carton posé par terre, dans le passage. Un nuage de poussière s'éleva vers lui et le fit éternuer. Lorsqu'il se pencha pour écarter le carton, une écriture serrée et noire attira son attention. La date inscrite sur le dessus était gravée pour toujours dans son esprit. Il s'accroupit.

Pourquoi Hannah s'intéressait-elle à son dossier ?

8

Hannah était toujours concentrée sur les photos de passereaux. Pourquoi les mâles de ces espèces étaient-ils souvent beaucoup plus flamboyants que les femelles ? se demanda-t-elle en buvant une nouvelle gorgée de vin.

Quelle bande de frimeurs !

Les bruits de vaisselle avaient cessé derrière elle.

— Tu as trouvé ? cria-t-elle sans se retourner.

Jed se matérialisa près d'elle sans qu'elle l'ait entendu approcher. Son expression s'était assombrie.

— Je me suis laissé distraire.

— Distraire ? Dans le cellier ?

Jed avait toujours été fasciné par ce cellier.

— Oui, je me suis pris les pieds dans un carton qui contient les dossiers de l'enquête sur moi.

Le cœur de Hannah manqua un battement.

— Je... Je vais t'expliquer.

Jed avait les bras croisés, les mâchoires crispées, le visage fermé. Tout en lui annonçait qu'il ne croirait sans doute pas un mot de ce qu'elle allait lui dire.

— Assieds-toi, soupira-t-elle en repoussant l'ordinateur. S'il te plaît.

Il s'installa à côté d'elle, mais écarta sa chaise.

— Je ne cherchais pas des infos sur toi ni des éléments de preuves de ton innocence.

— Des indices qui me lieraient au meurtre de Zoey, peut-être ?

— Ne dis pas n'importe quoi ! s'indigna-t-elle. Je sais... comme tout le monde... que tu n'as rien à voir avec le meurtre de Zoey. Ni de Stephanie, d'ailleurs.

— Merci de ramener Stephanie dans cette conversation, maugréa-t-il.

— Quand on était chez les Mitchell, tu as accusé mon père de t'avoir piégé pour le viol de Zoey. Ça... ça m'a fait réfléchir. Je savais qu'il gardait certaines de ses notes à la maison et je me suis demandé s'il avait conservé des éléments de ton dossier qui auraient pu le confondre.

Jed se frotta le menton.

— Pourquoi aurait-il fait une chose pareille ? Si de telles preuves existaient, il les aurait détruites. Il ne les aurait certainement pas rangées avec soin dans ses archives, comme un trophée.

— On voit que tu connaissais mal mon père.

— Si je l'avais mieux connu, peut-être ne serais-je jamais tombé dans son piège, rétorqua Jed avec humeur. J'avais bien senti que notre proximité ne lui plaisait pas, mais de là à imaginer qu'il irait me coller un crime pareil sur le dos. L'avantage de la prison, c'est qu'on a du temps pour réfléchir. J'ai rassemblé les pièces du puzzle et j'ai compris ce qu'il avait fait.

Il frappa rageusement la table du plat de la main.

— Mais qu'a-t-il fait exactement, et pourquoi ? demanda Hannah. S'il avait voulu nous séparer, il aurait pu le faire de bien d'autres façons. Fais-moi confiance. Il tenait toujours les cordons de la bourse. Il aurait pu menacer de me couper les vivres, de ne pas payer mes frais d'université, de me confisquer ma voiture. Je n'étais pas très forte, à l'époque. On était amis depuis longtemps, mais notre relation venait juste de prendre un tournant romantique.

— Alors, tu aurais choisi quoi ? La voiture ou moi ?

Elle le dévisagea, cherchant la moindre trace d'humour dans son expression – un haussement de sourcil, l'ombre d'un sourire. Mais rien. Elle s'éclaircit la voix.

— Ce que je veux dire, c'est que c'était mon père qui dictait les règles. Ma mère n'a jamais eu un mot contre lui. Elle lui obéissait aveuglément.

— Au point de faire semblant de poster tes lettres pour moi ?

— Exactement. Mais ce n'est pas mon propos. Mon père n'avait pas besoin de t'envoyer en prison pour empêcher qu'on se voie. S'il t'a piégé – et je ne réfute pas cette hypothèse, note bien –, il devait avoir une autre raison. Tu ne savais pas des choses sur lui, par hasard ?

— Moi ? Le pauvre gamin qui vivait du mauvais côté de la cascade ? Si j'avais eu quelque chose sur le shérif, je m'en serais servi, crois-moi. Mais j'ignorais tout de ton père. À part qu'il ne m'aimait pas beaucoup.

— D'accord. C'est pour ça que je suis allée fouiller dans le grenier. Comme je te l'ai fait remarquer tout à l'heure, tu ne connaissais pas mon père. Il a gardé beaucoup de choses liées à son travail.

Elle désigna le plafond.

— Tous ces cartons, là-haut. Les pièces officielles sont certainement au commissariat, sans doute numérisées, maintenant. Il n'avait donc aucune raison de récupérer des documents professionnels, mais il l'a fait quand même.

— Tu crois qu'il allait au grenier pour caresser ses archives ou un truc du genre ?

— Beurk ! Ne va pas me mettre ce genre d'images dans la tête, s'il te plaît ! s'écria-t-elle en tirant la langue. Il avait un ego énorme. S'il a réussi à te coincer pour un crime que tu n'as pas commis, je pense qu'il en a conservé une preuve quelque part.

— Comme un tueur en série qui garde des trophées ?

— Tu as décidé de me filer des cauchemars sur mon père ou quoi ?

Elle posa une main sur l'avant-bras musclé de Jed.

— Est-ce que tu me crois ? Je n'étais animée d'aucune intention infâme ou douteuse, quand je suis allée récupérer ce carton au grenier.

Il baissa les yeux vers sa main et se frotta le menton.

— C'est juste que..., commença-t-il. Ça m'a fait un choc désagréable quand j'ai vu ça dans le cellier. J'ai cru que tu... enquêtais sur moi.

— Je n'ai pas besoin d'enquêter sur toi, Jed Swain, murmura-t-elle en vacillant sous l'intensité de son regard. Je te connais comme ma poche.

Jed se pencha en avant, glissa une main dans ses cheveux pour la prendre doucement par la nuque et déposa un baiser sauvage sur ses lèvres.

— En es-tu si sûre, Hannah ? Tu connaissais un garçon, et je suis un homme, à présent. Un ex-taulard.

Hannah porta une main à sa bouche palpitante, s'efforçant de retenir les larmes qui lui brûlaient les yeux.

— Ne dis pas ça. Tu n'as jamais rien fait de mal.

Il la relâcha, et le feu dans son regard s'éteignit. Il eut un sourire triste.

— Mais je suis quand même allé en prison. Ça vous change un homme.

Elle se mordit la lèvre inférieure. Que pouvait-elle répondre à ça ? Jed n'était peut-être plus le même, mais ce baiser prouvait qu'il y avait toujours une alchimie évidente entre eux.

— Tu as trouvé quelque chose, au fait ? s'enquit Jed, en se levant.

— Dans le carton ? demanda-t-elle, en replaçant une mèche que Jed avait libérée de sa queue-de-cheval. Je n'ai pas encore eu l'occasion d'y jeter un œil.

— Je parlais des oiseaux.

Il se dirigea vers l'évier et commença à faire couler de l'eau. Hannah resta bouche bée un instant. Cela ne l'intéressait donc pas de savoir ce qu'elle avait découvert sur son père ou dans son dossier ? Elle récupéra son verre vide et se glissa près de lui pour le rincer.

— Tu n'es pas curieux de savoir ce qu'il y a dans ce carton ?

Jed semblait hypnotisé par la mousse qui dansait dans l'évier autour du plat qu'il était en train de laver.

— Je ne sais pas si j'ai envie de comprendre comment il s'y

est pris ou pourquoi il a fait ça. C'est déjà assez qu'il ait réussi à détruire... Non, à interrompre ma vie. Il ne l'a pas détruite. J'ai toujours refusé de lui accorder ce pouvoir ou cette satisfaction.

Elle lui donna un coup de hanche.

— Eh bien moi, je suis curieuse. Surtout maintenant que Zoey a été assassinée.

— Quel est le rapport avec le meurtre de Zoey ? demanda-t-il en terminant de rincer le plat, avant de tendre un bras vers le torchon à vaisselle.

— Ça m'a fait penser à elle. Si mon père t'a bel et bien piégé, Zoey devait être complice. Elle était bien placée pour savoir que tu ne l'avais pas violée. Si mon père a manipulé des preuves, elle devait être au courant.

— Zoey et toi étiez amies autrefois, rappela Jed, en jetant le torchon sur son épaule. C'est comme ça qu'il l'a connue. Et je l'imagine mal te laisser fréquenter qui que ce soit avant d'avoir vérifié son pedigree avec soin.

Hannah leva les yeux au ciel.

— Zoey avait déjà croisé mon père à la maison. Ça lui arrivait de bavarder avec elle, comme avec tous mes amis. Comme avec toi.

Jed eut un petit rire.

— Mes conversations avec ton père étaient tout sauf du bavardage. Une fois sur deux, ça virait à l'interrogatoire en règle.

— Pourquoi ne m'as-tu jamais rien dit ? s'écria-t-elle en récupérant le torchon pour l'accrocher à la poignée du four.

— Ça ne me dérangeait pas, et je préférais ne pas t'embêter avec ça. En revanche, je n'aurais jamais imaginé que ça tournerait aussi mal.

— Je veux découvrir pourquoi, annonça-t-elle en désignant le cellier. Et je vais commencer par ce carton.

— Il y en a d'autres ?

— Celui-ci porte la date du viol. Il y en avait un autre avec des affaires de bureau. Peut-être que ça remonte à son départ à la retraite. Avec tout ce qui s'est passé ici, je n'ai pas encore eu l'occasion d'y jeter un œil. Tu veux qu'on s'y mette maintenant ? demanda-t-elle soudain, en le poussant du coude.

— Je croyais qu'on devait se renseigner sur les passereaux.

— Ça n'a pas donné grand-chose, pour l'instant. J'ai même tenté « symbolique des passereaux » et « cérémonie avec des passereaux ». Rien trouvé.

— Des cérémonies avec des passereaux ? J'espère bien que tu n'as rien trouvé ! C'est super bizarre.

— J'étais à court d'idées. Le carton ?

— D'accord. Mais d'abord...

Il prit le rouleau d'essuie-tout et en arracha quelques feuilles, qu'il humidifia rapidement

— ... on va enlever un peu de poussière.

Il la suivit jusqu'au cellier et s'accroupit pour nettoyer le carton. Quand il eut terminé, il le prit dans ses bras.

— On se met où ?

— Dans le salon.

Elle récupéra son ordinateur au passage et sortit de la cuisine.

— Ici, c'est parfait, annonça-t-elle en désignant la table basse.

Jed posa le carton, puis s'installa sur le canapé pour en examiner le contenu.

— Des dossiers, des photos, des papiers. Ce ne sont pas des documents officiels, si ? Ou alors des copies. Ton père n'aurait certainement pas été autorisé à emporter tout ça, en partant à la retraite.

— Aucune idée. Mon père faisait un peu ce qu'il voulait, au commissariat.

Elle s'assit à côté de lui et sortit une liasse de feuilles, pendant que Jed ouvrait une chemise à rabats.

— Ce sont des copies de dépositions. Voici celle de Zoey. Sa fausse déposition.

Hannah se pencha vers lui pour parcourir le document du doigt, puis tapota un passage surligné en jaune.

— Qu'est-ce que c'est, ça ?

Jed plissa les yeux.

— L'heure de l'agression.

— C'était entre 23 heures et minuit, non ?

— Tu te souviens de ça ?

— Je m'en souviens parce que tu étais chez moi, ce soir-là, et que tu avais oublié ton portefeuille.

Elle ravala une boule douloureuse dans sa gorge.

— Ouais, ce portefeuille qui aurait dû prouver mon innocence. En partant de ta maison, je suis passé à la supérette qui est ouverte toute la nuit, mais avant même d'entrer dans le magasin je me suis rendu compte que j'avais laissé mon portefeuille chez toi.

— Tu aurais dû m'appeler ou bien revenir. J'aurais pu te servir d'alibi.

— Heureusement que tu ne t'es pas retrouvée davantage mêlée à cette affaire.

Il joua un instant avec la déposition de Zoey.

— Si je n'avais pas oublié mon portefeuille, je serais entré dans la supérette et j'aurais bavardé deux minutes avec Jerry. J'aurais payé ma bière et récupéré le ticket qui aurait établi ma présence dans le magasin. Et comme la caméra de surveillance du parking ne fonctionnait pas, je n'ai eu aucun moyen de prouver que j'étais venu. Jerry ne m'a pas vu arriver en voiture. Et aucun client n'est entré ou sorti à ce moment-là.

— Ensuite, tu as roulé jusqu'à la cascade tout seul, rappela-t-elle avec un petit frisson.

Tant de choix innocents avaient joué contre Jed, ce soir-là.

— Si au moins, tu avais oublié ton portefeuille chez toi, cela aurait corroboré ton explication.

— Oui, mais il a disparu comme par magie de ta maison pour réapparaître près de chez Zoey.

— Tu... Tu crois que mon père y était pour quelque chose ?

— J'en suis certain, marmonna-t-il. C'est peut-être même pour ça qu'il a surligné l'heure de l'agression, sur la déposition de Zoey. Il avait besoin de détruire mon alibi.

Hannah porta une main à sa bouche.

— C'est vraiment machiavélique. Bon sang... Nos vies auraient pu prendre des chemins tellement différents à mon retour à l'université, l'automne suivant.

— Tu crois que tu y serais retournée ? demanda-t-il doucement, en lissant la feuille du bout des doigts. Je ne sais pas si je t'aurais laissée filer aussi facilement si on avait été ensemble.

Hannah ne répondit rien. À l'époque, elle avait déjà passé une première année d'université loin de chez elle. Elle était sortie avec d'autres garçons et avait même perdu sa virginité. Toutefois, Jed avait rarement quitté ses pensées. Elle posa une main sur la sienne.

— J'imagine qu'on ne le saura jamais.

Le regard de Jed s'attarda sur sa bouche, mais cette fois il détourna la tête et referma le dossier d'un coup sec.

— Je ne vois pas trop à quoi ça sert de comprendre pourquoi il a fait ça. Ni comment il s'y est pris. Je crois qu'il a trouvé mon portefeuille ici et qu'il l'a déplacé près de chez Zoey. Ça ne suffisait pas à me faire condamner, mais ça ne m'a vraiment pas aidé.

— Moi, j'ai besoin de savoir.

— Je comprends.

Il se frotta les yeux et rangea le dossier dans le carton.

— Pour ma part, j'ai surtout besoin de savoir ce qui est arrivé à la sœur de Michael. Tu penses que tu pourrais me donner accès à la maison de Zoey ?

— Bien sûr.

Elle lui devait bien ça. Et plus encore, si son père l'avait vraiment envoyé en prison.

— Je suis assez prise demain. J'ai un rendez-vous avec Sheldon, et il est possible que je voie la fille de Stephanie.

— Grosse journée, en effet.

Il se leva et récupéra le sac avec l'oiseau mort.

— Si Michael me donne plus d'informations sur sa sœur, je te tiens au courant. Ça t'aidera peut-être avec Chrissy.

— C'est gentil. Je vais quand même continuer à explorer ce carton.

— Fais-toi plaisir.

Jed gratta les oreilles de Siggy, qui était grimpé sur le dossier du canapé.

— Désolé pour l'oiseau, mon joli. Peut-être que la prochaine fois je te rapporterai quelque chose pour te faire les griffes.

Hannah ne put retenir un sourire. Au moins, il avait l'intention de revenir.

— Je vais creuser cette histoire de passereaux, annonça-t-il. Merci pour le dîner.

Elle le raccompagna à la porte, prenant au passage Sigmund dans ses bras. Elle ne voulait pas de malaise entre eux au moment de se dire au revoir. Allait-il l'embrasser ? Était-ce ce qu'elle attendait ? Est-ce ce dont elle avait seulement envie ? Siggy ferait office de barrière entre eux. Et de fait, Jed sortit sur le perron et lui accorda une dernière caresse.

— Je te tiens au courant si je découvre autre chose. Et si tu es trop occupée demain, je peux passer récupérer les clés de chez Zoey et me débrouiller tout seul.

— Mauvaise idée. Très mauvaise idée, et tu le sais. Je suis sûre que je vais trouver un moment. Ma séance avec Sheldon pourrait même me fournir un prétexte pour une nouvelle visite. C'est en tout cas ce que je dirai au commissariat, quand on me demandera où sont les clés.

— Ça marche. Et, Hannah, ne va pas te perdre dans ce carton.

— Ne t'inquiète pas, dit-elle en baissant les yeux. Je t'appelle demain quand j'en saurai plus.

Jed s'éloigna dans l'allée, en direction de son pick-up. Arrivé près de la portière, il lui fit signe de la main. Après lui avoir répondu, Hannah referma la porte et s'y adossa en soupirant. Pourquoi les choses étaient-elles si compliquées avec Jed, à présent ? Tout était si facile entre eux, autrefois. Jamais elle ne s'était sentie aussi à l'aise avec quelqu'un. Après sa première année à l'université, elle s'était rendu compte que ce qu'ils partageaient pourrait devenir plus qu'une simple amitié.

Jed avait dû faire la même constatation, car cet été-là il y avait eu quelque chose de presque électrique entre eux. C'était là que les ennuis avec Zoey avaient commencé.

Hannah s'écarta de la porte et lâcha Siggy, qui gigotait dans ses bras pour descendre. Il se sauva dans la cuisine pour renifler sous la table, dans l'espoir d'y trouver des reliefs de leur repas.

— Jed t'a déjà enseigné les mauvaises manières, fieffé coquin ! Mais ce n'est pas moi qui vais te donner des miettes, tu sais. Tu peux toujours rêver.

Jed avait laissé la cuisine impeccable. Il ne lui restait plus qu'à éteindre la lumière. Après un dernier regard en direction du carton posé sur la table basse du salon, elle monta dans sa chambre. Elle aurait cru que Jed montrerait plus d'intérêt pour ces dossiers. Mais il était si convaincu de la culpabilité de son père qu'il n'avait pas besoin de chercher des preuves.

Elle, oui, en revanche. Mais pas maintenant. Elle devrait aider deux enfants traumatisés le lendemain. Elle devrait être prête.

Elle accomplit sa routine du soir à la va-vite, sautant l'étape du fil dentaire, puis se glissa sous ses couvertures et étreignit son oreiller. Elle se demandait ce que ça ferait de coucher avec Jed ? Ils n'avaient jamais été plus loin que des baisers. Et celui qu'il lui avait donné ce soir-là n'avait rien à voir avec les tentatives timides de leur adolescence. Elle effleura ses lèvres, qui semblaient encore frémir de ce contact.

Soudain, Siggy entra en trombe dans la chambre, la tirant de sa rêverie. Hannah regarda sous le lit. Ses yeux brillaient dans le noir.

— Qu'est-ce qui t'arrive ? demanda-t-elle en se penchant davantage pour le caresser.

Son poil était hérissé. Un peu inquiète, Hannah alluma sa lampe de chevet. La seule chose que craignait Siggy, c'était les visiteurs indésirables. Elle se leva.

— Il ne peut pas y avoir quelqu'un dans la maison, affirma-t-elle à voix haute, pour se rassurer. L'alarme se serait déclenchée.

Elle se dirigea vers la porte et passa la tête dans le couloir, aux aguets, mais ne perçut que les craquements habituels de la vieille bâtisse.

Elle descendit l'escalier à pas de loup, regrettant de ne pas avoir un des revolvers de son père. Quand elle était montée se coucher, Siggy était installé sur le rebord de la baie vitrée du salon, donnant sur le jardin de devant. Elle s'agenouilla sur le coussin et posa les mains contre la paroi pour scruter l'obscurité.

Les appliques de l'entrée auraient dû être allumées. Les lampadaires de l'allée étaient connectés à des détecteurs de mouvement, mais le perron restait illuminé toute la nuit. En tout cas, c'était allumé quand Jed était reparti.

Sur la pointe des pieds, elle gagna le vestibule et désactiva l'alarme. Puis elle déverrouilla la porte et l'entrouvrit avec prudence, le cœur battant.

Des éclats de verre jonchaient le perron, vestiges des ampoules brisées. Soudain, elle se figea : sur le sol gisait un oiseau mort.

9

Jed avait passé la matinée avec Hannah au commissariat, afin de tenter de convaincre la police que les deux homicides et l'avertissement reçu par Hannah étaient liés par les passereaux morts. À contrecœur, il avait dû abandonner l'oiseau trouvé devant chez Stephanie aux enquêteurs de Seattle. Au moins ces derniers le prenaient-ils au sérieux, à présent, même s'ils n'avaient pas l'intention de laisser un privé résoudre cette affaire. Surtout pas un privé qui avait fait de la prison. Innocent ou pas.

Jed appuya sur l'accélérateur. Il devait arriver chez Hannah avant que Maggie dépose le premier de ses petits patients. Inutile que Sheldon exprime de nouveau en public ce qu'il pensait de lui.

Il serra le volant. Comment Zoey avait-elle pu en venir à le détester à ce point ? Était-ce simplement parce que les sentiments qu'elle avait pu éprouver pour lui n'avaient pas été réciproques ? Il l'aimait bien, à l'époque, mais leur histoire ne serait jamais allée beaucoup plus loin. Et puis, lorsque Hannah était revenue pour l'été, après sa première année d'université, les chances de la pauvre Zoey s'étaient encore réduites. Jed se souvenait honnêtement l'avoir quittée avec tact et ne jamais lui avoir fait de fausses promesses. Par la suite, il lui avait même arrangé quelques rendez-vous avec des copains à lui. Quelle erreur.

Il avait appris plus tard, par ses avocats, que Zoey présentait des troubles psychologiques, mais cet élément n'était apparu qu'après le procès. À l'époque, la défense n'avait pas voulu prendre de risques en creusant trop profond dans la vie privée de Zoey. Il était toujours délicat d'accuser la victime... sauf que c'était lui, la vraie victime.

Il s'engagea dans l'allée menant à la maison de Hannah et se gara juste derrière sa voiture. Est-ce que la personne qui avait laissé l'oiseau sur le perron l'avait vu partir, la veille au soir ? Jed n'avait croisé aucun autre véhicule en rentrant, mais il devait bien admettre qu'il avait la tête ailleurs.

En outre, les bois qui entouraient la propriété offraient une bonne cachette à d'éventuels malfaiteurs. Le système d'alarme n'avait pas été d'un grand secours : une fois les ampoules brisées, l'intrus avait pu s'approcher en toute tranquillité. La vidéosurveillance montrait une silhouette encapuchonnée, toute de noir vêtue et méconnaissable, qui venait s'accroupir près de l'entrée, avant de disparaître. Il pourrait s'agir de n'importe qui.

Jed enclencha le frein à main et saisit le sac plastique du magasin de bricolage posé sur le siège passager. Il remarqua l'escabeau que Hannah avait laissé pour lui permettre de changer les ampoules au-dessus de la porte. Elle-même était occupée à préparer son cabinet pour recevoir les deux enfants.

Ce matin-là, elle l'avait appelé à la première heure, et il lui avait reproché de ne pas l'avoir contacté dès qu'elle avait découvert l'oiseau, la veille. Il se trouvait sans doute alors encore en voiture, en route pour la maison des Mitchell. Il lui aurait suffi de faire demi-tour. Il aurait peut-être eu la chance de surprendre le coupable.

Elle lui avait téléphoné avant même d'alerter la police, et il avait dû la convaincre de signaler l'incident. C'était ainsi que les oiseaux avaient fini par apparaître sur le radar de la Criminelle de Seattle.

Il avait déjà évoqué la question des passereaux avec Michael, qui n'avait pas pu lui fournir plus d'informations. Selon son ami, Stephanie n'aimait pas l'idée d'enfermer des animaux dans une cage et jamais elle n'en aurait eu chez elle.

Jed prit l'escabeau et l'installa devant la porte. Puis, après avoir enfilé des gants, il ramassa les débris de verre des anciennes ampoules.

Sur la vidéosurveillance de Hannah, on apercevait une ombre, vraisemblablement un caillou lancé, qui déclenchait les détecteurs de mouvement, quelques secondes avant que tout devienne noir. En revanche, ils n'avaient pas retrouvé le projectile, et la police non plus. L'intrus l'avait très probablement récupéré avant de disparaître dans les bois. Sans doute en se baissant pour laisser l'oiseau mort sur le paillasson de Hannah.

Dommage que les chats ne parlent pas, pensa Jed, car Siggy avait sûrement tout vu depuis la baie vitrée.

Jed sortit les ampoules neuves de leur emballage et les installa. Peut-être Hannah devrait-elle envisager d'installer des appliques fermées, afin d'éviter qu'un tel incident se reproduise. Les dents serrées, il sauta les dernières marches de l'escabeau. Pourquoi le tueur s'en prendrait-il à Hannah ? Était-ce parce qu'elle s'occupait des enfants ? Cela signifiait-il que ces derniers étaient en mesure d'identifier l'assassin de leur mère ? Dans ce cas, ils étaient plus en danger que Hannah.

— Merci de t'en être chargé.

Il se retourna en entendant la voix de Hannah. Elle avançait vers lui, vêtue d'une ample jupe qui flottait autour de ses jambes. Ses ballerines crissaient sur le gravier qui bordait les parterres de fleurs. Elle avait coiffé ses cheveux en une grosse natte qui tombait sur son épaule. On aurait dit une jeune institutrice. Sans doute le faisait-elle exprès, pour rassurer les enfants. En tout cas, cela lui plaisait.

— Je me disais justement que tu devrais envisager de changer d'appliques, dit-il en désignant les lampes. Trouver quelque chose qui protège les ampoules.

— Peut-être. Mais on sait tous les deux que rien n'aurait arrêté mon visiteur d'hier soir. Il était déterminé à laisser ce pauvre oiseau devant ma porte.

— Visiblement, il voulait que les enquêteurs fassent le lien entre les crimes. Il était sans doute déçu qu'ils n'aient rien vu avant.

Jed replia l'escabeau.

— Où est-ce que tu le ranges ? demanda-t-il.

— Dans la cabane à outils. Viens, suis-moi.

Hannah contourna la maison pour gagner le jardin soigneusement aménagé, avec terrasse couverte, barbecue à gaz et petite cuisine d'été. Est-ce qu'elle recevait aussi souvent que ses parents ? se demanda Jed. Quand il était enfant, pendant les grandes vacances, il avait passé de nombreux après-midi avec des copains et des copines du collège à profiter de la piscine. Les Maddox l'avaient toujours bien accueilli... jusqu'à ce que sa relation avec Hannah prenne un tour plus romantique.

Il la suivit jusqu'à l'abri de jardin, construit en bordure de la propriété, près de l'orée de la forêt. Un petit ruisseau chantait au bout de la pelouse splendide, et des fauteuils de jardin avaient été installés au bord de l'eau.

— Allô, Jed ? Ici la Terre, lança Hannah en claquant des doigts devant ses yeux. Tu veux enlever tes chaussures, remonter ton bas de pantalon et faire trempette dans le ruisseau ?

— C'est tentant, mais je crois que tu attends du monde.

— C'est vrai.

Elle ouvrit la cabane et tira sur la chaînette pour allumer.

— Tu sais que tu ne dois pas parler des enfants que je reçois en consultation aujourd'hui, hein ? Je n'aurais pas dû faire allusion au fait qu'ils étaient mes patients, mais je me suis dit que la nouvelle avait déjà dû se répandre.

— En tout cas, celui qui a laissé ces oiseaux le sait.

Il accrocha l'escabeau contre un des murs de la cabane, qui était en meilleur état que certaines maisons de l'île.

— Certes. Mais comme la moitié de l'île est sans doute au courant, ça ne nous avance pas beaucoup.

Jed referma la porte et mit le verrou.

— Au moins, ça a attiré l'attention de la police.

— J'ai comme l'impression qu'ils se sont sentis un peu bêtes de ne pas t'avoir pris au sérieux, quand tu as trouvé le deuxième oiseau.

— Peut-être, mais ce n'était pas mon intention, fit remarquer Jed, en se tapant les mains pour chasser la poussière de ses gants de travail. S'ils pensent que je cherche à les doubler, ils vont rechigner à partager des informations avec moi.

Hannah se mordit la lèvre.

— J'ai peut-être un contact au sein du commissariat. J'essayerai de tenir au courant.

— Je n'espère pas résoudre cette affaire tout seul. Je serais ravi de leur communiquer tout ce que je trouve. Comme pour l'oiseau. Je veux simplement aider Michael et obtenir justice pour ces deux femmes.

Même si Zoey lui avait refusé ce droit.

De retour devant la maison, Jed ramassa ce qui traînait et remit tout à l'arrière de son pick-up. Puis il se tourna vers Hannah, qui était restée sur le perron.

— On se voit toujours ce soir ?

— Ce soir ? répéta-t-elle, une main en visière pour se protéger du soleil. Qu'est-ce qui se passe, ce soir ?

— On va chez Zoey. Et après ça, je t'invite à dîner.

Il monta dans son véhicule et démarra sans attendre de réponse. Il vit Hannah secouer la tête en souriant. Pour lui, c'était suffisant. Apparemment, elle était tout aussi incapable que lui de résister. Même si cela devait les conduire tous les deux au désastre.

— Les roselins sont de bons animaux de compagnie, à condition d'être apprivoisés. Ils sont très robustes, aussi.

Charlie, la patronne de l'animalerie, tapota du doigt une cage, et son locataire la fixa de ses yeux, noirs comme des perles. Jed s'accouda au comptoir. Le pépiement incessant des oiseaux lui donnait mal à la tête.

— Tu te souviens si quelqu'un en a acheté récemment ?

— Non.

Charlie passa à la cage suivante et glissa une arachide à travers les barreaux, pour un hamster qui l'attendait avec impatience.

— Les roselins sont tellement courants, par ici, que c'est inutile d'en proposer en magasin. Les perruches ont plus de succès. Mais je suis sûre qu'on peut en trouver à Seattle. Tu veux le nom d'une boutique là-bas ?

La dernière chose dont Jed avait besoin, c'était bien d'un oiseau en cage.

— Ça ira, merci. Je me demandais juste si des gens sur l'île en avaient chez eux.

— C'est certain.

La clochette de l'entrée retentit.

— Je peux t'aider pour autre chose, Jed ? s'enquit Charlie.

— Non, je te laisse travailler.

Charlie, une ancienne camarade de lycée, ne semblait pas particulièrement intéressée par les passereaux. La nouvelle des oiseaux morts sur les scènes de crime ne s'était pas encore répandue. Jed fit un petit tour dans le magasin, effleurant du doigt diverses cages contenant des rongeurs ou des reptiles. L'animalerie ne vendait ni chien ni chat. Heureusement pour lui, sinon il aurait sans doute culpabilisé et serait reparti avec une véritable tribu de compagnons aux grands yeux adorables.

Il avait eu un chien à l'époque de son arrestation, mais Bowie était mort de vieillesse pendant son incarcération. Il allait devoir se contenter de Sigmund.

— Hé ! mais j'te connais, toi !

Levant les yeux d'un aquarium, Jed se retrouva face à un grand type de son âge, avec des cheveux gras, de gros bras musclés et une bedaine de buveur de bière. Il se tendit malgré lui et recula d'un pas, sans quitter l'inconnu du regard. Ce dernier se redressa et tenta du mieux qu'il put de rentrer le ventre.

— Tu es Swain. Tu as fait de la taule.

Jed ne dit rien, les mâchoires crispées. Il serra les poings. L'homme se passa la main dans les cheveux et fit un pas en arrière.

— Je... Je ne te cherche pas, mec. J'ai connu ça, moi aussi. J'étais avec cette pauvre fille.

La lumière se fit dans l'esprit de Jed. Ce devait être Chase Thompson, l'ex de Zoey. Il se détendit un peu.

— Sympa, ta façon de parler de ton ex-petite amie qui vient d'être assassinée.

Chase s'esclaffa, puis s'essuya le nez du dos de la main.

— Comme si ça te dérangeait ! Surtout toi !

— Tu te trompes.

— Cette fille m'a volé du fric. Et ma came, en plus. On dirait bien qu'elle a fini par trouver plus malin qu'elle.

Jed sentit son ventre se nouer.

— Si j'étais toi, je ne dirais pas du mal des morts. Il paraît que la police enquête toujours sur ton cas.

— J'ai un alibi, affirma Chase.

Voyant que Jed approchait soudain de lui, Chase se redressa, méfiant. Mais Jed passa simplement à côté de lui, puis lui lança par-dessus son épaule :

— Tout le monde a un alibi, mon vieux.

Jed quitta l'animalerie et inspira profondément l'air de Dead Falls, où se mêlaient les embruns et la sève de pin. Si c'était le genre de personne avec qui Zoey avait traîné et à qui elle avait volé, alors elle avait joué à un petit jeu très dangereux.

Il sortit son téléphone. Hannah ne l'avait pas encore contacté, mais elle devait avoir terminé ses séances. Il voulait aller voir par lui-même la maison de Zoey. Peut-être y trouverait-il un élément expliquant pourquoi elle le méprisait assez pour avoir tenté de détruire sa vie.

À travers la vitrine, il aperçut Chase en train de discuter avec Charlie. En regagnant son pick-up, il envoya un SMS à Hannah, pour lui demander si elle avait fini. Elle répondit aussitôt qu'elle avait terminé, mais qu'elle avait quelques notes à rédiger.

Il avait attendu huit années. Il pouvait bien attendre encore quelques heures.

10

Hannah acheva de saisir ses dernières notes, puis enregistra son document dans le dossier de Chrissy Boyd. La petite fille s'était montrée très ouverte, à mille lieues de Sheldon, mais ses propos n'avaient rien révélé sur le meurtrier de sa mère.

Stephanie et elle avaient mangé un hamburger et des frites pour le dîner, puis Chrissy s'était endormie sur le canapé, devant la télévision. Elle pensait avoir entendu sa mère discuter avec quelqu'un, un homme, mais elle avait également parlé à Hannah d'un rêve très élaboré, à base de licorne volant au-dessus de Dead Falls.

L'imagination fertile des enfants, ainsi que leur incapacité à distinguer la réalité de la fiction, rendait difficile le fait de les soigner dans un cadre thérapeutique. De plus, il était primordial de ne pas les influencer en leur suggérant certains termes ou certaines analyses.

Hannah referma son ordinateur, se leva du canapé et s'étira longuement, les bras au-dessus de la tête. Puis, elle ramassa les poupées et les crayons que Chrissy avait utilisés pour expliquer ce qui était arrivé lors de la dernière soirée avec sa mère. Elle rangeait encore quelques jouets quand elle aperçut le train en bois de Sheldon. Le garçon y avait à peine touché, alors qu'il avait prétendu ne pas pouvoir s'en séparer. Hannah avait fini par trouver la raison qui le poussait à vouloir retourner chez lui.

Sheldon avait évoqué une cachette secrète dans le mobil-home de sa mère, et le pauvre enfant pensait que Zoey s'y trouvait.

Hannah ignorait si cette cachette était réelle, si bien qu'elle décida de ne pas en parler à la police pour l'instant. En revanche, Jed et elle pourraient y jeter un coup d'œil ce soir-là. Sheldon avait laissé entendre que sa mère dissimulait des trucs dans le mur. Mais peut-être son imagination était-elle aussi débordante que celle de Chrissy, même s'il n'était pas question de licornes.

Jed avait proposé de passer la chercher, et elle devait se changer avant son arrivée. Elle ne savait d'ailleurs pas trop ce qu'elle allait mettre. La colère initiale de Jed à son égard s'était calmée, car sa rancœur n'était qu'une façade. Il voulait surtout garder ses distances, faire comme s'il n'existait rien entre eux. Craignait-il que la prison déteigne sur elle ?

Elle était persuadée depuis le début que les accusations contre lui étaient fallacieuses. Ce qu'elle n'avait pas compris, en revanche, c'était que son père était peut-être à l'origine de cette mascarade. À présent, elle était déterminée à découvrir la vérité. Elle le devait à la jeune fille qu'elle était, huit ans plus tôt.

Elle ferma son cabinet à clé et regagna la maison, jetant au passage un regard aux nouvelles ampoules sur le perron. Que pourrait-elle envisager d'autre pour s'assurer que personne ne vienne de nouveau rôder autour de chez elle ? L'intrus de la veille devait être l'assassin. Sinon, comment aurait-il pu connaître l'existence des oiseaux morts ? La police n'avait pas divulgué cette information et peut-être même pas encore conscience de l'importance de ce détail. Il était possible qu'un gang de dealers du coin utilise des roselins pour une raison ou pour une autre. En souriant, elle entra dans la maison. Un cartel avec un roselin comme symbole, voilà qui était terrifiant.

Toutefois, le roselin qu'elle avait trouvé la veille devant sa porte l'avait bel et bien terrifiée.

Une heure plus tard, Hannah avait pris une douche et enfilé un jean beige et un T-shirt bleu à manches longues tout simple.

S'ils devaient fouiller le mobil-home de Zoey pour découvrir cette fameuse cachette secrète, mieux valait prévoir des habits confortables. Pas une tenue de soirée. Elle enfila des baskets en toile pour parachever son look décontracté.

Elle venait d'ouvrir une boîte de nourriture pour Siggy quand Jed gara sa voiture devant la maison.

— Toi et ton poisson, grommela-t-elle à l'adresse du chat, en s'essuyant les doigts.

Elle courut à la porte et fit signe à Jed qu'elle arrivait, puis retourna dans la cuisine se laver les mains. Elle vérifia que la clé de chez Zoey se trouvait bien dans son sac, ferma la maison et se dirigea vers le pick-up. Jed lui ouvrit la portière depuis l'intérieur.

— Salut ! lança-t-il.

Pourquoi se sentait-elle comme une adolescente qu'on vient chercher pour un rendez-vous ?

— Salut !

Jed reprit l'allée pour rejoindre la route.

— Comment ça s'est passé, tes séances ? Et je parle de façon générale...

— Aussi bien que possible quand on a affaire à deux enfants traumatisés, répondit Hannah. J'ai toutefois un détail à partager avec toi et je pense que ce ne sera pas déplacé si je le fais.

Jed eut l'air surpris.

— Si tu le dis...

— Tu te souviens, l'autre soir, quand Sheldon s'est sauvé pour rentrer chez lui ?

— Comment pourrais-je l'oublier ? soupira Jed, en serrant le volant avec force. C'est moi « le méchant monsieur »...

Elle balaya sa remarque de la main et poursuivit :

— Tu sais pourquoi il voulait retourner là-bas ?

— Non.

— Il prétendait que c'était parce qu'il y avait laissé un de ses jouets préférés, mais j'ai découvert la véritable raison aujourd'hui.

— Ah oui ?

Hannah se tut une seconde pour s'interroger encore une fois sur sa déontologie avant de partager l'information.

— Il faut que je devine ou bien... ? demanda Jed.

Hannah poussa un soupir. Oui. Si cela permettait d'appréhender l'assassin de Zoey, elle pouvait en parler.

— Il a dit que sa mère avait une cachette secrète dans son mobil-home.

— La police l'a peut-être déjà découverte. Je te rappelle que ni toi ni moi ne savons rien de l'enquête des gars de Seattle. On n'a pas vu leurs dossiers. On n'en connaît même pas les grandes lignes.

— Moi, si. Ils s'intéressent au narcotrafic, et c'est tout.

Elle se tourna vers lui.

— Ils sont peut-être sur la bonne piste, mais ils n'en explorent aucune autre. Ils ont des œillères. Ce serait compréhensible de la part d'un petit commissariat comme celui de Dead Falls, mais on pourrait penser que la brigade criminelle de Seattle serait un peu plus expérimentée.

— Tous les policiers espèrent résoudre les enquêtes rapidement. C'est pour ça que mon cas a été expédié.

Il s'engagea sur la route qui menait au parc des mobil-homes. Les habitations étaient suffisamment espacées pour qu'il n'y ait eu aucun témoin du meurtre de Zoey. Personne n'avait rien vu ni entendu d'inhabituel près de chez elle, mais tout le monde s'accordait à dire que cette zone était en général la plus bruyante. Les phares du pick-up balayèrent le domicile de Zoey, avec le ruban jaune qui pendait devant, à moitié tombé au sol. Jed se gara au même endroit que la première fois.

— En avant la musique ! lança Hannah, en agitant la clé. Je laisse mon sac ici.

Le gravier crissa sous leurs pieds quand ils approchèrent de la porte, que Hannah déverrouilla.

— Il y a un interrupteur sur le côté.

Une lueur ambrée inonda le salon. Rien n'avait changé depuis la dernière fois qu'elle était entrée. Jed enfila une paire de gants.

— Je n'ai pas franchement besoin que mes empreintes apparaissent sur cette scène de crime. Ni sur aucune autre, d'ailleurs.

— Pas faux. Fais ce que tu as à faire. Moi, je vais chercher cette cachette secrète.

— Dans une paroi, rappela Jed.

— C'est ce qu'a dit Sheldon.

Elle tourna lentement sur elle-même en observant les murs, de simples cloisons recouvertes d'une sorte de lambris en vinyle. Zoey n'avait pas pris la peine d'y accrocher des dessins ou même des photos de classe de Sheldon. Contre un pan, un canapé en velours marron, dont les coussins étaient toujours retournés après le passage de la police, faisait face à un énorme écran plat. Une lourde table basse en bois sombre se trouvait devant, avec une lampe dont l'abat-jour était de guingois et un gros cendrier débordant de mégots. À côté de la télé, une étagère en métal qui aurait plus eu sa place dans un garage était encombrée de piles de papiers, de serviettes et de sachets de ketchup portant les noms de tous les fast-foods de l'île.

Ce mobilier mal assorti ne laissait pas beaucoup de murs vides, si bien que Hannah commença par la cloison côté cuisine. Elle prit une cuiller en bois sur le comptoir qui séparait le salon du coin cuisine et se mit à en taper le manche contre le faux lambris. Un bruit indiquant un espace creux entre le revêtement et la paroi extérieurs du mobil-home retentit. Zoey faisait à peu près la même taille qu'elle et n'aurait sans doute pas choisi une cachette hors de sa portée.

Alors Hannah poursuivit en direction de la table basse, sur laquelle elle s'agenouilla pour sonder à nouveau le mur. Elle ignora le canapé, placé sous une fenêtre, et recommença de l'autre côté. Le bruit de ses coups ne semblait pas indiquer quoi que ce soit de différent.

Tandis qu'elle traversait la pièce, Jed réapparut dans le salon :

— Tu trouves quelque chose, Sherlock Holmes ?

— Rien, mon cher Watson, répondit-elle sans se retourner. Et toi ?

— Qu'est-ce qui a bien pu arriver à Zoey ? soupira-t-il en désignant le piteux état du logement. C'était une bonne élève, elle avait des parents normaux... en tout cas, dans la moyenne... Elle avait des espoirs, des rêves. Comment est-ce que ça a pu virer comme ça ?

— Elle a commencé à dégringoler après le procès. La plupart des gens du coin ont pensé que c'était les conséquences du viol. Ça paraissait logique. Elle s'est mise à consommer de la drogue et, à partir de là, ça a été de mal en pis.

Hannah fit tourner la cuiller entre ses doigts comme un bâton de majorette.

— On a arrêté de se parler après le procès. Quand je suis revenue sur l'île, elle avait déjà eu Sheldon et était sur la mauvaise pente.

Le visage de Jed s'assombrit.

— Peut-être la drogue l'aidait-elle à gérer sa culpabilité. Si elle en a jamais ressenti. Mais visiblement, ce n'était pas le cas, puisqu'elle persistait à me désigner comme le méchant devant son fils.

— J'ignore ce qui se passait dans sa tête, soupira-t-elle. Je vais vérifier les autres murs.

— Et moi, jeter un œil dans la cuisine.

Il ouvrit le premier placard qu'il trouva et poussa un juron.

— C'est vide. Avec quoi nourrissait-elle son fils ?

Hannah lui tourna le dos et se remit à tapoter les murs. Elle parcourut quelques mètres de plus, en direction de la télévision, quand soudain la résonance changea.

— Jed ? Je crois que j'ai quelque chose.

Elle frappa avec la cuiller la lame à sa gauche, puis celle à sa droite, puis celle du milieu.

— Celle du milieu ne résonne pas comme le reste. Et on dirait qu'elle est mal ajustée. Ça bouge un peu quand je tape dessus.

— Laquelle ? demanda Jed en approchant.

— Celle-ci.

Elle frappa du poing contre la lame en vinyle.

— Il manque des clous en bas.

Jed glissa un doigt dans l'interstice entre les lames, afin de déplacer celle du milieu. Un trou apparut.

— Bingo !

Hannah sortit son téléphone de sa poche arrière et alluma la lampe torche.

— C'est profond ?

— J'aperçois une un truc rectangulaire, annonça Jed, un œil collé à la fente. Mais il va falloir que ce soit toi qui le récupères. Mon bras va être trop gros.

Il s'écarta pour lui laisser la place. Elle se hissa sur la pointe des pieds et faufila la main dans l'interstice. Ses doigts effleurèrent une boîte au couvercle en tissu, qu'elle tenta d'attraper. Peine perdue, celle-ci restait coincée.

— Zoey devait retirer plus de panneaux, parce que ça ne passe pas.

Jed glissa l'index entre les lames suivantes, puis tira d'un coup sec. Le lambris céda avec un craquement. Il recommença la même opération de l'autre côté, créant une large ouverture dans le mur.

— Et voilà !

Hannah sortit une boîte tapissée d'un tissu marron, décorée de motifs dorés sur la tranche.

— On dirait une boîte à cigares.

Hannah la porta jusqu'au canapé. Là, elle ouvrit le couvercle. À côté d'elle, Jed émit un sifflement admiratif.

— Ça fait beaucoup d'argent. Peut-être s'agit-il finalement bien d'une affaire de drogue qui a mal tourné.

Hannah l'entendit à peine, tant ses pensées se bousculaient dans sa tête. Sous les billets, elle venait d'apercevoir le bracelet en métal d'une montre. Elle la sortit. Jed siffla de nouveau.

— Elle ne doit pas être donnée, celle-là.

Hannah hocha la tête, songeuse, puis dit :

— C'était celle de mon père.

11

Hannah se passa la langue sur les lèvres. Elle n'avait même pas besoin de vérifier l'inscription gravée au dos ; elle aurait pu la reconnaître entre mille. C'était sa mère qui l'avait offerte à son père, comme cadeau de fiançailles. Cette montre avait marqué le début de son ascension sociale, son entrée dans la bourgeoisie locale. Par la suite, il en avait acheté d'autres, plus chères encore, mais la première représentait une étape importante.

— Qu'est-ce que Zoey fichait avec la montre de ton père ? demanda Jed, en remettant une liasse de billets dans la boîte.

Hannah observa ses poings serrés.

— Je sais ce que tu penses..., soupira-t-elle. Qu'il lui a donné sa montre en paiement, pour l'avoir aidé à te piéger. Mais... je ne crois pas que ce soit ça.

— Je croyais que tu commençais à être d'accord avec mon hypothèse.

— Oh ! je le suis toujours !

Elle fit tourner le bracelet entre ses doigts.

— Mais mon père ne se serait jamais séparé de cette montre. Il y tenait trop. Et puis, pourquoi une montre, alors qu'elle préférait certainement du liquide ? Dont il ne manquait pas non plus.

— C'est peut-être ça, l'argent, fit remarquer Jed, en désignant les liasses roulées dans la boîte.

— Peut-être...

Elle tourna la montre dans le creux de sa main et examina

l'inscription au dos. Les initiales de ses parents et la date de leurs fiançailles.

— S'il avait acheté Zoey avec cette montre, elle l'aurait déjà revendue. Pourquoi l'avoir gardée ?

Jed se gratta le menton.

— Tu penses qu'elle l'a volée ? Quand en aurait-elle eu l'occasion ?

— Pendant qu'ils planifiaient ensemble ta chute, répondit-elle en se pinçant l'arête du nez. Je ne me souviens pas avoir vu mon père avec après... après mon départ pour l'université. En revanche, il n'a jamais signalé se l'être fait voler.

Jed fit quelques pas dans le salon.

— La montre ne nous apprend pas grand-chose sur le meurtre de Zoey. Mais les billets, oui. Comme je l'ai dit pendant que tu ne m'écoutais pas, il pourrait s'agir d'argent sale. Zoey a peut-être pris quelques libertés avec le fric et la marchandise de son dealer, qui l'a tuée. J'ai croisé Chase à l'animalerie. Il clamait que Zoey lui avait volé de l'argent, à lui aussi.

— Il doit avoir confiance en son alibi, pour répandre ce genre de rumeurs.

— Oui. Je lui ai conseillé de se calmer un peu. Les alibis ont la sale habitude de fondre comme neige au soleil, sur cette île.

— C'est... bizarre, fit remarquer Hannah, en jouant avec une des liasses de billets. Et Stephanie ? Est-ce qu'elle avait des billets cachés chez elle aussi ? Deux femmes qui consommaient mais ne vendaient pas de drogue sont assassinées, parce qu'elles auraient décidé, toutes les deux et au même moment, d'arnaquer leurs dealers ?

— Quand on va remettre l'argent à la police, ça va renforcer cette théorie.

— Et s'il n'y a pas d'argent chez Stephanie ?

— Ils vont penser que le meurtrier l'a repris.

— Pas très convaincant.

Elle passa la lourde montre à son poignet.

— On leur dit pour l'argent, mais ils n'ont pas besoin de savoir pour la montre.

— Pourquoi ? Ce n'est pas comme si ton père pouvait avoir quelque chose à voir avec l'assassinat de Zoey.

Jed remit un des panneaux en place, mais laissa les deux autres, qui étaient cassés. Hannah agita le poignet pour faire tinter le bracelet de la montre.

— Je pense que cette montre est une pièce du puzzle. Qu'est-ce qui est arrivé en premier ? Les accusations de Zoey contre toi ? Ou bien mon père qui lui suggère d'inventer cette histoire de viol ?

— Je ne sais pas, Hannah. Peut-être que tu devrais lâcher l'affaire. Il est mort. Je suis libre. On est de nouveau... amis.

— Vraiment ?

Il fit la moue.

— Sortons de ce trou à rats, proposa-t-il. Comment comptes-tu expliquer à la police pour l'argent de Zoey ?

— Je vais leur raconter la vérité. Sheldon a évoqué une cachette chez lui, lors d'une séance. Je n'ai rien dit, parce que j'ignorais s'il s'agissait de la réalité ou d'une invention et que je ne voulais pas briser le secret professionnel pour rien. Je me suis souvenue que j'avais toujours les clés, j'ai décidé d'aller jeter un œil et j'ai découvert l'argent. Ils me remercieront.

— Pour une fille de shérif, tu ne connais pas bien les flics ! s'esclaffa Jed.

— Ils vont pouvoir se faire plaisir avec leur scénario de trafic de drogue.

— Si ça s'arrête là, objecta Jed en lui prenant la boîte des mains. Et s'il n'y a pas d'autre meurtre.

Moins d'une heure plus tard, Jed se garait le long du trottoir, devant l'une des meilleures pizzerias de la ville. La boîte à cigares était soigneusement rangée sous le siège passager, et la montre avait rejoint le sac de Hannah. Jed coupa le contact et sembla hésiter.

— Ça va sans doute être bondé. Il y a toujours du monde chez Luigi.

— Oui, et ? demanda-t-elle, une main sur la poignée de la portière.

— Tu es sûre de vouloir être vue en ma compagnie ?

Sa bouche se tordit, mais pas en un sourire. Hannah lui toucha l'épaule.

— Tu es sérieux ? Est-ce le passé ou le présent qui t'inquiète ? Tu as été innocenté il y a presque trois ans et tu as deux alibis en béton pour les meurtres. Personne ne t'envisage comme coupable.

— Je sais, mais...

— Tu es un ex-détenu, oui, le coupa-t-elle. La belle affaire ! Arrête de t'apitoyer sur ton sort, Swain. Tout le monde s'en fiche.

Avant qu'il puisse répondre, elle ouvrit la portière et descendit d'un bond. Lorsqu'il la rejoignit sur le trottoir, elle glissa le bras sous le sien et ne le lâcha pas quand ils poussèrent la porte du restaurant, comme pour souligner ses propos : elle n'avait pas honte d'être accompagnée par Jed Swain.

À l'intérieur, ils furent aussitôt enveloppés par le brouhaha ambiant et les odeurs délicieuses qui flottaient dans la salle. Personne ne semblait trop s'inquiéter de la mort de deux femmes de l'île. Quelques hommes attablés dans un coin crièrent le nom de Jed et brandirent leur verre de bière dans sa direction. Jed rougit fortement en raison de cette attention inopinée, mais leur adressa un petit salut en retour.

— Un comité d'accueil, marmonna-t-il à l'oreille de Hannah. Il ne manquait plus que ça.

— C'est toujours mieux que des fourches et des torches enflammées, non ?

Elle approcha du comptoir et leva les yeux vers le panneau du menu.

— Une grande regina, ça te va ? Tu veux une salade ?

— Pas besoin de salade, mais je veux bien des petits pains à l'ail. Et un grand soda.

L'adolescent boutonneux qui prenait les commandes se mit à taper à toute allure sur son ordinateur.

— Nous avons donc une grande regina, une portion de pains à l'ail, un soda XL. Et pour vous, m'dame ? Vous voulez boire quelque chose ?

— Un verre de vin rouge, s'il vous plaît.

Jed paya avec sa carte et prit son gobelet en plastique pour aller le remplir aux fontaines à soda, pendant que Hannah cherchait une place. Apercevant une employée en train de débarrasser une table pour deux près de la baie vitrée, elle en approcha. Juste à côté, une table ronde était occupée par un groupe animé d'adultes. Elle se serait bien passée de leur conversation bruyante, mais au moins ils pourraient profiter de la vue. Elle posa son gilet sur le dossier d'une des chaises.

— Pile au bon moment, lança-t-elle en souriant à la serveuse, qui terminait de nettoyer.

— Oui, il y a monde fou, ce soir, répondit l'employée, avant de jeter un œil par-dessus son épaule. Ces meurtres n'ont pas l'air de les tracasser plus que ça.

Hannah se rendit compte que la jeune femme avait le nez et les yeux rouges, et que son mascara avait coulé.

— Vous connaissiez les victimes ? demanda-t-elle avec douceur.

La serveuse prit une serviette dans le distributeur posé sur la table et hocha la tête.

— Steph était une copine à moi. C'était une fille adorable. Elle ne méritait pas ça.

— Je suis désolée pour vous.

L'employée la dévisagea soudain.

— Vous êtes la psychologue, c'est ça ?

— Exact.

Hannah attendit la suite avec appréhension. Même si la plupart des habitants savaient qu'elle recevait Chrissy en consultation, elle ne pouvait pas discuter de son travail.

— Je... Je pourrais venir vous parler, un jour ? C'est la première fois que je perds une amie. Ça me perturbe beaucoup.

— Bien sûr ! s'écria Hannah, soulagée, avant de sortir sa carte professionnelle de son portefeuille. Comment vous appelez-vous ?

— Shari Tremaine.

— Vous pouvez me contacter quand vous voulez, Shari.

Elle aperçut Jed qui approchait, tenant le soda d'une main et le vin de l'autre. Il ralentit l'allure pour ne pas les interrompre, puis s'écarta pour laisser passer Shari.

— Tout va bien ? s'enquit-il en posant les boissons.

— Si on te demande, tu diras que tu ne sais pas, répliqua Hannah. Où est-ce que tu as récupéré ça ? Je croyais qu'on nous servait à table.

— J'ai intercepté le serveur qui devait l'apporter. J'ai pensé que le plus vite serait le mieux, après ce que tu viens de découvrir.

Jed lui écarta sa chaise, et elle se laissa tomber dessus.

— Je suis plus troublée que perturbée. Je ne comprends pas le lien entre mon père et Zoey. Il lui disait à peine bonjour quand elle venait à la maison.

— Il disait à peine bonjour à tous tes amis. Ce qui ne veut pas dire qu'il ne les avait pas à l'œil. En tout cas, moi, il m'avait à l'œil, ajouta-t-il en s'installant sur la chaise en face.

Hannah but une gorgée de vin. Il était un peu trop puissant à son goût, mais il n'était pas mauvais.

— Je n'ai toujours pas eu l'occasion de fouiller dans ce carton... Mais je vais le faire.

— Fais-toi plaisir, répondit-il en jouant avec ses glaçons du bout de sa paille. Si tu trouves quelque chose en lien avec les crimes récents, tiens-moi au courant.

Derrière elle, les clients de la table bruyante se préparaient à partir. Elle sentit qu'on lui touchait l'épaule. Lorsqu'elle se retourna, elle aperçut M. Lamar, le directeur de l'école élémentaire.

— Docteur Maddox, je peux vous embêter une minute ?

— Bien sûr. Et vous pouvez m'appeler Hannah.

Elle l'avait croisé plusieurs fois, pour discuter d'écoliers que l'infirmière scolaire lui avait envoyés.

— D'accord. Et moi, c'est Bryan.

Il désigna du menton ses compagnons de table qui se disaient au revoir et réfléchissaient au montant du pourboire.

— Une petite réunion entre collègues, avant la rentrée. Évidemment, nous avons parlé de nos deux élèves.

Il n'eut pas besoin de préciser de quels enfants il s'agissait. Sheldon, s'il restait sur l'île, devait entrer en CE2. Quant à Chrissy, elle entrait en CE1.

— Vous savez que je ne peux..., commença Hannah.

Il leva une main pour la rassurer.

— Bien sûr, bien sûr. Mais si les enseignants ou moi-même pouvons faire quoi que ce soit, dites-le-nous. Il vaut mieux que nous soyons préparés... si ces enfants reviennent à l'école.

— Entendu, Bryan. Pour l'instant, vous pouvez surtout contenir au maximum les rumeurs.

Elle aperçut deux des institutrices qui discutaient entre elles en jetant des coups d'œil furtifs dans sa direction.

— D'accord ! Vous pouvez compter sur nous. On va faire de notre mieux pour les accueillir. Toutefois, j'aimerais vous revoir avant leur retour en classe.

— C'est une bonne idée.

Elle commença à chercher une carte de visite dans son portefeuille, mais finit par renoncer et tendit son smartphone au directeur.

— Je n'ai plus de cartes. Appelez-vous depuis mon téléphone, et j'enregistrerai votre numéro. On se recontactera quand ce sera nécessaire.

Bryan pianota un instant, puis lui rendit son appareil.

— À bientôt, alors !

Ses collègues le hélèrent depuis la porte, et il adressa un petit salut à Hannah avant de se perdre dans la foule du restaurant.

— Qui était-ce ? demanda Jed, en s'accoudant à la table.

— Le directeur de l'école élémentaire.

— Ah ! cette bonne vieille école..., soupira-t-il, avant de boire bruyamment avec sa paille. Je t'avais bien dit que tout le monde était au courant pour toi et les enfants.

— C'est quand même le directeur de l'école. Mais tu as raison : tout le monde sait que je m'occupe d'eux.

Elle essuya du pouce une trace de rouge à lèvres sur le bord de son verre.

— Visiblement, ça bavarde toujours autant au commissariat, soupira Jed. Et ils n'ont pas l'air beaucoup plus compétents. Cela dit, à l'animalerie, Charlie ne semblait pas avoir eu vent de cette histoire de roselins.

— Qu'est-ce qu'elle t'a raconté ?

Hannah se tut brusquement et déplaça son verre, car Shari arrivait avec leur pizza et le pain à l'ail. Elle adressa un petit sourire à Hannah et demanda :

— Vous désirez autre chose ?

Jed se jeta sur une de boules de pain, grasse et parfumée, et la huma avec avidité.

— Pour ma part, c'est tout ce dont j'ai besoin ! s'exclama-t-il, avec un soupir d'aise.

Hannah leva les yeux au ciel.

— Non merci, Shari, répondit-elle.

La serveuse repartit brusquement en direction des cuisines, alors qu'un groupe attendait près de la table vacante, derrière eux.

— Qu'est-ce qui lui prend ? s'étonna Jed, en mordant dans le pain.

— Elle était amie avec Stephanie, murmura Hannah, un doigt sur les lèvres.

Jed cessa de mâcher.

— Elle est sous le choc, c'est ça ?

— On peut dire ça.

Hannah découpa une part de pizza et la posa sur son assiette.

— Si c'est une copine de Stephanie, je devrais peut-être lui parler.

— Hors de question. Sinon elle va penser que c'est moi qui te l'ai dit.

— Je travaille pour le frère de Stephanie, qui m'a transmis une liste des amies de sa sœur. Je peux simplement y ajouter le nom de Shari.

— Laisse-moi en dehors de tout ça, d'accord ? Je ne veux pas passer pour une thérapeute trop bavarde et pas très discrète.

Elle tira un fil de fromage fondu de sa pizza et le porta à sa bouche.

— Je ne dirai pas un mot sur toi, promis. De toute façon, elle ne me reconnaîtra sans doute pas.

— C'est ça...

Hannah mordit dans sa pizza, puis s'essuya les lèvres.

— Ça veut dire quoi, cette remarque ? Tu crois que tout le monde en ville connaît ma tragique histoire ?

— Tu cherches vraiment les compliments, c'est ça ?

Elle but une gorgée de vin, sentant la chaleur de l'alcool lui donner de l'audace.

— Si une femme est capable de t'oublier après t'avoir croisé, alors elle doit consulter un docteur plus expert que moi.

Elle but une nouvelle gorgée et risqua un œil en direction de Jed. Il jouait avec sa paille, le regard perdu vers le mur, derrière elle.

— Comment ça se fait que tu n'aies pas de petit ami ?

— Belle esquive... Ou bien, tu cherches encore à te faire passer de la pommade, répliqua Hannah, en mordant dans sa pizza.

— Ton père n'était pas si malin que ça, fit remarquer Jed, en engloutissant un deuxième morceau de pain à l'ail, avant de s'essuyer les doigts. Il n'aurait jamais dû détruire tes lettres. On se serait écrit pendant un moment, et puis tu te serais lassée. Au lieu de ça, tu t'es fait des films sur la situation et tu as développé une vision idéalisée de moi.

— Tu parles trop, Swain.

Elle fit une boule avec sa serviette et la jeta dans sa direction.

— N'essaye pas d'analyser l'analyste. Et, crois-moi, je n'ai pas une vision idéalisée de toi. Il suffit de te regarder t'empiffrer de pain à l'ail pour revenir rapidement à la réalité.

Il éclata de rire.

— Et ce qu'on parle de la façon dont tu te gaves de fromage fondu avec les doigts ?

— Je ne me gave pas de fromage fondu avec les doigts ! protesta-t-elle. Mais visiblement, l'idée te fait fantasmer. Je note.

Ils rirent de bon cœur pendant quelques secondes. Soudain, un homme âgé et ridé approcha de leur table. Ses mains noueuses jouaient avec le bord d'un chapeau.

— Jed Swain ? demanda-t-il, avec hésitation.

Jed s'essuya les yeux avec sa serviette, puis étudia de plus près le vieil homme.

— Ours-Qui-Rôde ?

L'homme sourit, révélant une canine manquante, puis se frappa le torse du poing.

— Je ne rôde plus tant que ça. J'ai entendu dire que tu avais été innocenté il y a trois ans et j'ai appris que tu étais revenu sur l'île. Je voulais passer te voir, mais ma femme a fait une attaque, il y a quelques années et... Bref, comme je disais : je ne rôde plus comme autrefois. Mais mon épouse m'envoie quand même cherche sa pizza hebdomadaire chez Luigi !

— Je suis navré, pour ta femme. Tu connais Hannah Maddox ? demanda-t-il ensuite en la désignant.

Ours-Qui-Rôde posa un regard perçant sur elle, puis hocha brièvement la tête.

— J'ai été heureux d'apprendre que tu avais enfin obtenu justice. Nous sommes nombreux à avoir toujours cru en ton innocence.

— Merci. Hannah aussi est de ceux-là.

Hannah se redressa, un peu mal à l'aise. Jed n'avait pas besoin de prendre sa défense devant un membre de la communauté indienne. Elle savait que les Indiens détestaient son père. Non sans raisons, d'ailleurs. Elle s'éclaircit la voix et approcha une chaise de la table voisine.

— Voulez-vous vous joindre à nous, le temps que votre pizza soit prête ?

Ours-Qui-Rôde la dévisagea pendant quelques secondes, puis dit :

— D'accord.

Jed se leva pour aider le vieil homme à s'asseoir, puis poussa le panier de pains à l'ail dans sa direction.

— Sers-toi.

— Non merci, répondit-il, sans quitter Hannah des yeux. L'ail ne me réussit plus, avec l'âge.

Jed s'apprêtait à poursuivre la conversation, quand Ours-Qui-Rôde demanda soudain :

— C'est vous qui vous occupez de ces deux enfants dont les mères ont été assassinées, c'est ça ?

Hum !

Hannah ne voulait pas donner au vieil homme davantage de raisons de la détester, mais elle n'avait pas le choix.

— Je suis désolée, mais je ne peux pas discuter de ça avec vous.

— Oui, oui, je comprends, répondit-il. C'est bien que vous aidiez ces enfants.

Hannah laissa échapper un petit soupir. Au moins, il ne la haïssait pas totalement. Jed eut un sourire rayonnant de fierté.

— Ours-Qui-Rôde, tu vis sur l'île depuis toujours, dit-il soudain, en prenant une part de pizza. Tu dois tout connaître de Dead Falls. Que sais-tu sur la symbolique des roselins ? Est-ce qu'il y a un folklore quelconque lié à ces oiseaux en particulier ?

— Les roselins ? répéta Ours-Qui-Rôde en se frottant l'arête du nez. Non. Pas de légendes sur les roselins. C'est juste un oiseau, que je sache. En revanche, je me souviens que des familles sur l'île les attrapaient.

— Des familles qui attrapaient les roselins ? Qui ça ?

— Tu ne les connaîtrais pas. C'était il y a une trentaine d'années, vers Misty Hollow. Je crois même que votre père n'était pas encore shérif à l'époque.

— Il y a trente ans ? Non, en effet, répondit Hannah.

— Qui étaient ces gens et pourquoi avaient-ils des roselins ? demanda Jed, le menton dans les mains.

— Les Keldorf.

— Ce nom me dit quelque chose, intervint Hannah. Il y a eu un drame avec eux, non ?

Elle but une gorgée de vin, dont l'arôme puissant lui donnait un peu mal à la tête.

— Oui, une véritable tragédie. Chet Keldorf a massacré toute sa famille, puis il s'est suicidé. Seuls deux des enfants adoptifs qui vivaient chez eux ont survécu. Après avoir tué ses proches et avant de retourner l'arme contre lui, Chet a étranglé tous les roselins qu'ils avaient.

12

Des roselins morts. Jed jeta un rapide coup d'œil à Hannah, qui semblait stupéfaite.

— Où est-ce que c'était ? Où vivaient les Keldorf ?

Ours-Qui-Rôde leva le visage vers le plafond, comme s'il espérait y lire la réponse.

— De l'autre côté de la cascade. Pas très loin de chez toi. J'ai entendu dire que tu étais en train de retaper la maison.

— Est-ce que... Est-ce que les deux enfants adoptifs survivants ont été blessés ? demanda Hannah

Elle serrait si fort le pied de son verre que Jed craignit qu'elle le brise en deux.

— Je ne crois pas. Les forces de l'ordre les ont sortis de là rapidement.

Ours-Qui-Rôde se radoucit en la regardant.

— Vous aimez vraiment les enfants, hein ? Malheureusement, deux autres sont morts ce jour-là. Deux petits également placés chez les Keldorf. D'après mes souvenirs, le couple ne pouvait pas avoir d'enfants, et ils ont accueilli pas mal de gamins au fil des années.

— Les services de la Protection de l'enfance n'ont visiblement pas suffisamment étudié le dossier de M. Keldorf, marmonna Hannah, avant de vider son verre de vin.

Elle avait les épaules tendues. Ours-Qui-Rôde se retourna soudain.

— Je crois que je viens d'entendre mon numéro de commande. Je vais ramener cette pizza à ma Rose.

— Je vais la chercher, proposa aussitôt Jed, en se levant pour se diriger vers le comptoir.

Lorsqu'il revint avec, Hannah aidait Ours-Qui-Rôde à se remettre debout. Le vieil homme lui tapota la main et chuchota quelque chose qui la fit sourire à son oreille.

— Veux-tu que je t'accompagne jusqu'à ta voiture ? demanda Jed.

— Non, non. Terminez votre repas. Rose sera contente d'apprendre que je t'ai croisé. Ravi d'avoir fait votre connaissance, Hannah. À plus tard, mon garçon.

Il sortit du restaurant à petits pas.

— Qu'est-ce qu'il t'a dit ? demanda Jed, en se resservant une part de pizza.

— Que je ne ressemblais pas du tout à mon père. J'ai pris ça comme un compliment.

— Surtout de la part d'Ours-Qui-Rôde.

Il mordit dans sa pizza et se mit à mâcher. Hannah regardait toujours son verre de vin d'un air songeur. Il s'essuya la bouche.

— Alors, que penses-tu de cette histoire avec les Keldorf ? finit-il par demander.

— Je réfléchissais aux homicides familiaux et aux signes avant-coureurs, qui existent en général.

Le récit d'Ours-Qui-Rôde avait mis en action son cerveau de psychologue, mais c'était de sa perspicacité d'enquêtrice que Jed avait besoin

— Mais les roselins ? C'est une coïncidence, non ? Des roselins morts à l'époque et des roselins morts maintenant.

— C'est étrange, en effet. Mais Chet Keldorf est mort. Ce ne peut pas être lui qui tue des femmes aujourd'hui et sème des oiseaux derrière lui.

— Certes, mais c'est la première piste qu'on trouve sur ces roselins. Peut-être le crime a-t-il inspiré quelqu'un d'autre. Est-ce que la psychopathie peut se transmettre ?

— Il y a une composante génétique, en général transmise par le père.

— Bingo ! s'écria Jed.

— Tu n'as pas écouté Ours-Qui-Rôde ? Chet Keldorf n'a pas eu d'enfants. Il n'a transmis ses gènes à personne.

— Des frères et sœurs, des neveux, alors, suggéra-t-il en agitant sa croûte de pizza. Je veux suivre cette piste.

— C'est la seule que nous ayons, en effet rappela Hannah en repoussant son assiette, où il restait une demi-part. Est-ce qu'on informe la police ?

— Tu penses qu'ils prendraient la peine d'enquêter ?

— Non. On va s'en charger nous-même. Ils ont d'ailleurs peut-être déjà fait un lien avec le crime de Keldorf. Ils ont plus de moyens que nous et ont accès à bien plus de bases de données. Tu as fini ? demanda-t-elle en froissant sa serviette.

— Tu plaisantes ? s'écria-t-il. Il me reste encore deux petits pains à l'ail.

— Je vais demander un carton pour le reste de la pizza. Tu n'auras qu'à les mettre dedans.

— Veux-tu un autre verre de vin ? C'est moi qui conduis.

— Le premier m'a un peu assommée. J'aimerais aller me coucher. Je vais chercher un carton, ajouta-t-elle en se levant.

Jed la regarda s'éloigner en direction du comptoir. Elle ne semblait pas du tout fatiguée. Au contraire, ses épaules crispées trahissaient une énergie vibrante. Il avait eu le temps d'engloutir un des petits pains et lorgnait le second quand Hannah revint et se mit à ranger les restes de la pizza avec des gestes rapides et précis. Jed la prit doucement par le poignet.

— Tu veux bien me dire ce qui se passe ? Tu es à la fois ailleurs et à cran depuis qu'Ours-Qui-Rôde nous a raconté l'histoire des Keldorf.

Elle ajusta le couvercle du carton.

— C'est ce nom... Keldorf.

— Oui, tu l'avais déjà entendu. Le crime me disait quelque chose, mais pas le nom. Il me semble qu'il n'y a plus aucun Keldorf sur l'île.

— Sauf dans mon grenier.

— Tu veux dire... dans les archives de ton père ?

— Exactement. Quand je suis montée chercher des infos sur ton arrestation, j'ai aperçu le nom de Keldorf sur un carton. Un très vieux carton.

— Je croyais que ton père n'était pas encore shérif, il y a trente ans.

— Il était simple policier. Je suis sûre que ce genre de crime sur l'île a dû mobiliser toutes les forces de l'ordre. Mon père a dû participer. Soit il a conservé ses notes de l'époque, soit il est parti à la retraite en emportant des dossiers.

— Pourquoi s'intéressait-il à l'affaire Keldorf ? Un meurtre-suicide, c'est assez clair, non ?

— Je ne sais pas. Je commence à me rendre compte que je ne connaissais pas du tout mon père. Mais... Si on veut enquêter sur les Keldorf et les oiseaux morts, on sait où démarrer.

— Maintenant ? Tu veux t'y mettre maintenant ? Je croyais que tu étais fatiguée.

— Je voulais me débarrasser de toi, répondit-elle simplement, en glissant la bandoulière de son sac à main sur son épaule.

— De moi ? s'exclama Jed, ébahi. Je croyais qu'on était dans le même bateau. Pourquoi voudrais-tu me tenir à l'écart ?

Hannah se mordilla la lèvre.

— Je n'étais pas sûre que ça t'intéresse de fouiller dans de vieux cartons. Celui qui contient ton dossier n'a pas l'air de t'intriguer plus que ça.

— Vraiment ? C'est parce que c'est *mon* dossier.

Il vida son verre d'un trait.

— En revanche, je suis carrément partant pour aller fouiner dans la vie de quelqu'un d'autre.

En arrivant devant la maison, Jed poussa un soupir.

— Au moins, personne n'est venu vandaliser ton manoir.

Hannah ne put retenir un sourire en coin.

— Méfiance..., répondit-elle. C'est un vaste manoir, entouré d'un immense parc.

Jed eut un petit rire, puis reprit sérieusement :

— C'est bien ce qui m'inquiète. Que tu sois ici toute seule la nuit.

Il coupa le contact. Le silence autour d'eux confirma ses craintes.

— Ton père t'a appris à te servir d'une arme ? Tu as gardé les siennes ?

— Oui et oui. Elles sont dans un carton quelque part.

— Ce qui est très utile, évidemment.

Il ouvrit sa portière et se dirigea rapidement vers l'entrée pour vérifier qu'il n'y avait ni oiseaux morts ni verre brisé. Il sursauta en voyant le rideau de la baie vitrée du salon bouger.

— Ce n'est rien, le rassura Hannah. C'est juste Sigmund, mon chat de garde.

— Dommage qu'il n'ait pas fait fuir l'intrus de l'autre soir. Un chien serait plus efficace.

Hannah glissa la clé dans la serrure en signifiant son désaccord d'un clappement de langue.

— Siggy n'aime pas les chiens.

Quand Hannah entra dans le vestibule, Jed se tendit malgré lui. Il se dirigea rapidement vers le salon. La seconde baie vitrée donnait sur le côté de la maison, directement sur les bois. Sans allumer, il approcha à pas lents de la fenêtre et scruta la ligne sombre des arbres en bordure de la propriété. Il appuya le front contre le verre froid.

— N'importe qui pourrait nous observer. Où as-tu rangé ces revolvers ?

— On est en veine, répondit-elle en désignant le plafond. Ils sont avec les affaires de mon père. Au grenier.

— Tu t'occupes du carton Keldorf ; et moi, des armes... ou du moins de celle qui sera la plus appropriée pour toi.

— La plus appropriée ? demanda-t-elle, les poings sur les hanches. La rose, tu veux dire ?

Il la poussa doucement du coude.

— Celle que tu pourras utiliser pour faire fuir un intrus. J'ai du mal à imaginer Maddox-le-Fou avec un revolver rose.

Elle rit, puis lui fit signe de l'index.

— Suis-moi. Tu vas m'aider à ouvrir la trappe qui mène au grenier.

— À vos ordres.

Il la suivit dans l'escalier.

— Tu n'as sûrement même pas besoin d'un escabeau, dit-elle en désignant la cordelette qui pendait.

— Voyons ça.

Il se glissa près d'elle, se hissa sur la pointe des pieds et tira avec force. La trappe s'ouvrit, faisant apparaître l'échelle escamotable.

— Il y a de la lumière, là-haut ?

— Il devait y en avoir une, mais je pense qu'elle ne fonctionne plus, expliqua Hannah en sortant une lampe torche d'une commode sur le palier. Heureusement, ce n'est pas ma première expédition.

— Après toi, dans ce cas, l'invita-t-il avec un grand geste.

Cela lui permettrait ainsi de profiter de la vue sur ses... atouts. Hannah saisit l'échelle et commença à monter, mais s'arrêta soudain au bout de quelques barreaux.

— Cesse de reluquer mes fesses ! protesta-t-elle, sans même se retourner.

— Dans tes rêves, Maddox.

Lorsqu'elle posa un genou sur le sol du grenier, il se retint de l'aider en plaçant les mains sur lesdites fesses. Cela lui aurait sans doute valu une gifle.

— Ça va ? demanda-t-il.

— Oui, répondit-elle en se mettant debout. C'est un peu poussiéreux, je te préviens.

— J'ai fait de la prison. Ce n'est pas un peu de poussière qui va me faire peur.

Elle recula pour le laisser monter. Prenant appui sur les bords de la trappe, il se hissa avec souplesse à côté d'elle. Le faisceau de la lampe de Hannah créait une multitude d'ombres.

— C'était son repaire secret ou quoi ? demanda-t-il.

— Ma mère l'a prié de ranger ses affaires ici quand le bureau a commencé à déborder. Il y a même certains trucs que je n'avais jamais vus avant.

Tête baissée, elle se dirigea vers une pile de cartons qui semblait avoir été déplacée récemment.

— Où sont les revolvers ? s'enquit-il en sortant son téléphone pour allumer la torche.

— Dans le coin là-bas, près des planches de snowboard.

Il dut se plier en deux pour avancer. Il s'accroupit, puis épousseta du plat de la main le couvercle d'un coffre à armes à feu.

— C'est fermé. Tu connais la combinaison ?

— 2, 6, 0, 4.

— Une signification particulière ?

— C'est l'anniversaire de mariage de mes parents. 26 avril. En gros, le jour où mon père est devenu riche.

Jed fit glisser les molettes pour inscrire le code, et le petit coffre s'ouvrit avec un déclic. À l'intérieur, cinq revolvers reposaient sur du velours rouge.

— Salut, ma beauté, murmura-t-il en effleurant la crosse d'un Glock 17.

— C'est à moi que tu parles ou à un revolver ? demanda Hannah, en chassant une mèche de son visage.

Jed sortit l'arme de son emplacement.

— Je m'adressais à cette petite merveille.

— Vous voulez que je vous laisse tous les deux ?

— Celui-là est parfait pour toi, Hannah. Tu connais les consignes de sécurité ou bien tu veux qu'on les revoie avant que je le nettoie et le charge ?

— Tu oublies qui était mon père. Évidemment qu'il m'a enseigné les consignes de sécurité. Même si je n'ai jamais eu d'arme à moi.

— Celle-ci était peut-être à ta mère. Elle est tout à fait adaptée à une femme.

— Ma mère ? s'esclaffa-t-elle. Impensable !

Il referma le coffre et brouilla la combinaison.

— Tu as retrouvé le carton Keldorf ?

— Juste ici, répondit-elle en tapotant un couvercle. On échange ? Ce revolver a l'air bien plus léger.

— OK.

Il vérifia le chargeur.

— Il est vide. Je t'achèterai des munitions.

Il lui tendit l'arme et se pencha pour jauger le poids du carton. Comme il ne pouvait pas se tenir droit dans le grenier, il préféra le pousser du bout du pied jusqu'à l'ouverture.

— Comment as-tu descendu l'autre ?

— Avec beaucoup de prudence. Tu n'as qu'à te mettre sur l'échelle, et je t'approcherai le carton.

Arrivé en bas, il posa le carton couvert de poussière, puis se tourna pour aider Hannah, qui descendait, le Glock à la main. Elle sauta les deux dernières barreaux et atterrit tout contre son torse. Il passa les bras autour d'elle comme si c'était la chose la plus naturelle du monde et inspira profondément son parfum, auquel se mêlait l'odeur du grenier.

— Je vais te faire de la place sur la table basse, annonça-t-elle en s'écartant de lui.

Il récupéra le carton et la suivit au rez-de-chaussée. Dans le salon, elle rangea les objets qui encombraient la table basse avec des gestes nerveux. Il posa le carton au milieu et en retira le couvercle. Hannah s'assit par terre en tailleur.

— C'est drôlement vieux. Je me demande pourquoi il a gardé tout ça.

— Peut-être parce que c'était la plus grosse affaire de sa carrière. On n'a pas connu beaucoup de meurtres, et celui-là était vraiment horrible.

Ils commencèrent à fouiller parmi les notes de son père.

— Ça n'a ni queue ni tête, grommela Hannah, quand ils atteignirent le fond du carton.

Elle étala les documents sur la table et lissa une carte du plat de la main.

— Qu'est-ce que c'est ? demanda Jed, en se penchant par-dessus son épaule.

— Une carte de la propriété des Keldorf. Je connais cette maison. Elle se trouve après la cascade de Misty Hollow. Il n'y a plus personne là-bas depuis des années. J'ai toujours pensé que c'était une sorte de résidence secondaire laissée à l'abandon. Je comprends mieux, maintenant. Qui voudrait vivre dans une bâtisse qui a été le théâtre d'un tel drame ?

— Le propriétaire pourrait la raser et reconstruire...

Du bout du doigt, il traça le chemin jusqu'à la maison de Hannah, comme pour évaluer la distance. Soudain, elle se mit à genoux et lui arracha presque la carte des mains.

— J'ai une idée, annonça-t-elle.

— Laquelle ?

— Allons jeter un œil à cette maison. Tu sais que ni les hommes du shérif ni ceux de Seattle ne vont le faire. Mais nous, on peut aller enquêter.

— Sur quoi veux-tu enquêter ? demanda Jed.

Il n'aurait jamais dû l'impliquer dans cette affaire.

— Je n'en sais trop rien, mais mon père semblait persuadé que quelque chose clochait. Sinon, il n'aurait pas conservé tous ces documents. Il n'aurait pas laissé autant d'annotations et de questions. Et maintenant, on retrouve des roselins morts sur deux scènes de crime, exactement comme pour cette affaire. Je pense que ça vaut la peine de creuser un peu.

Elle se leva, sans lâcher la carte.

— Tu veux dire... maintenant ? s'exclama Jed, incrédule. Tu ne perds pas de temps.

— Mieux vaut profiter de la nuit, ce sera plus discret. Inutile de crier sur les toits qu'on a remis le nez dans une histoire vieille de trente ans.

— Tu parles pour l'assassin, j'imagine. Parce que la police de Seattle se ficherait bien de savoir qu'on va fouiner autour de cette maison.

344

— Peut-être. Alors ? Tu es partant ou pas ? insista-t-elle en agitant la carte. Parce que moi, j'y vais. Avec ou sans toi.

Jed se frappa le front du plat de la main.

— J'ai créé un monstre, soupira-t-il.

Mais il se leva à son tour et réclama la lampe torche.

Il n'avait pas besoin de carte ni de GPS pour trouver l'ancien domicile des Keldorf à Misty Hollow. Lorsque son pick-up franchit le pont qui permettait de rejoindre l'autre partie de l'île, Jed ralentit pour profiter de la vue sur la cascade, sur leur droite. Pour qui était un peu aventureux, un étroit sentier descendait jusqu'en bas, puis passait derrière la chute d'eau principale. De là, on pouvait ainsi admirer le paysage à travers un ruban liquide, presque à portée de main. La rivière tombait à pic depuis les hauteurs, ce qui expliquait le nom lugubre de Dead Falls, car le site avait connu son lot de morts, par accident ou suicide. Les gens se comportaient parfois de façon stupide dans la nature, et les quelques grottes dissimulées dans la paroi attiraient les adolescents. Hannah et lui, comme tant d'autres, y avaient autrefois passé beaucoup de temps.

— C'est toujours à couper le souffle, murmura Hannah en effleurant la vitre, qui était recouverte de fines gouttelettes. Surtout la nuit.

— C'est encore mieux au clair de lune.

Il appuya sur l'accélérateur pour traverser le pont, refusant de se perdre dans les souvenirs avec Hannah à cet instant-là. Lorsqu'ils s'étaient rendu compte que leur amitié était en train de se transformer en quelque chose de plus excitant, ils avaient passé de nombreuses soirées sur les berges de la rivière, à contempler la cascade et à se faire des promesses puériles. Ils avaient aussi exploré les grottes et en avaient profité pour s'embrasser un peu plus longuement. S'il n'était pas tombé amoureux de Hannah, le père de celle-ci ne s'en serait jamais pris à lui. Toutefois, il ne le regrettait pas une seule seconde.

Le pick-up quitta le pont avec un soubresaut, et Jed tourna aussitôt à droite.

— Plus personne n'habite vers Misty Hollow. Ce n'est pas comme si des gens passaient ici tous les jours en voiture. Presque tout le monde a oublié ce qui s'y est déroulé.

— C'est le genre de drame qu'on préfère enterrer, dans une petite ville. Un meurtre-suicide impliquant des enfants. Les services sociaux ont vraiment raté leur coup, ne put-elle s'empêcher de préciser.

— Parmi les anciens, Ours-Qui-Rôde est le premier que j'entends en parler.

— Pour la plupart des gens, c'est plus facile d'oublier. Mais les roselins morts, c'est trop gros à mon goût pour être une simple coïncidence.

— Je ne sais pas ce que tu espères trouver ici.

— C'est juste une occasion de voir l'endroit où ont été découverts ces oiseaux morts la première fois. Avant que les forces de l'ordre fassent une descente et nous privent d'un accès à des preuves.

Il engagea le pick-up sur un étroit sentier.

— Tu penses vraiment que la police va venir jusqu'ici ?

— Si leur théorie sur le trafic de drogue ne donne rien, ils vont fatalement explorer d'autres pistes, envisager d'autres scénarios. Ce qui pourrait les conduire ici.

Elle remonta la glissière de son sweat.

— Je veux juste passer avant eux. Je suis certaine que leur enquête finira par les mener ici, même si l'histoire du roselin mort sur mon perron n'a pas trop piqué leur curiosité.

— Il pouvait tout à fait s'agir d'une blague, Hannah. Pourquoi l'assassin te viserait-il ?

Une maison délabrée apparut dans la lueur des phares, et il ralentit. Une structure basse qui ressemblait à une grange se dressait sur la droite, avec un poulailler qui s'était effondré sur lui-même.

— C'est gai…, chuchota Hannah.

Elle ouvrit la portière avant même que le véhicule soit totalement à l'arrêt.

— L'humidité constante de la cascade n'aide pas.

Jed laissa les phares et alluma sa lampe torche. Hannah en tenait également une, qu'elle brandissait devant elle comme une arme. Elle se dirigea sans attendre vers la maison, mais Jed la retint par la capuche de son sweat.

— Pourquoi es-tu si pressée ?

— Je veux voir où les roselins ont été tués. Le rapport de police indique que Chet leur a tordu le cou, un par un. Il y avait plusieurs cages avec des oiseaux morts. Pourquoi a-t-il fait ça ? Pourquoi exterminer des animaux de compagnie ?

— J'ai entendu parler de gens qui tuaient leur chien ou leur chat avant de se suicider. Mais c'est toi la psy, non ? Il n'y a pas une histoire avec le fait de ne pas vouloir faire le grand voyage tout seul ?

— C'est une explication. Mais des oiseaux ? Tu aurais envie de faire le voyage avec une volée d'oiseaux ?

Elle enroula une mèche de cheveux autour de son doigt.

— Ou alors, reprit-elle, comme le suggèrent les notes de mon père, quelqu'un d'autre a tué les oiseaux. Chet Keldorf n'avait aucune égratignure sur les mains. Or, si tu glisses la main dans une cage et que tu commences à étrangler des oiseaux, les autres vont sans doute se défendre à coups de bec ou de griffes pour essayer de s'échapper, non ?

— C'est à moi que tu demandes ça ? Je ne suis pas un expert en la matière.

— Mais tu es détective privé. Allons voir à l'intérieur, reprit-elle en le tirant par la manche.

Ils approchèrent de la maison, dont les fenêtres noires semblaient les observer, comme pour les mettre au défi d'entrer. La porte avait pourri par endroits à cause de l'humidité constante de ce vallon et penchait sur le côté, un des gonds s'étant détaché de l'encadrement. Jed la poussa du pied pour l'ouvrir.

— Au moins, il n'y aura pas d'effraction. Si tu le permets, je vais **enfreindre le code** de chevalerie et passer le premier. Éclaire devant moi.

Jed se glissa par l'ouverture et balaya rapidement la pièce avec le faisceau de sa lampe. Hannah se faufila derrière lui.

— Pousse-toi un peu, chuchota-t-elle.

Il avança de quelques pas ; le plancher craqua sous ses pieds. La maison était encore meublée.

— Ça ne devait pas être vilain, autrefois.

— Les services sociaux n'auraient pas autorisé un placement dans le cas contraire. Au moins, ils ne se sont pas plantés sur toute la ligne. En revanche, ils auraient pu se renseigner un peu mieux sur Chet Keldorf.

— Comment ça se fait qu'on ne soit jamais venus ici quand on était ados ? C'est quand même l'endroit rêvé pour faire la fête et s'embrasser dans les coins, demanda-t-il avec une mine intéressée.

— On avait notre propre cachette.

Elle commença à explorer la pièce sur la pointe des pieds, comme si elle craignait de réveiller les morts. Elle s'arrêta enfin devant une table posée contre un mur.

— Les cages sont toujours là.

Il approcha. Les barreaux brillaient dans l'obscurité.

— Ours-Qui-Rôde a dit que Keldorf a tué les oiseaux *après* avoir assassiné sa famille. J'aurais dû lui demander comment il sait ça.

— Une supposition, sans doute, mais ça n'est pas insensé. Les enfants étaient assez âgés pour se rendre compte que quelque chose clochait, s'il avait tué tous ses oiseaux. D'après tous les rapports, il les a pris par surprise. Tous les corps se trouvaient à des endroits différents. Même s'il y a eu des coups de feu, les autres ignoraient qui était visé. Ce n'est pas rare d'entendre des déflagrations, par ici.

— Comment ont fait les deux enfants survivants pour échapper au massacre ?

— Ils se sont réfugiés dans une souche creuse, dans la forêt. Ils n'en sont sortis que quand un policier de patrouille est passé, parce que quelqu'un avait signalé que la vache des Keldorf se promenait sur la route.

— C'était les plus âgés des enfants placés, c'est ça ? Ils ont pu entendre des coups de feu et se cacher. Ils étaient assez vieux pour se rendre compte que le père de leur famille d'accueil était un peu dérangé. Quand les tirs ont commencé, ils ont préféré filer.

— C'est tellement horrible.

Hannah passa encore une fois la pièce en revue, à la lueur de sa lampe torche.

— Les meurtres de Zoey et Stephanie ne ressemblent en rien à celui-ci. À part pour la présence d'enfants. Ceux des deux victimes ont à peu près le même âge que les enfants placés chez les Keldorf.

— Donc... le mobile ?

Elle se mordit la lèvre inférieure.

— Les familles des enfants assassinés qui se vengent de Dead Falls, pour ne pas avoir réussi à les protéger ?

— C'est un peu tiré par les cheveux. Pourquoi s'en prendre à des mères célibataires ?

Il leva une main avant qu'elle puisse répondre et poursuivit :

— Cela dit, ça vaut certainement le coup de se renseigner sur l'identité de ces enfants. Tu pourrais te servir de tes liens avec Maggie pour enquêter là-dessus.

Ils explorèrent encore la maison abandonnée pendant quelques minutes. Jed ignorait ce que Hannah cherchait exactement, mais elle semblait satisfaite quand elle jeta un dernier regard aux cages à oiseaux.

— C'est bon, je crois. On dirait que personne n'est venu ici depuis des années. On va vérifier rapidement la grange ? Je ne savais pas que les Keldorf avaient une ferme.

— Après toi, cette fois.

Jed tira sur la porte cassée pour permettre à Hannah de sortir. Lorsqu'il la suivit, plusieurs planches tombèrent.

— Oups !

Le temps qu'il remette les morceaux plus ou moins en place,

Hannah avait déjà traversé la cour. Il étouffa un juron et se mit à courir derrière elle. Un craquement en provenance des bois le fit diriger le faisceau de sa lampe vers les arbres.

Rien.

Sans doute un animal, pensa Jed, avant de rejoindre Hannah. La porte de la grange s'ouvrit sans peine, et il referma avec soin derrière eux. Hannah se dressa sur la pointe des pieds pour jeter un œil par-dessus la cloison d'un box et déclara :

— On dirait que quelqu'un a dormi ici récemment. La paille est fraîche, et il y a une couverture.

Il approcha et lui passa un bras autour des épaules.

— Un SDF ? Ou alors des ados très motivés.

— Les gonds de la porte semblent avoir été huilés. Je vois mal des ados se montrer aussi responsables.

Elle se glissa sous son bras pour explorer un coin de la grange, tandis qu'il se dirigeait de l'autre côté.

— Je ne me souviens pas avoir lu quoi que ce soit concernant la grange dans le dossier. Et toi ? Je ne crois pas que des victimes aient été découvertes ici.

— Ils étaient tous dans la maison, en effet.

Jed approcha d'un petit enclos situé dans un angle. Les parois lui arrivaient à peu près à la hanche, et le tout était recouvert d'un grillage.

— Qu'est-ce que c'est que ce truc ?

Hannah le rejoignit.

— Pour des poules ? Un cochon ?

Jed examina l'intérieur avec sa torche et s'arrêta sur des marques gravées dans la cloison de bois.

— Est-ce que les poules font des griffures comme ça ?

— Quoi ? Où ça ?

Hannah s'accroupit et commença à se glisser dans l'espace étroit.

— Sur ta gauche. Tu vois ces sillons dans la planche ?

Hannah avança encore à quatre pattes, puis poussa un cri.

— Ce sont des mots ! Il y a écrit : « Aidez-moi » et « Sauvez-moi ».

Alors, la porte de la grange claqua soudain derrière eux. Jed fit volte-face et, une seconde plus tard, un objet en verre explosait dans une boule de feu contre le mur en face d'eux.

13

Hannah poussa un cri et recula avec précipitation. Les flammes lui chauffaient déjà le visage. Jed lui prit le bras pour la tirer en direction de la sortie. La porte était fermée. Il tenta de l'ouvrir d'un coup d'épaule, mais elle refusa de céder.

— Quelqu'un nous a enfermés à l'intérieur !

Malgré la chaleur, Hannah sentit un frisson glacé lui parcourir l'échine. À son tour, elle se jeta sur la solide porte, mais ne parvint qu'à se faire mal.

— Il faut trouver une autre issue. Et vite !

Jed faisait un rempart de son corps, la protégeant de l'incendie, pour l'instant contenu dans l'enclos. Soudain, il la saisit par les épaules et lui fit faire volte-face, avant de désigner une petite fenêtre sur un des côtés. Sortant son revolver, il tira plusieurs fois afin de briser la vitre. Derrière lui, les flammes bondirent, trop heureuses de ce souffle d'air inespéré.

— Faufile-toi à travers ! ordonna Jed en l'aidant à grimper.

— Mais toi ? Tu ne passeras pas, c'est trop étroit !

— Je trouverai autre chose.

Il la jeta pratiquement hors du bâtiment. Hannah atterrit avec fracas à l'extérieur et se releva tant bien que mal. Les alentours de la grange étaient illuminés par l'incendie. Remarquant des outils rouillés abandonnés dans une brouette, elle s'en approcha en titubant et s'empara d'une lourde hache. Elle la traîna jusqu'à la fenêtre et cria :

— Jed, j'ai trouvé une hache ! Je te la passe par la fenêtre !

— Vas-y ! Vite !

Éperdue de soulagement d'entendre sa voix, elle souleva l'outil au-dessus de sa tête et le glissa par l'ouverture.

— Maintenant, recule, Hannah !

Elle battit en retraite. La grange semblait gémir et grincer des dents sous l'assaut des flammes. Bientôt, des éclats de planches se mirent à voler, tandis que Jed tentait de se frayer un passage à coups de hache. Enfin, au bout de longues secondes, il émergea de la bâtisse, crachant et toussant, les sourcils roussis.

Elle se précipita vers lui, le saisit par un pan de sa veste et le tira à l'écart du brasier infernal. Quelques dizaines de mètres plus loin, ils s'écroulèrent sur le sol frais du sous-bois. Presque aussitôt, Jed se redressa et fouilla dans sa poche pour chercher son revolver.

— Quelqu'un a jeté un cocktail Molotov dans la grange et nous a enfermés dedans. Il pourrait toujours être dans le coin.

Hannah saisit la hache qu'il avait abandonnée à ses pieds.

— Qu'il essaye seulement.

— Merci de ton aide, mais tu ferais mieux d'appeler les secours.

Elle reposa son arme et sortit son smartphone.

— Tu as besoin d'une ambulance, aussi, ajouta-t-elle.

Elle se rendit compte qu'elle tremblait quand son téléphone manqua de lui tomber des mains.

— Donne-moi ça, dit-il en le lui prenant. Les sirènes le feront peut-être fuir. Il me faut ton code, s'il te plaît.

Lorsqu'elle énonça la série de quatre chiffres, les doigts de Jed hésitèrent au-dessus du clavier.

— C'est le mois et l'année de ma libération, fit-il remarquer au bout de quelques secondes de silence.

Hannah sentit ses joues la brûler encore plus que dans la grange, quand elle était juste à côté des flammes.

— Je sais, marmonna-t-elle en lui reprenant le téléphone.

Un craquement de brindilles la fit sursauter violemment, et elle composa le numéro tant bien que mal. Quand elle eut terminé, elle se tourna vers Jed :

— Qui voudrait détruire cette grange avec nous dedans ? Et pourquoi ? Les meurtres doivent avoir un lien avec le drame chez les Keldorf. Quelqu'un nous a suivis ou bien nous observait. Peut-être des gens qui dorment ici. On a vu les traces d'une occupation récente. Et à quoi servait cet enclos ? Est-ce que quelqu'un y était emprisonné ?

— Arrête avec tes questions, j'ai la tête qui tourne. Ou alors, c'est la fumée.

Il se frotta les yeux avec ses mains noires de suie.

— Peut-être qu'on devrait tout raconter à la brigade criminelle de Seattle et la laisser faire son travail, soupira-t-il. Laisser tomber.

Hannah toussa à son tour.

— Tu dis ça pour moi ? Comment peux-tu envisager de renoncer ? Tu as promis à Michael d'enquêter sur le meurtre de sa sœur. En fait, tu veux que, moi, je laisse tomber.

— Ce n'est pas si aberrant que ça, fit-il remarquer, en lui massant les mains, qu'elle avait égratignées en sortant par la fenêtre. Tu as un travail, une mission : veiller sur ces enfants. Même s'ils ne savent rien sur la mort de leur mère, ils vont avoir besoin de soutien pour traverser ce traumatisme. Et toi, tu peux les aider.

— Je peux faire plus que ça, affirma-t-elle en se redressant, les pieds fermement plantés dans l'humus.

— Ce n'est pas juste les enfants, hein ? Tu te sens coupable pour Zoey, parce que vous étiez copines autrefois et que sa vie a déraillé. Ce n'est pas ta faute, Hannah. C'est elle qui a fait ces choix de vie. De mauvais choix, ajouta-t-il, avec une expression dure.

— Je sais que ce n'est pas ma faute, mais elle était mon amie, et il y a quelque chose chez Sheldon qui m'atteint en plein cœur. Et chez Chrissy aussi, évidemment.

Au loin, une sirène retentit, coupant court à leur discussion. Hannah ne dit pas à Jed qu'elle avait l'intention de lire les notes de son père sur l'affaire Keldorf avec plus d'attention. Maddox-le-Fou n'était peut-être pas le shérif le plus intègre de l'Ouest, mais son instinct de policier était solide. Et elle en avait hérité.

Jed redémarra le pick-up et s'éloigna de la grange calcinée. À côté de lui, Hannah terminait une bouteille d'eau que lui avait proposée un ambulancier. Tous les deux avaient refusé de se rendre à l'hôpital. Jed avait toutefois accepté une crème pour apaiser les brûlures sur sa nuque et ses mains. Dans le rétroviseur, il jeta un dernier regard aux pompiers, qui surveillaient les décombres encore fumants.

— On pourra toujours revenir pour voir s'il reste quelque chose de l'enclos, marmonna-t-il, serrant le volant avec force, tandis que le véhicule bringuebalait sur le chemin de terre.

— Je ne comprends pas que les policiers ne veuillent pas informer l'équipe de Seattle, après tout ce qu'on leur a dit, s'agaça Hannah, en essuyant une tache de suie sur son jean.

— C'est peut-être parce qu'on avait l'air de deux déments, avec nos histoires de meurtre-suicide vieux de trente ans, de roselins morts et de mots gravés sur les parois d'un enclos à cochons.

Il haussa les épaules et ajouta :

— On pourra toujours aller voir l'inspecteur Howard Chu demain et lui raconter ce qu'on a découvert.

— Ce n'était pas un enclos à cochons, et on ne sait même pas si ce truc a résisté à l'incendie. Tu penses que c'est pour ça que quelqu'un a jeté ce cocktail Molotov ? Pour détruire des preuves ?

— Quelles preuves ? On n'a aucune idée de qui a inscrit ces mots ni pourquoi. Et quel lien avec les meurtres actuels ? On sait que les femmes n'ont pas été retenues prisonnières, ni ici ni ailleurs.

Hannah se tourna sur son siège, afin de libérer son épaule endolorie de la ceinture.

— Il doit bien y avoir une raison, Jed. On nous a suivis. Ou bien quelqu'un surveillait la grange ou y dormait. Pourquoi ne pas nous laisser jeter un œil et revenir après notre départ ? Pourquoi tenter de détruire la grange ? Pourquoi essayer de... nous tuer ?

Elle s'attendait qu'il discute, qu'il argumente, mais il se contenta de soupirer.

— Je l'ignore.

Sa réponse amplifia la peur qu'elle sentait déjà naître en elle, et elle croisa nerveusement les bras.

— Il faut qu'on aille voir les policiers de Seattle demain. Je dois toujours leur rendre les clés de chez Zoey, de toute façon. Personne ne me les a jamais réclamées. Sur quoi enquêtent-ils, exactement ?

— Ils doivent se concentrer sur la drogue. Je suis certain qu'ils s'intéressent encore à Chase. Il connaissait les deux femmes, il est sorti avec l'une d'elles et il dealait. C'est logique.

— S'ils avaient quoi que ce soit, Chase serait déjà derrière des barreaux. Son alibi doit être en béton. Ou alors, ils n'ont absolument aucune preuve concrète le reliant aux meurtres.

— On pourrait essayer de retrouver Nate Keldorf, le frère de Chet.

— Bonne idée. Il sera peut-être plus bavard avec nous qu'avec la police.

— Je doute que la police s'intéresse à Nate Keldorf.

Ils arrivaient devant chez elle.

— Ça va aller ? demanda-t-il.

Sûrement. Pourtant, elle n'avait pas envie que Jed reparte. Pas tant qu'ils ignoreraient qui avait jeté ce cocktail Molotov dans la grange. Elle avait remarqué qu'il avait vérifié son rétroviseur à plusieurs reprises sur le chemin du retour. Dead Falls était une petite ville. Tout le monde savait qu'elle vivait dans la plus grande maison de l'île. Et seule.

— Tu... tu veux entrer ? bafouilla-t-elle. Je veux dire... Tu pourrais faire un brin de toilette, pendant que je nous prépare une tisane avec beaucoup de miel, pour la gorge.

Elle fit mine d'ouvrir sa portière, comme si sa réponse lui importait peu.

— Bien sûr. Avec plaisir.

356

Il coupa le contact.

— Je ne suis pas très à l'aise avec l'idée de te laisser toute seule ici. Au moins, tant que je ne t'aurai pas trouvé des munitions pour le revolver.

Hannah descendit avant qu'il puisse changer d'avis, mais il arriva néanmoins avant elle sur le perron, guettant le moindre signe d'intrusion.

— Si tu permets..., dit-il en lui prenant la clé des mains.

Il entrouvrit la porte pour jeter un œil prudent. Hannah passa près de lui pour désactiver l'alarme.

— C'était le dîner professionnel le plus long de l'histoire.

— Dîner ? C'était hier, non ? Ça ne doit pas faire loin de douze heures.

Il verrouilla avec soin derrière lui.

— Pas loin, en effet. Pendant que tu te laves, je vais réchauffer la pizza. Je crois qu'on l'a bien méritée.

Jed désigna son jean crasseux.

— Si ce pantalon est aussi sale derrière que devant, ça ne sert pas à grand-chose que je me débarbouille.

— Tu as la cendre dans les cheveux, aussi, fit-elle remarquer en ébouriffant ses mèches noires. En fait, tu es dégoûtant. Tu peux prendre une douche ici, si tu veux. Pendant ce temps-là, je peux mettre tes vêtements à la machine.

Lorsqu'il croisa son regard, la lueur incandescente qu'elle vit luire au fond de ses yeux noirs la fit frissonner.

— Et toi ?

Hannah examina sa tenue.

— Je ferais mieux de me changer aussi, c'est vrai. Mais tu m'as jetée par la fenêtre avant que les choses sérieuses commencent dans la grange.

— Laquelle de tes nombreuses salles de bains puis-je utiliser ? La bleu pâle ? La vert mousse ? La...

— Fais le malin, c'est ça, répliqua-t-elle en lui donnant une bourrade. La chambre d'amis au fond à une salle de bains attenante. Il

357

y a du shampoing et du gel douche. Je vais te trouver une serviette dans le placard du couloir.

— Est-ce que c'est chauffé ? demanda Jed, l'air inquiet. Parce que sinon...

— Ne me cherche pas, Swain.

Elle passa près de lui pour monter l'escalier.

— Pendant que tu te fais tout beau, je vais commencer à fouiller dans le carton de l'affaire Keldorf pour vérifier si l'enclos est évoqué quelque part.

Il la suivit.

— N'oublie pas la pizza, lui rappela-t-il.

Sur le palier du premier, elle lui indiqua le couloir.

— Dernière porte à gauche. Je t'apporte une serviette.

Jed se mit au garde-à-vous, puis s'éloigna vers la chambre d'amis. Hannah éprouvait une certaine émotion à le voir ainsi de nouveau dans cette maison. Lorsqu'ils étaient enfants, avant qu'ils se découvrent une attirance mutuelle, Jed venait souvent jouer chez elle, comme beaucoup de gamins de l'île. Elle était fille unique, et ses parents veillaient toujours à ce qu'elle ne se sente jamais seule. À l'adolescence, ils avaient commencé à surveiller ses fréquentations d'un peu plus près, mais jamais elle n'aurait imaginé que son père puisse craindre Jed au point de le faire accuser d'un crime qu'il n'avait pas commis.

En ouvrant le placard, elle se rendit compte que ses doigts étaient crasseux. Inutile de salir une serviette toute propre. Elle se dirigea vers sa chambre et gagna la salle de bains attenante pour se laver les mains avec soin. Elle se passa également un peu d'eau sur le visage. Elle était vraiment hirsute.

De retour dans le couloir, elle prit une serviette sur une étagère. Jed avait déjà commencé à prendre sa douche, mais il avait laissé la chambre d'amis ouverte, sans doute pour qu'elle puisse récupérer ses habits, posés par terre dans un coin.

Elle approcha en silence. Jed avait eu raison de se moquer des nombreuses salles de bains aux couleurs spécifiques. Si une chambre possédait une salle de bains attenante, cette dernière était dans les mêmes tons.

Sur le seuil, elle hésita en se mordillant la lèvre. Jed n'avait pas non plus fermé la porte de la salle de bains, et un parfum d'agrumes se répandait dans la pièce. Sur la pointe des pieds, elle approcha et cria, sans regarder :

— J'apporte ta serviette ! Je la jette sur le tapis de bain !

Elle lança la serviette, puis jeta un œil pour vérifier où elle était tombée. Elle avait mal visé. Jed allait devoir sortir complètement de la douche pour la récupérer.

— Crotte, marmonna-t-elle.

Le visage tourné de l'autre côté de la douche, elle entra à toute allure dans la pièce pour la ramasser et l'accrocher sur le radiateur, installé sur le mur.

— Tu as dit quelque chose ? demanda soudain Jed, en se retournant.

Par réflexe, Hannah tourna la tête. Le corps nu de Jed était visible à travers la paroi partiellement couverte de buée. Les yeux fermés, il était en train de se laver les cheveux. Elle se figea, la serviette serrée contre elle, comme si c'était elle qui avait été surprise dévêtue. Bouche bée, elle ne put s'empêcher de poser une main à plat sur le verre de la porte. Une simple paroi la séparait de ce dont elle rêvait depuis huit ans.

Elle avait dû faire du bruit, car Jed s'essuya le visage et ouvrit les yeux. Il resta un instant interdit, puis sa main se posa contre la sienne, de l'autre côté de surface vitrée. Comme en transe, Hannah lâcha la serviette et commença à se déshabiller. Il la regarda faire en silence, parfaitement immobile, sans la quitter des yeux.

Repoussant ses vêtements du bout du pied, Hannah ouvrit la porte. La vapeur se déversa en tourbillonnant autour de ses cheveux, et des gouttelettes lui aspergèrent le visage.

Jed n'avait toujours pas bougé, mais son corps trahissait à quel point il la désirait. Hannah entra dans la douche en frissonnant. La large carrure de Jed empêchait l'eau chaude d'atteindre sa peau nue. Elle avait la chair de poule, mais en même temps c'était comme si un brasier s'était allumé dans son ventre, plus brûlant encore que l'incendie de la grange.

Elle posa une main sur son torse mouillé, sentant quelques poils lui chatouiller la paume. Il laissa échapper un soupir rauque.

— Tu es sûre ?

En guise de réponse, ses doigts descendirent le long de son corps trempé, jusqu'à son érection. Il étouffa un juron quand elle s'empara de lui et l'attira contre lui. Il écrasa les lèvres sur les siennes, puis se tourna sur le côté, pour lui permettre de profiter de la chaleur de l'eau. Passant les bras autour d'elle, il posa les mains sur ses fesses, palpant avec douceur sa chair, tout en continuant à l'embrasser.

Quand elle se hissa sur la pointe des pieds pour emprisonner son érection entre ses cuisses, il la souleva un peu. Elle ondula des hanches pour frotter son intimité contre son membre durci, la tête rejetée en arrière. Déjà, des vagues de plaisir se déversaient dans son corps. Sentant que ses genoux se dérobaient, elle prit appui sur la surface carrelée et glissante. Jed eut un petit rire rauque à son oreille.

— Tu vas nous faire tomber tous les deux. Maintenant, je sais pourquoi les riches installent des bancs dans leur douche.

Il la guida jusqu'à une saillie de granit qui occupait un des pans de mur et la fit s'y asseoir. Puis, s'agenouillant devant elle, il lui écarta les jambes. Hannah cessa de respirer. Il mit du savon sur ses mains et commença à lui masser l'intérieur des cuisses. Les ongles plantés dans ses épaules, elle rejeta la tête en arrière.

Quand il approcha de ses lèvres gonflées, elle fut prise de frissons presque incontrôlables. Il l'effleura doucement, et cela lui fit l'effet d'une décharge électrique remontant le long de sa colonne vertébrale, jusqu'à son cerveau. Jed prit la seconde pomme de douche, l'ouvrit et dirigea le jet entre ses cuisses. Hannah manqua de tomber de son appui de pierre. Au bout de quelques minutes de ce jeu délicieux, elle frôla son torse du bout des ongles en gémissant.

— Ça y est, on est propres, non ?

— Propres ? gronda-t-il tout contre son oreille. Et moi qui croyais que tu voulais faire des trucs cochons.

Il remit la pomme de douche en place et remplaça la caresse de l'eau par celle de sa bouche, laissant danser sa langue et ses lèvres jusqu'à ce qu'elle crie sa jouissance. L'espace d'un instant, elle resta comme suspendue, tandis qu'une intense sensation de bonheur se répandait dans son corps. Ce furent les tremblements de son orgasme qui la ramenèrent à la réalité, vagues délicieuses qui déferlaient en elle sans relâche, les unes après les autres.

Vidée, mais se sentant inspirée, elle enroula les jambes autour de la taille de Jed.

— Ravie d'avoir fait votre connaissance, monsieur Swain.

— Je me suis dit qu'il fallait bien ça, comme tu t'es donné la peine d'entrer dans ma douche, au risque d'être... toute mouillée. Est-ce que je peux espérer un tel service en chambre chaque fois ? Ma porteuse de serviette personnelle ?

Il déposa un chaste baiser sur sa bouche, à mille lieues de ses propos sexy.

— La maison ne recule devant aucun sacrifice.

Elle passa une main dans ses cheveux humides.

— On reste ici jusqu'à ce qu'on ait fondu comme des savons ? Parce qu'il me semble que nous avons une affaire en cours.

Il ferma les yeux quand elle effleura l'extrémité de son sexe. Ils désertèrent la douche, tous les deux bien plus propres que lorsqu'ils y étaient entrés. Jed prit la serviette qu'elle avait abandonnée sur le tapis et l'enveloppa dedans.

— C'était pour toi, normalement.

— C'est toi qui frissonnes.

Il la prit dans ses bras et la porta jusque sur le bord du lit.

— Reste ici.

Elle se laissa tomber en arrière. Le lit dans sa chambre était bien plus grand, mais ils n'avaient pas besoin d'un grand lit. Quelques secondes plus tard, Jed revint avec une autre serviette. Il se mit à son tour sur le lit, s'installa à califourchon sur elle et entreprit de la frotter partout où il fallait.

— Mmm..., soupira-t-elle en lui caressant les cuisses. Qui aurait cru que se sécher pouvait être aussi... sensuel ?

Il appuya les coudes de chaque côté de son visage et lui embrassa le front, les paupières, les joues, les oreilles, puis le cou.

— Je suis content que tu sois venue m'apporter cette serviette.

— Je suis contente que cette paroi de douche soit en verre, répondit-elle en enroulant les jambes autour de sa taille.

— Est-ce que tu as... une protection ? demanda-t-il en recoiffant une mèche de ses cheveux. Je n'en ai pas.

Hannah déglutit avec peine. Elle s'était tellement laissé emporter par sa passion, qu'elle n'avait même pas réfléchi à la question du préservatif.

— Dans le tiroir de ma table de nuit. On n'a qu'à changer de terrain de jeu.

Il se leva aussitôt.

— Ne bouge pas d'ici. Ta chambre est celle que tes parents occupaient. Je n'ai pas envie de casser l'ambiance.

— Imbécile ! s'écria-t-elle en lui lançant un coussin.

Une sonnerie fit cesser le rire de Jed. Il se baissa vers son pantalon pour récupérer son téléphone.

— C'est Astrid, soupira-t-il. Elle est devenue pire que ma mère. Tu veux bien répondre ?

Il déverrouilla le smartphone, avant de le jeter sur le lit. Puis il sortit de la chambre. Hannah décrocha.

— Salut, Astrid. C'est Hannah. Ne t'inquiète pas pour Jed. Il est avec moi... de toutes les façons possibles.

À l'autre bout de la ligne, Astrid laissa échapper un sanglot déchirant.

— Hannah ? Olly a disparu ! Quelqu'un l'a kidnappé. J'ai retrouvé un oiseau mort dans son lit.

14

Jed récupéra les préservatifs dans le tiroir de la table de chevet. La boîte était déjà ouverte, mais il s'interdit de compter combien il en restait. Puis il retourna dans la chambre d'amis, où le paradis l'attendait.

— Victoire ! s'écria-t-il en entrant, en agitant son trophée en l'air.

Il se figea au pied du lit en remarquant la pâleur du visage de Hannah. Elle tenait toujours le téléphone contre son oreille et écoutait Astrid, les yeux écarquillés, une main sur le cœur.

— Que se passe-t-il ? demanda-t-il en lâchant la boîte sur le matelas.

— On arrive tout de suite, Astrid. Attends la police avant de sortir. S'il te plaît.

Elle raccrocha. Jed s'assit sur le lit.

— Que se passe-t-il ? répéta-t-il encore.

— Quelqu'un a kidnappé Olly. Tu étais au courant que Tate était en déplacement ?

— Il m'en a parlé, mais je ne savais pas que c'était prévu si tôt.

Il se passa une main dans les cheveux.

— Peut-être Olly a-t-il simplement fait le mur. C'est un garçon assez débrouillard et aventureux...

— Jed..., chuchota Hannah en serrant son téléphone contre elle. Quelqu'un a laissé un oiseau mort sur le lit d'Olly.

— Quoi ?

Il bondit pour récupérer son jean taché de suie.

— Astrid a alerté la police ?

— Oui, avant même de t'appeler. Je lui ai dit de rester chez elle et d'attendre l'arrivée des policiers, mais je pense qu'elle va partir à la recherche d'Olly. Elle est peut-être déjà dehors. C'est dangereux pour elle de quitter la maison. On utilise probablement Olly pour l'attirer à l'extérieur.

Elle roula hors du lit, prenant une serviette de bain pour se couvrir.

— Je viens avec toi, décréta-t-elle.

Quand Hannah sortit de la pièce, Jed rappela Astrid, qui décrocha aussitôt.

— Hannah et moi partons tout de suite. Est-ce que la police est arrivée ?

— Pas encore, répondit Astrid en reniflant. Je ne leur fais pas confiance, Jed. Mon ex m'a fait une méchante réputation au commissariat de Dead Falls. Ce pourrait être un coup de Russ. Je crois que c'est lui qui a kidnappé Olly. Il a toujours menacé de me le prendre.

Astrid ignorait la signification de l'oiseau mort, et Jed n'avait pas l'intention de lui expliquer tout de suite. Pour l'instant, mieux valait qu'elle pense que son ex avait enlevé Olly.

— Tu ne leur fais peut-être pas confiance pour enquêter et retrouver Olly, mais au moins tu peux leur faire confiance pour te protéger.

— Me protéger ? Tu crois que c'est ça qui m'inquiète ? C'est Olly qui est en danger. Je dois partir à sa recherche.

— Astrid, il faut que tu sois chez toi quand la police va arriver. Reste dans la maison. On fait au plus vite.

Il raccrocha et sortit de la chambre, manquant d'entrer en collision avec Hannah qui revenait dans le couloir. Elle avait enfilé des vêtements propres, et ses cheveux humides étaient attachés en une natte serrée sur son épaule.

— Astrid pense que c'est un coup de son ex, expliqua-t-il. Je n'ai pas cherché à discuter.

— Russ ? Il est policier à Seattle, non ? Pourquoi déposerait-il un oiseau mort sur le lit son fils ?

— Je n'ai jamais parlé des roselins à Astrid. Moins il y a de gens au courant, mieux c'est.

— Cela la met en danger, fit remarquer Hannah, en lui touchant le bras. On sait tous les deux que ce ne sont pas les enfants qui intéressent le tueur. Ce sont les mères qu'il veut.

Ils descendirent à la hâte, délogeant Sigmund qui somnolait sur la dernière marche de l'escalier. Jed sortit ses clés. Ils n'échangèrent pas une parole jusqu'au pick-up. Une fois installé, Jed démarra, puis exprima enfin ce qu'ils pensaient tous les deux :

— Astrid va faire voler en éclats la théorie de la police sur le trafic de drogue.

— C'est certain. Astrid n'a jamais touché à la drogue. Je crois que je ne l'ai même jamais vue boire plus qu'une bière. On sait que Tate ne boit pas non plus et qu'il n'a aucun contact avec les dealers de l'île. Alors, pourquoi les cibler ? Pourquoi Astrid et son fils ?

— C'est une mère célibataire, Hannah. Comme les deux autres. L'assassin a une dent contre les femmes qui élèvent seules leurs enfants. Peut-être a-t-il grandi juste avec sa mère.

— Comme beaucoup de gens. Ça ne nous avance pas beaucoup. Ça pourrait être toi, ajouta-t-elle.

— Si tu veux mon avis, mon père n'a pas quitté le domicile familial assez tôt, répondit Jed, les mâchoires serrées. Pourquoi ce type a-t-il enlevé Olly ? À quoi cela lui sert-il ? S'il est entré dans la maison, pourquoi ne pas simplement avoir agressé Astrid, comme les autres ?

— Peut-être qu'Olly l'a aperçu en premier. Je suis presque certaine que Sheldon et Chrissy n'ont pas vu l'assassin de leur mère.

— Bon sang ! j'espère que ce n'est pas ça...

Jed frappa le volant avec force, puis fit la grimace à cause des brûlures sur ses paumes.

— Je ne savais même pas que Tate partait aujourd'hui. Il aurait dû m'avertir.

— Dans ce cas, tu aurais hésité, dit-elle en lui effleurant le bras. Rester avec moi après l'incendie de la grange ou avec Astrid et Olly pour veiller sur eux en l'absence de Tate ? Tu ne peux pas être partout. Et pourquoi Tate aurait-il pensé qu'Astrid avait besoin de protection ? La police a décidé de suivre la piste du narcotrafic pour ces meurtres. La majorité des gens de l'île pousse un soupir de soulagement et retourne sa petite vie, persuadée de ne pas être concernée. C'est peut-être pour ça que le tueur a commencé par des mères célibataires et toxicomanes : pour mener la police en bateau.

— Si c'est la même personne qui a incendié la grange, elle a dû aller tout droit chez Astrid après. À quoi joue-t-elle ? Pourquoi s'en prendrait-elle à un enfant ?

Hannah se tordait les mains tout en réfléchissant.

— Peut-être qu'Astrid a raison. Peut-être que c'est son ex et que l'oiseau est une... coïncidence.

— C'est toujours préférable à l'idée qu'Olly ait été kidnappé par un tueur qui a déjà fait deux victimes.

Lorsqu'ils arrivèrent chez les Mitchell, ils furent accueillis par les gyrophares des véhicules de patrouille.

— Ils ont été plus rapides que nous, dit Jed, en approchant de la maison. Au moins, ils prennent l'alerte au sérieux.

— Un enfant disparu après deux meurtres ? J'espère que même Hop-Hop comprend l'enjeu !

Jed se gara à côté d'une voiture de police et coupa le contact. Il bondit de son pick-up et se précipita vers Astrid, qui l'attendait, très pâle sous la lueur de la lune.

— Ça va aller, assura-t-il en la prenant dans ses bras. On va retrouver Olly.

— Je ne sais pas comment il a pu sortir sans que je m'en rende compte, sanglota-t-elle contre son épaule.

Hannah approcha.

— Est-ce qu'il est parti tout seul ou est-ce que quelqu'un s'est introduit dans la maison ?

Se libérant de l'étreinte de Jed, Astrid s'essuya le nez du dos de sa main.

— Personne n'est entré. J'en suis certaine. Les policiers ont vérifié toutes les issues. Le verrou de la porte n'était pas mis. Il n'y a pas de clé à l'intérieur. C'est par là qu'Olly a dû sortir. Mais pourquoi ? Et où est-il maintenant ?

Entendant des cris au loin, Jed tourna la tête.

— Des agents sont partis à sa recherche ?

— Un seul, répondit Astrid. Les autres sont dedans, pour trouver des indices. Si Russ venait ici et appelait Olly depuis l'extérieur, le petit se précipiterait. Il sait que son papa n'est pas le meilleur père du monde, mais c'est le seul qu'il ait.

— C'est souvent comme ça..., marmonna Jed. Olly m'a déjà montré ses coins préférés dans la forêt. Je vais y jeter un œil.

Astrid porta soudain une main à sa bouche.

— J'ai entendu parler de cet incendie, près de la vieille ferme à Misty Hollow. Tu crois que ça a quelque chose à voir ?

Jed fit signe que non. Dans le noir, Astrid n'avait de toute évidence pas remarqué ses brûlures.

— Non, je suis sûr que non.

— Il est peut-être juste allé se promener, murmura Hannah, en serrant l'épaule d'Astrid.

Jed la regarda, surpris. Parti en balade en laissant un roselin sur son oreiller ? Cette théorie ne tenait pas la route.

— Va voir dans la forêt, dit Hannah. Je reste ici avec Astrid.

Jed retourna à son pick-up pour récupérer une lampe torche sur la banquette arrière, puis il ouvrit la boîte à outils fixée sur le plateau et en sortit une paire de gants. S'il devait se frayer un chemin dans le sous-bois, autant protéger ses mains déjà meurtries.

Il fit signe à Astrid et Hannah, puis s'élança vers les arbres, dans une autre direction que le policier. Quand il écartait les broussailles, des branches et des feuilles craquaient sous ses pieds. Il appelait Olly à voix basse. Si l'enfant était effrayé, mieux valait ne pas débarquer en criant son prénom.

Ses pas le conduisirent jusqu'à une rivière qui coulait dans cette partie de la forêt. Jed sentit son cœur se serrer quand il se souvint que le cours d'eau était profond et rapide à certains endroits. Et Olly adorait pêcher.

Jed trébucha contre une racine et dut mettre un genou à terre. Il espérait que ce n'était pas lui qui avait donné à Olly l'idée de pêcher de nuit, car ils en avaient parlé une fois. Il se releva en époussetant son jean.

— Olly ! Olly !

Il tendit l'oreille, guettant un bruit d'origine humaine dans le grouillement nocturne des habitants de la forêt. Le chant de la rivière semblait plus rapide, par ici.

— Olly !

Jed fit deux pas, puis s'arrêta de nouveau. Cette fois, il avait discerné un craquement qui n'évoquait pas un animal.

— Olly, tu es là ? C'est Jed.

Il perçut un soupir et un bruissement de feuilles, et se dirigea vers la source du bruit. Par réflexe, il tâta la poche de son blouson. Il aurait dû emporter son arme. Et si c'était un piège ? Et si Olly avait été pris en otage ?

Apercevant une ombre près de la rivière, Jed se dissimula derrière un arbre. Puis, risquant un œil, il distingua une lueur qui dansait dans les branches. Lorsqu'il s'habitua à la pénombre, il reconnut la silhouette d'un enfant – Olly – penchée sur l'écran allumé d'un portable. Il savait qu'Astrid avait fini par céder et lui donner un téléphone, à utiliser uniquement en cas d'urgence.

Jed examina les alentours, mais ne vit personne. Il sortit donc de derrière l'arbre et approcha lentement.

— Olly ?

Le garçon fit volte-face et lâcha l'appareil.

— Oh ! Sa-salut, Jed.

Jed poussa un soupir.

— Qu'est-ce que tu fais par ici, mon grand ?

Olly ramassa son téléphone, qu'il rangea dans la poche de son sweat à capuche.

— Rien.

— On ne dirait pas.

Jed passa le faisceau de sa lampe sur le corps d'Olly. Il semblait sain et sauf. Il avait juste un petit air coupable.

— Je cherche un bon coin pour pêcher de nuit... Tu sais, comme tu m'avais dit.

Jed sentit son cœur se serrer. C'était sa faute. Mais... Et l'oiseau ?

— D'accord, je vois. Mais, tu sais, il vaut mieux prévenir ta mère avant. Ou, mieux encore, lui demander de t'accompagner. Elle se fait un sang d'encre.

— Oh ! Elle...

Olly se dandinait d'un pied sur l'autre.

— Elle ne devait pas être au courant.

— Les mamans ont cette capacité effrayante de toujours tout savoir, bonhomme, dit Jed. Allez, viens avec moi. Tu pourras tout lui expliquer, comme ça, elle arrêtera de s'inquiéter.

Olly approcha de Jed dans un craquement de feuilles.

— Ça va ? Tu n'as rien ? Tu n'es pas blessé ?

Il sentait qu'Olly ne lui disait pas tout, mais ne voulait pas le brusquer.

— Blessé ? répéta Olly, en sautant par-dessus une grosse branche tombée à terre. Non.

— D'accord. Juste pour savoir. Tu es venu avec quelqu'un ? ajouta-t-il, en lui lançant un regard en coin.

— Non, non, s'empressa de répondre Olly, en secouant la tête avec vigueur, ce qui fit danser ses mèches blondes.

Jed avait appris à repérer les menteurs en prison – les détenus étant souvent de grands artistes dans ce domaine. Il n'eut donc aucune peine à démasquer ce jeune bluffeur en herbe.

— D'accord...

Jed reprit le chemin de la maison des Mitchell. Lorsqu'ils sortirent du bois, il cria :

— Il est là ! Tout va bien !

Astrid poussa un cri et se précipita vers eux. Elle se jeta sur son fils pour le prendre dans ses bras, manquant de l'écraser. Puis elle le secoua un peu.

— Où étais-tu ? Pourquoi est-ce que tu es parti comme ça en pleine nuit pour aller dans la forêt ?

La tête basse, Olly grattait le sol du bout de son pied.

— Je cherchais un coin pour pêcher, bredouilla-t-il.

— De nuit ? s'exclama Astrid, les poings sur les hanches. Pourquoi ? Et cet oiseau mort sur ton lit ? Tu as pensé que ce serait drôle, c'est ça ?

Jed échangea un regard avec Hannah.

— Ouais, c'est ça, marmonna Olly, les yeux toujours baissés. Je voulais te faire une blague.

— Oh ! pas de ça avec moi, jeune homme ! répliqua Astrid en lui soulevant le menton. Dis-moi ce qui se passe.

— Rien, maman, affirma Olly, la mine boudeuse.

Astrid n'était pas convaincue.

— Ton téléphone, exigea-t-elle, une main tendue.

— Maman !

La voix d'Olly prit cette intonation plaintive que tous les parents du monde connaissent bien.

— Ton téléphone. Tout de suite.

Olly sortit l'appareil et le tendit à sa mère avec un soupir. Astrid, le visage dur, commença à parcourir l'historique des SMS. Deux policiers s'étaient approchés et se tenaient à présent un peu en retrait, à la fois soulagés et curieux.

— Je t'ai déjà demandé de ne pas contacter ton père en secret, dit soudain Astrid, les dents serrées.

Hannah poussa Jed du coude. Pouvait-il vraiment s'agir d'une coïncidence ? Astrid composa un numéro et écouta un instant.

— Aucun message vocal. Si ton père communique avec toi depuis un téléphone jetable, tu sais que ce n'est pas normal, non ?

— Quoi ? s'écria Jed. Comment peux-tu être sûre que c'est bien Russ ?

— Parce qu'il s'identifie, expliqua Astrid, en présentant l'écran à Jed. Il a contacté Olly par SMS dans l'après-midi pour lui annoncer qu'il avait un coin de pêche à lui montrer, cette nuit. Il lui demande de ne pas m'en parler, sans doute pour me faire la peur de ma vie, et lui précise de déposer un oiseau mort sur son oreiller.

Jed sentit son cœur battre à toute allure.

— C'est une blague ? Olly, est-ce que tu as vu ton père quand tu es sorti de la maison ?

— Non, répondit-il en se mordant la lèvre. Il avait laissé l'oiseau sur le paillasson. Je l'ai posé sur mon lit et je suis ressorti. Mais ce n'était pas pour te faire peur, maman.

Astrid désigna le téléphone.

— Il lui a donné les instructions pour rejoindre le coin de pêche, en indiquant qu'il le retrouverait là-bas, parce qu'il ne peut pas prendre le risque que je le surprenne. Donc, non seulement il rôde autour de chez moi et encourage Olly à me mentir, mais en plus il met son fils en danger en l'invitant à se balader dans la forêt tout seul, en pleine nuit !

Jed posa une main sur l'épaule d'Olly.

— Est-ce que tu as vu ton père, près de la rivière ?

— Non, répondit Olly en reniflant. Je l'attendais, mais c'est toi que j'ai vu à la place.

Astrid prit Hannah par le bras et demanda :

— Tu veux bien emmener Olly à l'intérieur pour t'assurer qu'il n'a besoin de rien ?

— Bien sûr. Tu viens, Olly ?

Lorsqu'ils eurent tous les deux disparu dans la maison, Astrid sortit son propre téléphone de sa poche. Elle composa un numéro. Cette fois, quelqu'un sembla décrocher.

— À quoi tu joues, Russ ? explosa Astrid. Où es-tu ? Comment as-tu pu envisager d'attirer Olly dehors comme ça, en pleine nuit ?

Une voix répondit, assez fort pour que Jed puisse entendre.

— Mais qu'est-ce que tu racontes ? Je suis au boulot, à Seattle. Je n'ai pas eu Olly au téléphone depuis la dernière fois que tu me l'as permis. Si tu ne me crois pas, appelle mon supérieur. Ou, mieux encore, attends. Je te passe mon collègue de patrouille.

Le collègue de Russ parlait plus doucement, si bien que Jed ne put l'entendre, mais le visage d'Astrid lui indiqua tout ce qu'il avait besoin de savoir.

Ce n'était pas Russ qui avait attiré Olly hors de la maison, après lui avoir demandé de laisser un roselin mort sur son oreiller. C'était quelqu'un d'autre.

Lorsque Jed ramena Hannah chez elle, ils étaient tous deux convaincus que quelqu'un – sans doute l'assassin de Zoey et de Stephanie – s'était fait passer pour Russel Crocket dans l'intention d'attirer Olly dans les bois. Le seul problème, c'était qu'ils ne comprenaient pas pourquoi.

— Comment a-t-il pu obtenir le numéro d'Olly ?

Jed haussa les épaules.

— Ça ne doit pas être trop difficile. Tu crois que ce type a tenté d'attirer les autres enfants hors de chez eux ?

— Si c'est le cas, aucun n'y a fait allusion, répondit Hannah avec un soupir. Mais pourquoi Astrid ? Elle ne se drogue pas. Elle ne fréquente pas la même faune que Zoey ou Stephanie.

— La police de Seattle va devoir accepter que tout cela soit lié à ces oiseaux morts... et à la ferme des Keldorf, de fait.

Jed se frotta les yeux. Ils étaient arrivés, mais n'étaient pas sortis du pick-up, comme s'ils avaient tous les deux besoin d'un moment de calme après cette interminable journée.

— La Criminelle de Seattle n'est même pas venue interroger Astrid. Tu crois que c'est parce qu'ils ne veulent pas révéler qu'ils sont au courant pour les oiseaux ? Astrid n'avait pas la moindre idée de ce que ça signifiait, et je n'ai pas eu le cœur de l'en informer.

— Ils vont devoir le faire. Elle est peut-être liée aux deux autres homicides d'une façon qu'on ignore.

Hannah lui jeta un regard en coin.

— Tu as l'intention de lui expliquer, c'est ça ?

— Je n'ai pas envie de l'effrayer davantage, mais elle doit savoir. Et nous, on doit savoir si elle est liée d'une façon ou d'une autre à Zoey ou à Stephanie. Je vais simplement la prévenir. Je suis certain que l'inspecteur Chu va vouloir l'interroger, dans le cadre de l'enquête sur les deux homicides. C'est obligé. Il ne peut pas ignorer ces oiseaux plus longtemps. Il ne peut pas ignorer l'incendie de cette nuit.

— De la nuit dernière, le corrigea Hannah en désignant les premières lueurs de l'aube qui pointait. C'est déjà le matin.

Jed se passa la main dans les cheveux.

— Ça va aller, tu peux rester seule ?

— Oui. Je ne suis pas une mère célibataire.

Elle entrouvrit la portière, puis ajouta :

— Retourne auprès d'Astrid et Olly. Ce que tu vas lui annoncer va la terrifier.

Il la raccompagna jusqu'à l'entrée et lui prit doucement le visage à deux mains.

— À propos de tout à l'heure...

— C'était incroyable, le coupa-t-elle, en posant un doigt sur ses lèvres. On va en rester là pour l'instant. Pas besoin de trop réfléchir ou de tenter la psychologie de comptoir.

Il embrassa le bout de son index, puis sa bouche.

— D'accord, ça me va. Branche ton alarme, et moi, je te trouve des munitions dès demain. Enfin... tout à l'heure.

— Oui, chef.

Jed attendit sur le perron qu'elle ait fermé à clé. Hannah entrouvrit les rideaux et lui fit signe par la baie vitrée du salon, puis elle retourna dans la chambre d'amis pour ramasser les serviettes humides et refaire un peu le lit. Elle récupéra les préservatifs non utilisés et les ramena dans sa chambre. Lorsqu'elle s'assit sur le matelas, Siggy bondit sur ses genoux, avec un ronronnement régulier de moteur. Elle rangea la boîte dans le tiroir de sa table de chevet.

— Il va falloir prévoir du stock.

Dans la matinée, lors du rendez-vous avec Sheldon, Hannah s'efforça par tous les moyens d'obtenir plus de détails sur la nuit où Zoey avait été tuée. Mais rien ne semblait indiquer dans ses réponses que quelqu'un avait tenté de le pousser à sortir ni que lui-même avait quitté le domicile familial.

Qu'avait-il bien pu se passer chez Astrid la veille au soir ? Pourquoi l'assassin avait-il cherché à attirer Olly hors de chez lui ? Olly était plus âgé que les deux autres, si bien que le tueur avait peut-être craint qu'il se réveille.

Après la séance, Hannah retourna dans sa maison et s'installa sur le canapé avec un des dossiers concernant l'affaire Keldorf. Elle commença à feuilleter les dépositions des enfants placés qui avaient survécu.

Aucun ne s'était jamais plaint de Chet Keldorf ou de sa femme, Sheila. Certains racontaient que Chet traversait parfois des périodes de mélancolie, pendant lesquelles il préférait rester seul. Nate, le frère de Chet, laissait entendre que ce dernier souffrait de dépression depuis de nombreuses années et qu'il pouvait avoir eu d'autres problèmes. Y avait-il eu un déclic dans sa tête ? Il arrivait que ce genre d'homicides familiaux survienne sans aucun signe avant-coureur. Pas de troubles psychologiques ou de comportement violent chez le tueur. Chet Keldorf entrait peut-être dans cette catégorie.

Elle continua à étudier les documents. Pourquoi son père s'était-il accroché à cette enquête ? Peut-être simplement parce que c'était la plus grosse affaire de sa carrière, même s'il n'était alors qu'un jeune policier. Les pages qui détaillaient le suicide de Chet, l'ultime coup de feu de ce jour funeste, étaient recouvertes d'annotations et de points d'interrogation en rouge. Elle les parcourut rapidement, tentant de déchiffrer les gribouillis de son père.

Chet s'était donné la mort en plaçant le canon de la carabine sous son menton, ce qui n'avait rien d'inhabituel. Difficile de pointer un fusil contre sa propre tempe. Toutefois, le père de Hannah avait entouré en rouge la description des autres plaies sur le corps de

Chet. Il présentait notamment une bosse à l'arrière du crâne. Le médecin légiste précisait que cela pouvait être dû à la chute en arrière, après le coup de fusil fatal. Or, son père semblait mettre en doute cette hypothèse. Pensait-il qu'une tierce personne avait appuyé sur la détente avant de mettre en scène un suicide ?

Hannah parcourut une autre page, dans l'espoir de trouver des informations sur le frère de Chet. Nate résidait à Seattle au moment du drame. Y vivait-il toujours ? Cela pourrait être intéressant de savoir ce dont il se souvenait, comme Jed l'avait suggéré la veille. La sonnerie de son smartphone la fit sursauter. Visiblement, il lui suffisait de penser à Jed pour que celui-ci se manifeste.

— Comment va Astrid ? demanda-t-elle aussitôt, en écartant le dossier.

— Ça va. Je lui ai parlé de nos soupçons, et elle va quitter l'île pendant quelques jours, au moins jusqu'à ce que Tate revienne.

— Est-ce que la police l'a interrogée ?

Siggy se glissa contre sa cuisse, et elle lui gratta les oreilles.

— Oui. Elle m'a dit qu'ils lui ont posé les mêmes questions que moi et qu'elle leur a fait les mêmes réponses. Elle ne consomme pas de drogue, elle connaissait vaguement les deux victimes et ne fréquente pas les mêmes cercles qu'elles. L'ex de Zoey, Chase, l'a draguée une ou deux fois, mais elle l'a rembarré, si bien qu'il n'a pas insisté.

— Est-ce que la police a retrouvé qui a contacté Olly ?

— Téléphone jetable. Hors service.

— Évidemment... Et l'oiseau ? Est-ce qu'ils ont reconnu l'importance du roselin mort ?

— Oui. Pour eux, il s'agit clairement de la carte de visite du tueur ou quelque chose comme ça. Cela dit, ils n'ont pas nécessairement fait le lien avec les Keldorf.

— Vraiment ? s'exclama-t-elle.

Siggy sursauta et bondit du canapé, avant de lui lancer un regard plein de reproches.

— Alors qu'on est sortis à moitié grillés de cette grange, hier soir ?

— Hum... À ce propos...

— Quoi ?

— J'ai l'impression que la brigade de Seattle pense qu'on essaye de se mêler de leur enquête. Peut-être pour détourner les soupçons de moi.

— De toi ?

Hannah eut envie de jeter son smartphone à travers la pièce.

— Ton alibi ne leur suffit toujours pas ? demanda-t-elle, agacée.

— Ils trouvent ça bizarre qu'une des personnes qui m'a fourni un alibi devienne soudain la cible du tueur.

— Et donc, c'est nous qui avons lancé ce cocktail Molotov dans la grange, c'est ça ? Est-ce que la Criminelle de Seattle est aussi incompétente que la police locale ?

Jed laissa échapper un gros soupir.

— À qui le dis-tu ? Ah ! Astrid m'a quand même raconté quelque chose d'intéressant, avant de partir.

— Oui ?

— Olly s'est cassé le poignet, il y a quelques mois. Le médecin a estimé que les hématomes sur son bras étaient douteux et a alerté la Protection de l'enfance. Astrid figurait déjà dans le fichier. Il y avait eu un signalement contre elle.

— Astrid ? Impossible. Elle n'a jamais été négligente. Encore moins maltraitante.

— Elle est quasi certaine que ce signalement anonyme vient de son ex, donc elle était assez remontée. Mais écoute ça : un soir, elle a croisé Stephanie Boyd, et elles ont bavardé un peu. Stephanie s'est plainte que le même médecin l'avait dénoncée à la Protection de l'enfance. C'est le Dr Robbins. Il me semble que c'est lui qui suit Sheldon, non ? C'est peut-être ça, le lien entre les trois femmes.

— Oh ! mon Dieu ! Le Dr Robbins a ausculté Sheldon juste après le meurtre de Zoey. Je n'ai pas encore reçu le dossier complet de Chrissy Boyd, mais je suis prête à parier qu'il y a un rapport de la Protection de l'enfance dedans.

Hannah porta une main à sa gorge.

— Tu crois que le Dr Robbins est mêlé à tout ça ? Peut-être qu'il pense agir au mieux pour protéger les enfants.

— Drôle de façon de les protéger, mais c'est un lien possible. Un lien dont la police n'a pas connaissance, puisque Astrid ne leur a encore rien dit.

Hannah consulta l'heure sur son écran avant de répondre à Jed.

— J'ai tout un tas de raisons de m'entretenir avec le Dr Robbins. Je m'en charge cet après-midi. Tu avais évoqué le frère de Chet Keldorf, Nate. Je crois qu'il faudrait également lui parler.

— Tu as trouvé quelque chose sur lui ?

— Pas sur lui, mais les notes de mon père mettent en doute la théorie du suicide de Chet. Nate serait peut-être en mesure de nous éclairer sur la santé mentale de son frère.

— Je peux me servir de mon réseau pour retrouver Nate Keldorf. En tant que détective privé, j'ai accès à certaines données. Toi, parle au médecin. On se tient au courant.

— D'accord.

Hannah se mordit la lèvre. Leur collaboration semblait si naturelle. Si elle avait travaillé avec lui de la sorte, huit ans plus tôt, aurait-elle réussi à lui éviter d'être condamné pour un crime qu'il n'avait pas commis ?

— Je te rappelle, ajouta Jed. Sois prudente.

Quand il eut raccroché, Hannah fixa longuement son téléphone. Elle était restée prudente toute sa vie. Peut-être était-il au contraire temps de prendre quelques risques.

16

Après un sandwich et un autre patient, Hannah prit le chemin de l'hôpital. Elle avait mille et une raisons de parler au Dr Robbins, si bien qu'aucune des questions qu'elle comptait lui poser ne semblerait étrange ou déplacée. Elle restait cependant nerveuse et manqua de lâcher son téléphone quand la secrétaire du médecin appela son nom.

— Il peut vous recevoir rapidement entre deux rendez-vous, annonça Becky, en souriant.

— Merci.

Elle la suivit dans le couloir. Les murs du service de pédiatrie arboraient des teintes douces et étaient décorés de posters joyeux. Arrivée devant le cabinet, Becky la laissa seule, et Hannah frappa à la porte entrouverte. Robbins leva les yeux de l'écran de son ordinateur et baissa ses lunettes sur le bout de son nez.

— Bonjour, Hannah. Entrez, je vous en prie. Vous m'excuserez pour le sandwich...

— Même les médecins doivent manger. Désolée d'interrompre votre déjeuner, docteur Robbins.

— Vous pouvez m'appeler Bob, répondit-il en agitant son sandwich.

Une feuille de salade tomba sur son sous-main. Hannah s'installa dans le fauteuil en face de lui.

— Avez-vous entendu parler de la tentative d'enlèvement du fils d'Astrid Mitchell ? demanda-t-elle aussitôt.

— Oui, j'ai eu vent de ça. La mère n'a pas amené Olly en consultation, donc j'imagine qu'il n'a rien.

Il mordit dans son sandwich et ramassa le morceau de laitue.

— Il va bien, confirma Hannah. Il a cru que son père lui avait donné rendez-vous dehors, mais au final Astrid et lui sont sains et saufs.

— Tant mieux, tant mieux, dit Robbins en s'essuyant la bouche avec une serviette en papier. Est-ce qu'il y a un lien avec les deux meurtres, selon la police ? Pour autant que je sache, Astrid Mitchell n'est pas une toxico et s'occupe bien de son fils.

Hannah sentit son pouls s'accélérer.

— Pourquoi précisez-vous cela ?

Robbins posa son sandwich et balaya quelques miettes sur son bureau.

— Écoutez... Entre professionnels travaillant avec des enfants, je crois que je n'ai pas besoin de vous expliquer que le fils Grady et la fille Boyd étaient maltraités.

— Maltraités ? Vous pensez qu'ils ont subi des violences ?

— J'en suis certain en ce qui concerne la famille Grady. Pour les Boyd, il est plus question de négligence, à cause des addictions de la mère.

— Et pourtant, vous avez signalé Astrid Mitchell à la Protection de l'enfance. Comme vous aviez signalé les deux autres.

Elle bluffait pour Zoey, car elle n'avait pas encore pu vérifier l'information. Toutefois, Robbins confirma ses soupçons.

— C'est vrai. Pour une fracture au poignet et des hématomes au bras. Je ne pensais pas vraiment qu'il puisse être question de violences intrafamiliales, mais Astrid Mitchell était déjà enregistrée dans le fichier national, à cause d'une plainte bidon déposée par un ex. Ce que j'ignorais à l'époque. J'ai vu le rapport initial et j'ai alerté la Protection de l'enfance.

— Ce n'est pas juste, fit remarquer Hannah, sentant le rouge lui monter aux joues.

— Je sais..., soupira Robbins. Mais les accusations n'avaient pas encore été vérifiées. Je n'ai fait que respecter la procédure. Vous auriez agi de la même façon à ma place.

Hannah se détendit un peu.

— Vous avez raison. Mais maintenant, on a trois mères signalées à la Protection de l'enfance qui ont été prises pour cible par un tueur.

Robbins parut surpris.

— Est-ce que la police est certaine que l'homme mystérieux d'Olly est lié aux deux meurtres ?

— Je... Des indices sur les lieux semblent l'indiquer. Le fait que les trois femmes figuraient dans la base de données de la Protection de l'enfance le confirme, en tout cas.

— À moins que ce soit une coïncidence.

Il reprit son sandwich.

— Comme vous le savez, lorsqu'il y a maltraitance, il est très souvent question de toxicomanie ou d'alcoolisme. Il pourrait toujours s'agir d'un deal qui aurait mal tourné, avec les enfants comme victimes collatérales. C'est fréquent.

Hannah se pencha sur le bord de son siège.

— Mais ce n'est pas le cas pour Astrid.

— En effet, approuva-t-il, en agitant un doigt maculé de moutarde. Peut-être l'assassin essaie-t-il simplement d'induire la police en erreur. Il ne s'en est pas pris à Astrid Mitchell, n'est-ce pas ? Et si j'ai bien compris, il en aurait largement eu l'occasion.

— C'est exactement ce que je me disais, marmonna Hannah. Astrid se trouvait dehors, toute seule. Il aurait pu la tuer à ce moment-là, comme les deux autres.

— Or, il ne l'a pas fait.

Hannah tambourina pensivement sur le bureau de Robbins.

— Pourrait-il s'agir de quelqu'un qui a accès aux dossiers de la Protection de l'enfance ? Peut-être le tueur dispose-t-il d'une sorte de liste, mais qu'il s'est rendu compte qu'Astrid ne correspondait pas au profil.

Robbins réfléchit un instant.

— Une théorie qui pourrait intéresser les enquêteurs. Je ne

dis pas que ces deux femmes ont eu ce qu'elles méritaient, mais... leurs enfants auront peut-être un meilleur avenir sans elles. Être parent implique certaines responsabilités.

Avec une moue lasse, il repoussa son sandwich à demi mangé et redressa l'écran de son ordinateur portable.

— Je suis navré, Hannah. J'ai encore du travail avant mon prochain patient.

— Bien sûr, répondit-elle en se levant si vite qu'elle manqua de renverser son fauteuil. Merci pour votre temps et vos réflexions.

Elle quitta le cabinet et salua rapidement Becky. Lorsqu'elle se retrouva dehors, elle appela aussitôt Jed.

— Tout va bien, Hannah ?

— Oui. Sauf que le Dr Robbins m'a vraiment fait une drôle d'impression.

— Drôle comment ? Tu ne le soupçonnes pas, quand même ?

— Non. Ce serait dingue, non ? Mais il m'a clairement déclaré que, selon lui, Sheldon et Chrissy s'en sortiront peut-être mieux sans leur mère.

— Bizarre en effet, pour un médecin. Un pédiatre, de surcroît. Cela dit, il doit être témoin de situations qu'on n'oserait même pas imaginer.

— C'était étrange, vraiment. Il a reconnu avoir effectué un signalement pour Zoey, ainsi que pour Stephanie et Astrid.

— Pourquoi Astrid ? Jamais elle ne ferait de mal à Olly.

— Quelque chose à voir avec un ancien signalement. Son ex, apparemment. Du coup, il était obligé de faire un rapport, à cause du poignet cassé.

— Mais le premier signalement était bidon !

— Selon Robbins, il ne le savait pas à ce moment-là. La plainte n'avait pas encore été retirée du dossier d'Astrid.

— Je constate que je ne suis pas le seul sur l'île à avoir subi de fausses accusations. Que comptes-tu faire de cette information ?

— Je vais expliquer à l'inspecteur Chu que les trois femmes figurent dans la base de données de la Protection de l'enfance.

C'est un lien fort. L'hypothèse de la drogue ne fonctionne qu'avec Zoey et Stephanie.

— Mais seules Zoey et Stephanie sont mortes. On ignore toujours de quoi il a été question cette nuit, pour Astrid et Olly.

— C'est exactement ce que Robbins a fait remarquer.

— Il n'a pas tort. L'oiseau sur le lit pourrait être une sorte de blague. Peut-être des ados. On sait déjà que cette information circule sur l'île.

— Ce serait vraiment une blague horrible, mais il ne peut pas s'agir d'adolescents. C'est trop sophistiqué. Quiconque a manigancé ça connaissait le numéro de téléphone d'Olly, a pris la peine d'acheter un appareil jetable et était au courant pour Russ et le divorce.

— L'île n'est pas grande, Hannah.

— Je vais quand même informer l'inspecteur Chu. Et pour toi, quoi de neuf ?

— J'ai accompagné Astrid et Olly au ferry pour qu'ils quittent Dead Falls. Et aussi... j'ai retrouvé Nate Keldorf.

— Yes ! s'écria Hannah, en brandissant le poing, ce qui fit sursauter un visiteur sur le parking. Est-ce qu'il habite toujours à Seattle ?

— Non, il réside sur l'île de Whidbey. Il y tient un magasin de spiritueux.

— Tes sources sont excellentes. Tu l'as appelé ?

— Pas encore. Je préfère aller le voir en personne. Je ne voudrais pas qu'il nous file entre les doigts.

— Au moins, on n'est pas de la police. Il doit en avoir assez.

Elle arrêta soudain ses allées et venues.

— Tu as bien dit « nous » ? Qu'il *nous* file entre les doigts ?

— Tout à fait. Tu es libre, ce soir ? Je t'emmène visiter Whidbey.

— Bien sûr. Il faut juste que je passe chez moi pour me changer, ajouta-t-elle, après avoir regardé sa tenue.

Une heure plus tard, Jed se garait devant chez elle. Hannah l'aperçut par la fenêtre et sortit rapidement, après avoir fermé la maison. Ils devaient se dépêcher s'ils voulaient attraper le ferry entre Dead Falls et Whidbey. Jed avait trouvé une navette privée pour le trajet du retour. De nombreux propriétaires de bateaux proposaient ce genre de services, mais ils devaient rester vigilants, à cause des trafiquants de drogue et des mules qui circulaient entre le Canada et les États-Unis.

Hannah s'installa dans le pick-up.

— On est habillés pareil ! s'écria-t-elle, en tirant sur la manche du sweat noir de Jed.

— Tu commences à ressembler à une détective privée.

— J'ai appris avec le meilleur, répondit-elle avec un clin d'œil malicieux.

— Tu parles... Je n'ai même pas encore résolu une seule affaire. Il prit la direction du port, à l'autre bout de l'île.

— J'ai l'impression qu'on avance plus que la police, fit remarquer Hannah. Ils sont complètement aveuglés par cette histoire de trafic de drogue.

— Il faut les comprendre. Les commissariats ont des procédures à respecter. Désolé, mais ça explique pourquoi ton père obtenait de si bons résultats : lui ne les respectait pas. Et c'est aussi pour ça qu'il était corrompu.

Hannah s'agita sur son siège.

— Concentrons-nous sur Nate Keldorf pour l'instant, tu veux bien ? Chet avait une quinzaine d'années de plus que lui. Né d'un premier mariage, je crois.

— Tu n'as pas chômé, dis donc, fit remarquer Jed, avant d'être pris d'une quinte de toux. J'ai l'impression d'avoir encore de la fumée dans les poumons, pas toi ?

— Tu as été exposé plus longtemps que moi. Heureusement que l'incendie ne s'est pas propagé plus rapidement pendant que tu abattais le mur. Dis, cet enclos qu'on a vu là-bas...

Elle se frotta les mains sur son jean.

— J'en ai parlé à une amie qui est pompier volontaire.

— Tu penses qu'il servait à enfermer des humains, c'est ça ?

— Pas toi ? Ce n'est quand même pas un cochon qui a gravé ces mots sur la planche.

— Et quelqu'un ne voulait pas trop qu'on vienne fouiner dans cette grange.

— Qui se soucierait d'un drame vieux de trente ans, s'il n'avait pas encore de l'importance aujourd'hui ?

— Peut-être que Nate Keldorf pourra nous aider. J'aperçois le ferry. On est à l'heure. J'ai les billets sur mon téléphone.

La traversée jusqu'à Whidbey durait quatre-vingt-dix minutes, si bien que lorsqu'ils débarquèrent, la nuit était déjà tombée sur l'île. Les autres passagers se dispersèrent rapidement, pendant que Jed cherchait un taxi. Dix minutes plus tard, ils arrivaient à destination.

— Ouf ! c'est toujours ouvert, soupira Hannah en voyant clignoter l'enseigne lumineuse. NB, épicerie, vins et spiritueux. Pourquoi « NB » ?

— C'est la supérette de Nate Bradley, expliqua le chauffeur, qui l'avait entendue.

Ils payèrent la course et se tournèrent vers la devanture, éclairée par un néon jaune.

— Nate Bradley. Il a dû changer de nom.

— Je le comprends. Cette histoire a fait la une de toutes les chaînes nationales, à l'époque.

Ils attendirent sur le trottoir qu'un client sorte, un pack de bières et un paquet de chips à la main.

— Prête ? demanda enfin Jed, en effleurant le bras de Hannah.

— Oui. Allons gâcher la soirée de Nate Keldorf.

Quand ils entrèrent, Jed en tête, un homme d'une cinquantaine d'années leva le nez de sa caisse. Ses cheveux gris brillaient sous la lumière blafarde des plafonniers, et son visage était creusé de rides profondes.

— Bonsoir, m'sieur-dame ! lança-t-il.

Hannah lui rendit son salut. Lorsqu'ils approchèrent, Nate Keldorf agrippa le bord du comptoir, comme s'il se préparait à recevoir une mauvaise nouvelle. Avait-il pressenti la raison de leur venue ?

Jed lui tendit la main.

— Je m'appelle Jed Swain, et voici Hannah Maddox. Nous aimerions vous poser quelques questions à propos de votre frère, Chet Keldorf, et du drame d'il y a trente ans. Si vous êtes d'accord, bien sûr.

Nate Keldorf lâcha brutalement la main de Jed et fit un pas en arrière, le visage soudain très pâle. Il heurta le présentoir de cigarettes derrière lui.

— Qui êtes-vous ? Pourquoi êtes-vous ici ? C'est *lui* qui vous envoie ?

Jed tenta de l'apaiser :

— Hé ! on ne vient pas vous embêter. Il y a eu deux homicides sur Dead Falls Island. La sœur d'un copain est une des victimes, et il m'a demandé de me renseigner un peu. J'ai trouvé des... indices qui relient cette affaire au drame survenu à la maison de votre frère.

— Des indices ? Quels indices ?

Nate Keldorf se passa une main tremblante sur le visage et ferma les yeux quelques secondes.

— J'ai... J'ai entendu parler de ces meurtres. Comme tout le monde. Mais mon frère n'a pas tué de jeunes femmes.

— Je suis psychologue et je travaille avec la police de Seattle, monsieur Kel... Nate, intervint Hannah. J'aimerais connaître votre opinion sur votre frère et sur les raisons qui ont pu le pousser à agir de la sorte.

Le regard délavé de Nate se perdit derrière elle.

— Mon frère avait beaucoup de défauts... mais ce n'était pas un assassin.

— Vous ne le croyez pas capable de tuer sa famille avant de retourner l'arme contre lui ? demanda aussitôt Hannah.

— Non, répondit Nate, en grattant du bout de l'ongle l'étiquette d'un carton de briquets.

386

— Vous avez dit qu'il avait « beaucoup de défauts », reprit Jed. Pourriez-vous être plus précis ?

— Ces gosses qu'il accueillait, soupira Nate, sans croiser son regard. Il ne faisait pas ça par bonté d'âme.

Hannah eut un haut-le-cœur.

— C'est... C'est-à-dire ?

— C'est-à-dire que...

Nate se redressa brusquement quand deux jeunes d'une vingtaine d'années entrèrent bruyamment dans le magasin. Jed s'appuya sur le comptoir pour se pencher vers lui.

— Qui, selon vous, a tué votre frère et sa famille ? demanda-t-il à voix basse.

Nate jeta un rapide coup d'œil en direction des deux clients qui débattaient des mérites respectifs de diverses marques de bière devant un réfrigérateur.

— Revenez dans une heure, à la fermeture, chuchota-t-il. Je laisserai la porte ouverte.

Un des jeunes cria à travers le magasin :

— Hé ! Nate ! Tu as de l'IPA au frais ?

Nate accorda un dernier regard à Jed, avant de quitter son comptoir.

— Je crois que j'en ai mis une caisse dans le frigo du fond, au bout du rayon, répondit-il.

Un couple entra à son tour, main dans la main. Hannah et Jed se serrèrent pour les laisser passer, puis sortirent.

— Qu'est-ce que c'est que cette histoire ? demanda Hannah.

Elle fit quelques pas sur le trottoir, avant de se retourner vers Jed.

— Mon père laisse entendre la même chose dans ses notes. Keldorf n'était pas l'assassin. Quelqu'un a tout fait pour qu'il paraisse coupable, puis l'a tué.

— Il semblerait que Nate ait des soupçons, lui aussi. Tu as entendu ce qu'il a répondu quand on lui a annoncé la raison de notre venue ? Il a demandé si c'était *lui* qui nous envoyait. Qui peut bien être ce « lui » ?

— J'espère qu'il va nous le dire à la fermeture, soupira Hannah. Tu penses que son frère maltraitait les enfants qu'il accueillait ? Tu crois qu'il aurait pu les enfermer dans l'enclos comme punition ?

— Ça me rend malade de l'imaginer, mais ce serait un mobile suffisant.

— Mais de là à tuer aussi deux gamins placés ? À quoi ça rime ?

Hannah croisa les bras pour apaiser ses nausées, puis s'écarta pour laisser entrer de nouveaux clients.

— J'ai faim, déclara soudain Jed. Allons manger quelque chose en attendant.

— Je ne suis pas sûre de pouvoir avaler quoi que ce soit, mais allons-y. On n'a que ça à faire, de toute façon.

Le magasin de Nate se trouvait dans une rue passante, avec beaucoup d'autres commerces. Jed la guida jusqu'à un petit restaurant, qui avait fièrement conservé sa terrasse pour profiter des ultimes feux de l'été avant les premiers froids. Ils prirent la dernière table libre à l'extérieur. Hannah se laissa tomber sur sa chaise.

— Visiblement, Nate est du même avis que mon père. Pour lui, Chet Keldorf n'était pas coupable du massacre. Peut-être le véritable tueur est-il également responsable de la mort de Zoey et Stephanie. Mais quel est le lien ?

— Les enfants, répondit Jed, un doigt sur le menu plastifié. Tu prends quelque chose ?

— Les enfants ? Mais pourquoi ? Sheldon et Chrissy ne sont pas placés.

— Ils pourraient très bien l'être, si aucun proche ne se manifeste.

— Dans ce cas, pourquoi l'assassin voudrait-il envoyer davantage d'enfants en famille d'accueil ? Et pourquoi avoir tué les enfants chez les Keldorf ?

— Attendons d'entendre ce que Nate a à nous dire. Je pense qu'on a eu du flair. La police ne semble pas l'avoir interrogé.

Jed adressa un sourire à la serveuse qui approchait, et le regard de la jeune femme s'illumina.

— Vous avez fait votre choix ?

Hannah observa Jed une seconde, cherchant à savoir s'il faisait du charme à l'employée, mais elle ne lut qu'une politesse formelle sur son visage. Encore une chose que la prison avait changée. Il avait autrefois un côté séducteur qui rendait les filles complètement folles. C'était pour cela qu'elle avait mis autant de temps à l'envisager comme plus qu'un ami. Elle ne voulait pas être comme toutes les autres qui se jetaient à ses pieds. À présent, il affichait une forme de réserve en présence des femmes. Même avec elle.

— Allô ? lança soudain Jed, en agitant le menu devant ses yeux. Tu veux quelque chose ?

— Juste un thé glacé pour moi, merci, bafouilla-t-elle en rougissant.

Jed commanda un *fish and chips*, puis remercia la serveuse d'un hochement de tête. Après avoir posé les deux cartes sur le côté, il prit les mains de Hannah.

— Tu ne vas pas lâcher l'affaire, hein ?

— Je ne veux pas gâcher ton repas.

— Rien ne peut me couper l'appétit.

Il pianota un instant sur la table.

— L'un des parents biologiques des enfants placés chez les Keldorf comprend que Chet n'est pas la figure paternelle bienveillante qu'il prétend être. Il... ou elle... se rend chez les Keldorf. Peut-être qu'il découvre cet enclos et perd la tête. Il tue la famille. Chet Keldorf parce qu'il est mauvais, la mère parce qu'elle n'a rien fait pour l'empêcher, et puis les deux plus jeunes, peut-être pour leur épargner des violences futures. Ou alors pour supprimer des témoins gênants.

Hannah frissonna.

— Continue. Pourquoi épargner les deux enfants plus âgés ?

— Parce que ce sont ses enfants ?

Hannah hocha la tête pensivement.

— Maquiller le tout en meurtre-suicide, et le tour est joué. Aujourd'hui, trente ans plus tard, il a une cinquantaine d'années, et il revient à Dead Falls pour... sauver d'autres enfants de situations familiales pourries ? On peut reconnaître que Sheldon et Chrissy n'étaient pas bien traités. Peut-être qu'il essaie de les sauver en les faisant placer. Mais les deux gosses ont de la famille. Ils n'ont pas besoin d'être placés, tant qu'un membre de la famille est d'accord pour s'occuper d'eux.

— C'est possible. Mais...

La serveuse revint avec leurs boissons et un sourire radieux. Jed la remercia distraitement, avant de reprendre :

— Les roselins sont un rappel de l'affaire Keldorf. C'est ça, le lien.

— Il faut retrouver les survivants du massacre de la ferme Keldorf.

— Nate pourra nous aider.

Hannah soupira.

— On commence peut-être à y voir un peu plus clair.

Elle s'efforça ensuite de changer de sujet, et lorsque le plat de Jed arriva, les frites dorées à souhait lui mirent l'eau à la bouche. Jed prit la bouteille de ketchup, en versa une généreuse portion sur le bord de son assiette et trempa deux frites dedans. Il s'apprêtait à les porter à sa bouche quand il vit l'expression de Hannah.

— Ça te fait envie, finalement ?

Hannah regarda tour à tour les frites et le T-shirt noir de Jed qui moulait son torse à la perfection.

— Il n'y a pas que ça qui me fait envie, répondit-elle, en se mordant la lèvre.

— Mollo, quand même, répondit-il en engloutissant ses frites. Attends... On parle bien de mon assiette ? ajouta-t-il, stupéfait.

— Si on veut...

— Sers-toi. Tu peux même me piquer un morceau de poisson.

Il fit signe à la serveuse qui passait.

— Tout va bien ? demanda la jeune femme, toujours avec son plus beau sourire.

— Pourrions-nous avoir une assiette supplémentaire ? Ma petite amie a changé d'avis.

Le sourire de l'employée se crispa un peu, mais elle se reprit.

— Bien sûr. Je vous apporte une portion de frites en plus. C'est la maison qui offre.

— Elle est sympa, remarqua Jed, quand elle fut partie. En attendant, sers-toi des frites.

Hannah éclata de rire et prit quelques frites, prenant bien soin d'éviter le ketchup.

— Elle est sympa parce que tu lui plais ! C'est pour ça que tu as dit que j'étais ta petite amie ? Pour la tenir à distance ?

— À distance ? C'est ce que tu penses ? demanda-t-il en attaquant sa salade. J'ignorais qu'elle avait besoin d'être tenue à l'écart.

— Si tu n'as pas remarqué sa fascination évidente pour toi, alors pourquoi as-tu sorti la carte « petite amie » ? s'enquit Hannah en s'essuyant la bouche d'un geste pincé.

— Je ne m'en suis même pas rendu compte. C'est venu comme ça. Ça t'embête ?

— Pas du tout.

La serveuse énamourée revint avec une assiette de frites supplémentaire.

— Merci, dit Hannah.

— Avec plaisir. Vous désirez autre chose ?

La jeune femme s'efforçait de ne regarder que Hannah, mais elle finit par craquer et adressa un sourire mièvre à Jed.

— Non, ça ira, répondit celui-ci. Merci.

— Je serais curieuse de savoir..., reprit Hannah en piquant un bout de poisson dans l'assiette de Jed, est-ce que tu bénéficies toujours d'un service aussi impeccable au restaurant ? Ou bien seulement quand il s'agit d'une serveuse ?

Jed réfléchit un instant en mâchant.

— Je ne suis pas sûr. Je crois ne jamais avoir eu à me plaindre.

— Sans blague !

Ayant mis de côté les raisons véritables de leur présence à Whidbey, Hannah parvint à terminer ses frites et la moitié d'un morceau de poisson. Lorsqu'elle eut terminé son verre de thé, elle se cala contre son dossier en soupirant d'aise.

— Ça fait du bien. Je n'avais rien mangé depuis 11 heures ce matin.

— Il ne faut jamais enquêter le ventre vide, assura Jed, avant de vérifier son téléphone. Prête ? C'est bientôt l'heure de la fermeture du magasin.

— Allons voir ce que Nate peut nous dire sur son frère et les enfants d'accueil.

Elle chercha son sac, mais Jed avait déjà sorti sa carte.

— N'oublie pas de laisser un généreux pourboire, lança-t-elle, avec un clin d'œil.

Ils retournèrent à la boutique de Nate. L'éclairage était plus tamisé, et le panneau FERMÉ était accroché sur la porte. Hannah plaça les mains en visière sur la vitre pour examiner l'intérieur.

— Je ne le vois pas. Tu penses qu'il a changé d'avis ?

— Il a dit qu'il laisserait ouvert, rappela Jed, une main sur la poignée. Regarde.

La porte s'ouvrit. Hannah entra la première et chercha Nate du regard.

— Où est-il ?

— Monsieur Bradley ? appela Jed en s'approchant du comptoir. Nate ?

Hannah le rejoignit et posa une main sur son bras.

— Ces cartons n'étaient pas comme ça, tout à l'heure.

— Tu en es certaine ?

Le corps de Jed semblait vibrer sous l'effet de la tension, comme si des signaux d'alerte venaient de se déclencher en lui. Elle-même se sentait soudain sur le qui-vive.

— Nate ? appela-t-elle à son tour.

— Ne bouge pas, lui ordonna Jed, en contournant la caisse.

Mais Hannah n'avait pas l'intention de rester en arrière. Elle le suivit et manqua de se cogner la hanche sur le coin du comptoir. À l'entrée de la réserve, Jed se figea et prit appui sur le chambranle de la porte. Hannah approcha et jeta un coup d'œil par-dessus son épaule pour voir ce qui l'avait fait s'arrêter aussi soudainement.

Elle regretta aussitôt sa curiosité. Le corps de Nate Keldorf gisait dans l'arrière-boutique, un couteau planté dans la poitrine.

17

Jed se tourna vers Hannah, mais trop tard. Elle laissa échapper un cri rauque et s'affaissa contre la porte. Il la saisit par les épaules et la força à retourner dans le magasin.

— Ne marche pas dans le sang. Je vais vérifier son pouls. Appelle les secours.

Sa voix calme et ses instructions concises semblèrent la tirer de sa transe, car elle se redressa soudain et recula, cherchant déjà son téléphone dans son sac. Jed revint dans l'arrière-boutique, prenant soin d'éviter la mare de sang qui s'étalait autour du corps de Nate. Il s'accroupit près de celui-ci et plaça deux doigts sur son cou. Il sentit un pouls faible.

— Il est encore en vie, Hannah ! Informes-en l'opérateur.

Il se pencha sur l'homme blessé.

— Qui a fait ça, Nate ?

Ce dernier battit des paupières, et une bulle rosâtre se forma à la commissure de ses lèvres. Jed approcha son oreille.

— Qui a fait ça, Nate ? Qui vous a attaqué ?

Nate ouvrit la bouche plusieurs fois, comme un poisson, puis gargouilla :

— Ad... Ad...

— Ad ? Adam ? Adam qui ?

L'effort était trop violent pour Nate. Il perdit connaissance. Sa mâchoire se relâcha, laissant échapper un mince filet de sang. Jed s'empara d'un T-shirt avec le nom du magasin sur le devant et entreprit de comprimer la plaie, par laquelle la force vitale de Nate s'évadait lentement.

Hannah apparut au-dessus de lui.

— Il est toujours en vie ? s'enquit-elle.

— Il a perdu connaissance.

— L'ambulance est en route.

Une sirène retentit au loin, ponctuant les propos de Hannah, qui fit volte-face.

— Je vais les guider jusqu'ici, annonça-t-elle.

Lorsque les secours arrivèrent, Jed recula, laissant le T-shirt imbibé de sang sur le torse de Nate. Après l'ambulance, ce fut un véritable défilé. Des policiers, des voisins, une foule de curieux qui tentaient d'apercevoir quelque chose à travers la vitrine.

Jed et Hannah répondirent aux questions des enquêteurs. Hannah le fusilla du regard quand il expliqua que Nate avait évoqué un certain « Ad », lors de ce qui serait sans doute ses dernières paroles. Ils recommandèrent également à la police de Whidbey de contacter Chu, afin d'informer celui-ci que cette agression à l'arme blanche pouvait être liée aux homicides sur Dead Falls Island.

Après les avoir retenus une bonne heure, les policiers les laissèrent enfin quitter le magasin. Ils se rendirent dans un bar sombre en face, où Jed put nettoyer un peu son T-shirt, maculé du sang de Nate. Hannah se commanda un verre de vin, tandis que Jed demandait de l'eau, espérant se débarrasser du goût métallique du sang dans sa bouche. Après deux longues gorgées, Hannah s'accouda au bar.

— Qui peut bien être ce Ad et comment a-t-il fait pour retrouver Nate ? Comment savait-il qu'on était là ? Est-ce que quelqu'un nous a filés depuis le ferry ?

Jed vida son verre d'eau d'un trait et fit signe au barman pour en avoir un autre.

— Comment a-t-il su qu'on était à la ferme des Keldorf ?

— Je ne comprends pas comment on aurait pu être suivis

sans s'en rendre compte. Cela dit, je n'ai pas fait particulièrement attention. Et toi ?

— J'aurais dû, après l'incendie de la grange.

Jed demeura un instant songeur.

— À moins qu'il ne nous ait pas suivis, murmura-t-il soudain.

— Comment ça ? demanda Hannah, avant de terminer son vin.

— Il s'est pointé chez les Keldorf après nous. Il parvient à se rendre sur Whidbey, et il est au courant pour Nate Keldorf et son magasin. Il n'a pas besoin de nous suivre. Il lui suffit de nous avoir collé un mouchard.

Hannah resta un instant interdite, puis ses yeux s'écarquillèrent soudain.

— On a pris ton pick-up chaque fois !

— Exactement. Pour un détective privé, je me suis laissé avoir comme un bleu. Ça ne fait pas très pro.

— Déjà, on n'en est pas sûrs. Ensuite, pourquoi quelqu'un aurait-il placé un GPS sur ta voiture ? S'il est mêlé à cette affaire, celle des Keldorf ou l'autre, pas besoin d'être un génie pour deviner où on se rendait les deux fois. S'il nous a vus embarquer pour Whidbey, il a dû comprendre qu'on allait discuter avec Nate.

Elle fit signe au serveur.

— Ça t'embête si j'en prends un second ?

— Vas-y, c'est moi qui conduis.

Jed se frotta le menton.

— Ce que je ne saisis pas, c'est pourquoi il a tué Nate. Pourquoi ne pas simplement nous empêcher de lui parler ? Comment savait-il que Nate n'allait pas vendre la mèche dès notre première rencontre ? Si Nate avait fait allusion à cet Adam ou Adrian lors de notre premier passage, il serait peut-être encore en vie.

— Peut-être l'assassin de Nate nous a-t-il suivis sur l'île. S'il nous attendait devant le magasin ou s'il a été témoin de notre discussion à travers la vitrine, il a pu comprendre que nous sommes ressortis bredouilles, la première fois. Il nous a ensuite vus partir manger quelque chose, a constaté que Nate était en train de fermer la boutique et en a déduit qu'on allait revenir.

Hannah remercia le barman pour le second verre de vin et en but une petite gorgée.

— Ou alors, il s'est simplement vengé parce que Nate nous a parlé.

— Je ne t'ai même pas demandé si tu connaissais un Adam à Dead Falls.

— Si c'est bien ce prénom que Nate a essayé de dire, fit remarquer Hannah. Adrian, peut-être ? C'est un début, quand même. À notre retour, je vais demander de l'aide à Maggie et examiner les dossiers des enfants placés chez les Keldorf.

— Tu penses qu'elle sera d'accord ? Elle ne risque pas d'avoir des ennuis ?

— Je suis psychologue pour enfants. Je soigne deux jeunes dont les mères ont été assassinées. Je pourrais sans aucun problème avoir accès à ces dossiers en passant par le canal officiel. Maggie le sait. Elle ne refusera pas.

Jed observa Hannah en silence. Ce second verre de vin semblait lui monter à la tête.

— Pourquoi ne respecterais-tu pas le protocole habituel ?

— Ce serait trop long. C'est un peu comme les détectives privés qui peuvent prendre des raccourcis interdits à la police. On n'est pas obligés de jouer selon les mêmes règles, ajouta-t-elle en lui adressant un clin d'œil par-dessus le bord de son verre.

Jed haussa un sourcil.

— D'accord. Il est temps de te ramener à Dead Falls. Je suis sûr que Chu va vouloir nous interroger à propos du meurtre de Nate. Enfin... normalement.

Hannah reposa son verre un peu brusquement.

— On est en retard ? Est-ce qu'on a toujours un moyen de transport pour rentrer à Dead Falls ?

— J'ai envoyé un SMS au gars qui doit nous ramener tout à l'heure. Il nous attend. Il peut loger à Dead Falls lorsqu'il fait une traversée tardive comme ça. Finis ton vin, si tu veux. Ne t'inquiète pas, je t'aiderai à tenir debout sur le bateau. Ou, du moins, je t'empêcherai de passer par-dessus bord.

— Merci, soupira-t-elle en se passant une main sur les yeux. Je crois que je ne vais jamais réussir à chasser de ma tête l'image de Nate et de tout ce sang.

— Je suis désolé que tu aies vu ça, dit-il en lui touchant le bras. Et encore plus qu'on ait conduit l'assassin jusqu'au magasin de Nate.

— Je me sens coupable aussi, ajouta Hannah. Mais comment aurait-on pu deviner qu'on le mettait en danger ? Tu penses que c'est en partie pour ça qu'il a changé de nom ? Pour échapper à ce mystérieux Ad ?

— Je l'ignore. Il avait vraiment l'air d'avoir peur de cette personne. Mais s'il savait qui est le vrai coupable, pourquoi ne pas avoir alerté la police avant ? Pourquoi avoir laissé cette tache sur le nom de son frère ?

— J'étais convaincue de ton innocence, lui rappela Hannah, avant de vider son verre d'un trait. Je n'avais simplement aucun moyen de le prouver.

Le retour à Dead Falls fut morne et interminable. Jed prêta sa veste à Hannah, qui grelottait, et ne desserra pas le bras qu'il avait passé autour de ses épaules. Lorsqu'ils accostèrent, il fut soulagé de voir son pick-up sur le parking, garé sous un lampadaire. Avec cet individu qui les suivait à la trace, il ne savait pas à quoi s'attendre. Arrivé devant son véhicule, il en déverrouilla les portières, puis tendit la clé à Hannah.

— Monte et allume le contact pour mettre le chauffage en route.

— Où vas-tu ?

— Vérifier s'il y a un mouchard. J'ai toujours un détecteur sur mon téléphone, depuis L.A.

— Oh ! je veux voir ça !

Jed s'accroupit près du véhicule et passa son smartphone le long du châssis. Soudain, l'appareil se mit à sonner. Jed glissa la main entre la roue et la carrosserie. Ses doigts explorèrent un instant la surface graisseuse, jusqu'à rencontrer un morceau de plastique, qu'il décolla d'un coup sec.

— Bingo ! annonça-t-il, en brandissant un petit rectangle noir qui brillait doucement dans la lueur du réverbère.

Le lendemain matin, le réveil fut difficile pour Hannah. Avec un gémissement, elle enfouit le visage dans l'oreiller. Après le meurtre et les deux verres de vin, elle était déshydratée, épuisée et désespérée. Ne sentant pas la présence habituelle de son chat, elle risqua un œil par-dessus l'oreiller. Rien.

— Siggy ! Minou minou !

En se redressant, elle aperçut un verre d'eau sur sa table de chevet, avec une gélule bleu et jaune. Puis elle perçut l'arôme caractéristique du bacon grillé en provenance du rez-de-chaussée. Pas étonnant que Sigmund soit déjà en bas. Hannah prit le verre et avala la gélule de paracétamol avec une grande gorgée d'eau.

Jed avait insisté pour passer la nuit chez elle, mais malgré les efforts de Hannah pour l'attirer dans son lit, il avait également insisté pour occuper la chambre d'amis. Il lui avait expliqué s'être fixé une règle à laquelle il ne dérogeait jamais : ne jamais coucher dans le même lit qu'une femme qui avait bu plus que la limite légale pour conduire.

Hannah termina son eau et se leva enfin.

— Tu n'étais pas obligé de préparer le petit déjeuner ! lança-t-elle d'une voix éraillée dans l'escalier.

Dans la cuisine, Jed se retourna vers elle, une fourchette à la main ; Sigmund se frottait contre ses jambes avec insistance.

— C'est Siggy qui m'a forcé, répondit-il.

— J'espère que tu n'as pas donné de bacon à ce chat, grommela-t-elle en le menaçant du doigt. Mais je te pardonne, puisque tu as aussi fait du café et que tu m'as apporté un verre d'eau.

Il désigna la table, où il avait tout préparé.

— Si madame veut bien se donner la peine de s'asseoir.

Hannah tira une chaise.

— Tu es levé depuis quelle heure ? Et quand es-tu devenu un parfait homme au foyer ?

— Je fais de mon mieux, répondit-il en arrivant avec la cafetière. Sucre ? Lait ?

— La totale. Mais je préfère les édulcorants.

Elle s'accouda à la table.

— Comment peux-tu avoir autant d'énergie après la soirée qu'on a passée ?

— J'espère que c'est un compliment, dit-il avec un clin d'œil. J'ai déjà parlé à l'inspecteur Chu ce matin. Il n'est pas très content qu'on soit allés rencontrer Nate.

— Évidemment. Mais est-ce qu'il admet que l'affaire Keldorf est liée d'une façon ou d'une autre aux homicides de la semaine dernière ?

Jed haussa les épaules et posa devant elle une tasse de café, ainsi que la boîte de sucrettes.

— Il a dit qu'il allait mettre un gars sur le coup.

— Un seul gars ?

— Ils sont activement à la recherche d'une femme qui s'est plainte de Chase Thompson.

— Tu lui as bien expliqué qu'avant de mourir Nate a parlé d'un certain Ad ?

— Oui.

Jed transféra les derniers morceaux de bacon sur une feuille d'essuie-tout, puis répartit les œufs brouillés dans deux assiettes.

— Tu crois que tu pourras retrouver aujourd'hui le nom des enfants qui étaient placés chez les Keldorf et qui ont survécu ?

— Sans doute. Maggie sait parfois faire une entorse au règlement. Je suis sûre qu'elle me donnera accès à la base de données.

— Il est grand temps que ces deux-là nous racontent leur version de l'histoire. Pour savoir s'ils connaissent quelqu'un du nom d'Adam ou d'Adrian.

Il s'assit à côté d'elle et attaqua son assiette d'œufs au bacon.

— Ils vont être ravis qu'on leur tombe dessus comme ça, mais ils seront peut-être plus disposés à nous parler à nous qu'à la police.

— C'est sûr. Après nos résultats fantastiques avec Nate...

Elle croisa le regard de Jed par-dessus sa tasse de café.

— Ce n'était pas notre faute, Hannah, répondit-il en poussant une assiette dans sa direction. Mange. On a une grosse journée.

Après le déjeuner, Jed avait plusieurs choses à faire, notamment, acheter des munitions. Depuis que Hannah avait vu Nate se vider de son sang la veille au soir, elle ne considérait plus le revolver comme une protection superflue.

Une fois la cuisine rangée et le chat, nourri, elle se doucha, s'habilla, puis rejoignit son cabinet, emportant la clé USB de son père avec elle. Entre deux rendez-vous, elle avait l'intention de découvrir ce que son père stockait dessus. Elle glissait la clé dans la serrure, quand un craquement de branche derrière elle la fit sursauter. Elle fit volte-face.

— Désolé ! s'écria le Dr Robbins, avec un geste d'excuse. Je ne voulais pas vous faire peur.

Son sourire onctueux ne fit rien pour rassurer Hannah. Son cœur battait à cent à l'heure. Comment avait-elle pu un jour lui trouver l'air avenant ?

— Docteur Robbins ! Vous m'avez fichu une peur bleue ! D'où sortez-vous comme ça ?

Elle regarda derrière lui, vers la maison et l'allée, espérant qu'il serait accompagné. Comment savait-il que son cabinet était situé là ? On ne le voyait même pas depuis la route.

— J'étais en route pour le travail, j'ai aperçu votre voiture et je me suis dit que j'allais faire un crochet.

Hannah hocha la tête. Il y avait au moins trois détails qui clochaient dans son explication, mais elle préféra se taire. Elle se tenait toujours devant l'entrée. En cas d'urgence, mieux valait ne pas se retrouver coincée à l'intérieur, avec une seule issue.

— Vous vouliez me parler des enfants ? demanda-t-elle, sur un ton professionnel.

Robbins piétina un instant. Ses chaussures devaient coûter une fortune, mais n'étaient vraiment pas idéales pour l'allée de gravier.

— Pas tant des enfants que... des mères.

Il insistait avec cette histoire. Hannah enfonça les mains dans les poches de son ample jupe, sans lâcher sa clé.

— Si vous avez des informations sur les mères, vous devriez les partager avec le commissariat.

— Oh non ! ce n'est pas ça !

Il se gratta le front, puis repoussa une boucle de ses cheveux noirs.

— Je voulais juste clarifier mes propos d'hier, quand j'ai dit que ces enfants avaient peut-être plus de chances dans la vie sans leur mère. Je me suis mal exprimé. Ce n'est pas ce que vous pensez.

— J'ai pensé que...

— ... que c'était cruel et insensible.

Il baissa la tête, comme honteux.

— Parfois, quand je m'adresse à d'autres professionnels de l'enfance, j'oublie de prendre des gants. Vous savez, je reçois des enfants qui présentent des blessures ou des maladies causées par la négligence de leurs parents. Par moments, je ne peux pas m'empêcher de diriger ma colère contre ces derniers. Mais seulement dans ma tête. Je ne voulais pas vous faire une mauvaise impression.

Dans ce cas, il aurait mieux fait de ne pas venir chez moi à l'improviste, pensa Hannah.

— Je comprends, répondit-elle. On est tous témoins de choses qu'on aurait préféré ne jamais voir. C'est difficile de ne pas accuser les parents, mais...

— Vous avez totalement raison. Nous pouvons les juger, mais personne ne mérite de mourir comme ces deux femmes. J'espère qu'il n'y a pas eu de quiproquo...

— Tout est clair, docteur Robbins, répondit Hannah, en se tournant à demi vers la porte. Si vous permettez... J'ai du travail.

— Oui, bien sûr ! Pardon. Je n'ai entendu dire que du bien de vous. Désolé de vous avoir retenue.

Il fit quelques pas dans l'allée, puis lança par-dessus son épaule :

— N'hésitez pas à venir me voir si vous avez besoin d'information sur les enfants !

— D'accord ! Merci !

Hannah retint son souffle jusqu'à ce qu'il ait disparu au coin de la maison, puis elle entra dans son cabinet et referma la porte à clé derrière elle.

— Étrange discussion..., marmonna-t-elle. Et pas très rassurante.

Elle se dirigea vers le fauteuil qu'elle utilisait quand elle recevait les enfants plus grands ; avec les plus jeunes, elle s'installait en général par terre, à même le tapis. Lorsqu'elle s'assit, un petit disque blanc tomba de sa poche. Elle le ramassa. Le traceur GPS de la veille lui avait donné une idée pour Sheldon : par sécurité, elle voulait en glisser un sous la semelle d'une de ses chaussures. Ainsi, si jamais il tentait de se sauver de nouveau, elle pourrait le retrouver, grâce à une application sur son smartphone. Mais elle devait d'abord en discuter avec Maggie.

Elle rangea le disque dans sa poche, téléphona à sa collègue et laissa un message sur son répondeur. Maggie la rappela presque aussitôt.

— Bonjour, Maggie. Tu as eu mon message ?

— Oui. Mais... tu n'as pas déjà des identifiants pour te connecter à la base de données de la Protection de l'enfance ?

— Non, j'ai des codes temporaires chaque fois que j'ai besoin de consulter un dossier. Cela dépend du patient.

— Je pense que c'est bon, là. Les deux enfants ont des dossiers chez nous. Aucune raison que tu ne puisses pas y jeter un œil.

— Merci, Maggie. Comment procède-t-on ?

Hannah se mordit la lèvre. Elle n'avait pas précisé qu'elle n'avait d'habitude accès aux dossiers que par le biais d'une assistante sociale, qui lui imprimait le document. En général, c'était Maggie. Mais celle-ci ne fit aucune remarque.

— Écoute, je peux demander un code temporaire au service informatique, mais ça va prendre des heures. Tu n'as qu'à te servir de mes identifiants.

— Merci, Maggie. Tu me sauves la vie.

— Non, c'est toi qui sauves la vie de ces gosses, Hannah Maddox. Je t'envoie un lien de connexion par mail, avec mes identifiants. Tu en as pour combien de temps ? Il faudra que je modifie mon mot de passe quand tu auras fini. Tu comprends, j'en suis sûre.

— Absolument. Accorde-moi deux jours.

— Ça marche. Des proches de Sheldon et Chrissy devraient arriver d'un jour à l'autre. Ce sera à eux de décider si les enfants poursuivent les séances avec toi.

— Si besoin, je peux leur recommander quelqu'un près de leur domicile.

— Excellent. Je t'envoie ce mail tout de suite. À bientôt, Hannah !

Hannah raccrocha, rejeta la tête en arrière et hurla en direction du plafond :

— *Yes* !

Elle se jeta sur son ordinateur portable et tambourina nerveusement sur l'accoudoir de son fauteuil en attendant que l'appareil se mette en route et que le mail de Maggie arrive. Se souvenant qu'elle avait la clé USB dans la poche de sa jupe, elle la sortit et la brancha. La clé ne contenait qu'un seul document, qu'elle ouvrit. C'était des images d'une vidéosurveillance montrant le devant d'un magasin.

À cet instant, la sonnerie annonçant l'arrivée d'un mail retentit, et elle ouvrit sa boîte. Elle double-cliqua sur le message de Maggie, copia et colla le lien dans son navigateur, et entra les identifiants. En se frottant les mains, elle vit la base de données de la Protection de l'enfance se matérialiser sur la page. Elle parcourut rapidement le menu situé en haut et sélectionna les archives, espérant que les dossiers de plus de trente ans s'y trouvaient encore. Une liste d'années apparut sur l'écran.

Elle fit défiler la page pour retrouver l'année de l'affaire Keldorf. Le nom de la famille lui sauta aux yeux. Ils avaient accueilli des enfants pendant des années, et les rapports successifs étaient très élogieux... jusqu'au massacre. Aucun problème signalé avant.

La base de données ne comprenait qu'un résumé des faits. Mais Hannah connaissait les faits. Ce qu'elle voulait, c'était des noms. Elle parcourut un instant l'écran, à la recherche de la composition de la famille, puis lut à voix haute :

— Chet Keldorf, sa femme, Sheila Keldorf, et les enfants présents au moment des meurtres. Selina, quatre ans, Jacob, six ans, morts tous les deux. Et les survivants... Alyssa Abbot, treize ans, et son frère biologique, Addison Abbot, quinze ans.

Hannah prit une feuille et un stylo sur son bureau et nota rapidement le nom des enfants. Addison Abbot ?

Pas Adam. Ni Adrian. Addison.

Ce n'étaient pas les parents de ces enfants placés que Nate Keldorf craignait. C'était l'un des enfants en particulier.

18

— Hannah ? Tu es là ?

Jed frappa doucement à la porte du cabinet. Hannah n'avait pas évoqué de séance avec un patient, ce matin-là, mais il préférait ne pas prendre de risque. La porte s'ouvrit si vite qu'il sursauta.

— Oh là ! Tu es seule ?

— Je suis seule et je viens de découvrir quelque chose !

Sans attendre, elle le prit par le bras et le tira à l'intérieur. Son cabinet était accueillant, presque la salle de jeux idéale de n'importe quel enfant. Elle lui présenta l'écran de son ordinateur portable.

— Je suis dans la base de données de la Protection de l'enfance. Tu vois ce que je vois ?

— Non, je ne vois rien. Tu bouges tout le temps.

— Assieds-toi, lui ordonna-t-elle, en lui désignant un énorme fauteuil.

Lorsqu'il fut installé, elle posa l'ordinateur sur ses genoux.

— Regarde le nom des enfants placés chez les Keldorf.

Il parcourut la page des yeux un instant, puis étouffa un juron.

— Addison, murmura-t-il. Tu crois que c'est ça que Nate a essayé de me dire ?

— Forcément, non ? Ce serait trop gros comme coïncidence. C'est le garçon, Jed. C'est pour ça que mon père avait entouré l'identité des jeunes qui avaient échappé au massacre. Il soupçonnait quelque chose.

— Addison peut aussi porter le même prénom que son père.

Ou bien les autres enfants avaient peut-être un père qui s'appelait Adam. Il existe plein d'explications, Hannah.

— Je sais, répondit-elle, avec impatience. Addison Abbott aurait aujourd'hui environ quarante-cinq ans. Ses parents biologiques approcheraient des soixante-cinq. Qu'est-ce qui te paraît le plus probable ? Un quadragénaire qui se venge ou un sexagénaire ?

— Mais qui se venge de qui ? Si Nate Keldorf soupçonnait Addison Abbott d'avoir tué la famille, cela veut dire que le gamin s'est déjà vengé pour ce que Chet Keldorf a fait, à lui et à sa sœur.

— C'est symbolique, Jed. Ces meurtres sont symboliques. Addison constate qu'un enfant est maltraité, comme lui autrefois, et il vole à son secours.

Hannah porta soudain une main à sa bouche.

— Quoi ? demanda Jed.

— Le Dr Robbins doit avoir environ quarante-cinq ans.

— Encore le Dr Robbins ?

— Il est passé à mon cabinet tout à l'heure. Il voulait apparemment expliciter ses propos sur Zoey et Stephanie. Pour éviter tout malentendu, selon lui. Sur le fait qu'elles n'étaient pas aptes à élever des enfants et que ces derniers s'en tireraient peut-être mieux sans elles.

— Il est venu ici ? s'étonna Jed, en vérifiant dans sa poche que les munitions qu'il avait achetées pour Hannah s'y trouvaient toujours. Il aurait changé de nom ? Addison Abbott serait devenu Robbins ?

— Robert ou Bob Robbins.

Elle se glissa à côté de lui dans le fauteuil et lui prit l'ordinateur des mains. Elle retourna à la page d'accueil de la base de données et saisit quelques mots dans la fenêtre de recherche.

— Je suis presque sûre qu'Addison Abbott a changé de nom... mais pas Alyssa. J'ai aperçu son nom à plusieurs reprises dans la base de données, alors qu'Addison n'y est plus jamais mentionné.

— Alyssa sait peut-être où se trouve son frère, mais jamais elle n'acceptera de parler à la police. Existe-t-il un moyen de la localiser ?

— Je ne trouve rien. Visiblement, elle a vécu dans plusieurs foyers... Chet Keldorf a vraiment dû leur en faire voir de toutes les couleurs.

— Et son frère, s'il est responsable, n'a pas dû arranger les choses.

Il sortit les munitions.

— Je vais commencer à chercher Alyssa Abbott et voir si je peux découvrir la nouvelle identité d'Addison Abbott. Charge ton revolver et garde-le sur toi en permanence, au cas où le Dr Robbins ou n'importe qui d'autre reviendrait.

Elle prit les munitions qu'il lui tendait.

— Tu penses pouvoir retrouver les Abbott ?

— N'oublie pas que j'ai des sources très fiables et très officieuses, répondit-il, avec un petit sourire mystérieux.

— Des anciens détenus, tu veux dire.

Il fit le salut scout et dit :

— Je ne suis pas un criminel, je te rappelle. Je ne suis même pas en conditionnelle et ne suis donc pas soumis aux mêmes restrictions. Je peux fraterniser avec qui bon me semble.

— Est-ce que ces types sont... ?

— Ce sont des incompris, lui assura-t-il en l'embrassant sur le front. Et toi ? Qu'est-ce que tu as de prévu pour aujourd'hui ?

Elle jeta un rapide coup d'œil à son ordinateur, avec la clé USB toujours branchée sur le côté.

— Oh ! juste des bricoles à régler. Et je crois que les enseignants de l'école élémentaire vont passer pour qu'on discute de la marche à suivre avec les enfants, lorsqu'ils retourneront en classe. S'ils y retournent.

Jed avait reconnu la clé USB retrouvée parmi les affaires du shérif Maddox. Il ne comprenait pas ce que Hannah cherchait à y trouver.

— Pourquoi n'y retourneraient-ils pas ? C'est trop tôt ?

Il l'embrassa de nouveau, ses lèvres s'attardant sur sa douce chevelure, avant de s'extirper du fauteuil.

— Maggie m'a expliqué que de la famille doit venir pour Sheldon et Chrissy. Ils vont peut-être déménager.

— Ce n'est peut-être pas une mauvaise idée.

Il désigna le sac de munitions.

— Charge ton revolver. Je ne plaisante pas.

— Promis. Tu peux me faire confiance.

Elle le raccompagna jusqu'à la porte du cabinet. Une fois dehors, il se tourna pour l'embrasser sur les lèvres.

— Je te fais confiance, Hannah. C'est pour ça que tu n'es pas obligée de te cacher pour continuer à fouiner dans mon dossier.

Après plusieurs appels téléphoniques, quelques recherches sur Internet, deux ou trois mensonges et un pot-de-vin, Jed était en route pour le foyer dans lequel vivait Alyssa Abbott, dans la banlieue de Seattle.

Il avait embarqué sa voiture sur le ferry entre Dead Falls et Whidbey, puis avait pris un autre ferry entre Whidbey et Seattle. Il ne lui restait plus que quarante-cinq minutes de route pour rejoindre Carnation. Il devait arriver avant la nuit. Il n'avait toutefois pas eu la même chance avec Addison Abbott. Le frère d'Alyssa devait vraiment avoir changé de nom, parce qu'il semblait avoir disparu de la surface de la Terre juste après le massacre de la famille Keldorf.

Jed traversa rapidement la ville pour gagner des banlieues résidentielles plus verdoyantes. Le foyer d'Alyssa accueillait des adultes présentant des troubles mentaux et psychiques, mais non violents. Il espérait qu'elle serait apte à lui transmettre des informations sur son frère.

Suivant les indications de son GPS, il arriva devant une belle et grande maison, entourée de petits bungalows éparpillés dans un parc. Il contempla cette scène paisible. Quiconque avait survécu au cauchemar des Keldorf méritait de trouver le repos dans un endroit pareil. Pourvu qu'il ne vienne pas tout gâcher avec ses questions.

Il se gara, sortit de voiture et salua un jardinier. Il devrait certainement se présenter à l'administration avant de pouvoir approcher Alyssa, et regretta un instant de ne pas avoir laissé Hannah se charger de cette visite. Elle aurait pu présenter sa carte professionnelle et aurait eu une bonne raison pour justifier sa requête.

Il prit une profonde inspiration et monta les quelques marches qui menaient à l'accueil. Le hall ressemblait à la réception d'un hôtel, mais à la place du comptoir il y avait un bureau ancien massif, occupé par une femme assise devant un ordinateur. Cette dernière leva les yeux à son approche, et il lut rapidement son nom sur le badge accroché sur son chemisier.

— Bonjour, madame Bullard, dit-il avec son plus beau sourire.

— Bonjour, répondit-elle en le regardant par-dessus ses lunettes.

— Je viens rendre visite à une résidente, Alyssa Abbott. J'espérais que vous puissiez m'indiquer l'emplacement de son bungalow.

Il sortit son portefeuille, prêt à fournir une pièce d'identité.

— Votre nom, s'il vous plaît.

— Jed Swain. Je suis une vieille connaissance d'Alyssa, et son frère m'a dit qu'elle vivait ici.

Il n'avait pas terminé sa phrase que Mme Bullard secouait la tête d'un air navré.

— Vous n'êtes pas sur la liste des visiteurs autorisés, monsieur Swain. Je suis désolée, mais vous devez être inscrit sur cette liste pour pouvoir rendre visite à Alyssa.

— Oh ? Je pensais que son frère s'en était chargé. Je lui ai expliqué que j'étais de passage à Seattle et que j'avais l'intention de faire un crochet par Carnation. Juste pour dire bonjour à Alyssa. Il m'a assuré qu'il s'occuperait de vous prévenir.

— Il ne l'a pas fait.

La femme pianota un instant sur son bureau, puis ajouta :

— Si vous parvenez à joindre M. Abbott par téléphone, je veux bien accepter une autorisation verbale, juste pour cette fois.

Jed sortit son téléphone.

— Je vais l'appeler tout de suite. Ça m'embêterait de rater une occasion de voir Alyssa.

Il s'éloigna, comme s'il avait bel et bien l'intention de contacter le frère d'Alyssa. Il ne voulait pas se montrer insistant ni alerter le personnel. Il sortit du bâtiment et fit quelques pas en direction des bungalows. Avec un peu de chance, Alyssa occupait un de ces logements plutôt qu'une chambre dans le bâtiment principal.

Le téléphone collé à l'oreille, au cas où Mme Bullard l'observerait par la fenêtre, il approcha tranquillement des petites maisons. Sur la porte rouge de la première, il y avait un numéro, mais pas de nom. Évidemment. Ce ne pouvait pas être aussi simple.

Il marcha encore un peu et aperçut un jeune homme en train de regarder la télévision. Plus loin, un couple plus âgé discutait avec une jeune femme et un enfant. Il s'engagea sur une petite allée en pente douce qui desservait deux bungalows construits sur la berge d'un ruisseau. Il approchait d'un des deux pour jeter un œil par la fenêtre, quand des chants d'oiseaux et des bruissements d'ailes attirèrent son attention.

Il se dirigea vers le bungalow d'où venaient les bruits et s'arrêta soudain en apercevant une cage près d'une fenêtre ouverte. Il avança discrètement, le cœur battant, et reconnut deux roselins. Une telle coïncidence était improbable.

Il gagna la porte du bungalow portant le numéro 9 et frappa doucement. Une femme aux cheveux argentés apparut devant lui, un vague sourire aux lèvres. En voyant son visage encore jeune, Jed comprit aussitôt que sa chevelure avait dû blanchir de façon prématurée. Il s'éclaircit la voix.

— Bonjour ! J'ai entendu les oiseaux chanter. Ce sont des roselins, n'est-ce pas ?

La femme acquiesça.

— J'aime bien les roselins.

— Moi aussi, répondit-il. Je m'appelle Jed.

Elle baissa les yeux vers sa main tendue, puis cacha les siennes derrière son dos.

— Bonjour, se contenta-t-elle de répondre.

— Comment vous appelez-vous ?

Le regard de la femme se perdit au loin, si longtemps que Jed finit par se retourner. Il n'y avait rien. Ni personne. Il tenta de nouveau sa chance.

— Comment vous appelez-vous ?

Elle cligna des yeux.

— Alyssa.

Jed respira profondément.

— Est-ce que je pourrais voir vos oiseaux, Alyssa ?

Le regard de la femme se perdit une nouvelle fois derrière lui, puis elle ouvrit la porte.

— Vous pouvez voir mes roselins.

— Merci.

Il veilla à ne pas se tenir trop près d'elle, car elle paraissait aussi craintive que ses oiseaux. Elle lui fit signe de la suivre et approcha tout doucement de la cage où les roselins voletaient en chantant.

— Ils n'aiment pas le bruit. Moi non plus.

Il glissa un doigt entre les barreaux.

— Ils sont beaux. J'aime beaucoup les roselins. J'en avais quand j'étais plus jeune. C'est mon frère qui me les avait donnés. Ils étaient en cage, eux aussi. Où avez-vous eu ces oiseaux, Alyssa ? Est-ce votre frère qui vous les a offerts ?

Elle fit signe que non.

— Mon frère déteste les oiseaux.

— Le mien aussi. C'est pour ça qu'il me les avait donnés.

Jed s'éloigna de la cage pour examiner la petite pièce bien ordonnée, meublée dans des tons pastel et décorée de posters impressionnistes. Dans une bibliothèque, des livres étaient soigneusement alignés, derrière quelques cadres.

— Comment s'appelle votre frère Alyssa ? Le mien s'appelle... Bob.

— Mes oiseaux s'appellent Titi et Piaf, dit Alyssa, les moins croisées devant elle. Et les vôtres ?

— Ah ! Siggy et Hannah.

Il s'excusa intérieurement auprès de Hannah.

— Et votre frère ? Comment s'appelle-t-il ?

— J'étais en train de me préparer à manger. Vous voulez manger ?

— Avec plaisir.

Il devait la faire sortir de cette pièce. Cela dit, étant donné son état, elle ne se rendait peut-être pas compte qu'il observait tout chez elle.

— Vous aimez la soupe ?

— J'adore la soupe. Merci.

Avec soulagement, il la vit se diriger vers une minuscule cuisine et en profita pour approcher de la bibliothèque et examiner les cadres, qui étaient en réalité des cartes postales de peintres victoriens. Il sortit quelques livres pour en secouer les pages, puis son regard se porta vers le mur. Une série de photos de classe étaient alignées sous un poster représentant un tableau de Monet.

Étaient-ce des souvenirs des années d'école d'Alyssa ? Pouvait-il y avoir son frère sur ces clichés ?

Il repéra les dates, inscrites sur une ardoise aux pieds des enfants. Les photos étaient récentes, prises les années précédentes. Alyssa avait-elle un enfant en âge d'être scolarisé ? Soudain, son pouls s'accéléra, car il venait de lire le nom de l'école : c'était celle de Dead Falls Island. Alyssa avait-elle un enfant dans cette école ? Ou bien un neveu ou une nièce ?

Il parcourut les noms des enfants, inscrits sous la photo, mais n'en reconnut aucun, à part ceux de Sheldon, Chrissy et Olly. Il y avait également deux portraits représentant des adultes : la maîtresse et le directeur, M. Lamar.

Jed effleura le visage du directeur. Il avait déjà croisé cet homme. Chez Luigi. Il avait discuté avec Hannah. Il voulait connaître la meilleure façon d'organiser le retour de Sheldon et Chrissy à l'école. Hannah devait d'ailleurs recevoir les enseignants à ce sujet ce jour-là.

Pourquoi Alyssa avait-elle ces photos accrochées chez elle ? Quelle était la constante dans toutes ces images ?

— Voici votre soupe.

Jed fit volte-face, effrayant Alyssa, qui renversa un peu de soupe sur le plateau.

— Oh ! je suis désolé ! s'écria-t-il.

Elle posa la soupe sur la table basse et s'essuya les mains sur le tablier qu'elle avait noué autour de sa taille.

— Vous regardez mes photos.

— Elles sont belles. Est-ce votre frère, sur celle-là ? demanda-t-il, en désignant vaguement le mur.

— Oh oui ! Mon frère est le directeur de l'école.

19

Hannah poussa la porte de son cabinet avec un soupir de soulagement. Quelques minutes après que Jed était parti à la recherche d'Alyssa Abbott, elle avait reçu un appel en urgence pour un de ses patients adolescents. Le pauvre garçon avait fait une tentative de suicide, et Hannah avait passé la fin de l'après-midi avec lui et sa famille.

Les troubles de Caleb l'avaient tenue occupée, mais la clé USB de son père était restée dans un coin de sa tête, et c'était à l'hôpital qu'elle avait soudain compris que le bâtiment rapidement aperçu sur les images de mauvaise qualité était l'épicerie de Jerry. Celle où Jed s'était rendu le soir où Zoey l'avait accusé de viol.

Le commissariat de Dead Falls n'avait pas pu confirmer l'alibi de Jed cette nuit-là, car la caméra de vidéosurveillance était défaillante. Les forces de l'ordre n'avaient pu récupérer aucun enregistrement. Alors pourquoi son père se trouvait-il en possession de cette vidéo ?

Elle posa son sac au pied de son bureau et s'assit dans son fauteuil. Elle installa son ordinateur sur ses genoux, le remit en marche et ouvrit le fichier de la clé USB. Les images de mauvaise qualité défilèrent ; de temps en temps, la lueur des phares d'une voiture illuminait le parking. Au bout de plusieurs minutes, un faisceau de phares se rapprocha, puis un pick-up apparut sur l'écran et se gara devant le magasin. Hannah retint son souffle. Quelques secondes plus tard, une personne en descendit. Le jeune homme passa la main dans sa tignasse brune, dévoilant ainsi son beau visage. Elle l'aurait reconnu entre mille.

Jed fit quelques pas en direction de l'entrée, puis s'arrêta soudain pour tâter l'arrière de son jean. Il vérifia les autres poches, fit demi-tour et regagna son véhicule.

— Continue, Jed, supplia Hannah à l'adresse des images. Va jusqu'au magasin, afin que Jerry puisse te voir.

Les phares s'allumèrent de nouveau, et le pick-up quitta le parking.

Hannah lut la date et l'heure indiquées en bas de l'écran et se laissa tomber contre le dossier de son fauteuil, une main plaquée sur la bouche. L'horaire donnait un alibi à Jed. Son père avait volé la vidéosurveillance de l'épicerie de Jerry pour faire accuser Jed du viol de Zoey.

Quelques coups secs frappés à la porte de son cabinet la firent sursauter violemment. Jed était-il déjà rentré ? Il lui avait envoyé un SMS expliquant qu'il avait trouvé l'adresse du foyer où vivait Alyssa et qu'il s'y rendait. Elle n'avait pas eu d'autres nouvelles depuis.

Elle se précipita pour ouvrir. En découvrant Bryan Lamar devant elle, elle s'efforça de cacher sa déception. Elle avait complètement oublié ce rendez-vous avec le personnel de l'école.

— Oh ! bonsoir, Bryan ! Entrez, je vous en prie.

Elle scruta l'obscurité derrière lui et ajouta :

— Les enseignants des enfants arrivent ?

— Oui, ils ne devraient pas tarder.

Il entra et jeta un rapide coup d'œil au cabinet autour de lui.

— Vous n'êtes pas encore avec un patient, j'espère.

— Je ne vous aurais pas fait entrer, si c'était le cas.

Comment allait-elle pouvoir endurer cette réunion avec ce qu'elle venait d'apprendre ? Elle devait absolument informer Jed au plus vite.

— Si vous voulez bien m'accorder une minute, demanda-t-elle. J'ai un bref coup de fil à passer avant que l'on commence. Je n'en ai pas pour longtemps.

Elle se tourna pour récupérer son sac par terre, mais Bryan se faufila près d'elle, et son pied heurta le sac.

— Ça va ? s'enquit-elle, avec un rire nerveux. Vous avez trébuché ?

Bryan ramassa son sac et sortit son téléphone de la poche latérale.

— Merci, Bryan, dit-elle, en tendant la main.

Bryan éteignit calmement l'appareil et le jeta dans le fauteuil. Hannah cligna des yeux. Que faisait-il ? Est-ce qu'il la prenait pour une de ses élèves ou bien… ?

— Je dois vraiment passer un coup de fil, Bryan. J'aurai terminé avant que les autres arrivent.

Lorsqu'elle commença à approcher du fauteuil, il s'interposa.

— Les autres ne viendront pas, Hannah. Et vous n'aurez pas votre téléphone.

Hannah en resta bouche bée. Elle sentit soudain les cheveux se dresser sur sa nuque.

— Qu'est-ce que vous racontez, Bryan ? Que se passe-t-il ?

Elle recula jusqu'à son bureau. Du coin de l'œil, elle repéra le lourd presse-papiers posé au bord. Bryan sortit un revolver de sa poche et le pointa vers elle.

— Arrêtez votre petit jeu, Hannah. Ce caillou ne fait pas le poids, face à mon arme.

— Je ne comprends pas ce qui se passe.

Un sentiment de terreur l'envahit.

— Vraiment ? À l'heure de vérité, vous jouez les oies blanches ?

Il eut un rire méprisant.

— Alors, ça y est ? Votre taulard de copain a retrouvé ma sœur ? Est-ce qu'il croyait réellement que le foyer n'allait pas m'appeler à propos de cet « ami » qui voulait lui rendre visite ?

Pour Hannah, ce fut comme si elle venait de recevoir un coup dans le ventre.

— Vous êtes Addison Abbott !

— Et vous n'aurez pas l'occasion de le répéter à qui que ce soit, annonça-t-il, en agitant son arme. En route.

Les poings serrés, Hannah risqua un regard en direction de son téléphone, toujours dans le fauteuil.

— N'y pensez même pas. De toute façon, je l'ai éteint. Vous n'auriez pas le temps d'appeler la police. Je vous aurais tuée avant.

Il raffermit sa prise sur la crosse de son revolver et désigna son sac à main posé par terre.

— Ramassez-le et sortez la première. Vous fermerez à clé derrière nous.

— Vous espérez faire croire que je suis partie toute seule ? demanda-t-elle. Avec mon smartphone ici ?

— Peu importe. Les gens oublient leur téléphone tout le temps. En avant.

Elle se pencha pour récupérer son sac, envisageant un instant de le frapper avec. Mais si le presse-papiers ne pouvait rien contre son revolver, que dire d'un sac à main ? Bryan n'avait pas l'intention de faire feu, car il ne voulait pas laisser de traces. Elle avait un peu de temps devant elle.

Passant la lanière à son épaule, elle se dirigea vers la sortie. Si seulement elle avait appelé Jed en arrivant, au lieu de se jeter sur la clé USB. S'il s'était entretenu avec Alyssa et avait découvert la véritable identité de Bryan, il aurait pu l'avertir, et elle ne l'aurait jamais autorisé à pénétrer dans son cabinet.

Elle ouvrit la porte et scruta la nuit. Elle espérait que Jed était en route pour Dead Falls. Peut-être le croiseraient-ils sur la route, même si elle n'avait aucune idée de l'endroit où Bryan voulait l'emmener. Elle aperçut une voiture garée à côté de sa maison. Personne ne pouvait apercevoir le véhicule depuis l'allée, et sa vidéosurveillance ne couvrait pas cette zone. Elle avait préféré protéger la vie privée de ses patients, si bien qu'aucune caméra n'était dirigée vers son cabinet. Jed n'aurait pas la moindre idée de ce qui s'était passé.

Elle retint un sanglot. Elle devait rester concentrée et ne pas se laisser intimider par Bryan. Peut-être parviendrait-elle à le convaincre de ne pas la tuer. De lui donner une chance de s'en sortir. Lorsqu'elle s'approcha de la portière côté passager, Bryan la poussa en avant.

— C'est vous qui conduisez. Et si vous essayez de quitter la route ou d'alerter une autre voiture, je tire.

Elle le crut sur parole et s'installa au volant, le revolver de Bryan toujours braqué sur elle.

— Où va-t-on ?

— Je vous expliquerai au fur et à mesure.

Les tentatives de Hannah pour entamer la conversation avec lui et lui poser des questions restèrent lettre morte, car Bryan se contenta de lui indiquer le chemin de façon laconique. À gauche. À droite. Au bout de plusieurs minutes, au cours desquelles ils ne croisèrent aucune voiture, Hannah n'eut plus besoin d'instructions : Bryan l'emmenait à la cascade.

Alors qu'ils franchissaient le pont, elle envisagea un instant de percuter la rambarde, mais il y avait quelque chose de très séduisant à l'idée de demeurer encore en vie aussi longtemps que possible. Une fois de l'autre côté, il indiqua une avancée de terre en surplomb des chutes, où la voiture serait hors de vue de quiconque traverserait le pont. Hannah se gara.

— Et maintenant ?

— Descendez.

Il sortit lui-même à reculons, sans jamais cesser de la tenir en joue, puis désigna le chemin qui permettait de rejoindre le pied de la falaise.

— Vous connaissez la route.

En effet. Et sans doute mieux que lui.

Alors qu'ils descendaient, la fine bruine lui chatouilla le visage et colla ses cheveux. Bientôt, ils furent en bas. Ils passèrent derrière la cascade et se retrouvèrent face à face sur l'étroit sentier qui longeait le rideau d'eau. La cascade rugissait aux oreilles de Hannah. Ils avaient tous les deux l'entrée d'une grotte dans leur dos. Celle derrière Hannah était plus éloignée, mais si elle parvenait à reculer de quelques pas pour se jeter sur le côté... Évidemment, cela pouvait très mal tourner si elle glissait sur la roche mouillée ou si Bryan tirait avant qu'elle ait le temps de se mettre en sécurité. Elle se passa la langue sur les lèvres, et l'humidité de l'air apaisa sa gorge desséchée.

— Pourquoi, Bryan ? Pourquoi avez-vous tué Zoey et Stephanie ? Que vous ont-elles fait ?

Bryan fit rouler ses épaules et détendit un peu son bras. À présent qu'il l'avait amenée où il voulait, il était plus confiant. Et cette confiance pourrait le rendre plus bavard.

— À moi ? Rien. Mais elles causaient du tort à leur enfant, jour après jour. Je le voyais à l'école et dans les rapports de la Protection de l'enfance.

— Pourquoi s'en prendre aux mères ? Et pas aux pères, tout aussi défaillants ?

— Leurs ratés de pères étaient déjà hors jeu, ils s'étaient déjà défilés. Croyez-moi, si j'avais trouvé un père célibataire qui ne prenait pas bien soin de son enfant, je m'en serais occupé.

Bryan mentait. Il était trop lâche pour affronter un homme. Il était bien plus facile de tuer des femmes isolées et vulnérables. Mais Hannah resta silencieuse, préférant ne pas le provoquer.

— Vous êtes psychologue, reprit-il. Osez me dire que les maltraitances envers les enfants ne vous mettent pas hors de vous !

— Évidemment que ça me met hors de moi. Mais il y a d'autres méthodes.

— D'autres méthodes ? ironisa-t-il. La seule qui soit efficace, c'est de supprimer la source de la maltraitance.

— Comme avec Chet Keldorf, votre père d'accueil ? demanda Hannah, en reculant imperceptiblement en direction de la grotte.

— Exactement ! s'écria-t-il, en serrant plus fort son arme, tandis qu'un tic nerveux agitait sa lèvre. Il ne voulait pas d'enfants. Il voulait des victimes. Il nous enfermait dans cet enclos, dans la grange. Vous savez. Vous l'avez vu, non ? Il... Il a abusé de ma sœur et des autres filles. C'est pour ça qu'Alyssa est en foyer. Il a détruit sa vie. Il devait payer.

— Et Mme Keldorf ? Sheila ?

— Elle l'aidait. Elle était aussi horrible que lui. Et ces maudits oiseaux ! Il prenait plus soin de ces oiseaux que des enfants qu'on lui avait confiés.

— Mais... les petits ? Pourquoi Selina et Jacob ?

— C'étaient des créatures innocentes, mais ils n'avaient aucune chance après ce qu'ils avaient enduré chez les Keldorf. J'ai abrégé leurs souffrances par pitié.

Hannah sentit son estomac se nouer et enfonça les mains dans ses poches. Ses doigts rencontrèrent alors un disque de plastique. Son cœur bondit. C'était le GPS prévu pour Sheldon. Son téléphone la suivait à la trace. Elle devait continuer à faire parler Bryan.

— Je comprends, balbutia-t-elle. J'ai déjà vu ça dans le cadre de mon travail. Certains enfants sont trop perdus pour être sauvés, mais vous avez sauvé votre sœur.

Bryan la regarda avec méfiance, surpris par sa réaction.

— C'est vrai. Je l'ai sauvée.

— Et vous pouvez la sauver de nouveau. Si vous me tuez, vous ne vous en sortirez pas comme ça. Que va-t-il arriver à Alyssa si vous allez en prison ?

— C'est là que vous vous trompez. Je m'en tirerai pour vous, comme pour les autres.

Lorsqu'il se tourna vers la cascade, Hannah comprit qu'elle n'avait plus que quelques instants.

— Et Nate Keldorf ? lança-t-elle, à court d'idées.

Bryan haussa les épaules.

— Il m'a toujours soupçonné. Il savait ce qui se passait chez son frère et n'a jamais rien fait.

— Vous l'avez tué dans une rue très animée. Vous croyez vraiment que la police ne va pas repérer des indices vous reliant à ce meurtre ?

Bryan eut un geste en direction de la cascade.

— Vous allez sauter. Suicide. Ça arrive souvent, par ici. Peut-être que vous avez découvert que votre petit copain était coupable de viol, après tout, et que vous n'avez pas supporté la vérité.

— Nous avons pris votre voiture. La police va se demander comment je suis venue jusqu'ici.

Pouvait-elle raisonner avec un fou ? À cet instant, un infime mouvement juste derrière Bryan attira son regard. Le soulagement qu'elle ressentit en apercevant la tête de Jed fut tel que ses genoux manquèrent de se dérober. Elle posa une main sur la paroi rocheuse pour ne pas perdre l'équilibre. Jed avait emprunté le second sentier, qui partait du sommet et débouchait à l'intérieur de la grotte située dans le dos de Bryan. Peu de gens connaissaient son existence et encore moins osaient s'y aventurer.

— Vous... Vous avez pu venir à pied. De toute façon, on ne retrouvera peut-être pas votre corps.

Elle avait réussi à le faire douter. Il n'avait pas pensé à tout. Il devait à présent se demander s'il n'avait pas oublié d'autres détails.

— Bryan, on va réfléchir à une solution ensemble. Moi non plus, je n'étais pas une grande fan de Zoey. Elle a menti à propos de Jed et a failli gâcher sa vie. Et je voyais bien que Stephanie Boyd était une mauvaise mère. Mais je peux aider ces enfants, maintenant. Je ne dirai rien à personne, mais vous devez me promettre d'arrêter. Si vous arrêtez, je peux oublier ces deux femmes.

Il fit un pas dans sa direction.

— Vous pouvez surtout sauter. Sinon, je tire, et vous tomberez dans l'eau. À vous de choisir, Hannah.

Jed avançait hors de la grotte. Si Bryan sentait sa présence, ils allaient tous mourir.

— Attendez ! s'écria-t-elle pour retenir Bryan qui approchait encore. Et Astrid ? Pourquoi avoir kidnappé Olly ?

— Je n'étais pas prêt pour la victime suivante. Vera Allende. Elle a quitté l'île en plein milieu de mes préparatifs. Astrid, c'était juste pour mettre la pression sur la police. Et puis, elle avait besoin d'un avertissement. Elle avait un dossier à la Protection. Un signalement. Elle empêche son fils de voir son père.

422

— Vous avez accès à la base de données, c'est ça ? En tant que directeur d'école, vous avez une liste de victimes potentielles à disposition.

— Assez de parlotte, Hannah. Nous savons tous les deux que vos promesses de silence sont bidon. Et que votre petit copain est tout aussi incapable de la boucler.

À cet instant, Jed se jeta sur Bryan en hurlant :

— Hannah, sauve-toi !

Les deux hommes roulèrent sur le sol rocheux et humide, tandis que Hannah se réfugiait dans l'entrée de la grotte. Elle se cogna la hanche, glissa, mais parvint à retrouver son équilibre. Lorsqu'elle se retourna, elle laissa échapper un cri : Bryan et Jed approchaient du bord de la falaise. Bryan tenait toujours son revolver, mais Jed, à califourchon sur lui, lui maintenait le coude avec le genou.

D'un coup de reins, Bryan se libéra. Jed se raccrocha à la branche d'un arbre qui poussait dans la roche, tandis que Bryan se remettait debout et pointait son arme vers lui.

Hannah hurla de nouveau. Alors que Bryan s'apprêtait à tirer, Jed lui décocha un coup de pied qui l'atteignit en pleine poitrine. Les yeux écarquillés, Bryan fit des moulinets avec les bras pour tenter de se rétablir.

En vain.

Il bascula en arrière, et les eaux de Dead Falls l'emportèrent.

Épilogue

Hannah étendit les jambes près du feu qui crépitait dans le brasero.

— L'automne a fini par détrôner l'été, soupira-t-elle. J'ai les orteils gelés.

Jed approcha une chaise de la sienne, une tasse de café à la main.

— Je vais bientôt commencer ma formation.

Tate lui donna une tape sur l'épaule.

— On est très contents de t'accueillir dans l'équipe, mon vieux. Mais tu vas t'amuser : la session d'hiver est toujours la plus compliquée, à cause de la météo. Tu es sûr que tu veux arrêter ton activité de détective privé ? Tu sembles avoir ça dans le sang.

— Je vais conserver ma licence, répondit-il en posant une main sur le genou de Hannah. Il faut que je veille à ce que cette dame n'ait pas d'ennuis.

— Je n'aurais pas eu d'ennuis si tu ne m'avais pas entraînée dans ton enquête.

— Vraiment ? J'ai plus l'impression que c'est toi qui as ça dans le sang.

Hannah lui prit la main et la porta à ses lèvres. Elle lui avait parlé de la vidéosurveillance sur la clé USB. Il avait toujours su que le shérif Maddox l'avait piégé. À présent, il en avait la confirmation et comprenait même comment il avait procédé.

Astrid ébouriffa les cheveux de son fils.

— Va chercher de l'eau pour ton oncle, s'il te plaît.

— Je n'ai pas besoin..., commença Tate, avant de se taire en voyant l'expression de sa sœur. Il y a une bouteille au frais, Olly. Merci, bonhomme.

Lorsque Olly eut disparu dans la maison, Astrid resserra les pans de sa veste et frissonna de façon exagérée.

— Quand je pense que M. Lamar a pris la peine de récupérer le numéro de téléphone d'Olly pour le mêler à ses petits jeux malsains... Ça me rend malade.

— Je ne pense pas que Lamar t'envisageait comme prochaine victime, dit Hannah. Il avait déjà choisi Vera Allende, si ça peut te consoler... J'ai encore du mal à croire qu'un jeune de quinze ans ait pu tuer toute une famille et maquiller ça en meurtre-suicide.

— Qui va soupçonner un pauvre ado placé d'avoir commis des meurtres d'une telle férocité ? fit remarquer Tate.

Astrid se cacha le visage dans les mains.

— C'est horrible. Comment vont Sheldon et Chrissy ?

— Les grands-parents de Sheldon l'emmènent avec eux à Bend, et Chrissy va être accueillie par sa grand-mère. Ils n'ont pas vu Lamar tuer leurs mères, heureusement pour eux.

Olly revint avec une bouteille d'eau, qu'il lança à Tate.

— Je rentre, annonça ce dernier. J'ai encore du travail. Bonne nuit, Hannah !

Astrid se leva d'un bond.

— Tu ne restes pas pour mes fameux marshmallows grillés au chocolat ?

— Je n'ai plus de place pour tes marshmallows, répondit Tate en se tapotant le ventre. Fameux ou pas.

— Viens m'aider, Olly ! dit Astrid, en prenant son fils par la main, avant de suivre Tate dans la maison.

Une escarbille s'éleva au-dessus du brasero avec un crépitement sonore. Hannah frissonna.

— Tu as froid ? demanda Jed, en l'attirant sur ses genoux. Après ce qui s'est passé à la cascade, je n'ai plus envie de te lâcher d'une semelle.

— Ça me va, répondit-elle en se blottissant contre lui. Je suis tellement soulagée que tu aies pensé à rallumer mon téléphone quand tu es arrivé au cabinet. Et que tu te sois souvenu du code.

— Comment aurais-je pu l'oublier ?

Il lui souleva doucement le menton pour l'embrasser.

— Heureusement que l'application du GPS a affiché des notifications. Je crois que je n'aurais pas su où te chercher, sans ça. J'ignorais même que tu avais un traceur GSP sur toi.

— C'est vraiment par hasard que je l'ai glissé dans ma poche. C'était pour Sheldon, à l'origine. Quand je l'ai senti dans ma poche, j'ai prié pour que tu repasses à mon bureau, que tu trouves mon téléphone et que tu viennes.

— Ta prière a été entendue, répondit-il en enfouissant le visage dans son cou. Et on a aussi exaucé beaucoup des miennes ces derniers temps. Je dois être en veine.

— C'est juste que...

Elle essuya une larme au coin de ses yeux.

— Je n'arrive pas à croire que mon père ait pu faire ça. Je suis tellement désolée !

— Il a dû tout planifier avec Zoey. Tu... Tu penses que ton père et Zoey ont eu une aventure ? Lui a-t-il donné cette montre en cadeau, ou bien était-ce un paiement pour l'avoir aidé à me piéger ?

Hannah fronça le nez.

— Je ne veux même pas y songer. Est-ce que la police a découvert d'où provenaient les billets retrouvés chez Zoey ? Est-ce qu'elle a vraiment volé de l'argent sale à Chase ?

— On ne m'a rien dit à ce sujet. Et si Zoey volait de l'argent à Chase Thompson, alors elle jouait avec le feu.

— Visiblement, elle aimait ça.

Une larme roula sur sa joue.

— J'aurais dû comprendre. J'aurais dû faire quelque chose.

Il recueillit la larme du bout du pouce.

— On en a déjà parlé, Hannah. Tu ne pouvais pas savoir et, de toute façon, tu n'aurais rien pu faire. C'est le passé. Laissons ça derrière nous. Tu veux bien te tourner vers l'avenir... avec moi ?

Elle le serra contre lui et appuya la joue contre ses cheveux, aussi noirs que les plumes d'un corbeau.

— Le seul avenir que j'envisage est avec toi.

Vous avez aimé ce roman ?
Retrouvez prochainement votre série
Enquêtes à Discovery Bay
dans votre collection Black Rose !